Max Kruse

Der Morgenstern

Ueberreuter

CIP-Titelaufnahme der Deutschen Bibliothek

Kruse, Max:
Der Morgenstern / Max Kruse. – Wien : Ueberreuter, 1990
    ISBN 3-8000-2333-4

J 1747/1
Alle Rechte vorbehalten
Umschlag von Jörg Huber
Copyright © 1990 by Verlag Carl Ueberreuter, Wien
Gesamtherstellung: SRZ und Carl Ueberreuter Druckerei
Ges. m. b. H., Korneuburg
Printed in Austria

1

Als Pio die drei Männer sah, schreckte er im Sattel auf. Das sind wilde Kerle, dachte er, das sind Männer, die wissen, wie man einen Dolch führt: Männer, die zuschlagen, würgen, morden, rauben. Denen kommt es auf einen Toten mehr oder weniger nicht an. Das sind Gauner, von Wind und Sonne, vom Wetter, von Stürmen, von wilden Kämpfen gegerbt. Aber vielleicht kann man sie auch als Helden bezeichnen, die aufrecht in den Kampf stürmen und den eigenen Tod nicht fürchten. Der eine verdeckte sein linkes Auge mit einem schmutzigen Band, das quer über die Stirn führte. Das Auge war wohl ausgeschlagen, nur noch eine leere Höhle. Der zweite hatte eine schiefgequetschte Nase, als ob sie unter einem Schlag zerbrochen wäre. Der dritte trug eine flammend rote Narbe quer über die rechte Backe: ein Orden der Kühnheit, der Bedenkenlosigkeit.

Daß Pio diese drei Männer auffielen, war schon bemerkenswert, denn abgerissene Gestalten, Schurken, Bettler, Wegelagerer und Gaukler kamen ja immer wieder nach Biurno und trieben sich in den Straßen herum. Wo wären denn keine gewesen in diesen unsicheren Zeiten. Es gab bestimmt keine Stadt, deren Gassen sie nicht unsicher machten. Sie zogen von Ort zu Ort: fahrendes Volk, Taschendiebe, Räuber – und natürlich auch Mörder. Da half es wenig, daß die Sbirren, die Wachen das Herzogs, scharf durchgriffen. Ja, wer erwischt wurde, den bestrafte man unbarmherzig. Schnell endete einer am Galgen. Da baumelte er dann, den Hals in die Länge gezogen, den Kopf vom Strick zur Seite gedrückt.

Oft fragte sich Pio, ob sich das denn lohnte, die Diebstähle, die Raubüberfälle: um diesen Preis! Aber die Not führte wohl immer wieder auf krumme Wege, und die Not war oft bitter. Oder die Abenteuerlust war unbezähmbar. Bei diesen dreien war die Lust am freien, wilden und kühnen Leben wahrscheinlich die treibende Kraft.

Wirklich, viele ähnliche Gestalten sah Pio Tag für Tag, aber diese fielen ihm dennoch auf! Freilich, es war nur wie ein greller Blitz, schnell vergaß er sie wieder. Wir wissen nie, wer zu unserem Schicksal wird. Später sollte er bereuen, daß er sich ihren Anblick nicht fester eingeprägt hatte und daß er nicht mehr von ihnen wußte. Jetzt aber war er eben einfach zu vergnügt. Er ritt ja zur Tränke. Das war sein Liebstes: mit den Pferden des Herzogs durch das Stadttor, über dem die Jahreszahl seiner Errichtung eingemeißelt war: *Anno Domini 1420* – das war natürlich noch vor Pios Geburt gewesen, aber immerhin im gleichen Jahrhundert –, den Hügel hinab, an den Lago Cristallo.

Der See lag im Tal, umgeben von Weidenbäumen, ein stiller Ort. Auf seiner klaren Fläche spiegelte sich der knallblaue Himmel, spiegelten sich die ziehenden Wolken – und von einer bestimmten Stelle aus sah man sogar das Castello del Luce, den Palast des Herzogs, auf dem Felsen, der steil war, schroff, schartig: Zacken rötlichen Steines. Sehr hoch thronte das Kastell vor der Stadt, es zeigte seine Mauer, die in den Himmel stieg, die beiden Türmchen. Im See freilich wies alles nach unten, spiegelbildlich, in die Tiefe.

Jetzt war der Lago kein stiller Ort mehr. Die Pferdebuben lachten, die Treiber schrien, die Tiere wieherten. Es war ein fröhlicher Lärm. Pio hörte ihn schon ein wenig entfernt, denn er war allein in den See hinausgeschwommen. Die anderen blieben mit den Pferden am Ufer. Das Wasser perlte über Pios Schulter, seine braunen Haare teilten sich, sie schwammen strähnig, wenn er mit den Armen ausgriff und das Gesicht eintauchte, Zug um Zug.

Pio wollte zu dem hellbraunen Stein hin, der allein aus der Mitte des Lago Cristallo ragte, ein kleiner Buckel. Hierher schwamm Pio immer, wenn die Pferde zur Tränke gebracht wurden. Der Stallmeister ließ ihn gewähren. Messer Gian

6

mochte den Buben, er sah ihm manches nach, denn auf Pio war andererseits Verlaß. Zuerst schwamm Pio wohl auch neben den Pferden her, heute neben Castor. Castor war krank gewesen, er hatte sich verletzt, und die Wunde hatte sich entzündet. Der Wallach hatte gelahmt, und Pio durfte ihn pflegen. Der Stallmeister zog den Buben oft dazu heran, kranke Tiere zu betreuen, auch Stuten, die fohlten. Erst gestern hatte Messer Gian zu ihm gesagt: »Du hast die beste Hand für Pferde, Pio Aniello. Du weißt nun schon fast so viel über sie wie der Roßarzt.« Da war Pio sehr stolz gewesen. Er hatte gestrahlt. Und vielleicht war das Glück über dieses Lob auch der letzte Auslöser dafür, daß er heute wieder mit sich kämpfte, mit sich rang . . . schon nahe daran war . . . Aber noch war er nicht ganz soweit . . .

Castor war nur kurz neben Pio geschwommen, der braune Rücken, der aufragende Hals, der stolze Kopf. Dann wendete er um und kehrte zu den anderen Tieren zurück. Pio freute sich über das vergnügte Kreischen der Burschen. Er blickte sich kurz um: einige Pferde wälzten sich am Ufer, sie schlugen mit den Beinen über den Leibern. Dann sprangen sie wieder empor und wirbelten den Grund auf. Später mußten sie mit Wasser aus Ledereimern gesäubert werden. Andere tranken ruhig mit gesenkten Hälsen. Ihr Fell glänzte wie gehämmertes Metall. Jetzt legte Castor seinen Kopf über den Hals einer Stute. Pio konnte beruhigt sein, der Wallach war gesund, er war einer der Übermütigsten.

Pio zog sich auf den Felsen. Das Wasser floß von seiner braunen Haut und machte den Stein dunkel. Er streckte sich auf der harten Unterlage. Sein Körper war schlank, der Körper eines halbwüchsigen Buben, ohne ein Gramm überflüssiges Fett, dafür Sehnen und Muskeln.

Das Leben war herrlich! Pio hielt es so ruhig nicht aus, er sprang auf, warf sich in die Flut, er tauchte tief hinab, aus reiner Lust, bis auf den Grund. Er tat das oft und konnte es lange aushalten. Manchmal zählte er, und er hatte es schon so weit gebracht, daß er fast bis hundert kam, wenn er ein bißchen mogelte und schneller zählte, sogar mehr. Dann suchte er nach besonders schönen Kieseln. Manche waren wie Kristalle geschliffen und so weiß wie Perlen. Er holte sie ans Licht, legte sie neben sich auf den Felsen, machte Muster mit ihnen. Herzen, Girlanden: wie schön sie waren! Er schaute sie an und träumte, sie wären Juwelen, und er wäre ein reicher Edelmann ... gar ein Herzog ... oder ein anderer Fürst ... oder einer dieser sagenhaften Sultane aus dem Osmanischen Reich, von denen die Reisenden erzählten und die Märchen. Aber er wußte auch, daß die Osmanen nun viele Länder mit Krieg überzogen. Konstantinopel war bedroht, die prächtigste aller Städte, die Wunderstadt aus goldenen Kuppeln und Türmen.

Aber Steine waren schließlich doch nur Steine. Sie antworteten nicht. Da empfand er, wie allein er war, sehr allein – seine großen Freunde waren nicht mehr in Biurno: Amato Siorni und Vitale della Randola, zwei junge Herren, die er geliebt hatte. Sie hatten ihn ernst genommen wie ihresgleichen. Sie hatten ihn nicht spüren lassen, daß er nur ein armseliger Stallbursche war, ein Pferdeknecht. Aber nun war Vitale Herr über Lafiora geworden, über die prächtige Stadt, und Amato Siorni hatte sich mit seiner schönen Graziella aufs Land zu seinen Büchern zurückgezogen. Er selbst – er, Pio! – hatte die Glocken geläutet. Ach, das war vorbei!

Pio streckte sich lang aus. Er ließ sich von der Sonne trocknen. Er schloß die Augen. Er überlegte ... Er sah doch, wie der Onkel sich schinden mußte – vom Morgengrauen bis in die Nacht. Der Onkel aß wirklich sein Brot im Schweiße seines Angesichts, wie es in der Bibel stand. Er mußte den Rücken krumm machen, Tag für Tag. Seine einzige Freude waren die wenigen Weinstöcke, die er zwischen dem Maisfeld und dem Lorenzo-Acker gepflanzt hatte: sein kleiner Luxus. Und er war es doch gewesen, der Pio trotz seiner

Not ein Dach über dem Kopf gegeben hatte, der ihn zu sich nahm, damals, als Pios Vater die Pferde durchgingen und die Mutter unter die Hufe kam, tot, zerschmettert, als der Vater die Tiere zurückriß und sie dabei scheuten und auch ihn erschlugen. So verlor er Vater und Mutter zugleich. Dem Onkel aber verdankte er alles: daß er nicht hungerte, daß er einen Schlafplatz hatte – ja, Geborgenheit.

Als er mit sich im reinen war, hielt es Pio nicht mehr aus, er sprang ins Wasser und schwamm zurück. Er guckte die anderen kaum an. Er warf sich sein Hemd über, schlüpfte in seine Hose. Er rannte zum Scudiere, fragte atemlos: »Messer Gian, darf ich heute schon heim?«

Der Stallmeister strich einer Stute über den Hals: »Meinetwegen, lauf, du bist ja schon halb zu Hause. Warum sollst du erst noch mit uns in die Stadt kommen.«

»Danke, Messer Gian«, rief Pio. Er rannte durch die Felder. Der armselige Hof des Onkels lag entfernt auf einem Hügel. Die Tür hing in der Angel. Alfredo Aniello war in der Scheune, aber Pio lief nicht gleich zu ihm. Er ging in seine Kammer und nahm ein loses Brett aus der Wand. Dahinter hatte er ein Versteck. Hier lagen seine Schätze, eine ganze Handvoll Münzen. Er hatte sie für kleine Dienste geschenkt bekommen: von Edelleuten wie Amato Siorni und Vitale, von der schönen Graziella della Randola, vom Bischof ... Nur nicht noch einmal überlegen. Also hinaus, über den Hof. Die Hühner stoben auf, gackerten.

Der Onkel fegte den Boden mit dem Reisigbesen. Er hob den runden Kopf. Sein einfacher, langer Kittel hing schief bis über seine schmutzigen Knie, ein rauhes, erdfarbenes Gewebe, ein Sack, in der Hüfte mit einem Strick zusammengehalten. So stand er, ein wenig gebückt, wie mit einem unsichtbaren, aber riesigen Gewicht auf dem Rücken, und witterte mit der aufgeworfenen, breiten Nase.

»Zio Alfredo ... diese Münzen, nimm sie, ich schenke sie dir ...«

Der Onkel ließ sich auf die Kiste sinken. Er wischte sich den Staub von den Wangen, aber der haftete auch auf seinen Augenbrauen. Mit knotigen Händen nahm er die Münzen: »Danke, Pio ... Danke!« Er lächelte, es blinkte in seinen Augen, es zerrte an den Mundwinkeln. Der kleine, von der Mühsal krummgezogene Mann schlang seine Arme um den Buben. »Du Lausejunge! Du Lümmel!« rief er aus. »Dich will ich noch heute pökeln, braten und gesotten verspeisen! Das ist recht, daß du das Geld nicht behältst. Ich werde es gut verwenden! Nur schade, daß es nicht für einen Acker vom Grundherrn reicht, Messer di Lorenzo läßt nicht mit sich reden! Oh, ich glaube zwar, daß er im Augenblick selbst Geld braucht, er hat ja alle seine Leute fortgeschickt, all seine Diener, seine Geschäfte gehen wohl nicht so gut. Aber das hier reicht doch nicht, mich freizukaufen, so daß ich ihm keinen Zehnten mehr abzuliefern brauche. Doch ich kann einen jungen, starken Ochsen dafür bekommen! Und das ist schon viel! Sei nicht traurig, Junge!« Der Onkel sah ihn nachdenklich an. Dann nahm er eine kleine Münze aus seiner Handfläche und reichte sie Pio: »Nimm und mach damit, was du willst!«

Pio warf das Geldstück empor und schnappte es wieder. Schnell schloß er die Hand, schnell vergrub er es in seiner Hose. »Danke!« rief er und rannte fort, aus reiner Lebensfreude. Er lief durch die Felder. Die Sonne hing schon schräg, es war ein goldenes Licht. Nach einer Weile hielt er inne, schaute sich um.

Ein Hund lief auf ihn zu, ein streunender Hund, ein großes, kräftiges Tier, aber struppig. Die Haare waren wirr wie bei einem lange nicht geschorenen Schaf. Sie hingen ihm bis in die Augen. Pio hatte keine Angst. Er kauerte sich nieder, er wußte, das flößte ihm Vertrauen ein. Pio lockte ihn. Der Hund kam noch näher, wedelte mit dem buschigen Schweif. Pio faßte ihn am Hals, das Tier ließ es geschehen. Pio klopfte ihm auf den Rücken, da spürte er die Wirbel, er griff unter das Fell, tastete die Rippen. »Armer Kerl, du hast wohl lange kein Fleisch mehr zwischen den Zähnen gehabt«, murmelte er. »Wo gehörst du denn hin?«

Pio sah sich suchend um. Da war kein Mensch. Ohne es zu merken, war er an die Villa Lorenzo gekommen. Hier stand schon die Mauer. Pio wußte: dahinter ruhte das Dach auf Säulen, mit vier Kaminen, Zeugen des Reichtums – fast ein Palast. Da wohnte der Kaufmann Giovanni di Lorenzo, der Grundherr. Ihm gehörten die Äcker, die Felder, die Wiesen, für ihn mußte der Onkel sich abrackern, ihm schuldete er den Zehnten, den Frondienst, für ihn pflügte er, säte er, mähte er; ihm zahlte er für die Mühle – der Onkel litt unter diesem Mann! Pio hatte bisher stets einen Bogen um die Villa Lorenzo gemacht, aber heute ging er näher. Efeu wuchs über die Mauer. Dahinter standen mächtige Bäume, Kuppeln im ersten Grün des Frühjahrs. Alles war still, da war eine Lücke, die Mauer war schadhaft, wenig gepflegt. Das wunderte Pio. War der Herr denn wirklich in Schwierigkeiten, wie der Onkel gesagt hatte? Pio schaute sich um, drückte den Hund nieder, das Tier setzte sich, hechelte, blieb zurück.

Pio dachte: Hier müßte mal jemand für Ordnung sorgen, aber was geht es mich an. Doch plötzlich war da ein Entschluß; ohne zu überlegen kroch er auf allen vieren durch die Lücke, er kam hinter Büsche, er richtete sich auf, klopfte sich das Laub ab, es war noch vom vergangenen Jahr.

Da erklang eine Mädchenstimme: »Was willst du denn?«

Pio erschrak. Es war nicht gut, auf diesem Grund gesehen zu werden.

»Hast du Hunger?«

»Nein, nein«, stammelte er. »Ich habe keinen Hunger. Danke! Danke sehr!« Er drehte sich um und wollte rasch wieder verschwinden.

»Ich glaube, du willst mir nichts tun«, sagte das Mädchen. Pio blieb. »Nein«, antwortete er. »Ich kam nur zufällig vorbei, weißt du, ganz zufällig, ich sah ein Loch in der Mauer ... Ich war einfach ein bißchen neugierig, das mußt du mir glauben. Und das ist alles, bestimmt!«

Jetzt erst sah er das Mädchen richtig an. Wie alt war sie wohl? Acht, zehn oder schon zwölf? Jedenfalls jünger als er. Das gab ihm Überlegenheit. Aber wie hübsch sie war! Ihr schmales Gesicht war umgeben von weichen, tiefschwarzen Locken, die Augen strahlten hellblau und aufmerksam; welch ein Gegensatz! – diese hellen Augen im Kontrast zu den dunklen Haaren! Ihre Lippen leuchteten korallenrot, darüber stand die kleine Nase, ein wenig aufgeworfen.

Er hatte das Bedürfnis, sich herauszustreichen: »Weißt du, ich bin beim Herzog ... Stallbursche«, sagte er ein wenig heiser und räusperte sich. »Ich pflege da die Pferde, und einmal werde ich Stallmeister! Du kannst nach mir fragen, nach Pio Aniello, mich kennt jeder!«

Warum sagte er nur seinen Namen? Das war doch nicht klug.

Sie legte einen Finger an die Nase und rieb sie leicht: »Ich glaube dir auch so!« Sie hatte einen Lederball in der Hand, faustgroß. Den warf sie ihm zu. »Da!« Er duckte sich überrascht, fing ihn aber geschickt und warf zurück.

»Bist du die Tochter vom Majordomus?« fragte er. »Oder bist du gar die Tochter vom Herrn? Vor ein paar Jahren sah ich einmal ein Mädchen hier, als ich mit meinem Onkel Heu brachte, das war natürlich noch viel kleiner ...«

Sie lachte: »Nein, nein! Ja, ja, ich bin Bianca-Bella di Lorenzo.«

Also die Tochter vom Signore. »Dann hast du keine Mutter ...«

»Nein.« Sie mochte nicht mehr spielen.

»Verzeih! Ich weiß, wie das ist: ich habe auch keine Mutter mehr ... und keinen Vater ... Du hast mindestens noch ihn! Und allein bist du bestimmt nicht!«

Bianca-Bella schaute zu Boden.

»Mein Vater hat alle Leute weggeschickt«, sagte sie leise.
»Ich erinnere mich«, murmelte Pio, »mein Onkel sprach davon. So ist es also wahr . . .«
»Es hat nichts zu bedeuten. Meine Balia ist noch da . . .«
»Deine Kinderfrau?«
»Ja, die Balia. Sie kocht auch für uns.«
Pio grübelte: Der vornehme Giovanni di Lorenzo . . . Und hatte keine Dienerschaft mehr? Wollte er keine haben? War er nur schrullig? Ein Eigenbrötler, der keine Gesellschaft mochte, vielleicht weil er keine Frau mehr hatte? Oder steckte etwas anderes dahinter?
»Wir hatten viele Diener, sehr viele!« rief Bianca-Bella, als könnte sie seine Gedanken lesen. »Wir hatten mehr, als du dir ausmalen kannst. Mein Vater sagte: Die vielen Leute fressen uns auf!« Jetzt wurde sie rot. Es stand ihr reizend. Vielleicht wie einem Apfelbäumchen die erste Blüte. »Nicht, daß du glaubst, wir wären zu arm für Diener«, rief sie. »Mein Vater besitzt viele Schätze, so viele, daß man sie gar nicht zählen kann. Gerade jetzt ist wieder ein Schiff unterwegs, es kommt aus Osmanien und ist mit Juwelen beladen, mit Teppichen und Gewürzen – und sobald es eingelangt ist, dann kehren auch die Diener zurück . . .«
Also doch! Jetzt hatte sie sich verraten! Da hatte der Onkel recht gehabt. Der Kaufmann hatte seinen Hausstand eingeschränkt, weil er sparen mußte.
Bianca-Bella mochte spüren, was er dachte. Es war ihr unangenehm: »Dann wird alles noch prächtiger, als es schon gewesen ist«, rief sie und stapfte mit dem Fuß auf.
»Mein Gott, was redest du, Kind!« Eine rundliche Frau kam um das Gebüsch, außer Atem, die weiten Röcke flogen. »Was plapperst du nur! Habe ich dir nicht hundertmal gesagt . . . Und wer ist dieser schmutzige Junge? Ein Tagedieb! Einer von den Lumpen, die um unser Haus streichen.«
»Er pflegt die Pferde seiner Hoheit«, sagte Bianca-Bella.
Daß diese Matrone die Kinderfrau war, konnte sich Pio

leicht denken. Sie faßte das Mädchen liebevoll an der Schulter: »Hinein jetzt! Ins Haus! – Und du verschwinde, wer immer du sein magst!«

»Ich bin Pio Aniello. Ich wohne im Hof auf dem Hügel, aber ich arbeite beim Herzog im Stall!« Pio spürte Ohnmacht und sogar Wut.

»Ach, du bist der Neffe vom Bauern! Verschwinde!« Die Balia war zornrot, denn sie war ängstlich und hatte ein schlechtes Gewissen, weil sie das Kind ohne Aufsicht gelassen hatte.

»Geh nur endlich! Und laß dich im Park nicht mehr sehen! Du schmutziger Junge! Du bist kein Umgang für Bianca-Bella! Sei froh, daß ich dich heute noch einmal laufenlasse! Bedanke dich bei ihr – und bei der Jungfrau Maria!«

So schnell sie gekommen war, so schnell verschwand sie mit dem Mädchen im Haus zwischen den Säulen des Eingangs. Pio schaute ihnen nach. Dann drehte er sich um und kroch zurück, durch die Lücke der Mauer. Der Hund lag noch auf der Wiese. Er kam langsam näher. Pio setzte sich auf einen Baumstumpf. Er ließ den Kopf hängen. Er kraulte den Hund. »Siehst du«, murmelte er, halb zu dem Tier, halb zu sich selbst. »Ich bin ein armer Lump, und sie ist ein Edelfräulein. Da führt kein Weg zusammen. Vielleicht ist es gut, daß man mich mit der Nase darauf gestoßen hat. Ich bin schon zu eingebildet gewesen. Jetzt weiß ich es wieder... Ja, aber was machen wir denn mit dir? Du scheinst ja noch schlechter dran zu sein als ich.«

Der Hund hob den Kopf und blaffte kurz auf.

»Ich nehme dich zu mir«, brummte Pio. »Heute habe ich beim Onkel vielleicht einen Stein im Brett. Und einen Hund auf dem Hof könnten wir gut gebrauchen. Komm also! Aber wie heißt du? Laß mich nachdenken... Du bist wie ein Fuchs durch die Felder gestreunt... Ich könnte dich Fuchs nennen... Freilich bist du viel größer... und du siehst auch ganz anders aus, wirklich... aber trotzdem:

warum eigentlich nicht? Volpino wäre doch ein schöner
Name . . . Also Volpino!«
Der Hund wedelte mit dem Schweif. Ganz selbstverständ-
lich trottete er neben Pio her. Die Sonne senkte sich auf den
Rand der Erde, auf die fernen Hügel. Es war Abend, es
wurde Nacht.

2

Der Onkel rief zuerst: »Was soll der Hund?«

»Er ist wachsam«, erklärte Pio.

»Ein Esser mehr«, murrte der Onkel. »Ein Fleischfresser.«

»Er frißt Abfälle. Er frißt Aas, Haut und Knochen. Er frißt sogar Mais. Davon haben wir genug!« Pio trotzte. »Und vergiß nicht, daß es jetzt etwas zu bewachen gibt bei uns ... deshalb!«

»Ein wüster Köter!«

»Desto mehr werden sich die Gauner vor ihm fürchten. Es gibt so wilde Kerle. Heute morgen sah ich drei, denen möchte ich nicht in die Hände fallen!«

»Hm ...« Der Onkel dachte an die Münzen. Sie lagen jetzt unter der Diele. Ja, es war vielleicht wirklich besser ...

»Nun, wenn der Hund wachsam ist«, murrte er. »Aber nur vorläufig!«

»Ich habe ihn Volpino getauft.« Pio war beruhigt, er kannte den Onkel. Zio Alfredo würde sich an den Hund gewöhnen, er konnte bleiben.

Volpino streifte durch die Stube. Sie glich mehr einem Stall, aber für einen Hund war das kein Grund, sich nicht wohl zu fühlen. Als er alles beschnüffelt hatte, legte er sich unter den Tisch, schnaufte und war zu Hause.

Auch der Onkel fühlte sich prächtig. Ein Feuer flackerte unter dem Rauchfang, da schmorte ein Huhn im Topf. Der Geruch zog durch den Raum, würzig, wunderbar! Es roch auch nach Oregano und nach Salbei! Dazu hatte sich der Onkel eine Weinflasche geholt. Sein kleiner Vorrat war ihm kostbar, den hielt er heilig. Aber heute war er guter Stimmung. »Heute feiern wir, Junge«, rief er heiter, schon in Weinlaune, ein kleines bißchen angetrunken. Er holte das Huhn aus dem brodelnden Eisentopf, legte es auf ein Brett, setzte sich krumm auf den Schemel am Tisch, die Flasche

vor sich – und angelte mit dem Fuß nach dem zweiten Hok-
ker. Den schob er Pio hin: »Setz dich! Iß und trink!«
Pio griff zu. Er zerriß einen Hühnerschenkel: Was für ein
Genuß! Er wischte die Flasche mit dem Handballen ab und
setzte sie an die Lippen. Er trank sonst keinen Wein, aber
heute genoß er es, als ein Mann, als Erwachsener zu gelten.
Und dem Onkel gefiel diese Stunde ebenfalls.
Das Hühnchen wurde vertilgt. Volpino bekam die Knorpel.
Und es blieb nicht bei dieser einen Flasche. Der Onkel be-
gann zu schweben. Den ganzen Frust seines Lebens redete
er sich von der Seele: seine Armut, seine Mühsal. »Ein armer
Hund bin ich, das weiß Gott. Wie oft habe ich zur Jungfrau
Maria gefleht, sie möchte mich erlösen, wenn es mir fast die
Glieder zerriß, auf dem Feld ... Was für ein Elend! Der
Zehnte für den Herzog ... Und der Zehnte für den Gutsherrn Giovanni di Lorenzo ... Und noch ein Zehnter für
die Kirche ... Die Gebühren für die herrschaftliche Getrei-
demühle ... für den Backofen ... für die Mostpresse ...
und für die Ölmühle ... Zahlen, zahlen, zahlen, aber woher
nehmen, wenn du selbst nichts erntest? Dein Vieh muß auf
die Weide des Gutsherrn, damit der den Dung kriegt. Die
Felder des Herrn gepflügt ... und die Felder des Herrn ge-
sät ... die Felder des Herrn geerntet ... und das alles, ehe
du dich an die eigene Arbeit machen kannst! Immer die
Herrschaft ... die Pfaffen ... die Herren! Und dabei dieses
verfluchte Stechen in der Hüfte ... das Pflügen ... mit was
für einem lahmen alten Ochsen! Du weißt ja ... er ist reif
für den Schinder! Da kommt er jetzt auch hin – oder nein,
vielleicht lassen wir ihn schlachten! Wir haben ja jetzt auch
den Köter zu füttern! Ich war noch gut dran, Junge, daß ich
wenigstens den alten Ochsen hatte ... Jetzt aber kaufe ich
einen jungen, kräftigen. Gib es zu, Piorello, es war klug von
mir, daß ich dich zum Pfaffen schickte und dir Lesen und
Schreiben beibringen ließ. Ich habe mich doch immer um
dich gekümmert, habe stets dein Bestes gewollt, und wie gut,

daß du im Stall des Herzogs arbeiten kannst. Dort machst du dein Glück – und das ist auch mein Glück!«

So ging es noch lange. Es wurde dunkel, und sie zündeten ein Öllämpchen an. Das kam sonst kaum einmal vor, mit der Dunkelheit ging man schlafen. Der Onkel wurde rührselig, der Wein ließ ihn den Wert der Münzen übertreiben. Er begann zu phantasieren. Pio mußte ihn schließlich hochwuchten, ihn stützen und auf sein Strohlager schleifen. Da schnarchte er die ganze Nacht.

Aber Pio störte es nicht. Auch er spürte ein Schweben, nichts stand fest, die Bettstatt nicht, das Haus nicht, das tiefdunkle Dach nicht. Irgend etwas sang in ihm, summte hinter seiner Stirn, ganz unabhängig von seinem Wollen. So schlief er ein. Am frühen Morgen wachte er einmal kurz auf. Er blinzelte schlaftrunken durch die Lücke im Dach in den Himmel. Da war es noch dunkel, aber es kündigte sich doch schon das matte Grau an. Oben flimmerte der Morgenstern. Pio sah ihn oft, wenn er früh erwachte.

Das Gestirn war die letzte Erinnerung an seine Mutter. »Sieh hinauf«, hatte sie in der Dunkelfrühe gesagt. »Dieser Stern ist dein Freund. Er leuchtet in den neuen Tag, und ein neuer Tag – das ist schön! Manche Leute bezeichnen ihn als Venus, das ist der Name einer heidnischen Göttin, aber ich sage dir, Piorello, in Wahrheit ist er ein Diamant im Sternenmantel der Jungfrau Maria. Alle Himmelssterne sind Diamanten in ihrem Mantel, aber er ist der größte und schönste. Denke an die Mutter Gottes, wenn du den Morgenstern siehst. Dann darfst du dir etwas wünschen. Sie wird dir helfen!« So hatte die Mutter zu ihm gesprochen und ihm über die Haare gestreichelt. Bald darauf war sie tot, die Jungfrau Maria hatte sie zu sich genommen.

Aber heute dachte Pio nicht zurück an damals, er dachte an den gestrigen Abend. Er sah das Mädchen vor sich. Das blasse Gesicht, die schwarzen Locken drumrum. Darin die hellen Augen: auch so Sterne. Es war seltsam, er hatte noch nie an ein Mädchen gedacht . . . Bianca-Bella hieß sie . . . Bianca-Bella di Lorenzo. Er machte die Augen zu, da sah er sie besser, das weiße Kleid, und wie sie den Ball nach ihm warf. Daß die Kinderfrau ihn verjagt hatte, das ärgerte ihn. Wie konnte er es nur anstellen, das schöne Mädchen wiederzusehen? Er schmiedete wirre Pläne. Vielleicht war es möglich, sich bei Messer di Lorenzo als Stallbursche zu verdingen . . .? Doch dabei blieb es nicht in seinen Zukunftsträumen. Vom Stallburschen wurde er zum Stallmeister . . . und schließlich sah er sich in einem vornehmen Gewand mit engen Strümpfen, gebauschten Hosen, mit spitzen Schuhen, einem Leibchen aus Seide, einem Umhang aus dunkelblauem Samt und einem fuchsroten Barett mit wippender Feder . . .

Dabei schlief er dann doch wieder ein.

Vom Hahnengeschrei hörte er heute nichts. Auch der Onkel schlug die Augen nicht auf. Der Wein wirkte nach. Ein Getöse weckte sie endlich. Eine Frau stand in der Tür, die zeterte, schrie. Volpino saß vor ihr, der Hund bellte, knurrte, fletschte die Zähne, ließ sie nicht herein.

Der Onkel blinzelte. Er stöhnte: »Mein Kopf!«

Pio rappelte sich auf. Er fühlte sich elend. Er lief zum Hund, hielt ihn am Hals: »Ruhig, Volpino, ganz ruhig!« Er erkannte die rundliche Matrone, obwohl sie gegen das grelle Licht stand: es war die Balia, die Kinderfrau im Hause Lorenzo. »Wo ist das Mädchen?« zeterte sie, ihre Stimme war schrill, überschlug sich. Sie weinte, sie keifte: »Wo ist das Kind, wo ist mein Liebling, wo habt ihr Bianca-Bella versteckt? Was wollt ihr?«

Zio Alfredo schaute nur schwer. Er verstand nichts. Volpino ließ sich endlich zur Ruhe bringen. Pio schleppte den Onkel hinaus zum Brunnen, schöpfte Wasser, goß es ihm über den Schädel, da floß es von den ergrauten Haaren.

»Was ist los«, knurrte der Onkel. »Was will die Signora?«

»Bianca-Bella ist nicht mehr da!« rief die Frau. »Als ich in der Früh in ihr Zimmer kam, war ihr Bettchen zerwühlt und die Truhe aufgerissen: da fehlte ein Kleid. Und das Kind war fort!«

»Ja, aber was hat das mit uns zu tun?« fragte der Onkel. Etwas Dunkles kroch in ihm hoch, er spürte Angst.

»Wir suchen sie überall«, sagte die Balia. »Euer Junge war gestern als letzter bei ihr! Ich hatte gleich so einen Verdacht: er wird etwas wissen.«

»Ich weiß nichts«, rief Pio. Er spürte ebenfalls Angst. So eine Beschuldigung konnte schlimme Folgen haben, die schlimmsten.

»Der Junge war gestern den ganzen Abend bei mir«, murrte der Onkel. Die Beine versagten ihm den Dienst. Er ließ sich auf den Schemel sinken. »Und die ganze Nacht auch. Außerdem waren wir beide besoffen.«

»Der Kerl kommt mit mir«, rief die Kinderfrau. »Der Herr hat es befohlen. Er soll sofort in die Villa Lorenzo. Dann wird er schon reden! Und wehe, er sagt nicht die Wahrheit! Dann geht es ihm schlecht, es gibt Mittel . . .«

»Dieses Unglück«, seufzte der Onkel. »Du mußt nur arm sein, dann verfolgt es dich immer. Keinen Augenblick gönnt dir das Schicksal Ruhe, ja, werde nur übermütig, gleich schlägt das Unheil zu. Der Junge ist unschuldig!«

»Das wird sich erweisen!« Die Kinderfrau wollte, daß sich alles rasch aufklärte. Pio war ihre Hoffnung. Sie hing an dem Mädchen und war nun außer sich vor Angst. Energisch griff sie nach Pios Arm. Da sprang Volpino an ihr empor, er legte die Vorderpfoten auf ihre Schulter, blaffte, knurrte, die Zähne ganz nah.

Die Kinderfrau schrie auf. Sie fiel fast, taumelte rückwärts. »Zurück, Volpino!« Pio warf sich auf den Hund, wälzte sich mit ihm am Boden. Er drückte das Tier nieder. Dann stand er auf: »Ich komme, Balia!«

»Ich heiße Balia Antonia!« Die Kinderfrau blickte den Hund furchtsam an. »Der bleibt aber hier!«

»Ich bin bestimmt bald wieder zurück, Onkel, ich habe ja nichts mit alledem zu tun!« Pio stopfte sein Hemd in die Hose, er fuhr sich mit den gespreizten Fingern durchs Haar. Er fühlte sich elend. So eine Verdächtigung wog schwer. Man konnte nie wissen, was daraus wurde. Zwar hatte er ein reines Gewissen. Er wußte auch, daß er Freunde und Fürsprecher hatte. Aber trotzdem...

Er trabte neben der Frau her. Volpino hatte er zuvor an das Tischbein gebunden. Aber der Hund riß sich los, folgte ihnen, rannte hinterher... Pio drehte sich um, scheuchte ihn, warf sogar Steine nach ihm. Der Hund ließ sich nicht abschütteln, aber er hielt nun Abstand.

Die Kinderfrau lief schnell, ihr Rock wehte. Sie atmete heftig, keuchte. Pio war freilich schneller, trotz seiner nackten Füße. Je näher sie dem Haus kamen, desto mehr bekümmerte ihn Bianca-Bellas unklares Schicksal. Er vergaß fast die eigene Gefährdung.

Sie eilten durch den Park der Villa, durch das prächtige Gartenportal, über den Kiesweg. Vor dem Haustor stand ein Pferd. Der Zügel war in den Eisenring an der Mauer geschlungen. Es war jemand gekommen. Pio wurde es flau: War das ein Sbirre, ein Scherge des Herzogs?

Er herrschte den Hund an: »Setz dich, Volpino! Und bleib ja hier liegen!« Der Hund setzte sich wirklich, nicht weit von dem fremden Pferd, aber er schaute aufmerksam, als sein Herr in den Palazzo ging. Stufen empor... durch das prächtige Treppenhaus... oben der Umgang mit dicken Säulen, Deckengemälde...

Pio atmete ein wenig freier, als er in den Salon kam. Den fremden Mann kannte er. Das war Messer Tosi, der Padrone vom Bankhaus Maurizio Tosi. Das schmale Gebäude mit der Eichentür stand hinter den Arkaden in der Via Ducale. Schmal war das Gebäude, ja, aber das täuschte nur Bescheidenheit vor: Messer Tosi war reich und mächtig.

Der Hausherr – Giovanni di Lorenzo – war blaß, so blaß,

als sei er mit Mehl bestäubt. Er und der Bankier schienen sich gestritten zu haben, denn auch Messer Tosi war erregt, er aber hatte rote Wangen.

»Das konnte ich natürlich nicht ahnen«, rief der Bankier eben. Er kümmerte sich nicht um die Eintretenden. »Aber an unseren Geschäften ändert das doch nichts, bei allem Verständnis! Es wird sich alles ja auch bestimmt rasch aufklären! Dio mio! Kinder sind doch wie Zicklein, die laufen hierhin und dorthin und verstecken sich irgendwo, denken sich nichts dabei, nur so zum Spaß!«

»Und vorher wühlen sie die Truhe durch und nehmen ein Kleid mit?« rief Bianca-Bellas Vater. Messer di Lorenzo sprach wie einer, der keine Luft bekommt. Nun sah er Pio. Er runzelte die Stirn.

»Da bist du ja! Endlich! Du warst gestern abend bei meiner Tochter im Park, du warst als letzter mit Bianca-Bella zusammen, du bist durch die Mauer gekrochen! Rede!«

»Ich würde gerne helfen!« Pios Stimme war belegt. Er stotterte und suchte nach Worten. Er mußte sich sehr zusammennehmen. Doch er erzählte alles, wie es gewesen war, nichts verschwieg er, die Pferdetränke zuerst... Nur von den Münzen, die er dem Onkel gegeben hatte, sagte er nichts. Aber daß er durch die Felder gelaufen war, ganz ohne Absicht... dann das Loch in der Mauer, ein bißchen Neugier... »Bestimmt, Messer di Lorenzo, so war es! Und mehr weiß ich nicht.«

Der Kaufmann legte eine Hand vor die Augen. »Erinnere dich, erinnere dich«, murmelte er. Er sah Pio durchdringend an.

»Verzeiht, aber meine Zeit drängt«, meldete sich der Bankier. »Ich muß zurück zu meinen Geschäften. Ich kam nur, um Euch zu erinnern: Euer Wechsel ist fällig. Zahlt Ihr nicht bis morgen, was ich bedauern würde, gehört dieses Haus mir.«

»Aber das Schiff!« Messer di Lorenzo stöhnte. »Es ist doch

nicht meine Schuld, daß es noch nicht eintraf ... Ich erwarte täglich den Boten vom Hafen, aus Brindisi ... Bald bin ich vermögender, als ich jemals war. Nur bis dahin ist meine Lage schwierig. Nun ja, ich habe Unglück gehabt, ich mußte Euch in der Zwischenzeit mein Haus verpfänden! Aber was bedeutet das schon ...«

»Ich kenne Euch nun viele Jahre«, sagte der Bankier. »Ich habe erlebt, wie Eure Tochter geboren wurde. Ich habe erlebt, daß ihre Mutter, Eure Gemahlin selig, im Kindbett starb. Ich tue mein Äußerstes: ich gehe bis an die Grenze meiner Möglichkeiten. Ich habe selbst Verpflichtungen, ich ging selbst Verbindlichkeiten ein, um Euch zu helfen. Nun – aber –, ich gebe Euch noch einmal drei Tage, springe selbst in die Bresche ...«

»Ich danke Euch! Jedoch, drei Tage, was sind drei Tage?«

»Mein letztes Wort. Danach räumt Ihr das Haus!«

»So hört doch!« rief Messer di Lorenzo. »Ich habe doch alles getan, was ich konnte. Alle Diener habe ich fortgeschickt, nur die Kinderfrau behielt ich. Ich habe nicht wie ein Verschwender gelebt. Es ist nur ein Mißgeschick. So hört doch! Ich erwarb von dem Osmanen Abdulhamid Ibn Helu in der Stadt Smyrna Seidenstoffe, reichverzierte Waffen, duftende Essenzen, Spitzen, Weihrauchkörner, aromatische Hölzer, Schmuck, Juwelen und Gewürze – das allein schon von unschätzbarem Wert. Dazu noch einen Teppich, breit und lang, sein Webmuster zeigt die Schönheiten des Paradieses. Sechs Kamele brauchte es allein, diesen Teppich zu tragen! Und nun hört und staunt, denn kostbarer noch als all diese Wunder ist eine Truhe: eine Truhe voll Perlen, so rein, so edel, dergleichen könnt Ihr noch nie gesehen haben! Ganz Biurno ließe sich allein mit diesen Perlen aufkaufen, unser Herzog, unsere Adelsherren, der Bischof, die reichen Kaufleute aus Lafiora, auch Ihr – alle, alle werden diese Perlen haben wollen, wenigstens eine, so schön sind sie, so schimmernd, so groß, es gibt nichts Vergleichbares.

All meinen Besitz habe ich in diese Schiffsladung investiert . . .«

»Ihr gingt ein großes Risiko ein!«

»Das muß man! Sonst gewinnt man nichts.«

»Oder man verliert alles! Ihr habt mit großem Einsatz gespielt.«

»Wenn das Schiff in Brindisi landet, bin ich einer der reichsten Männer Italiens! Wartet also. Ich zahle Euch die doppelten Zinsen. Wenn Ihr nur Geduld habt!«

»Ich bin kein Wucherer! Ich verlange nicht die doppelten Zinsen. Ich verlange nur, was ausgemacht ist, und das zum vereinbarten Termin. Euer Schiff sollte schon vor zwei Wochen eintreffen. Es ist überfällig . . .«

»Ich schickte einen Boten nach Brindisi. Aber nun werde ich selber reisen. – Ach, aber mein Kind! Meine Tochter . . .«
Der Kaufmann griff sich ans Herz. Er tat Pio leid.

»Was ist, wenn das Schiff verlorenging?« fragte der Bankier.
Messer di Lorenzo stöhnte: »Das kann nicht geschehen sein. Gott kann das nicht zulassen. Ich habe den besten Kapitän . . .«

Pio zog sich ein wenig zurück. Am liebsten wäre er davongelaufen. Man hatte ihn wohl vergessen? Er wollte dies alles nicht hören. Messer di Lorenzo war es sicher nicht recht, daß er unfreiwillig Zeuge wurde – durch diesen Zufall. Er drehte sich um . . . Da packte ihn die Kinderfrau. »Vergeßt Eure Tochter nicht, Herr!« rief sie dem Kaufmann zu.

Vielleicht hätte man Pio jetzt noch einmal dringender ins Verhör genommen, doch da lärmte es unten am Tor. »Sieh nach, wer da kommt, Balia! Vielleicht ist es wichtig!« befahl der Kaufmann. Die Kinderfrau eilte die Treppe hinab.

3

Stille herrschte im Raum. Alles lauschte nach unten, zum Eingang: Da klangen Stimmen ... Erregung ... Schritte, die sich näherten, die Stufen hinauf.

Da kam die Kinderfrau wieder. Neben ihr ein hagerer Mann. »Ein Brief ...« meldete die Balia. »Ein Bote ...«

»Gib her ... endlich ... die Nachricht! Das Schiff!« Der Kaufmann entriß dem Boten das Schreiben, er sah den Mann kaum an. Zitternd brach er das Siegel auf und überflog den Brief. Da wankte er, sank auf den Stuhl. Das Blatt fiel zu Boden.

Pio sprang höflich hinzu, er hob das Schreiben auf, er reichte es Messer di Lorenzo. Doch dieser war wie geistesabwesend, schaute durch ihn hindurch.

»Redet! Es ist, wie ich es befürchtet hatte. Das Schiff ist verloren!« rief der Bankier.

»Nein ...« stöhnte Messer di Lorenzo. »Hier – lest selbst!« Er reichte das Blatt hinüber, mit gelähmtem Arm. Maurizio Tosi nahm es, las, las zweimal: »Ich verstehe nicht ...« murmelte er endlich.

»Meine Tochter wurde entführt«, stöhnte Giovanni di Lorenzo. »Bianca-Bella ...«

Die Balia preßte die Hand auf ihren Mund.

»Erklärt das besser«, rief der Bankier, rief Maurizio Tosi. »Was wißt Ihr?«

Giovanni di Lorenzo starrte in die Ferne, wie gegen eine Wand. Er murmelte: »Ich schulde meinem osmanischen Geschäftspartner Geld, viel Geld! Weil ich die Ware nicht bezahlte, ließ er meine Tochter entführen. Jetzt soll ich die Summe gleich nach Venedig schicken ...«

»Wem sollt Ihr sie dort übergeben, Messer di Lorenzo?«

»Senator Lodando, Enrico Lodando ...«

»Enrico Lodando? Das ist ein mächtiger Mann!«

Wie unter einem inneren Zwang wiederholte Pio diesen Namen, seine Lippen bewegten sich unhörbar.

Der Bankier fuhr fort: »Der Senator ist Mitglied des Rates der Zehn, ihm untersteht die geheime Polizei der Lagunenstadt. Daß er sich für Euren osmanischen Kaufmann verwendet...«

»Ist das denn gut?«

»Ich finde es gut und schlecht zugleich. Es zeugt für den großen Einfluß, den der osmanische Kaufmann... wie war sein Name?«

»Abdulhamid Ibn Helu!«

»... den Abdulhamid Ibn Helu hat. Und es zeugt auch davon, daß man seine Ansprüche für gerecht hält. Doch sprecht erst weiter.«

»Wenn ich meine Schuld begleiche, heißt es, bekomme ich mein Kind wieder. Zahle ich aber nicht binnen eines Tages, nicht bis morgen abend, wird Bianca-Bella nach Smyrna gebracht.«

»Heilige Mutter Gottes, bitt' für uns«, jammerte die Kinderfrau.

Der Bote wurde unruhig. Er sah abenteuerlich aus, wie gerade aus dem Staub der Landstraße aufgelesen. »Mein Lohn, Ihr Herren«, rief er. »Dann gehe ich!«

»Auch noch Lohn? An den Galgen mit dir!« schrie Giovanni di Lorenzo.

»Du bleibst«, herrschte der Bankier den Boten an. »Wenn du zu fliehen versuchst, dann hängst du!«

Die Balia schloß schnell die Tür und warf sich mit dem Rücken dagegen.

Der Mann knickte zusammen. »Ich hab nichts verbrochen«, jammerte er. »Ich habe mit all dem nichts zu tun. Das hat man nun davon, wenn man gefällig sein will! Ich weiß von nichts.«

Der Bankier schaute Messer di Lorenzo stechend an. »So ist das also: Bianca-Bella, Eure Tochter, wurde auf Befehl dieses osmanischen Kaufmanns entführt... aber von wem? Welche Gauner konnte er dafür gewinnen?«

Da sah Pio sie wieder vor sich, die drei gefährlichen Gesellen, die ihm gestern in Biurno aufgefallen waren: vom Wind und der Sonne gegerbt, von wilden Kämpfen. Der eine mit dem Band über dem Auge, der zweite mit der zerbrochenen Nase, der dritte mit der flammend roten Narbe über der Backe. Das waren sie, gewiß... oder doch nicht? Es konnten doch auch andere gewesen sein, ganz andere...

»Helft!« Giovanni di Lorenzo rang die Hände.

Maurizio Tosi trat zurück. »Ich? Wie könnte ich helfen?«

»Helft! Gebt mir das Geld!« rief Giovanni di Lorenzo verzweifelt. »Streckt es mir vor!«

»Seid Ihr verrückt – ein solches Vermögen? Und ein zweites Mal? Ihr schuldet mir bereits alles, was Ihr besitzt!« Der Bankier umfaßte den Raum sinnbildlich mit seinen Armen.

»Helft! Um Christi willen!« flehte der Kaufmann.

»Kommt zu Euch. Das Schiff muß ja bald eintreffen!«

»Dann hat man meine Tochter bereits über die See entführt! In Venedig wartet gewiß schon ein Schiff auf sie, und selbst wenn ich die schnellsten Pferde hinterhersende, werde ich sie nicht mehr erreichen.«

»So zahlt später, und löst das Kind bei dem Osmanen aus! Wirklich, ich verstehe nicht, wie Ihr Euren osmanischen Geschäftsfreund derart behandeln konntet«, sagte der Bankier schneidend. »Ihr müßt von Sinnen gewesen sein!«

»Ich bezahlte ja, aber nicht alles, bei weitem nicht alles«, stöhnte Giovanni di Lorenzo. »Ich leistete eine Anzahlung, das ist doch üblich!«

»Ja, wenn es vereinbart ist!«

»Ich versprach ihm sein Geld, ließ ihn aber für den Rest im ungewissen! Er nahm an, ich würde zahlen, wie üblich, bevor das Schiff auslief, die *Santissima Annunziata*. So haben wir es immer gehalten: Ich leiste eine Anzahlung, dann wird die Ware auf mein Schiff gebracht, dann prüfen wir die Ladung gemeinsam, dann bezahle ich den Rest. Er kannte mich, hatte Vertrauen . . . Aber diesmal . . . Oh, hätte ich anders gehandelt, hätte ich ihm die Wahrheit gesagt, hätte ich die kostbare Ware doch nie erhalten!«

»Ihr habt gespielt, sehr waghalsig und mit höchstem Einsatz!«

»Ich sah keinen anderen Weg. Ich wollte, ich mußte diese Fracht haben! Natürlich dachte ich nicht an Betrug, nur an einen Aufschub! Und natürlich ahnte ich nicht, daß Bianca-Bella . . .«

»Ihr glaubtet, sehr klug zu sein! Nun werdet Ihr gestraft!«

»Ich will meine Verbindlichkeiten ja erfüllen, wenn die *Santissima Annunziata* eingetroffen ist und ich die Waren verkauft habe.« Giovanni di Lorenzo bebte am ganzen Körper. »Aber wie war es nur möglich, daß sich Euer osmanischer Geschäftsfreund so übertölpeln ließ?« Messer Tosi wunderte sich.

»Abdulhamid Ibn Helu? Nun, es war so: Der Kapitän der Galeasse steht schon seit einem Jahrzehnt in meinem Dienst. Ich half ihm einmal, als es für ihn um Tod und Leben ging. Er ist mir sehr verpflichtet. Und ich konnte ihm schon mehr als einmal die reichste Fracht anvertrauen. Nun, diesmal befahl ich ihm, ohne mich die Anker zu lichten. Ich tafelte noch bei Abdulhamid Ibn Helu, um den Osmanen in Sicherheit zu wiegen . . . Ich hielt ihn hin, bis ich gewiß sein konnte, daß die *Santissima Annunziata* den Hafen verlassen hatte und sich außer Reichweite befand. In derselben Nacht floh ich aus Smyrna! Mein Pferd stand in der Karawanserei bereit. Ich ritt, ich flog nach Konstantinopel, von dort auf schnellstem Wege hierher . . . zu Euch . . . um Euch um Geduld zu ersuchen . . . und zu meiner Tochter . . .«

»Ich beginne zu verstehen«, sagte der Bankier. »Als der osmanische Kaufmann Euren Betrug . . .«

»Kein Betrug, nur eine List!«

»Als er das bemerkte, wurde er wütend. Er fühlte sich hintergangen und bangte um sein Geld. Wußte er denn von Eurer Tochter?«

»Ach, ich Wahnsinniger prahlte mit ihr: Was für ein hübsches Kind sie sei, mein Augenstern, meine ganze Freude, mein ganzer Stolz ... alles, woran mein Herz hängt!«

»Nun beruhigt Euch. Ihr wißt ja nun, wo sich Eure Tochter befindet. Bezahlt Euren Geschäftsfreund, dann habt Ihr sie wieder.«

»Aber ich kann doch diese ungeheure Summe bis morgen nicht nach Venedig schicken! Und wenn ich nicht sofort zahle, wird Bianca-Bella als Sklavin verkauft. Oder, so schreibt er, wenn sie ihm gefällt – und wie sollte sie ihm nicht gefallen! –, dann behält er sie in seinem Harem! Ich weiß nicht, was schlimmer ist!«

»Daß der Osmane droht, gehört nun zu seinem Spiel. Das muß er! Was schadet es? Ihr werdet Eure Schuld ja bezahlen – und Eure Wechsel an mich auch«, sprach der Bankier düster.

Nun hätte sich Pio eigentlich zurückziehen können. Er war frei von jedem Verdacht und hatte in diesem Hause nichts mehr verloren. Aber jetzt wollte er noch bleiben. Er kroch hinter die Lehne eines hohen, mit einem Gobelin bezogenen Stuhles und hörte wie gebannt zu.

Der Bankier drehte sich dem Boten zu: »Jetzt bist du an der Reihe«, fuhr er ihn an. »Rede, beschreibe die Kerle, von denen du diesen Brief bekamst.«

»Oh, ich weiß nichts«, beteuerte der Mann. »Einer drückte mir den Brief in die Hand. Er trug einen braunen Umhang und war ganz verhüllt. Ich würde von Euch reich belohnt werden, versprach er, denn dies sei eine freudige Nachricht. Dann warf er mir ein paar Kupfermünzen zu und war auch schon verschwunden.«

»Mag sein, daß es so war«, meinte der Bankier. »Ich vermute, die Entführer waren geschickt genug, keinen Mitwisser zu senden, der unter der Folter plaudern könnte ...«

»Folter? Gnade! Barmherzigkeit! Eine Belohnung!« rief der Bote. Er lag auf den Knien, rang die Hände.

»Hinaus mit dir!« befahl Giovanni di Lorenzo.

Vielleicht wäre Pio jetzt hinter seinem Versteck hervorgekommen. Vielleicht hätte er gerufen: »Nein, nicht wegschikken, das ist zu früh!« Er hätte den Boten fragen wollen: nach der Narbe, nach der schmutzigen Binde... Doch er kam nicht dazu. Denn als der Bote den Raum verlassen wollte, stieß er fast mit einem anderen Mann zusammen, der eben hereindrängte. Der Bote zwängte sich an ihm vorbei. Er hatte es ja sehr eilig, er war froh, heil davonzukommen. Schnell entfernten sich seine Schritte über die Treppe.

Der Fremde, der nun eintrat, schien ein Geistlicher zu sein. Mönch eines Bettelordens vielleicht, jedenfalls wirkte er ziemlich heruntergekommen. Er trug eine braune Kutte, die freilich völlig verstaubt war. Seine Nase war wie ein Angelhaken. Und was er zu berichten hatte, klang so abenteuerlich, daß es Pio jetzt vollends den Atem verschlug. Er glaubte zu träumen. Da konnte er nicht fort, selbst wenn seine Seele dem Satan verfallen wäre. Dabei fröstelte er beim Anblick dieses Mannes.

»Herr, Herr«, rief der Pfaffe. »Eine wichtige Nachricht... Euer Schiff...«

»Rede!« Giovanni di Lorenzo keuchte.

»Wieso ein Pfaffe?« Der Bankier wunderte sich.

»Es ist angekommen!?«

Giovanni di Lorenzo packte den Mönch am graubraunen Habit, von dem es stäubte.

»Es ist gestrandet...« murmelte der Mönch.

Giovanni di Lorenzo krampfte die Hände zusammen.

»Es ist nicht alles verloren«, rief der Mönch. »Deshalb bin ich gekommen. Es ist eine lange, eine wirre Geschichte...«

»So erzählt nur das Wichtigste, erzählt es knapp und genau!« rief Messer Tosi.

»Man nennt mich Bruder Latino«, erklärte der Mönch.

»Aber habt Ihr nicht einen Schluck Wein für mich? Ich bin durstig!«

»Redet, Bruder, oder ich vergesse mich und schneide Euch die Gurgel durch! – Balia! Balia Antonia! Wein!«

Die Kinderfrau öffnete die schwere Tür des Schrankes, nahm eine Karaffe, Gläser ... Der Mönch goß den Wein hinab. »Fra Latino nennt man mich«, sagte der noch einmal, »weil ich das Latein spreche wie meine Muttersprache. Nun, aber das wollt Ihr nicht wissen ... Das Schiff ... ja ... Also ein Mann schickte zu mir, ein Seemann. Er lag auf den Tod und wollte noch beichten, daher eilte ich zu ihm. Von ihm weiß ich alles. Euer Schiff, die *Santissima Annunziata*, der Segler ...«

»Das ist der Name, ja ...« rief Giovanni di Lorenzo. »Sprecht, sprecht!«

»Der Matrose war schwer verwundet. Es ging rasch mit ihm zu Ende. Er konnte kaum noch sprechen.«

»Er starb?«

»Er ist tot! Ich erfuhr nicht sehr viel. Er hat mir aufgetragen, Euch aufzusuchen, Messer di Lorenzo.«

»Was ist aber geschehen?« fragte der Bankier.

Der Kaufmann selbst war unfähig, noch etwas zu sagen. Entsetzen lähmte ihn. Er faßte seinen Hals, rang nach Luft.

»Der Kapitän wurde auf See überfallen«, sagte der Mönch. »Soviel habe ich verstanden. Ein Teil der Besatzung meuterte. Andere hielten zum Kapitän, doch diese ehrlichen Leute wurden überwältigt. Die *Santissima Annunziata* hatte wohl Kostbarkeiten geladen, Schätze, unermeßliche Reichtümer. Das wißt Ihr besser als ich. Es ist doch so?«

»Gewiß, gewiß!«

»Nun, das wußten die Seeleute. Das machte sie begehrlich. Es kam zum Kampf. Der Kapitän war Euch treu. Einige seiner Männer wurden getötet. Doch das ist nicht alles. Das Schiff geriet in einen Sturm. Nur der erfahrene Kapitän hätte es wohl hindurchsteuern können, aber der lag in Fesseln. Das Schiff lief in der Nähe einer Insel auf ein Riff. Es sank. Was weiter geschah, weiß ich nicht. Wie es scheint, überlebte nur dieser eine Seemann . . .«

»Die Ladung, die Ladung, was ist mit der Ladung?« stöhnte Giovanni di Lorenzo. »Die Teppiche, die Stoffe, die Gewürze, vor allem die Juwelen, die Truhe mit den Perlen!«

»Es besteht noch eine kleine Hoffnung«, versetzte der Mönch. Sein Gesicht war plötzlich verschlagen, fast eine Fratze. »Das meiste liegt wohl auf dem Grund des Meeres. An welcher Stelle, wer weiß es! Ob man es heben könnte?«

»Ist das die Hoffnung?«

»Nein! Ein Teil wenigstens scheint gerettet worden zu sein, doch von wem und wieviel, das konnte ich nicht mehr erfahren.«

»Aber wo – wo ist der Schatz?«

»Er soll auf der Insel versteckt sein.«

»Auf welcher denn?«

»Ich weiß es nicht. Es ist ein Eiland irgendwo zwischen dem Osmanischen Reich und der griechischen Küste.«

»Aber da gibt es Hunderte, ja Tausende von Inseln! Erinnere dich, der Name . . .«

»Ich kenne ihn nicht!«

»Kerl! – Um der Heiligen Jungfrau willen . . .«

»Ich heiße Fra Latino«, erinnerte ihn der Mönch mit Entrüstung. Wer erlaubte es sich, ihn Kerl zu nennen!

»Jaja, gewiß! Fra Latino! Seid gesegnet. Oh, aber Ihr wißt mehr, als Ihr zugebt! Ihr wißt alles!«

»Laßt mich! Ihr zerreißt mir das Gewand. Es ist vergeblich!«

»Der Name der Insel . . . War er Samos? War er Chios? War er Naxos oder Patmos, Lipsos, Telos, Chalke, Karpathos, Kasos?«

»Ich weiß es nicht! Aber . . .« Die Augen des Mönchs funkelten. Pio lief ein Schauder den Rücken entlang.

Es lag Triumph in der Stimme des Fremden, als er rief: »Ich habe eine Karte!«

»Laß sehen! Her damit!«

Fra Latino nestelte in seinem Gewand. Er zog ein streifenförmiges Stück gegerbte Ziegenhaut heraus. Der Kaufmann riß sie ihm fast aus den Fingern. Sie hatte die Form eines Lederbandes. Mit Tusche, vielleicht auch mit Blut waren Zeichen, Striche und Markierungen eingeritzt.

»Was soll das . . .«, stöhnte Giovanni di Lorenzo enttäuscht. »Darauf kann niemand etwas erkennen!«

»Die Karte ist in einer Geheimschrift angefertigt. Man muß sich mit den Zeichen beschäftigen, man muß sie zu entschlüsseln versuchen. Dann enthüllen sie einem ihre Botschaft. Ich erkenne einen Fluß . . . einen Berg . . .«

»Es scheint, Ihr habt die Karte genau studiert, Bruder!« Maurizio Tosis Stimme klang scharf, Giovanni di Lorenzos Blick flackerte.

»Ist das ein Vorwurf? Ich brachte sie Euch! Ich hätte sie behalten können!« erwiderte der Mönch empört.

»Da hat er recht«, warf der Bankier ein.

»Wem nützt diese Karte schon«, stöhnte Giovanni di Lorenzo jetzt matt. »Ich brauche das Geld sofort, die Schätze, die Perlen! – Was soll ich mit diesem Gekritzel? Und wer weiß, wie viele dieser Krakel nicht bloß Risse im Leder sind.«

»Es ist nicht viel, was Ihr in den Händen habt, Messer di Lorenzo«, sagte da der Bankier. »Die Karte ist für uns nicht zu entziffern, sie ist unbrauchbar. Den Namen der Insel kennt Ihr nicht, Ihr wißt auch nicht, ob dies die einzige Karte ist oder ob es noch andere Mitwisser gibt, die über größere Kenntnisse verfügen . . .«

»Vielleicht hat auch der Mönch nicht alles gesagt«, hauchte der Kaufmann. Er war jetzt totenbleich.

»So ist alles nichts wert«, erklärte der Bankier.

»Es ist eine gute Belohnung wert«, rief der Mönch, der seine Hoffnung schwinden sah. »Eine sehr gute, eine angemessene Belohnung!«

»Gemessen an was?« fragte Messer Tosi.

»Gemessen am Wert des Schatzes!«

Giovanni di Lorenzo, der Kaufmann, wirkte wie geistesabwesend. Hörte er überhaupt noch etwas? Nahm er noch etwas wahr von dem, was um ihn herum vorging? Seine Augen blickten glasig. Er drehte sich um. Mit unsicherem Schritt bewegte er sich zu seinem Schreibtisch, öffnete eine Schublade mit quälender Langsamkeit und schob die Karte hinein. Dann . . .

»Um Gottes und aller Heiligen willen! Messer di Lorenzo . . . was ist Euch?« rief der Bankier. »Balia! Bruder! Helft!«

Giovanni di Lorenzo war zusammengesunken. Er fiel, wie von einem Schlag gefällt. Im Fallen riß er die Decke vom Tisch. Eine reichbemalte Vase fiel klirrend auf den Marmorboden und zerschellte. Der Bankier, der Mönch, die Kinderfrau – sie eilten zu dem Kaufmann, beugten sich über ihn und stützten ihn, sie versuchten ihn aufzuheben.

»Ich habe alles verloren«, flüsterte Giovanni di Lorenzo. »Mein Vermögen . . . meine Tochter . . . mein armes, armes Kind . . . Ich kann meine Schuld nicht begleichen . . .« Er sank zurück.

Der Mönch zeichnete das Kreuz über sein Gesicht, über seine Brust: »Gott sei seiner Seele gnädig!«

»Ihr meint, er ist tot?« fragte der Bankier betroffen.

»So ist es.« Der Mönch nickte. »Ich habe schon vielen Sterbenden in die brechenden Augen geblickt. Diese hier können wir nur noch schließen.«

»So will ich es tun!« Der Bankier strich die Lider des Kaufmanns herab: »Ruhe in Frieden, Giovanni di Lorenzo!«

Die Kinderfrau schluchzte.

4

Für kurze Zeit hatte die Majestät des Todes alles zum Schweigen gebracht. Sogar die Möbel und die Wände schienen erstarrt zu sein. Niemand vermochte sich der Düsternis dieses Ereignisses zu entziehen: dem Endgültigen, dem Unbegreiflichen. Ein Mensch lebte, er fühlte, er dachte, er sprach – nun schweigt er für immer. Und kein irdisches Wort kann ihn jemals wieder erreichen.

Nur das Weinen der Kinderfrau erklang, Töne des Schmerzes. Pio wagte kaum zu atmen. Er empfand seine Anwesenheit hier, in diesem Moment, als ungehörig. Aber eigentlich wußte er ja kaum, was er fühlte. Zuviel hatte er in der letzten halben Stunde erfahren! Jede Nachricht war für sich allein schon ein Grund zur Erregung, für Angst und Bedrükkung ...

Und nun noch dies!

Pio ahnte: er mußte gehen. Er mußte jetzt gehen – und zwar rasch. Dies war die letzte Möglichkeit für ihn, gefährlichen Verstrickungen zu entkommen, die ihn nichts angingen; einem Schicksal zu entrinnen, das nicht seines sein sollte. Gleichzeitig aber wurde ihm überdeutlich bewußt, daß er nicht gehen konnte, selbst wenn er es gewollt hätte. Nein, es stimmte nicht, daß er noch fortlaufen konnte. Es war schon zu spät, er war schon mitten drin, er war schon gefangen. Er stand stumm und schaute. Der große, so kostbar ausgestattete Raum schien wie unwirklich zu schweben – um ihn herum: die Möbel, die Wandbehänge, die Gemälde, nichts war Wirklichkeit! Von draußen kam weißes Licht. In fahler Beleuchtung standen – wie herausgehoben – der Bankier Maurizio Tosi und der Mönch Fra Latino vor dem Leichnam des Kaufmanns, der ausgestreckt auf dem Marmorboden lag. Die Kinderfrau kniete bei seinem Kopf. Sie preßte den Saum ihres Rockes an ihre Augen. Alle hoben sich schwarz vor dem Licht ab, eine Gruppe wie auf einem Gemälde.

»Ich wollte, ich hätte ihm die Absolution erteilen können! Ich wünschte, er hätte gebeichtet«, unterbrach der Mönch die Stille.

»Gott selbst hat es anders gewollt«, murmelte der Bankier. Er richtete sich auf, straffte seine Gestalt und kehrte in die Wirklichkeit zurück. Er verstand die veränderte Lage rasch. »Eure Aufgabe ist erfüllt. Ihr könnt gehen!« sagte er, an den Mönch gewendet.

Auch Bruder Latino hatte begriffen, wenn auch auf andere Weise. Er knetete seine Hände. Seine Augen richteten sich starr auf den Bankier: »Aber mein Lohn!« meinte er. »Ich bin weit gewandert, ich brachte wichtige Nachrichten...«

»Wichtige Nachrichten? Für wen? Ihr seht, was Ihr bewirkt habt! Für mich sind Eure Mitteilungen ohne Wert! Ich schulde Euch nichts, gar nichts«, sagte der Bankier kalt. »Der, zu dem Ihr gekommen seid, lebt nicht mehr. Vor dem Tod enden Eure Forderungen. Geht!«

»Herr!« Es lag ein wütendes Aufbegehren, fast eine Drohung in der Stimme des Mönches.

Der Bankier öffnete seinen Beutel und nahm eine Münze heraus. »Nimm das!« sagte er verächtlich. »Und verschwinde, so rasch du kannst! Warte nicht, bis es mich reut! Wer weiß, wer du wirklich bist! Bist du überhaupt ein Mönch? Sagtest du die Wahrheit?«

Der Mönch warf ihm einen sengenden Blick zu. Er blickte kurz auf das Geldstück, verzog seine schmalen Lippen enttäuscht und wütend – aber da drohte ihm Messer Tosi: »Wenn du nicht augenblicklich das Haus verläßt, werde ich dich von den Sbirren des Herzogs verhaften lassen. Bist du ein falscher Pfaffe und Wegelagerer, wird kurzer Prozeß gemacht. Es würde mich nicht wundern, wenn du am Galgen endest. Verschwinde von hier. Dieses Haus gehört nun mir!«

Da duckte sich der Mönch in seinem staubigen Habit und schlich zur Tür. Dort allerdings blieb er noch einmal stehen, als wollte er umkehren. Seine Augen wanderten zum Schreibtisch, zur Schublade... Pio wußte sofort: die Schatzkarte! Er will das Leder! Und er setzte hinter der Stuhllehne zum Sprung an, um dem Mönch zuvorzukommen.

Aber: »Hinaus!« herrschte der Bankier Fra Latino an, und seine fortschleudernde Armbewegung war so gebieterisch, daß der Mönch nun wirklich ging, wenn auch zögernd, widerwillig. Und es war Pio, als würde ihm der Fremde noch einen Blick zuwerfen und gleich darauf auf das Schränkchen schauen, so, als ob er Pio auf die Karte hinweisen wollte mit der stummen Aufforderung: »Nimm sie!«

Dann hörte man ihn die Treppe hinabsteigen, einige Stufen, bis seine Schritte verklangen.

»Balia Antonia«, sagte der Bankier zur Kinderfrau. »Viel hat sich in dieser Stunde verändert. Der Herr hatte keine Familie, keine Verwandten...«

»Die Tochter...«

»Das ist etwas anderes, ein schlimmes Kapitel. Doch mit mir und meinen Geschäften hat es nichts zu tun. Bianca-Bella ist die Erbin des Verstorbenen und erbt auch seine Verpflichtungen. Dies ist nun mein Haus. Und da Bianca-Bella fort ist, werdet Ihr nicht mehr gebraucht. Geht wohin Ihr wollt. Eure Habseligkeiten dürft Ihr mitnehmen. Holt sie aus Eurer Kammer.«

Die Kinderfrau schluchzte laut: »Wohin soll ich gehen?«

»Das ist allein Eure Sache. Ihr seid ja frei«, erklärte der Bankier ungerührt. »Doch wartet«, fügte er nach kurzem Überlegen hinzu, »einmal brauche ich Euch noch. Der Tote soll von mir ein bescheidenes, dennoch würdiges Begräbnis erhalten. Das gebietet mein christliches Gewissen. Ich reite jetzt in die Stadt zurück. Dort treffe ich die notwendigen Anordnungen. Man wird den Leichnam schon bald holen

und im Campo Santo aufbahren. Balia Antonia, Ihr haltet
die Villa solange verschlossen. Laßt keinen herein, der nicht
durch ein Schreiben von mir ausgewiesen ist.«

Pio hatte bis jetzt still gewartet und gehofft, daß der Bankier
ihn vergessen hatte. Aber dem war nicht so. »Auch du
gehst«, befahl ihm jetzt Messer Tosi, besann sich dann aber
erneut. »Nein, dich kenne ich. Du bist ein kräftiger Bursche
und hast ja nichts angestellt, wie sich zeigte. Bleibe also vorläufig auch in meinem Dienst und hilf der Balia, das Haus
zu bewachen. Man weiß nie, wie schnell das Gesindel er-
fährt, daß der Herr tot ist. Der Mönch ... Er schien mir
verdächtig. Auch der Bote davor ... Es treiben sich viele
Gauner herum. Ich schicke Bewachung. Erst wenn sie ein-
trifft, verschwindest du. Ich werde dich später entlohnen.«

»Gewiß, Herr«, antwortete Pio. »Aber das Mädchen! Was
wird aus dem Mädchen? Bianca-Bella, Herr! Sie hat niemanden mehr auf der Welt ...«

»Meinst du etwa, ich könnte sie auslösen? Ihr Vater hat
nichts hinterlassen – außer Schulden!«

»Aber ... der Schatz ... die Karte!«

»Diese Karte – sie ist das Leder nicht wert, auf das sie ge-
ritzt wurde! Und wenn sie es wäre: Diese Sorte Abenteuer
gehört nicht zu meinem Geschäft. Meine Abenteuer sind
Zahlen, Zinsen und Renditen, die weite Welt der Finan-
zen ... Aber was soll das! Was schwatze ich da einem Stall-
knecht vor! – Ja, das Mädchen ... nun: Bianca-Bella tut mir
leid, aber ich kann nichts für sie tun. Das Vermögen, auf das
der Osmane ein Anrecht hat, ist verlorengegangen. Es wie-
derzufinden ist meine Sache nicht.«

Wie grausam ist dieser reiche Mann, dachte Pio empört:
»Aber wollt Ihr denn das Waisenkind einfach seinem
Schicksal überlassen? Bedenkt, was das für Bianca-Bella be-
deutet!«

»Nun«, der Mann blieb ungerührt, »bis sie erwachsen ist,
kann viel, kann sehr viel geschehen. Und ihr Schicksal – das

liegt in Gottes Hand. Vergiß nicht: Ihr Vater trägt allein die Schuld an ihrem Unglück – wenn es denn ein Unglück ist! Das weiß man doch erst später, viel später, ja, eigentlich weiß man so etwas erst am Ende eines Lebens. Die Eltern sind immer das Schicksal ihrer Kinder, im Guten wie im Bösen. Ich bin dafür nicht verantwortlich.«

Pio gab nicht auf, er staunte selbst über seine Hartnäckigkeit: »Aber sie hat niemanden mehr ... Es gibt keinen, der Bianca-Bella helfen könnte und der es wollte!«

Messer Tosi nickte: »Gott hat es so gefügt.«

»Um Christi willen!« rief Pio verzweifelt. »Rettet Bianca-Bella!« Er warf sich dem Bankier zu Füßen.

Da sank auch die Kinderfrau in die Knie, hob die gefalteten Hände und flehte: »Habt Erbarmen mit der Unschuld! Nur Ihr könnt sie retten!«

»Das ist genug!« Messer Tosi rief es kalt und entschlossen. »Was fällt Euch ein, Balia Antonia? Eure Absicht ist zwar edel, und daher verzeihe ich Euch. Aber helfen kann ich nicht. Dazu fehlen mir sowohl die Macht als auch die Mittel. Ihr macht Euch falsche Vorstellungen von meinem Reichtum: Ich verwalte nur mir anvertrautes Geld.« Er hielt plötzlich inne und drehte sich Pio zu: »Warte ... Es gibt vielleicht einen, der zu helfen vermag: Geh zu seiner Hoheit, wirf dich dem Herzog von Biurno zu Füßen. Du stehst doch in seinen Diensten. Vielleicht kannst du seine Gunst erwirken ... ich aber muß nun gehen. Ich blieb schon über die Zeit!«

Der Bankier eilte so rasch hinaus, als fürchtete er einen neuen Einwand.

Die Balia wischte sich die Augen. Dann schneuzte sie sich heftig. Es wurde Pio unbehaglich, mit dem Toten in einem Raum zu sein. Er bewegte sich langsam rückwärts zur Tür.

»Was wirst du tun?« fragte die Kinderfrau.

»Ich weiß nicht«, antwortete Pio beklommen. »Ich will heim ...«

»Das arme Kind«, seufzte die Balia hoffnungslos. Ihre Augen standen voll Tränen.

»Es muß etwas geschehen, man muß jemanden finden«, murmelte Pio. »Und es muß rasch gehen, noch heute, es bleibt mir keine Zeit, nach Lafiora zu reiten, wo Vitale della Randola nun Herr der Stadt ist, oder zu Amato Siorni, zu meinem anderen Freund. Nein, nein, ich kann diese beiden nicht um Hilfe bitten, das dauert zu lange. Dann sind die Kerle längst mit dem Mädchen in See gestochen!«

»Was flüsterst du, was meinst du?«

»Ach nichts, gar nichts!«

»Doch, doch, du hast etwas vor . . . Du willst ihr helfen, gewiß, du wirst Bianca-Bella retten! Warte . . . Bub . . . warte!«
Die Kinderfrau nestelte aufgeregt an ihrem Gewand. Sie griff unter ihr hochgezogenes Leibchen. Sie zog ein rundes Medaillon heraus. Sie streifte das Silberkettchen über ihren Kopf und reichte Pio das Schmuckstück. »Hier . . .«

»Was ist das? Was soll ich damit?«

»Nimm! Es ist das Bild des Mädchens, eine Miniatur. Ein berühmter Meister hat sie gemalt. Zeige das Bildchen allen Leuten, zeige es überall. Vielleicht erinnert sich einer, sie gesehen zu haben!«

Pio nahm das Medaillon zögernd. Nicht! summte etwas in ihm. Laß es sein! Noch ist es Zeit! Dränge dich nicht in Dinge, die dich nichts angehen! Doch er warf einen Blick auf das Bildchen. Es war klein, sehr klein, im Oval gemalt, aber mit feinem Pinsel. War es ihr ähnlich? Gewiß, da war das schmale Gesicht, das schwarze Haar, die aufmerksamen, blaustrahlenden Augen, die korallenroten Lippen, die ein wenig aufgeworfene Nase – ja, zart und zerbrechlich, wie Bianca-Bella ihm erschienen war, so war sie hier abgebildet.

»Abdulhamid Ibn Helu . . .« murmelte Pio. Der Name hatte sich ihm unauslöschlich eingeprägt. »Ich will versuchen, Hilfe zu finden. Das kann ich tun.« Pio blickte die Kinderfrau an, wie in einem Traum, und zog sich gedankenverloren das Kettchen mit der Miniatur über den Kopf. Er schob das Medaillon unter sein Hemd. Die Balia sah ihn still an und nickte. Dann lief sie hinaus. Ihre Röcke rauschten.

Nun war Pio allein mit dem Toten. Fort! Er wollte fort, aber etwas zwang ihn, hier zu bleiben. Er wurde magisch vom Anblick des leblosen Körpers angezogen: Giovanni di Lorenzo, einst so reich, so mächtig, Kaufmann und Grundherr. Seine Bauern mußten ihm ihr Letztes geben, er war Herr dieser prachtvollen Villa gewesen, Besitzer von Kunstwerken, seine Räume hatten im Kerzenlicht gestrahlt, Musikanten hatten gespielt, Edeldamen und Herren hatten bei ihm getanzt. – Und nun war er nichts mehr. Plötzlich überflutete Pio eine Welle von Mitleid für den Toten, der doch seinen Onkel gequält und geschunden hatte. Wie anders stünde ich jetzt vor dir, dachte er, wenn du noch lebtest! Der Tod löscht alles aus.

Pio trat auf Zehenspitzen näher. Er schlug das Kreuz, dann beugte er sich nieder, nahm die Hände des Toten, faßte sie an den mit Spitzen überdeckten Handgelenken und legte sie auf der Brust übereinander. Nun lagen sie fast wie gefaltet. Noch war ein wenig Wärme zu spüren, die letzte Spur des Lebens.

Pio schreckte auf. Es war ihm, als hätte er in der Halle unten Geräusche gehört. Kamen die Wachen schon, die der Bankier schicken wollte? Pio kehrte in die Wirklichkeit zurück. Jetzt schnell fort . . . Einer plötzlichen Eingebung folgend, huschte er hinüber zum Schreibtisch, zog die Schublade auf: die Schatzkarte! Er zögerte nur kurz, dann nahm er das Stück Leder an sich, schaute sich vorsichtig um – und verbarg es neben der Miniatur an seiner Brust unter dem Hemd. Das Lederstück rutschte bis zum Gürtel herab. Es war kühl auf der Haut. Danach stieß Pio die Schublade wieder zu – und flog zur Tür.

Keinen Moment zu spät. Die Pforte wurde von außen aufgestoßen. Und Pio prallte gegen den Mönch.

»Ihr . . . Fra Latino . . .« stammelte er verwırrt.

Der Mönch griff ihn und preßte ihm die Hand auf die Lippen. »Kein Wort!« zischte er. »Ist niemand hier?«

»Sie sind alle fort«, stammelte Pio.

»So halte du deinen Mund«, rief der Mönch. »Du hast mich nicht gesehen!« Er gab Pio einen so heftigen Stoß, daß der Junge stolperte und fiel. Inzwischen rannte der Mönch zum Schreibtisch und öffnete die Schublade: »Madonna! Wo ist die Karte?« rief er Pio quer durch die Stube zu.

»Ich weiß nicht«, log Pio und spürte ein Brennen. »Der Bankier . . . Ich glaube, Messer Tosi . . . Ja, ja, er nahm sie an sich, ehe er ging!«

»Der Bankier? Verdammt! Zu spät«, rief der Mönch und kam so schnell nicht auf den Gedanken, daß der Junge die Karte haben könnte.

Weg, weg . . . sang es in Pio. Schon kam der Mönch näher. Wenn er ihn noch einmal faßte und durchsuchte . . .

Unten wurde das Haustor laut aufgestoßen. Ein Krachen, ein Poltern, lärmende Stimmen, Stiefelschritte – Männer, die sich nicht zu verbergen brauchten.

»Die Wachen!« rief Pio laut. Er atmete erleichtert auf.

Der Mönch huschte an ihm vorbei aus der Tür. Sein Gesicht glich dem eines Geiers. »Wenn du verrätst, daß ich hier war, überlebst du den Abend nicht!« zischte er. Dann war er so schnell verschwunden, wie er gekommen war. Eine dicke Säule im Umgang des Treppenhauses verbarg ihn.

Drei Männer stiegen die Treppe empor. Ihre Waffen klirrten. »Du kannst jetzt gehen«, rief einer von ihnen Pio zu. »Wir übernehmen das Haus und die Wache.«

Da fragte Pio nichts, er sagte aber auch nichts. Er polterte hinab, die breiten Stufen . . . durch das Portal . . . und über die Marmorschwelle . . . Draußen lag der Hund.

Volpino jaulte, sprang auf, an Pio empor.

Durch den Park . . . über den Kiesweg zum Tor.

Der Hund und der Junge rannten durchs Feld.

5

Ein Gebüsch, Hügel, Äcker, frisch aufgeworfene Schollen, dunkelbraun. Fern ein Dorf, geduckte Häuser. Fern auch Olivenbäume, sie standen silbrig flirrend im Licht. Der Tag war hell, grell die Sonne.

Pio jagte dahin, der Hund neben ihm. Das Tier flog mit Leichtigkeit, lief voraus, kehrte wieder zurück und hatte sogar noch Kraft zum Bellen und Springen. So kamen sie an der Schafsweide vorbei. An den Weinstöcken seines Onkels machte Pio halt, nicht nur, weil er außer Atem war, sondern vielmehr noch, weil er überlegen wollte.

Er ließ sich an den Wegrand fallen. Es war ihm gleich, daß der Boden feucht war. Volpino lief zu ihm, legte den runden Kopf auf Pios Brust und hechelte. Pio zauste ihn zwischen den Ohren. Dann begann er mit dem Hund zu sprechen, froh, daß er jemanden gefunden hatte, der ihm zuhörte und niemals widersprach. So konnte Pio allein auf die Suche nach seinen Gedanken gehen. Er murmelte: »Weißt du, Volpino, der Onkel liebt diese krummen, verkrüppelten Stämme. Er liebt diese Weinstöcke über alles, denn sie gehören ihm ganz allein. Ich glaube, er zählt jeden Trieb, kennt jeden einzelnen – vielleicht gibt er ihnen sogar Namen! Schau, man sieht sie schon: die braunen Knoten, so winzig. Es werden rote Trauben, weißt du, das gibt roten Wein. Und dieser Wein ist das einzige Glück, das der Onkel kennt, das einzige Geschenk, das ihm Gott macht. Ich will damit sagen, Volpino, es ist das einzige, was ihm das Dasein verschönt. Aber Alfredo Aniello ist trotzdem kein Säufer, er betrinkt sich nie, gestern abend war das eine Ausnahme, weil er sich so sehr auf den neuen Ochsen freute ... Nein, er genießt seinen Wein! Und ich denke manchmal, nur dieses kleine bißchen Genuß ist es, der ihm die Schinderei ertragen hilft. Und deshalb tut es mir so weh ...«

Der Hund hielt die Augen geschlossen. Er genoß Pios nachdenkliches Streicheln. Vielleicht waren es die ersten Liebkosungen, die er von eines Menschen Hand erhielt. Dort, wo er aufgewachsen war, vermutlich in einem Stall oder auf der Landstraße, hatte man sicher keine Zärtlichkeiten für ihn gehabt, eher nur Püffe.

»... denn ich brauche doch Geld ...« murmelte Pio weiter. »Ich muß es zurückhaben. Ohne Geld kann ich Bianca-Bella niemals helfen! Irgend jemand muß es doch tun! Ich muß nach Venedig ... Ach, Volpino, mir bricht das Herz, ich kann dem Onkel nicht weh tun. Es ist doch meine Pflicht, ihm zu helfen, damit er es ein wenig leichter hat, damit er herauskommt aus dem finsteren, stinkenden Loch, in dem er steckt und immer stecken muß, als armer Bauer, im Frondienst. Nun ist Messer di Lorenzo zwar tot – aber wird der Bankier denn ein besserer Herr sein? Nein, es bleibt sich gleich, wem das Land gehört und vor wem der Bauer den Buckel krumm machen muß ... Aber das Mädchen! Ich darf hier nicht sitzen. Mit jedem Augenblick, den ich verschwatze, wird sie weiter fortgebracht. Dann wird es immer schwieriger, sie einzuholen ...«

Der Hund blaffte kurz, als habe er verstanden. Pio sprang auf, er ließ die feuchte Erde am Gewand, rannte gleich los. Es war nicht mehr weit.

Alfredo Aniello stand vor dem Haus – ach, konnte man es denn ein Haus nennen? Eine schiefe Hütte aus Steinen war es, ringsum Ackergerät, unordentlich, eine Scheune, ein Stall aus elenden Brettern ... Zio Alfredo hielt den Ochsen am Zaum, ein altersschwaches Tier, bei dem die Rippen hervortraten. In seiner linken Hand hing der Stecken. Er hatte sein bestes Gewand angezogen, das einzige ordentliche, das er besaß: eine braune Hose, ein grauer Überwurf, Sandalen.

»Rede, Junge!« rief er. »Ging alles gut? Du bist frei?«

»Ich bin frei, frei von jedem Verdacht ...«

»Gott sei gelobt!«

»Mit mir ist nichts . . .« stammelte Pio.

»Und die Tochter des Kaufmanns? Hat man sie gefunden? Wo trieb sich das Balg rum?«

»Nein, die Tochter ist nicht wieder da . . . Im Gegenteil . . . Ach, ich meine . . . Sie wurde entführt! Es kam eine Nachricht, ein Bote: Räuber . . . Nein, eigentlich ein osmanischer Kaufmann . . .« Pio sprudelte alles hervor. »Aber vor allem, höre, Zio: Giovanni di Lorenzo ist tot!«

»Was?« Der Onkel schaute verblüfft, erstaunt, dann bekreuzigte er sich. »Er ruhe in Frieden – immerhin . . . meinetwegen . . . Aber vielleicht fährt er ja auch zur Hölle. Ja, bestimmt sogar! Das sind Neuigkeiten! Wer wird nun mein neuer Herr? Nun freue ich mich doppelt, daß ich vorher einen jungen, kräftigen Ochsen kaufen kann . . .«

»Zio Alfredo . . . Maurizio Tosi, der Bankier, wird nun wohl dein Herr . . .«

Der Onkel hörte kaum hin. Er hatte es eilig. »Kommst du mit, Pio?« fragte er. »Ich bringe unseren Ochsen zum Schlachter. Danach kaufe ich gleich den anderen . . . Also der Bankier Tosi, sagst du? Das ist vielleicht nicht so übel. Dann will ich ihn aufsuchen. Vielleicht verkauft er mir einen kleinen Acker. Das Geld reicht möglicherweise noch, denn weißt du . . .«, der Onkel lachte verschmitzt, »etwas habe auch ich heimlich zurückgelegt!«

»Onkel . . . mein Geld . . .«

»Ja, es ist wunderbar, daß wir es haben, ganz wunderbar, es hätte kaum besser kommen können, in keinem besseren Augenblick, nun, etwas früher hätte auch nicht geschadet, dann hätte ich mich schon nicht so lange zu schinden brauchen, mit diesem alten, müden Vieh, in dieser Hölle, die mein verdammtes Leben ist . . . war! Immer war alles vergebens, alles zerbrach mir unter den Händen, alles verwehte mir im Wind, auch die Hoffnung! Nur Seufzer und Tränen und Blut – und Schwielen an den Händen. Aber ich will mich nicht versündigen! Jetzt ist ja alles anders, und ich danke Gott für das Glück. Ich will auch in den Dom und beten. Die Heilige Jungfrau will ich auf Knien preisen. Sie war es, die mir geholfen hat, bestimmt, weil ich sie angefleht habe, immer und immer wieder! Kommst du mit, Pio?«

Pio stammelte mit rotem Kopf: »Das Geld, Onkel, ich brauche es wieder . . . ich brauche es . . .«

Zio Alfredo erstarrte, sah ihn mit großen Augen an. Er spürte, wie sich ihm Beklemmung auf die Brust legte: »Was ist mit dem Geld, Junge . . . wozu . . ?«

»Man muß doch dem Mädchen helfen!«

»Was redest du da? Wir? Wir dem Mädchen helfen? Mit unserem Geld? Ja, bist du von Sinnen?«

»Aber sie kann doch nicht . . . man kann sie doch nicht . . .«

Der Onkel schrie. Sein Gesicht lief so rot an wie ein Eisentopf, der über dem Feuer glüht. Die Adern an den Schläfen traten hervor, der Hals wurde dick: »Das ist nicht unsere Sache!« schrie er. »Das ist wirklich nicht unsere Sache! Das Mädchen? Welches Mädchen? Ein verwöhntes Balg! Giovanni di Lorenzos Tochter! So eine Prinzessin, pah! Ihretwegen gebe ich doch nicht . . . nicht einen Gulden . . . ich müßte verrückt sein!«

Pio senkte das Haupt: »Versteh doch . . . Ich muß einfach. Ich würde nie wieder froh!«

Der Onkel keuchte: »Komm ja nicht auf dumme Gedanken! Vergiß nicht, wer du bist! Ein Bauernjunge bist du, ein lumpiger! Ich glaube, dich sticht der Hafer! Du hältst dich wohl schon für einen Herrn! Willst den Ritter spielen, eine verzauberte Dame erlösen! Was für ein Unsinn! Ha!« Er spuckte aus, scharf, empört, in einem weiten Bogen. Der Ochse warf den Kopf, roh riß ihn der Onkel am Halfter. »Denke doch nicht, daß Messer di Lorenzo auch nur den kleinen Finger gerührt hätte, wenn ich zu ihm gekommen wäre, mit einer Bitte, mit einer ganz kleinen Bitte! Von seinen Knechten hätte er mich hinauswerfen lassen, die Treppe hinab!«

»Er hat keine Knechte mehr!«

»Er hatte aber Knechte! Immer hatte er Knechte. Vielleicht jetzt nicht, weil er zu habgierig war und sich in Abenteuer stürzte, ich hörte davon ... Und nun ist er tot. Ja ... er hätte dich im Dreck verrecken lassen und mich auch. So sind diese Leute! Nun mögen sich andere um das Mädchen kümmern, ihresgleichen, nicht ein schmutziger Lauselümmel, der sich wunder wie vorkommt! Der Herzog? Ja, der könnte wohl helfen, nicht aber sein jüngster Pferdeknecht. Ich warne dich, Junge, komm nicht auf dumme Gedanken. Du hast in der letzten Zeit so einen Hochmut! Du wirst noch daran verderben! Du gerätst selbst in die Sklaverei ... oder auf die Galeere ... wenn man dich nicht erschlägt. Sei klug, Pio!«

Pio hörte dies alles wie durch einen Nebel. Der Herzog: Es war nun schon das zweite Mal, daß man von ihm sprach. Ob er ihn wirklich um Hilfe bitten sollte ... ?

»Geld bekommst du nicht«, schloß der Onkel. »Du müßtest mich schon erschlagen! Was wir jetzt nicht brauchen, das hebe ich auf. Das ist zu deinem eigenen Nutzen. Ich gebe dir nichts, nicht einen einzigen Centesime, und schon gar nicht *dafür!* – Hüh!« Der Onkel hob den Stecken, er hieb durch die Luft, der Stecken pfiff, er schlug den Ochsen, das Tier ging müde voran. Der Onkel sagte nichts mehr davon, daß Pio mitkommen sollte, er stapfte stumm davon, immer noch wütend, mit seinem Schicksal und seinem undankbaren Neffen hadernd.

Pio schaute ihm nach. Er atmete tief durch. Dann pfiff er nach Volpino. Er griff ihn am Nacken, zog das Fell mit der Haut empor. »Nimm es ihm nicht übel«, flüsterte er dem Hund zu. »Ich dachte es mir schon. Er kann wohl nicht anders ...«

Aber Pio gab trotzdem nicht auf. Er war doch aus hartem Holz geschnitzt. Ihn hatte das Leben nicht verzärtelt. Er war Nackenschläge und Püffe gewöhnt. Da schüttelt man sich und geht weiter. »Zum Herzog also«, munterte er sich selber auf. »Ja, ich muß es versuchen, muß den Fürsten sprechen, man muß mich zu ihm vorlassen.« Er faßte an sein Hemd, da spürte er etwas Hartes: »Die Schatzkarte! Ich werde sie dem Herzog zeigen, als Beweis . . . und vielleicht . . . Aber du, Volpino, du mußt nun hierbleiben, in den Palazzo kannst du nicht!« Der Junge schaute sich um, da lag ein Tau am Boden, es war feucht und schmutzig, aber es war stark, er legte es Volpino um den Hals, dann verknotete er es um den Pfosten des Brunnenschwengels. »Bleib hier, ich komme wieder«, bat er. »Bleib hier und sei still, sei ein braver Hund, Volpino! Aber gib acht, ob jemand kommt, der nicht hierhergehört!«

Schon lief Pio davon. Der Hund heulte auf, sprang empor, riß am Strick, tobte, wütete.

Pio sah sich nicht um. Er hatte nur noch einen Gedanken. Rasch, rasch! Er hatte schon zu viel Zeit verloren. Er lief. An pflügenden Bauern vorbei, dann auf die Straße, da waren einige Wanderer, Pilger, Mägde und Knechte. Endlich das Stadttor. Es stand neben der Vorderfront des Castello del Luce, das mit seinen Zinnen fast in den Himmel reichte. Viele Leute wollten hinein durch das Tor und hinaus aus der Stadt, Bürger und Bauern, Landstreicher, Gesindel, Bettler. Eselwagen rumpelten, Kinder kreischten und jagten herum, sogar Hühner scharrten im Sand. Pio liebte dieses bunte Treiben, aber heute hatte er kein Auge dafür.

Die Wache. Man kannte Pio. Man ließ ihn hinein, er lief weiter durch Biurnos gewundene Hauptstraße: so viele Menschen unter den Bogengängen. In der Mitte Fuhrwerke und Ritter. Seitlich bunte, gelbe, rote, getünchte Häuser. Jetzt endlich der Vorplatz der großen Kirche, die Piazza Duca Filippo. Dort war nun gleich der Palast mit seinen spitzbogigen Doppelfenstern. Hinein in den Hof, in das große Viereck, von hier aus erreichte man alle Räume, die Säulengänge, die Treppe, den Durchgang zum Park. Über

dem Rundbogen stand es eingemeißelt: *Filippo Biurni Dux* –
Philipp, Herzog von Biurno.

Da wachte der livrierte Diener vor dem Portal. Pio stieß seinen Wunsch heraus, atemlos: »Ich muß den Herzog sprechen!« Aber der Diener zuckte die Achseln. Pio drängte, der
Lakai holte den Haushofmeister ... Und wieder dasselbe,
immer noch atemlos. Doch auch der Majordomus schüttelte
den Kopf.

»Es muß sein«, rief Pio. »Es geht um Tod oder Leben!«
»Um dein Leben?« fragte der Majordomus.

»Nein, nicht um mein Leben«, keuchte Pio. »Aber es ist fast,
als wäre es meines. Hört ...« Er erzählte. Alles, was er für
nötig hielt, sprudelte heraus, von der Entführung des Mädchens, vom Tod des Kaufmanns. »Und Bianca-Bella ist doch
seiner Hoheit untertan«, bettelte er. »Man sagt doch, wir
alle sind seine Kinder!«

»Das klingt wirklich schlimm«, sagte der Majordomus.
»Eine Entführung aus Biurno, auf herzoglichem Gebiet, das
kann seiner Hoheit nicht gleichgültig sein. Warte hier!« Der
Haushofmeister ging – und es verstrich unendlich lange
Zeit, während die Tauben im Hof emporstiegen über die
Dächer und wieder niedersegelten auf das Pflaster, wo sie
gurrend herumstolzierten.

Endlich kehrte der Majordomus zurück. »Komm! Seine
Hoheit ist in der Ucelleria.«

Die Ucelleria war das Vogelhaus des Herzogs. Es war weithin berühmt. Der große Käfig aus Kupferstäben stand im
Park, umgeben von Büschen. Er war in verschiedene Gehege geteilt, um die Schmuck- und Paradiesvögel, die
Pfauen und Fasane vor den Räubern und Greifern zu schützen. Der Herzog liebte seine Vögel, und wer ihn für sich
gewinnen wollte, schenkte ihm ein seltenes Tier. Sie kamen
wie Schmuckstücke vom Sultan der Osmanen, sie kamen
wie Elfenbein aus Indien, wie Edelsteine – freilich wie krei-
schende – von den Fürsten Afrikas. Die Vögel saßen auf

kahlen Baumstämmen, den Kopf auf der Brust. Sie kratzten sich, sie hüpften, sie flogen, so weit es das Gitter erlaubte. Die Flügel schlugen, die Luft schwirrte, es war ein dauerndes Flattern.

Der Herzog schätzte es nicht, in der Ucelleria gestört zu werden. Er schaute Pio mit zusammengezogenen Augenbrauen entgegen, belästigt, sogar unfreundlich, als ob er den Boten für das Unheil, das er verkündete, verantwortlich machen wollte. Er trug sein braunes Jagdgewand, dessen Ärmel mit Leder besetzt waren. Aus Leder waren auch seine Handschuhe. Auf dem rechten hielt er einen Milan, ein schön gezeichnetes Tier mit rotbraunen Gefieder. Nur der Kopf war weiß und saß auf einem weißen Hals über einer weißen Brust. Das Tier stand auf einem Bein und zog das andere unter den Leib.

Pio hatte den Herzog schon oft gesehen, ihm den Steigbügel gehalten und das Pferd nach dem Ausritt in Empfang genommen, um es in den Stall zu führen und trockenzureiben. Aber jetzt fühlte er Beklemmung, jetzt war er ein Bittsteller. Je näher er dem Fürsten kam, desto mehr zögerte er. Schließlich blieb er sogar stehen. Er verneigte sich und beugte das Haupt sehr tief.

Der Majordomus ließ ihn allein. Der Mann zog sich klug zurück. Er schloß die Tür des Vogelhauses. Das Scharnier kreischte.

»Sage nichts, Bursche«, fuhr ihn der Herzog an und hob abwehrend die Hand. »Der Majordomus hat mir alles berichtet. Ich wußte freilich schon davon. Das ist eine böse Geschichte!«

Der Herzog schwieg, Pio wartete. Ein leuchtend roter Milan mit gegabeltem Schwanz strich vorbei, ihm folgte ein schwarzer mit dunkelbraunen Federn.

»Schöne Tiere«, murmelte der Herzog. »Zu selten darf ich mich an ihnen freuen.« Er seufzte. »Was Giovanni di Lorenzo betrifft, den Kaufmann, so ist der Tod vielleicht gnädig für ihn gewesen und hat ihn aus seinen Nöten erlöst. Nun, und die Tochter... Schau nur diesen Adlerbussard! Du erkennst ihn an seinem zimtfarbenen Schnabel. Er nistet im Freien auf Felsen und Lehmwänden... Ja, das Mädchen! Bianca-Bella di Lorenzo tut mir leid – das schöne Kind! Aber ich kann ihr nicht helfen. Daß ich ihren Vater nicht schätzte, spielt keine Rolle, auch nicht, daß ich dem Bankier verpflichtet bin. Mein letzter Feldzug verschlang Unsummen! Aber das ist es nicht, gewiß nicht... Schau mal den Mäusebussard! Er sieht aus wie ein Ritter in seiner Rüstung. Er hat sogar Sporen! – Ja, Messer Tosi möchte sich natürlich nun am Besitz der schönen Villa freuen, und die vorwurfsvollen Augen des Mädchens könnten diesen Genuß trüben. Du siehst, ich denke an alles. Aber das ist es nicht...«

»Das Mädchen...« flüsterte Pio.

»Das Mädchen«, murmelte der Herzog. »Unglücklicherweise ist sie nicht allein auf der Welt. Ich habe Rücksichten zu nehmen. Der Sultan ist ein mächtiger Herr! Von ihm bekam ich übrigens diesen braunen Ohrfasan – dort drüben: er zieht den weißen Schwanz wie eine Schleppe hinter sich her. Sieh nur seinen keck nach oben zeigenden Ohrenschmuck! Die schwarze Haube, der helle Schnabel, die braunen Federn! Und wie er aus der roten Brille äugt...« Der Herzog versank im Anblick des Vogels und schien Pio zu vergessen. Es war wie ein Selbstgespräch. Ein Pfau schlug drüben sein Rad dazu und öffnete die blauen Federaugen.

Schließlich räusperte sich der Bub.

Der Herzog schrak auf: »Ja, der Sultan! – Ich sprach von dem Sultan. Seine Heere stehen vor den Toren Konstantinopels. Wer weiß, wie die Landkarte in wenigen Monden aussieht! Es ist nicht gut, sich ihn zum Feind zu machen. So mächtig ist Biurno nicht...«

Der Herzog schwieg wieder. Aber nur, weil er an Pläne dachte, die er seinem Stallburschen bestimmt nicht offenbaren würde. Heimliche Fäden wurden ja gesponnen, silberne, goldene – davon konnte Pio nicht einmal träumen! Wie nun, wenn der Sultan die schöne Prinzessin Valeria zur Gemahlin erwählen würde, die Schwester des Herzogs! Das war keineswegs unmöglich, hatte doch der Vater eben dieses Sultans selbst bereits eine christliche Prinzessin zur Frau gehabt. Der Zuwachs an Macht und Ansehen für den Herzog wäre unermeßlich, er wäre gar nicht hoch genug einzuschätzen! Was zählte dagegen das Schicksal der kleinen Bianca-Bella!

»Nein!« rief der Fürst mit Entschiedenheit. »Beim Sultan kann ich mich nicht für das Kind verwenden. Im Gegenteil! Der Betrug des Vaters kommt mir mehr als ungelegen. Er war doch mein Untertan und brachte auch mich in ein schlechtes Licht. Oh, ich wünschte, der Sultan erführe nie etwas von dieser Angelegenheit! Sie wird unserem Handel schaden. Eben wird über neue Privilegien verhandelt, die uns Vorteile bringen sollen – und nun Giovanni di Lorenzos Vertrauensbruch! Unglaublich! Verheerend! Segelt mit der kostbarsten Ware davon, ohne sie zu bezahlen! ›O Allah! Diese christlichen Kaufleute!‹ wird man rufen, ›beschütze uns vor den Ungläubigen!‹ Nein, ich muß mich aus dieser Sache heraushalten, ich will keinen Streit mit den Osmanen. Giovanni di Lorenzo hat uns ins Unrecht gesetzt. Daher müßte ich die Osmanen im Gegenteil sogar darin unterstützen, zu ihrem Recht zu kommen, versteh das!«

Einige Vögel kreischten und schlugen mit den Flügeln. Sie schimpften und krakeelten. Ein Sperber flog unruhig auf. Eine graue, getigerte Wildkatze, groß wie ein Luchs, kroch draußen an den Käfig heran und schaute begehrlich.

»Sieh selbst«, murmelte der Herzog. »Wenn sich meine Vögel aus dem Käfig begeben, sind sie in Gefahr. So geht es mir auch. Mit Gewalt läßt sich schon gar nichts erreichen. Ich darf nicht Raub mit Raub erwidern. Und um Bianca-Bella auszulösen, fehlen mir die Mittel. Giovanni di Lorenzo

schuldet dem osmanischen Kaufmann ... Wie war sein
Name?«

»Abdulhamid Ibn Helu!«

»Er schuldet Abdulhamid Ibn Helu ein Vermögen! Ein
Glück, wenn niemand von mir verlangt, dafür einzutreten.«

»Aber das Mädchen!« rief Pio.

»Ihre Zukunft liegt in Gottes Hand, und da ist unser aller
Schicksal am besten aufgehoben!« Der Herzog zuckte die
Schultern. Aber er sah dabei zur Seite, auf seinen Falken,
und strich ihm nachdenklich über das Gefieder.

Wäre der Vogel in Gefahr, tätest du mehr, dachte Pio bitter.
Er spürte sein Herz, er griff an die Stelle, da war das Lederstück, die Karte. Er zog sie heraus. »Herr!« rief er. »Es ist ja
nicht umsonst! Es gibt ja den Schatz, die Perlen, die Juwelen! Hier ... seht ...«

Der Herzog setzte den Vogel auf einen kahlen Ast. Das
Tier rückte sich zurecht. lüpfte die Flügel, faltete sie gleich
wieder, senkte den Kopf. Der Herzog nahm das Pergament.
Er betrachtete es nur kurz. »Was bedeutet das schon, Pio
Aniello! Wenn das eine Schatzkarte sein soll, so ist sie nichts
wert, ein Stück Tierhaut. Derartige gibt es zu Tausenden. Es
gibt Leute, die machen sich ein Geschäft daraus, sie anzufer-
tigen, falsche Karten auf Jahrmärkten zu verkaufen. Dies
hier«, er reichte Pio das Lederstück, »dies wirf weg, ehe es
Unheil anrichtet!«

»Aber das Mädchen!« rief Pio. Er warf sich auf die Knie.
Und wie er die Schatzkarte wieder an sich nahm, berührte
er das Kettchen, das Medaillon fiel ihm ein, er zog die Miniatur unter dem Hemd hervor, reichte sie dem Herzog:
»Mein Herr, seht ...«

Der Herzog warf einen flüchtigen Blick darauf, er nahm das
Bildchen nur kurz in die Hand und gab es Pio gleich wieder. Dabei schaute er halb mitleidig, halb belästigt auf den
Buben: »Sie ist hübsch, gewiß«, sagte er. »Aber eben doch
nur ein Mädchen! Du bist wohl ein wenig in sie verliebt, Pio

Aniello? Nun, nun – werde nicht rot. Das vergeht! Vergiß sie! Vergiß sie schnell! Und steh auf! Ich befehle es! Und kümmere dich niemals um Dinge, die dich nichts angehen. Dein Platz ist im Stall! Also geh zu deinen Pferden. Sie brauchen dich. Wehe dir, wenn du deine Pflicht versäumst! Ich muß den Stallmeister warnen!«

Das klang fast wie eine Drohung. Pio stand langsam auf. Geistesabwesend nahm er die Miniatur und verbarg auch sie wieder unter seinem Hemd, dort, wo schon die Karte aus Leder lag. Er war entlassen. Er hatte nichts erreicht. Vielleicht hatte er sich und Bianca-Bella sogar geschadet. Enttäuschung drückte ihn nieder. Er warf keinen Blick mehr auf die Vögel. Gesenkten Hauptes zog er sich zurück.

6

Pio schaute kaum auf den Weg, auf den Kies. Er war allein im Park. Weit entfernt arbeitete ein Gärtner, harkte die Rasenfläche, kämmte das Grün, war klein wie eine Spielfigur. Die Pracht der Baumkronen über ihm, die Blumenbeete... Pio bemerkte sie nicht. Mutlos ließ er sich auf eine Marmorbank sinken. Er schloß die Augen – und sofort sah er sie vor sich: Er sah die drei wilden Kerle reiten, rücksichtslos, über die steinige Straße, im Staub. Die Sonne brannte erbarmungslos, wie sie auch jetzt brannte. Bianca-Bella saß vor einem der Räuber im Sattel, Pio sah es genau, es war der mit der Narbe über der Wange, aber er hatte sie eben erst von dem mit der Augenbinde übernommen. Die Reiter wechselten sich darin ab, ihre Beute zu halten. Sie kümmerten sich nicht darum, daß Bianca-Bella litt, daß ihre Glieder schmerzten, daß sie jammerte: »Ich habe Durst!« Immer weiter, schnell, schnell, immer weiter, mit hämmernden Hufen, im Staub... Der Lump, der das Mädchen umfaßte, drückte ihr eine Messerspitze an die Rippen: »Wenn du schreist, bist du des Todes! – Wenn du still bist, geschieht dir nichts!« Dazu Versprechungen, daß ihr Vater ja helfen würde, bald... Dieser Ritt über Land war für die Gauner aber auch gefährlich. Niemand durfte das gefesselte Mädchen sehen. Überall konnten ihnen Soldaten oder Polizisten mißtrauische Fragen stellen. Erst wenn sie mit ihrer Beute auf ihrem Segler waren, durften sie sich sicher fühlen... Pio stöhnte. Bald schon mußten sie Venedig erreicht haben, wenn sie nicht bereits dort waren, die Lagune vor sich, die Schiffe, die Masten... Licht auf der Wasserfläche... Pio kannte den Hafen nicht, er war noch niemals in Venedig gewesen, war in Biurno aufgewachsen. Daß er das mächtige Lafiora sehen durfte, hatte er auch nur der Freundschaft Amato Siornis zu verdanken. Er seufzte: Wären seine

Freunde doch hier! Dann würde dem Mädchen gewiß geholfen. Jetzt mußte er es allein tun, es fand sich kein anderer. Er mußte nach Venedig, er mußte zu dem Senator, zu dem mächtigsten der Herren dort, zu dem Edelsten im Rat der Zehn, zum Herrscher über die geheime Polizei ... Bianca-Bella war nur über ihn zu finden. Pio bewegte die Lippen, und wie von selbst formte sich der Name: Enrico Lodando ...

Pio sprang auf, Müdigkeit und Enttäuschung verflogen. Er wußte, was er zu tun hatte. Er brauchte ein Pferd, sofort! Er raste unter dem Bogen hindurch in den Hof des Palastes, über das grellhelle Pflaster, zum Stall, in die Dämmerung des langgestreckten Raumes, in dessen grauem Gebälk Spatzen flatterten. Die Pferde stampften, schnaubten, rieben sich an dem Holz. Der Stallmeister schüttete dem Wallach Hafer vor: »Wo warst du heut' morgen?« fragte er mißgelaunt. »Warst du krank?«

»Nein, nein, Messer Gian, ach, wäre ich nur krank gewesen«, sprudelte Pio. Und so schnell er konnte, erzählte er die Geschichte noch einmal, und daß er jetzt vom Herzog kam ... er ließ offen, was der Herzog entschieden hatte, aber daß er ein Pferd haben müsse, jetzt gleich, schnell, ein gutes Pferd, Castor am besten ... das sagte er.

»Junge, du bist verrückt!« Der Stallmeister hatte nur die Hälfte verstanden, aber soviel, daß es um einen Toten ging, um Raub – und um den Herzog ...

»Gebt mir nur heute frei, Messer Gian. Es ist ja Samstag! Am Montag bin ich wieder zurück. Ich bringe das Pferd doch auch wieder.«

»Junge, du bist wirklich verrückt!« rief der Stallmeister noch einmal.

»Und wenn es Eure Tochter wäre, Messer Gian, die man entführt hätte?« fragte Pio. Er wußte, der Stallmeister hing an seinen Kindern. »Gebt mir Castor! Gebt mir den Wallach!«

»Nein, nicht Castor . . . der Herzog könnte ihn vermissen«, murmelte der Stallmeister, schon halb überredet.

»Messer Gian«, drängte Pio. »Ich bezahle. Seht, hier, dieser Gulden . . .«

»Was willst du mit einem Goldgulden! Für Castor? Er ist ein Vielfaches wert, das weißt du. Und außerdem verkaufen wir hier keine Pferde.«

»Nur als Pfand, Messer Gian. Dieser Gulden ist alles, was ich habe, mein letzter und einziger. So könnt Ihr sicher sein, daß ich Castor zurückbringen werde . . .«

»Das weiß ich auch so. Ich kenne dich. Behalte dein Geld, du wirst es noch brauchen.« Der Stallmeister brummte. »Ich traue dir. Also reite, reite mit Gott, Pio Aniello. Den Castor gebe ich dir trotzdem nicht, aber ein Botenpferd kannst du dir nehmen . . .«

Da war Pio schon im Verschlag. Er kannte die Tiere, er wählte Brunetto, den Braunen, der war stark und zäh. Das Tier war nicht schnell, aber unermüdlich. Er zäumte es auf: die Kandare, die Zügel, er warf ihm den Sattel über, zurrte ihn fest. Im Steigbügel stand er schon, da traf ihn ein Blinken von der Wand, eine Spiegelung: unter dem Werkzeug hingen Messer in der Halterung. Ein Dolch konnte nicht schaden. Noch einmal rutschte Pio hinab, steckte die Waffe in die Satteltasche.

Da fegte es herein, bellend, kläffend, der Stallmeister hinterher mit der Mistgabel: »So ein Vieh! Diese Bestie! Schlagt sie tot! Der Köter macht uns die Pferde scheu!«

»Volpino!« Pio flog wieder vom Pferd. »Nicht, Messer Gian, bitte nicht! Das ist mein Hund! Er hat sich losgerissen, ich band ihn daheim fest! – Was machst du nur, Teufel!« Aber der Bub freute sich. Soviel Treue! Und der Hund sprang an ihm hoch. Pio vermochte das große Tier kaum zu bändigen, balgte sich mit ihm. »Still, still!« Pio griff nach dem Nacken, unter dem Hals hing noch ein Ende vom Strick, zerbissen. Der Junge knotete ein neues Tau daran, ein längeres. Der Hund ließ es geschehen, er spürte den Herrn. Pio nahm den Strick in die Hand. Volpino schaute aufmerksam zu ihm auf, lief an der Leine nebenher. So ritt Pio endlich hinaus: Sonne und Wind und Luft – und der Hufschlag klirrte hell auf den Steinen.

Da war die Kirche, der Dom. Vor dem geöffneten, gewölbten Portal standen Menschen, Bürger, Kaufleute – Damen in weiten Gewändern, auch arme Leute, aber wenige, es wagte sich kaum jemals ein Bettler hierher, denn die Sbirren des Herzogs vertrieben jeden. Immer standen zwei Wächter mit querstehenden Lanzen zu seiten des Gotteshauses. Aus dem Inneren kam Gesang. Pio zügelte das Pferd, Volpino setzte sich gleich. Pio beugte sich vor – dunkel öffnete sich die Kirche, in der Schwärze flackerten Kerzen, Lichtpunkte. Sogar hier draußen schmeckte man den schweren Geruch des Weihrauches. Pio zögerte. Sollte er noch einmal absitzen und vor den Altar treten?

»Was meinst du, Volpino?«

Der Hund drehte den Kopf. Er stellte die Ohren auf.

»Gewiß«, murmelte Pio hinunter, »gewiß, ich sollte um Hilfe flehen, nicht nur für mich, für uns, nein, viel mehr noch für Bianca-Bella. Gott darf es doch nicht zulassen, daß sie in die Hände der Heiden fällt.« Er verbesserte sich gleich. »Aber das ist ja Hochmut! Wie darf ich, Pio Aniello, kaum vierzehn Jahre alt, mich anmaßen, darüber zu befinden, was Gott darf! – Ach, aber wenn ich in die Kirche gehe, Volpino, begegne ich vielleicht dem Onkel ... Und der redet dann auf mich ein. ›Komm mit mir heim, Pio ... Halte den Ochsen, Pio ... Was willst du mit dem Pferd, Pio ...‹ Siehst du, Volpino, das ist unmöglich! Also, was soll ich tun?«

Es war wie eine plötzliche Eingebung: Als Pio in den Schlund der Kirche schaute, immer die Schenkel bereit zum Druck, um loszureiten, falls er Zio Alfredo erblickte, da sah er die Höhle vor sich. »Natürlich«, flüsterte er, flüsterte es fast mit heimlichem Jubel. »Die Höhle des Einsiedlers! Die liegt ja auf unserem Weg!«

Zwar war die Einsiedelei verlassen, Pio wußte es, Sanctus Tortuus, der heilige Mann, hatte die Klause aufgegeben, erst vor ganz kurzer Zeit. Seine schlimmen Visionen der Zukunft hatten ihn dazu veranlaßt, in die köstliche Gegenwart zurückzukehren, ins weltliche Leben! Wie herrlich war doch dieses Jahrhundert, das fünfzehnte seit der Geburt des Heilands! Das hatte er dem Herzog verkündet: Genießt diese Tage! Denn bessere werden nie wieder kommen!

Der Hund schlug mit dem Schweif auf das Pflaster. Ein Bürger, der vorbeiging, sah ihn und machte vorsichtig einen Bogen um das große Tier.

»Ja, der Einsiedler ist nicht mehr in der Höhle, Volpino, gewiß, aber der Ort selbst gilt doch als wundertätig«, wisperte Pio seinem Gefährten zu. »Sanctus Tortuus hat sich kasteit, er hat dort gefastet und sich gegeißelt. Viele Leute brachten ihm milde Gaben dorthin, die Reichen ließen sich die Fürbitten des Einsiedlers nicht wenig kosten: Ringe, Perlen, Gold und Silber ... Und die Gebete hängen noch in der Wölbung. Los also, Volpino, hüh, Brunetto! Dort treffen wir keinen Onkel, und dort können wir auch beten! So verlieren wir keine Zeit.« Pio trieb das Pferd an: »Heia, Brunetto!« Den Hund hielt er dicht bei sich. »Fuß, Fuß, Volpino!« So klapperte er durch das Stadttor, mitten durch ratternde Bauernwagen. Es war hell draußen unter dem weiten Himmel, heller als zwischen den Häusern der Stadt. Und es ritt sich gut in diesem Licht den Abhang hinab. Pio kannte den Weg zwischen den Büschen. Goldener Ginster überwucherte schartige Felsen, über denen das Kastell aufragte. Von hier aus sah man weit in das Land. Die Ebene dehnte sich, dahinter ferne Hügel, noch ferner Gebirge – blau im Dunst. Aber Pio verschwendete keinen Blick an die landschaftliche Pracht, er drängte Brunetto vorwärts.

Er ritt zu den Weidenbäumen im Tal, trabte rasch über die

Collina Patibolo, den Galgenhügel – mit Schaudern blickte er hinüber zum grausigen Gerüst, an dem heute gottlob kein Erhängter baumelte. Dennoch kreisten dort Krähen, gierig und krächzend. Böse Ahnungen quälten den Jungen: War dies auch sein – Pio Aniellos – Schicksal?

Rasch weiter: Büsche, eine Weggabelung, Bachläufe zwischen den Wiesen, dann der Fluß, auf dessen bewegter Oberfläche das Sonnenlicht flimmerte. Das letzte Wegstück führte durch einen Pinienhain, im Schatten. Dann endlich kam Pio an die Hügel, in die sich die Einsiedlerhöhle einbohrte – die Wände kalkig und zerrissen: ein düsteres Gewölbe. Draußen Gräser und Steine, Erdhaufen. Eine Holzhütte, eine Art Vorraum zum Empfang der Pilger, die um den Segen des heiligen Mannes baten. Hier hatte er ihre Gaben in Empfang genommen, die Eier und Würste, die Goldstücke und Ketten – um sie danach in der dahintergelegenen, tiefen Höhle zu verwahren, so sicher wie möglich. Denn selbst der Frömmste ist nicht vor Räubern geschützt.

Pio sprang aus dem Sattel. Er band das Pferd an einen Baum. Den Hund befestigte er eilig und locker am Sattel: »Sitz, Volpino, und warte!« Der Hund war unruhig, er stellte die Rute, er knurrte. »Still, Volpino! Und mach mich nicht böse!« Pio legte dem Hund die Hand auf den Kopf. Er drückte ihn nieder. Er spürte die gebändigte Kraft des Tieres. Nun kuschte der Hund und schaute hinter dem Jungen her, der sein Herr war.

Pio trat in die Hütte. Da waren noch einige Felle und Decken, ein wackliger Stuhl, auch noch Töpfe und Geschirr, aber ein Kruzifix konnte Pio nicht gleich entdecken, das enttäuschte ihn. Er ging suchend weiter. Er gelangte in die Höhle. Es wurde dunkler, aber seine Augen gewöhnten sich allmählich an das spärliche Licht. Er blieb stehen. Undeutlich sah er eine Vertiefung im Boden und in dieser Vertiefung – es schien eine ausgehobene Grube zu sein – eine Kiste oder Truhe. Der Deckel war geöffnet. Davor lag ein

Stück von einem abgeschabten Teppich, vermutlich war er über die Grube gebreitet gewesen, um sie zu verbergen. Die Truhe schien aber leer zu sein. Pio schritt näher, er kniete nieder, er faßte hinein, wie suchend ... er griff in Stoff, einige Reste, leere Lederbeutel ... Plötzlich war in seinem Rücken ein Geräusch, ein Rascheln, ein Schlurfen. Blitzartig drehte sich Pio um, da war es schon über ihm, das Riesengewicht. Pio wurde niedergeschleudert, er begriff es nicht, so schnell ging alles, vielleicht verlor er auch ganz kurz die Besinnung. Er wurde auf den Rücken gedreht, seine Hände auf den Boden gepreßt, neben den Kopf, das schmerzte.

»Was suchst du hier, Kerl?« zischte ihn eine männliche Stimme an. Der Atem roch eklig. Seltsam, Pio glaubte, diese Stimme zu kennen. Nun sah er auch das Gewand, eine fleckige Kutte. Der Mönch! »Bruder Latino«, murmelte er tonlos. »Ich wollte ... nur ... beten!«

»Beten? Und dabei wühlst du in Truhen herum? Stehlen wolltest du! Du warst gierig nach den Schätzen des Einsiedlers!«

Da wurde es Pio klar: Der Mönch selbst hatte eben die Truhe durchwühlt und war dabei gestört worden. Als er jemand kommen hörte, hatte er sich wohl in eine dunkle Ecke zurückgezogen, ohne vorher den Teppich wieder über die offene Grube ziehen zu können.

Der Griff um die Handgelenke war eisern. »Rühr dich nicht«, zischte der Mönch. »Aber ich lasse dich frei, wenn du mir verrätst, wo die Schatzkarte ist!«

Mein Gott, dachte Pio, sie ist ja unter meinem Hemd ... und die Miniatur ist auch da, das Bild von Bianca-Bella! Die klammernde Faust ließ eines der Gelenke los. Pio schlug gleich zu, auf den Rücken des Angreifers, aber das störte den nicht. Die klebrigen, die feuchten Finger waren schon an Pios Hals, an der Kehle ... wollten sie zudrücken ... nein, sie wanderten auf die Schulter und in den Ausschnitt ...

Da schrie Pio: »Volpino!«

Ein Getöse am Eingang, ein Stuhl stürzte, ein Sturm brauste herein. Der Hund hatte sich losgerissen, schon lange unruhig auf die Geräusche aus der Höhle lauschend. Gottlob! dachte Pio, ich band ihn diesmal nicht fest!

Und der Hund tobte heran, ein Kugelblitz, er grollte, er bellte, er knurrte und fauchte, schon war er über dem Mönch und riß ihn zur Seite, die Zähne an seinem Hals. Da warf sich nun Pio über den Mann und riß ihn zurück, nur ein wenig, denn der Hund war ja stark, aber doch so, daß Volpino den Mönch nun mit etwas Abstand bedrohte.

Der Mann in der Kutte schaute angstvoll. »Schaff die Bestie weg!« keuchte er.

»Geht Ihr!« keuchte Pio zurück. »Geht, oder ich lasse den Hund frei!«

Ganz behutsam bewegte sich Bruder Latino fort. Er schob sich sitzend auf dem Boden rückwärts. Er wagte es nicht, aufzustehen, er rutschte so lange, bis er an die gegenüberliegende Wand stieß und blieb dort angelehnt sitzen, wenige Schritte entfernt.

»Ruhig, Volpino, ruhig!« Pio streichelte das Fell im Nacken, die langen Haare, strich über die Kehle. Da spürte er das heimliche Grollen.

»Höre«, keuchte der Mönch. »Du hast die Karte!«

Pio log. Sollte er denn nicht lügen? In diesem Fall war es erlaubt. »Der Bankier hat sie genommen«, murmelte er.

»Mag sein . . . oder auch nicht«, erwiderte der Mönch. »Paß auf, Knabe, du heißt Pio, ich merkte es mir. Hör zu, wir machen gemeinsame Sache! Ich helfe dir, den Schatz zu finden! Du verhilfst mir aber zuerst zur Karte. Wenn du sie hast, gib sie! Wenn du sie nicht hast, so suche sie, hole sie, vielleicht beim Bankier, wie du sagst. Du findest leicht einen Vorwand, in sein Haus zu kommen. Mich warf er schon einmal hinaus und drohte mit dem Galgen! Ich kann es also nicht wagen. Aber du kannst es . . .«

»Nein!« sagte Pio.

»Höre, Bursche, ich weiß mehr, als ich beim Kaufmann verriet . . .« Der Mönch flüsterte, es war ein beschwörender, ein eindringlicher Ton in seiner Stimme, die so geschmeidig, so ölig dahinfloß: »Ja, ich weiß sogar viel! Darin hatte der Bankier recht. Aber ohne die Karte kann auch ich nichts machen. Mit der Karte jedoch . . . Versteh mich! Ich bin es leid, ein hungernder und bettelarmer Mönch zu sein! Ich will nicht immer in Lumpen gehen und in Lumpen begraben werden. Mir kann man das Märchen von der Seligkeit der Armut nicht predigen, ich glaube nicht daran.«

Pio hörte Erbitterung, ja Qual aus der Stimme des Mönchs. Und dieser sprach ohne Unterbrechung weiter, vergaß den Hund. »Ich glaube überhaupt so vieles nicht mehr, Knabe. Überall regt sich jetzt ein freierer Geist. In den Universitäten schneidet man die Leichen auf, Gottes Geschöpfe. Ist das etwa kein Frevel? Wir haben gelernt, daß wir Gottes Kinder sind und daß unsere Erde im Mittelpunkt seines Weltalls steht. Aber nun flüstert man, daß das alles nicht stimmt! Unsere Erde ist nichts, sie steht nicht einmal still, sie dreht sich um die Sonne! Wo ist Gott also? – Ich habe es satt, alte Bücher abzuschreiben, an die ich nicht mehr glaube. Und ich will heraus aus dem Elend! Das willst du doch sicher auch: reich und mächtig sein. Der Schatz verhilft uns dazu, er ist unermeßlich . . . Wir werden ihn finden, gemeinsam!«

»Geht«, rief Pio. »Geht schnell! Ich kann den Hund nicht mehr halten!« Wirklich lag Pio mit Volpino in einem heftigen Kampf. Der Hund versuchte, sich aus seinen Armen zu winden. Er fletschte die Zähne, geiferte gefährlich.

»Ja, ich gehe!« Fra Latino kroch weiter zur Seite. »Aber das sollst du wissen, ich werde nicht ruhen und nie von dir lassen, bis ich die Karte habe. Ich jage dich um die ganze Erde, durch Wüsten und über Gebirge, und wenn du dabei draufgehst, das ist mir gleich! Was ich haben will, das bekomme ich auch!«

»Hinaus!« schrie Pio.

Der Mönch federte nun empor, die Augen starr auf den Hund gerichtet, er jagte zum Ausgang. Volpino versuchte aufzuspringen, sich aufzurichten. Pio hielt ihn mit aller Kraft zurück.

Fra Latino schlüpfte hinaus.

Da durchfuhr es Pio angstvoll: »Das Pferd, er stiehlt mir das Pferd!« Er ließ Volpino los. Und der Hund fauchte . . . Pio flog hinterher. Ein Schrei und ein Schlag vor der Höhle, blendendes Sonnenlicht, der Mönch lag vor dem Pferd, Volpino über ihm, die Pfoten auf seinen Schultern . . . Pio kam gerade noch zurecht, um das wütende Tier am Strick zurückzureißen.

Die Schlinge würgte den Hund. Aber so hatte Pio ihn fest. Der Mönch konnte sich erheben. Ohne ein weiteres Wort lief er davon.

»Bleib, Volpino, braver Kerl!« Pio ließ sich neben ihm nieder. Der Hund beruhigte sich schnell, als er den Mönch nicht mehr sah. »Du hast mich gerettet!« Pio streichelte das Tier, den Kopf, den Hals, den Leib bis zur Rute. Er zauste das dichte, lange Fell. »Aber das hat mich auch etwas gelehrt«, flüsterte er. »Ich muß die Schatzkarte verstecken. Vielleicht hier, was meinst du, Volpino? Soll ich sie in der Höhle verstecken? Vielleicht in der Truhe? Laß sehen! Komm mit, begleite mich, Freund Hund!« Pio ging noch einmal in die Höhle zurück. Volpino trottete folgsam nebenher.

Noch einmal griff Pio in die Truhe, durchwühlte sie, ließ die Stoffstückchen durch seine Finger gleiten, die Gürtel, die leeren Geldbeutel. Er hob auch das eine oder andere Stück hoch . . . »Nein«, flüsterte er endlich. »Das ist nichts, hier kann ich die Karte nicht lassen, man könnte sie vielleicht finden . . . Doch was ist das?« Er war auf etwas Hartes gestoßen. »Laß sehen, Volpino, das ist ein Lederband, ein Gürtel . . . aber ein Gürtel mit einem dieser kleinen Reisebeutel, wie sie neuerdings Mode sind. Sieh an, der Beutel ist aber schwer!«

Erregt zog Pio eine Münze heraus und steckte sie zwischen die Zähne. Er biß zu: »Das ist Gold«, flüsterte er. »Das ist reines Gold, Volpino, das ist ja ein kleines Vermögen. So viele Goldstücke! Sind es zwanzig oder gar mehr? Damit kann man lange leben, sehr lange, und nicht zu knapp! Mein Gott! Das kommt uns doch wie gerufen! Sanctus Tortuus muß diesen Beutel übersehen haben, als er seine Klause verließ. Und was für ein Glück, daß wir gerade noch rechtzeitig gekommen sind! Aber darf ich das denn behalten? Ist das nicht Diebstahl? Nun, es ist ja nicht für mich! Es hilft mir doch nur . . . ja, vielleicht hat es mir die Mutter Gottes sogar geschickt, um mir dabei zu helfen, Bianca-Bella zu befreien!«

Pio war überglücklich. Er sah in dem Fund eine Fügung des Schicksals, eine Ermutigung. Aber was weiter? Die Karte mußte trotzdem an einen sicheren Ort. Fra Latino hatte ihm ja gedroht. Auch das Gold konnte man ihm rauben. Pio legte sich den Gürtel um und wollte die Karte und das Gold hineintun – dann aber besann er sich und rief: »Nein! Das ist es! Ich mache es anders! Die Karte bekommst du, Volpino, natürlich, ja doch! Dich wagt Fra Latino nämlich niemals anzufassen. Bei dir kann er die Karte ja auch gar nicht vermuten . . .«

Pio ging hinaus, zog das Messer aus dem Sattel. Er schnitt den Gurt kürzer, passend für den Hundehals, er versah ihn mit einem Einschnitt für den Dorn, er zog das Leder der Schatzkarte lang, tat noch einige Goldmünzen dazu, dann war der schmale Beutel übervoll. Er legte den kostbaren Gurt um Volpinos Nacken, er schob den Beutel hinab, unter die Kehle, er strich das wirre Fell, die langen Haare darüber. Nun war das Halsband zwar breit, aber es fiel nicht auf. Und niemand würde den Mut haben, den Hund hier zu berühren. »Das ist gut! Das ist sehr gut!« Pio freute sich. Sein

Mund verzog sich breit. Er lachte Volpino an. »Bei dir ist alles sicher, braver Hund! Wie gut, daß ich dich habe!«

Er war nun auch wegen der restlichen Goldstücke nicht mehr besorgt. Er suchte sich noch einen zweiten Beutel aus der Truhe, einen einfachen, unauffälligen, der aber fest gearbeitet war. Und diesen schob er in die Satteltasche, daneben den Dolch.

Vergnügt ritt er von der Höhle des Einsiedlers fort, auf seinem braunen Pferd, den struppigen Hund neben sich. Er schaute zur Sonne. Sie war schon weit gewandert. »Oh, du mein Gott! Nun habe ich ja nicht einmal gebetet! Aber ich denke, wo ich es tue, ist doch nicht so wichtig . . .«

Er preßte die Schenkel fest an und faltete im Sattel die Hände. Er schickte ein glühendes Gebet zum Himmel, eine Bitte um weitere Hilfe, aber auch einen Dank. Und Volpino trabte und blickte zu seinem Herrn empor. Seine Rute schwankte hin und her, wedelnd.

7

Felder. Felder und Hügel. Weite Wiesen. Baumgruppen. Radspuren – ein Weg durch Olivenhaine, vorbei an Gehöften. Pio ritt, er trabte. Die Hufe hämmerten. Das Sattelzeug knirschte. Er trieb Brunetto, den Braunen, an. Oft fiel er in den Galopp. Dann beugte der Bub sich vor. Er hob sich in den Steigbügeln. Die Mähne schlug ihm um die Wangen. Auch sein Haar flog. Aus dem Galopp fiel er in den Trab zurück oder sogar in den Schritt. Er mußte das Tier schonen. Ja, wenn es Castor gewesen wäre . . .
An einem Brunnen hielt er an und tränkte das Pferd. Dann weiter. Der Hund lief und lief. Auch er kannte keine Müdigkeit. »Brav, Volpino, brav!« So ritt Pio Stunden. Er wußte ja, wo er hinwollte. Venedig . . . Venedig . . . summte es in ihm. Er wußte, die Stadt lag im Norden. Er orientierte sich nach der Sonne. Er fragte auch nach dem Weg. Viele Bauern mußten lang überlegen, das machte ihn ungeduldig. Die Hafenstadt lag außerhalb ihrer Gedanken. Ja, davon gehört hatten sie wohl. Und die Richtung konnten ihm manche weisen. Aber dort gewesen war keiner.
Immer wieder murmelte er den Namen, um ihn nicht zu vergessen: »Senator Lodando, Messer Enrico Lodando.« Und es war seine Ungeduld, die ihn dazu trieb, weiter zu fragen: »Drei Reiter, wilde Kerle, denen man nicht gerne nachts begegnet. Der eine trägt ein Tuch über dem linken Auge, der andere hat eine zerquetschte Nase, dem dritten läuft eine Narbe über die Backe . . .« Es wollte sie niemand gesehen haben. Manch einer bekreuzigte sich heimlich.
»Es muß ein Mädchen bei ihnen sein, acht Jahre alt, mit schwarzen Haaren, ein hübsches Mädchen, seht her, dieses Bild . . .« Pio zeigte die Miniatur. »Gewiß hält sie einer vor sich auf dem Pferd . . .«
Da konnte sich endlich ein Knecht erinnern. Er nickte:

»Heute vormittag! Sie fragten nach Wasser. Sie ritten schnell und schauten sich oft um.«

Diese Auskunft zerstreute die letzten Zweifel. Er war auf dem richtigen Wege, und Bianca-Bella lebte.

Pio dankte dem Burschen. Er ritt weiter nach Norden. Ja, dort lag sie, die Stadt ... Venedig – oder Regina Maris, die Königin der Meere.

Bald legte sich Dunkelheit auf die Felder. Dann kam die Nacht, die Finsternis. Nun wurde das Pferd unsicher. Einmal stolperte es, und Pio konnte es nur knapp vor dem Sturz bewahren, indem er es am Zügel emporriß. Jetzt erst trabte er in eine Wiese. Er suchte sich ein Gebüsch. An einem Baum band er Brunetto fest, nahm ihm den Sattel ab, zog sich das Hemd aus, rieb das Tier damit trocken. Dann legte er sich unter die Äste. Volpino rollte sich zu ihm. Pio preßte den Kopf an den warmen Körper, schlang seine Arme um den Hals. Rasch schlief er ein vor Erschöpfung.

Am Morgen erwachte er früh. Das Gras war feucht. Noch war Dunkelheit, doch zeigte sich schon ein heller Streifen, fern, zaghaft. Pio blickte empor zu den Sternen, zu dem flimmernden Mosaik, das langsam verblaßte. Da war er, sein Freund, der Morgenstern, so hell, so strahlend und so verheißungsvoll. Er erfüllte Pio mit Zuversicht. Dazu die Schnauze des Hundes! Was konnte ihm geschehen? Er geriet ins Träumen. Bald würde alles gut sein. Der Senator mußte begreifen: Nun da Giovanni di Lorenzo tot war, war auch seine Tochter als Unterpfand wertlos ... fast wertlos. Der Senator würde dem Mädchen – dem Kind! – helfen. Träumerisch überlegte Pio weiter, was er dem Senator sagen wollte. Er hatte sich alles gut ausgedacht, wieder und immer wieder: Steh mir bei, Morgenstern! Er sah sich schon mit Bianca-Bella heimreiten, in der Sonne, im Licht!

Der Morgenstern blinkte hell, er gab keine Antwort, aber er schenkte Pio Zuversicht. Der Bub verspürte Kraft. Nun sprang er auf. Er warf Brunetto den Sattel über. Er stieg auf, der Morgenstern verblich. Er ritt. Bald stieg auch die Sonne, so blendend, über den Erdrand. Nein, da sah er: das war nicht die Erde, das war schon das Meer. Die Sonne tauchte empor aus dieser bleiernen Scheibe. Zwar lagen noch weite Felder dazwischen, aber schon sah er es hell vor sich, schon spürte er es, roch er es, das Salz, den Wind, die Ferne. Hart schlug er Brunetto die Fersen in die Weichen, mehrmals. Sein Magen knurrte. Seit gestern hatte er nichts mehr gegessen, der Hund nicht, auch nicht das Pferd. Aber das war nun nicht wichtig. In wenigen Stunden, am Vormittag, konnte er in Fusina sein, ein Fischerdorf aus einfachen Häusern und Hütten, noch auf dem Festland, auf der terra ferma also. Von hier fuhr man mit dem Boot über das Wasser, über die Lagune, zur Königin der Meere: Venedig ... In Fusina suchte er zuerst einen Fuhrhalter, bei dem er Brunetto einstellen konnte. Es gab gleich mehrere, das war hier ein einträgliches Gewerbe. Das Pferd kam in den Stall. Pio zog den Beutel mit den Goldstücken aus der Satteltasche und verbarg ihn unter dem Hemd. Er zahlte im voraus – für einen Tag. »Länger braucht's nicht«, sagte er. »Morgen komme ich wieder, vielleicht noch heute, ja, sicher noch heute!« – Und er fragte auch, ob er dann noch ein zweites Pferd erwerben könne.

»Ja, jederzeit!«

Das war gut. Er kürzte Volpinos Leine. Am kleinen Hafen, an der Fährstelle, schwankten unzählige Boote, große und kleine, mit Rudern und Segeln. Viele glitten auch über die glitzernde Fläche. Sie kamen heran, und sie entfernten sich, randvoll mit Menschen, Hunden, Hühnern, Ziegen. Es war ein Lärmen, ein Schreien, ein Gestikulieren. Man feilschte um die Preise. Ständig gingen Boote zur Stadt. Händler luden ihre Waren vom Wagen ins Boot, Bauern fuhren Getreide heran oder Holz. Knechte schleppten Säcke, Frauen trugen Körbe auf dem Rücken.

Pio bestieg ein Boot mit einem braunen Segel. Der Hund

zögerte, stieg dann aber brav ein. Es ging zur Piazetta, zu dem Platz vor dem Palazzo Ducale. Dort – so hatte man ihm geraten – konnte er sich von einer Gondel zum Senator Lodando fahren lassen. »Der Gondoliere wird dich zum Palazzo Lodando bringen, er liegt am Canal Grande.« Die Leute verbeugten sich, wenn sie den Namen des Senators nannten, sie knickten ehrfürchtig zusammen und senkten die Stimme. Er spürte, sie hatten Scheu vor diesem Mann, vielleicht Angst – oder auch große Achtung.

Die Fahrt über die gleißende Lagune schien Pio ewig zu dauern. Das Boot mußte gegen den Wind kreuzen. Volpino hielt die Nase hoch und schnüffelte. Endlich sah Pio die Gebäude, erst klein, dann immer näher. Sie fuhren in die Wasserstraße zwischen der Insel Giudecca und der Stadt, die auf dem Rivo Alto lag. Rechts und links erstreckten sich Häuserzeilen, eng aneinandergebaut, viele aus Holz, braun, dazwischen auch helle aus Stein, Lagerhallen – und auf dem Wasser herrschte der lebhafteste Verkehr.

Dann kam die Piazetta, der lichte Platz am Meer, an dem sich der Dogenpalast erhob mit seiner mächtigen, seiner prachtvollen Fassade, von Bogengängen, von Loggien und Arkaden getragen. Darüber erhob sich steil der Glockenturm aus rotem Backstein mit der spitzen Haube, den Taubenschwärme umflatterten. Pio stieg zwischen den beiden Säulen, die den Löwen und den heiligen Theodor trugen, an Land. Er sprang auf die Stufen, die ins Wasser herabführten, Volpino kläffte kurz auf, froh, wieder festen Boden unter den Füßen zu haben. Pio hielt den Hund dicht an sich, das Gewühl hier war unbeschreiblich. Alles schien heiter, schien fröhlich. Auch die Menschen waren es und die bunten Tücher über den Verkaufsständen, die sich an den Seiten des Platzes entlangzogen, wo Kunstgegenstände ausgestellt und schreiend angeboten wurden: Bilder und Rahmen, Strohkörbe, Kupferkessel, Gewürze, Vögelchen in Käfigen ... Diese auf- und abwogende Menge! Diese vielen Farbschattierungen der Gesichter, vom hellsten Blaß bis zur dunkelsten Tönung, dieses Lärmen, die vielen Kinder, die sich überall durchdrängten, spielten, rauften. Dazwischen Rufen, Gelächter, das Klappern der Holzsandalen ... Und Tauben, Tauben, fliegende, aber auch auf dem Boden ruckende, gurrende Tauben. Und während Pio noch staunte und fast sein Vorhaben vergaß, sah er plötzlich, wie ein Mann einem vornehm gekleideten Herrn von hinten in die Tasche griff. Pio wollte schreien, hinter dem Gauner herlaufen, doch der war schon im Gedränge verschwunden. Und vielleicht war es auch besser, wenn Pio sich entfernte, ehe der Bestohlene den Verlust bemerkte. Stand er zu nah oder mischte er sich ein, wurde er vielleicht für einen Komplizen des Taschendiebes gehalten und selbst verdächtigt.

Als er dann auch noch in den Rücken gepufft wurde, durchzuckte ihn ein Schreck. Er blickte sich um. Er sah in das Gesicht einer Magd. Pio faßte nach seinem Beutel, der war noch unter seinem Gürtel. Er atmete auf. Aber das darf mir nicht geschehen, dachte er. Ich brauche das Geld, ich brauche es ja nicht nur für mich, ich brauche es für Bianca-Bella. Ich habe doch sonst nichts, ich könnte es nie ersetzen. Die Karte und einige Münzen trug Volpino um seinen Hals, aber die meisten Goldstücke hatte er doch im Beutel. Er spürte ihn auf seinem Körper. Wohin nun damit? Und was, wenn der Hund hier verlorengehen, ihm etwas zustoßen sollte? Wüßte er nur einen sicheren Ort!

Pio und Volpino wurden vor das Portal des Domes geschoben, der dem heiligen Markus geweiht war. Er stand unter dem mittleren der fünf Bögen. Viele Menschen drängten hinein, viele kamen heraus. Eine Dame trug eine Katze im Henkelkorb, ein Greis mit einem Silberstöckchen stolzierte mit seinem winzigen Hund über die Schwelle. »Also komm, Volpino«, sagte Pio. Er nahm den Hund ganz eng an seinen Schenkel. »Aber benimm dich!« Der Hund stellte die Ohren.

Pio trat mit ihm in die große Kirche. Die Pracht überwältigte ihn, obwohl es hier dunkel war und er sich erst daran gewöhnen mußte. Hoch oben sah er die Mosaike in bräunlichem Gold. Unten flackerten tausend Flämmchen auf Kerzen. Ich will auch eine Kerze stiften, dachte Pio, es wird gut sein. Er wählte ein hohes, schlankes Wachslicht, dann trat er ins Seitenschiff. Hier war er allein, eine holzgeschnitzte Figur stand vor einem Mauerende: die Mutter Gottes im faltigen Gewand. Pio bekreuzigte sich. Die Figur stand mit kleinem Abstand vor der Wand. Und es war wie eine Eingebung – Pio schob die Finger hinter sie: die Statue war innen hohl. Seine Hand paßte gerade durch den schmalen Spalt zwischen Wand und Mantelsaum, so daß er in diesen Hohlraum fassen konnte. Er spürte Sägespäne am Boden, er spürte Staub, alles Zeichen, daß sich hier niemals jemand zu schaffen machte. Pio schaute sich um, er lief zwei Schritte zurück, sicherte sich nach allen Richtungen ab, aber da war niemand, kein Mensch. Volpino schnüffelte ruhig an einer Säule, Pio dachte nicht mehr nach, rasch zog er seinen Geldbeutel aus dem Ausschnitt. Er nahm einige kleinere Münzen heraus, gerade soviel, wie er hier vielleicht brauchen würde für ein wenig Essen, für die Gondeln, für die Passage mit Bianca-Bella zurück zum Festland. Diese Münzen steckte er in eine Tasche. Dann schob er den Beutel tief hinein in die Nische, hinter die Holzfigur. Auch Volpinos Halsband legte er dazu. Er atmete auf! Hier war alles so gut aufgehoben wie im besten Bankhaus! Niemand ahnte etwas, niemand würde danach suchen. Und die Mutter Gottes würde es behüten!

Dann lief er schnell davon. Er blieb nicht in der Kirche. Er fühlte sich frei, er meinte, jetzt müsse ihm alles gelingen. Rasch drängte er sich durch die Leute. Volpino durfte nirgends anhalten, nirgends schnüffeln: keine Hündchen, keine Tauben, kein verwirrender Duft! Pio zog ihn. Schon sah er die Gondeln an der Piazetta: da schaukelten die schwarzen, vorne und hinten aufgewölbten Boote. Pio sprang gleich in die erstbeste, der Gondoliere schaute mißtrauisch auf ihn und den Hund. »Ich kann bezahlen«, rief Pio. Er nannte sein Ziel: »Palazzo Lodando!« Vielleicht war es vor allem dieser Name, der den Gondoliere beruhigte – er nickte und bewegte das Ruder auf jene typisch kreisende Weise, von der die Gondeln vorwärts getrieben werden. So fuhr er in den großen Kanal, an dessen beiden Seiten die Paläste standen, die bunten Fassaden aus Marmor und Zieraten. Niemals hatte Pio so etwas Herrliches gesehen: schmale Rundungen, Spitzbogen, durchbrochene Putz- und Backsteinmauern, auch Säulen – und Stufen vor den Portalen, die von kleinen Wellen überspült wurden. Alles war in Licht getaucht und überspiegelt von Licht. Dazu Hunderte von Booten, von Gondeln auf der Wasserstraße, geschickte Gondoliere und Ruderer, ein ständiges Brüllen, Singen und warnende Schreie.

Der Palazzo Lodando war einer der prächtigsten Paläste am Canal Grande: ein Marmorfries querüber, eine Loggia mit dreigeteilten Bögen über dem Eingangsportal. Der Gondoliere legte an den ins Wasser reichenden Stufen an, zwischen den rotumringelten Säulen. Ein Diener trat näher, in grüner Livree, er wollte Pio verscheuchen. Aber Pio rief ihm zu, daß ihn der Herr erwarte, er gestikulierte, erklärte, daß er von Messer di Lorenzo aus Biurno käme.

Der Name wirkte. »Aber der Hund bleibt draußen«, sagte der Diener barsch und rümpfte die Nase. Er rümpfte vielleicht über beide die Nase, über den Buben im Bauernkittel und über das Tier. Er wies auf eine der beiden Holzsäulen, die aus dem Wasser ragten, wo ein kostbares Boot angekettet war, dort band Pio Volpino fest, er fuhr ihm über den dicken Kopf. Er beugte sich nieder und flüsterte dem Hund ins Ohr:

»Sei brav und warte. Ich komme bald wieder, bestimmt! Mit Bianca-Bella . . .«

Volpino blaffte, legte den Kopf schief, aber er setzte sich und blieb.

»Die Waffe«, befahl der Diener. Er streckte Pio die Hand entgegen. Zögernd nahm Pio den Dolch aus dem Gürtel.

»Wenn du gehst, bekommst du ihn wieder«, versprach der Lakai.

Auf der gegenüberliegenden Seite des Kanals lag ein Boot, versteckt zwischen anderen. Darin kauerte hinten ein Ruderer mit einer Binde quer über dem Auge. Und vorne kniete ein Mann in dunkler Kutte.

8

Pio trat in den Palast, zunächst in einen Hof mit Säulen, in dem Männer hin und her eilten, mit Papierrollen, mit Schreibzeug – Kanzleibeamte vielleicht, auch Sbirren. Dann ging es ins Treppenhaus, Pio schritt durch die weite Halle, von dort in ein Vorzimmer. Hier warteten Kaufleute, Beamte, Diplomaten. Sie unterhielten sich halblaut. Pio wurde abschätzig und mit Herablassung angesehen, vielleicht hielt man ihn für einen der zahllosen Polizeispitzel, die soviel Unheil anrichteten. Man drehte ihm schnell wieder die Rükken zu.

Pio stellte sich an ein Fenster. Er schaute hinaus auf den Kanal, auf die Boote, auf die Lichtspiele im Wasser, aber er sah eigentlich nichts. Er murmelte: »Es wird gutgehen . . . Ja, es wird gehen . . . Ich bin ganz sicher, ganz sicher, der Morgenstern hilft«, während der Lakai einem Schreiber am Ecktisch sein Eintreffen meldete. Sofort legte der Sekretär die Feder ab und eilte durch eine hohe Doppeltür.

Bald kehrte er zurück. Der Lakai winkte Pio. Er führte auch ihn zu dieser hohen Tür – und nun folgten ihm doch verwunderte Blicke, weil er gleich vorgelassen wurde, während die anderen warten mußten.

Ein Herr war in der Stube, ein hochgewachsener und doch schmächtiger Herr, grau das Haar, vollkommen schwarz die Kleidung, nicht nur schwarz, weil die Hose, das Wams, die Jacke, der Umhang, weil alles schwarz war, sondern auch, weil sein ganzes Wesen schwarz zu sein schien. Nur eine schwere goldene Kette leuchtete vor seiner Brust. Verwundert schaute er den Knaben an.

Ein Fenster stand offen und ließ den Glanz draußen ahnen, die Frische der Luft. Licht spiegelte flimmernd an der Zimmerdecke, es flimmerte auch über die zierlichen Möbel. Pio sah aber wenig vom Raum, er sah nur diesen Mann, Senator

Enrico Lodando, den mächtigen Herrn über die Polizei. Mit einem Fingerschnippen konnte er jeden, also auch Pio, für den Rest seines Lebens hinter die Mauern der berüchtigten Gefängnisse bringen lassen, unter die Bleidächer. Der Senator beugte sich über einen runden Tisch, der mit Papieren bedeckt war. Pio erkannte Land- und Seekarten mit den Küstenlinien, daneben lagen Folianten zu Türmen übereinander und Schriftrollen, aus denen Siegel heraushingen. Nun schaute der Mann zur Seite und schien Pio mit seinen Blicken einzusaugen. Er sah aus wie eine aus Ebenholz geschnitzte Figur. Sein Gesicht war bleich und sorgsam rasiert. Sein Kinn trat scharf und spitz hervor.

Pio wagte kaum zu atmen, noch weniger zu sprechen. Er verneigte sich tief.

»Ich staune! Ein Knabe kommt aus Biurno, von Messer di Lorenzo?« fragte der Senator.

»Ja, edler Herr«, antwortete Pio. »Das heißt . . .«

»Wie sonderbar, daß Messer di Lorenzo einen Halbwüchsigen schickt, fast noch ein Kind . . . und einen Knecht . . . oder einen Bauernjungen. Nun, möglicherweise ist das nur eine Verkleidung und dient zur Tarnung – vielleicht nicht einmal ungeschickt und sicherer als ein Zug Bewaffneter, der überall auffällt. Trotzdem, ich hatte Messer di Lorenzo selbst, mindestens aber seinen Bankier oder Majordomus erwartet. Vielleicht erklärst du mir, weshalb man dich schickt und keinen anderen. Und vielleicht erkenne ich an dem, was du sagst, ob es die Wahrheit ist. Wenn du das Geld bringst . . .«

»Herr«, murmelte Pio. »Ich komme . . .« Doch dann verließ ihn der Mut, und es fiel ihm ein, zuerst nach Bianca-Bella zu fragen: War sie hier? War sie noch hier? Das mußte er wissen, vor allem anderen.

Der Senator schien seine Gedanken zu erraten: »Das Mädchen ist bei mir«, erklärte er. »Willst du sie sehen? Du möchtest sicher sein?«

Pio nickte.

Der Senator klatschte in die Hände. Hinter ihm wurde eine Tür aufgestoßen. Da stand das Mädchen auf der Schwelle, Bianca-Bella, man hatte sie dort bereitgehalten. Diener faßten sie an den Armen. Sie trug ein braunes Baumwollkleid, die schwarzen Haare fielen rechts und links auf die Schultern, ihr Gesicht leuchtete hell, aber noch heller leuchteten die Augen. Sie erinnerte sich sofort an ihn und nickte Pio verwundert zu. »Kommst du mich holen?« fragte sie, und hoffende Erwartung klang in ihrer Stimme.

»Ja«, antwortete Pio. Seine Wangen röteten sich. »Aber dein Vater . . .« Er verstummte.

Der Senator rief: »Du hast sie gesehen! Sie lebt, sie ist wohlauf.« Er winkte sie fort. Die Diener nahmen das Mädchen zurück und schlossen die Tür. »Nun also, ich halte Wort«, sagte der Senator. »Wenn Messer di Lorenzo seine Schuld begleicht, dann ist sie frei und kann mit dir gehen. So ist es doch gedacht? Oder kündigst du mir nur an, daß ein anderer mit dem Geld folgt? Hast du einen Beweis, daß du von Messer di Lorenzo kommst?«

Pio überlief es heiß. Daran hatte er nicht gedacht. Doch da fiel ihm das Medaillon ein. Wie gut, daß er es nicht in den Beutel getan und im Dom versteckt hatte. Er zog es unter seinem Hemd hervor. Er trat näher. Der Senator nahm es, betrachtete es und sagte: »Wo hast du das Bildnis her?«

»Von der Kinderfrau«, murmelte Pio. »Messer Lodando! Edelster Herr, es ist alles anders . . .«

»Wie – anders?«

»Messer Giovanni di Lorenzo ist tot!«

»Er ist tot?« Nun richtete sich der schwarze Mann auf und wirkte auch in dieser Haltung wie holzgeschnitzt. Jetzt erst zeigte er Erregung. »Ist das die Wahrheit? Oder steckt da eine List dahinter, ein Betrug . . ?«

»Er starb, als er die Nachricht erhielt . . . ich war zugegen . . .«, stammelte Pio.

Der Senator fixierte ihn, lange, durchdringend. »Damit konnte kein Mensch rechnen«, murmelte er. »Ich war sicher, alles würde rasch erledigt werden, sonst hätte ich mich hierauf nicht eingelassen. – Bei welcher Nachricht starb er, was meintest du? Als er von der Entführung erfuhr?«

»Das war das eine«, sagte Pio. »Aber dann ... das Schiff ...«

»Sehr richtig! Die Galeasse mit der Ware. Man wird das Schiff beschlagnahmen, da der Kaufmann nun tot ist. Nun, so mag es gehen! Abdulhamid Ibn Helu wird auch zufrieden sein, wenn er all seine Waren zurückbekommt. Ich werde mich dafür verwenden, daß alles so geregelt wird. Es wird vielleicht ein wenig länger dauern, bis ich wieder Nachricht aus Smyrna erhalte, aber ich kann das Mädchen in dieser Zeit bei mir beherbergen, und danach ist sie frei. Jetzt verstehe ich, warum man dich sandte! Du meldest, wo die Ladung liegt, du bist ein Schiffsjunge ...«

»Edelster Herr!« Pio nahm allen Mut zusammen. »Das Schiff ... die Nachricht, die Messer di Lorenzo schließlich tötete ... das Schiff ist zerschellt! Ein Sturm ... eine Meuterei ...«

»Du willst sagen, es ist nichts gerettet?«

»Nur ein Seemann überlebte, Herr, aber auch er starb, nachdem er gebeichtet hatte ...« Pio erzählte nun alles, er verschwieg nichts, er berichtete auch von der Schatzkarte. Der Senator hatte geduldig zugehört. »Das ist wahrhaftig ein Schicksal ...«, murmelte er. Er ließ sich auf einen Stuhl nieder und spielte mit seiner goldenen Kette.

»Edelster Herr, das Mädchen ...«, flüsterte Pio.

»Ja, das Mädchen ... sie muß ausgelöst werden. Ich denke, Messer di Lorenzo war ein reicher Mann. Was er hinterläßt, wird Abdulhamid Ibn Helus Forderung wohl erfüllen.«

»Aber Messer di Lorenzo hinterläßt doch nur Schulden«, rief Pio verzweifelt. »Sogar das Haus gehörte ihm nicht mehr. Alles, alles gehört jetzt dem Bankier Tosi!«

Der Senator lehnte sich zurück: »Was für schlimme Komplikationen . . .«, murmelte er. »Ich wollte nur als Vermittler dienen. Was ist mit Verwandten . . .«

»Es gibt keine Verwandten!«

»Dann gnade Gott diesem Mädchen«, rief der Senator.

»Herr, gebt sie frei! Ich bitte Euch, ich flehe Euch an!«

»Was bekümmert sie dich? Wieso setzt du dich für sie ein? Sie geht dich nichts an.«

»Aber der osmanische Handelsherr, jener Abdulhamid Ibn Helu, er kann ja nun keinen Nutzen mehr von ihr haben! Er wird doch das Lösegeld niemals bekommen!«

»Du vergißt den Sklavenmarkt«, sagte der Senator düster.

»Du meinst, er hat keinen Nutzen mehr an Bianca-Bella di Lorenzo? Wie sehr du dich irrst! Ein christliches Mädchen ist den Osmanen viel, sehr viel wert, wenn sie ansehnlich ist. Und Bianca-Bella verspricht eine schöne Frau zu werden . . . Der osmanische Sultan bezahlt achtzigtausend, sogar hunderttausend und mehr Dirhem für eine schöne Sklavin, wieviel mehr für eine Christin!«

»Aber das . . . das könnt Ihr doch nicht dulden! Das kann kein Christ, das kann kein Venezianer zulassen!«

»Was verstehst du? Ich bin Abdulhamid Ibn Helu verpflichtet, sehr, sehr verpflichtet. Er vertraut mir und darf mir vertrauen. Vielfältige Geschäfte binden uns aneinander.«

»Aber . . .«, murmelte Pio. Ein Hoffnungsschimmer glomm in ihm, ein Gedanke: »Aber . . . edelster Herr! Ist es nicht so, daß die Serenissima, daß also Eure Republik Venedig mit den Osmanen Krieg führt?«

»Du hast recht, aber du redest wie ein Kind. Und weil du ein Kind bist, möchte ich, daß du mich verstehst.« Der Senator empfand wirklich in diesem Augenblick eine Art Scham, die er kaum gefühlt hätte, wenn er sich einem hartgesottenen Verhandlungspartner gegenübergesehen hätte. »Bedenke, Knabe, Abdulhamid Ibn Helu ist nicht nur Kaufmann, er ist ein hoher Beamter, ein Wesir des Sultans, nicht so hochgestellt wie der Großwesir, das nicht, aber einfluß-reich genug. Ihm untersteht der Diwan, und der Diwan verwaltet die Kasse des Osmanischen Reiches. Im Diwan werden alle Einkünfte und alle Abgaben schriftlich festgehalten. Diejenigen, die Geld vom Herrscher erhalten, werden in den Büchern des Diwan erfaßt, je nach ihrem Rang ... Du begreifst nun wohl, wie überaus wichtig jener Mann ist, der den Diwan verwaltet. Und das ist eben unser Abdulhamid Ibn Helu. Die höchsten Herren krümmen vor ihm den Rücken und werben um seine Gunst. Nun – du sagst, es sei Krieg! Das ist wahr. Aber auch im Krieg wird gehandelt. Und vor allem: auch während des Krieges verhandeln die Diplomaten. Abdulhamid Ibn Helu hat das Ohr des Sultans ... und ich habe das Ohr Abdulhamid Ibn Helus ... genug! Mein Amt verbietet mir, mehr zu sagen. Das Mädchen muß ihm übergeben werden!«

»Aber er ist ein Muslim, Herr ...«

Der Senator machte eine ungeduldige Handbewegung. Er wollte die Unterredung beenden. »Was sagt das schon? Gott erlaubt den Osmanen, an Allah zu glauben und an Mohammed, so wie wir an den Vater, den Sohn und den Heiligen Geist glauben. Gott beschenkt die Osmanen mit allen Genüssen des Lebens, mit Weisheit, Reichtum und wunderbaren Kunstfertigkeiten. Sie übertreffen uns in der Medizin, in der Sternenkunde und in der Mathematik! Ihre Moscheen wetteifern mit unseren Gotteshäusern an Pracht. Und nun besiegen ihre Armeen überdies die christlichen Heere – sie stehen schon vor Konstantinopel! Siehst du, das alles erlaubt Gott! Soll ich da klüger sein wollen als der Allmächtige selber? Vielleicht ist es sein Wille, daß Bianca-Bella di Lorenzo bei den Osmanen ihr Glück macht? Sein Ratschluß ist wahrhaft unerforschlich!«

Pio fühlte sich wie betäubt. Er schwieg. Es ist aus, dachte er, es ist aus ...

»Geh! Nun stiehlst du mir die Zeit«, rief der Senator. »Ich

verpfändete Abdulhamid Ibn Helu mein Wort. Ich werde es halten. Noch heute verläßt Bianca-Bella Venedig!«

»Nein! Nein!« schrie Pio. Seine Stimme überschlug sich.

»Schweig!« herrschte ihn der Senator an. »Nur deine Jugend und deine Unerfahrenheit retten dir dein Leben! Ich dulde nicht, daß man so mit mir spricht. Du verstehst nichts! Auch in unserer Republik leben Sklaven. Die Sklaverei ist ein Schicksal wie jedes andere!«

»Aber in einem Harem . . .« murmelte Pio.

»Auch in einem Harem! Das Leben dort im Überfluß wäre dem einer frierenden Bettlerin hier allemal vorzuziehen.«

Pio wußte, es war alles vorbei.

Recht oft führst du Gott im Munde, hoher Herr, dachte er, aber das sind nur Vorwände. Du bist aus dem gleichen Holz wie der Herzog von Biurno. Alle hohen Herren sind so – sie haben nur ihre Vorteile im Sinn, mit ihrer Gier beherrschen sie die Welt. Und sie finden nicht nur wortreiche Entschuldigungen dafür, nein, sie machen sogar Tugenden daraus.

Pio hatte in diesen zwei Tagen mehr über die Menschen und über die Mächtigen der Welt erfahren, als in all den Jahren vorher.

Der Senator schwenkte eine Glocke. Der Ton klang schrill. Ein Diener führte Pio hinaus. Wie er den Palazzo Lodando verließ, wie er Volpino an sich nahm, den Dolch in den Gürtel steckte, wie er die feuchten Stufen am Wasser überschritt, in die herbeigerufene Gondel – er wußte es nicht.

»Wohin?« fragte der Gondoliere.

Ohne eigentlich zu wissen, was er wollte, antwortete Pio: »An den Hafen, wo die Schiffe liegen, die übers Meer fahren, in den Süden – und in den Osten . . .«

Der Gondoliere nickte.

Als er ablegte und den hohen Bug mit dem gezackten, vergoldeten Eisen in den Canal Grande hineinsteuerte, löste sich von der gegenüberliegenden Hauswand ein schmaler Kahn. In ihm saßen zwei Männer. Sie folgten.

9

Pio kauerte in der Gondel. Er zog die Beine an. Ein leichter Wind wehte und strich dem Buben durch die Haare, wirbelte sie auf. Wie wohltuend wäre die Brise gewesen, ihre Frische – dazu der Geruch nach Salz, nach Tang, nach dem Meer –, wenn Pio sich nur hätte freuen können. Aber sein Herz war schwer wie ein Klumpen aus Blei. Er nahm den Hund näher zu sich. Volpino hielt die Nase über den Bootsrand und schnüffelte die fremden, die erregenden Gerüche. Pio zauste ihm die Haare, er streichelte das Fell, in dem die Luft quirlte. Er legte seine Stirn auf die Stirn des Tieres: »Habe ich denn alles falsch gemacht, Volpino? Habe ich versagt? Bin ich nicht fähig gewesen, das Richtige zu sagen ... Hätte ein anderer das Herz des Senators vielleicht doch rühren können? – Ach ja, mir fehlen wohl die Worte, ich bin nicht geübt, ich habe keine Erfahrung ... Ach, es war alles umsonst.«

Pio war mutlos. »Was ist dies für eine Welt, Volpino? Was ist ein Menschenleben wert? Gar nichts, das sage ich dir! Und das eines Mädchens erst recht nichts! Das ist nicht einmal soviel wert wie ein Sandkorn. Pfüh ... und der Wind bläst es davon. Und dann sagt man: das ist Schicksal! Und die christliche Nächstenliebe, Volpino, ach, komm mir nicht damit ...«

Zahllose Boote kreuzten auch jetzt auf dem Kanal. Daß ihrer Gondel ständig ein schwarzer Kahn folgte, fiel ihnen nicht auf. Den Gondoliere hätte es nicht gekümmert, und Pio war arglos. Er grübelte: »Ich habe nur noch eine Hoffnung, nur eine einzige, winzige Möglichkeit, Volpino: Ich muß das Schiff finden, auf dem Bianca-Bella entführt werden soll. Vielleicht geben diese Männer sie doch noch frei, wenn sie erst wissen, daß es keinen Menschen mehr gibt, der Lösegeld für sie zahlen wird. – Aber wie, Hund, wie soll ich sie finden? Ich kann ja nicht bei allen Schiffen anklopfen und fragen: Stecht ihr mit einem geraubten Mädchen in See, nach Smyrna?«

Immer näher kamen die Schiffe, die an der Mole ankerten, eine unendlich lange Reihe. Immer riesiger wuchsen sie empor: Galeeren mit Rudern; daneben Segler mit mächtigen Aufbauten und schlanken Masten, an deren Rahen Taue in Girlanden herabhingen; Schoner mit längsseits stehenden Gaffelsegeln; Schaluppen, kleine Kutter, fast nur Nußschalen, mit denen die Fischer nachts hinausfuhren und erst im Morgendämmer heimkehrten. Pio verstand nichts von Schiffen, er hätte die vielen Arten nicht zu unterscheiden gewußt. Aber er staunte, er staunte am meisten über die dickbauchigen Kriegsschiffe mit ihren mächtigen Aufbauten, aus deren offenen Luken die Geschützrohre herausragten. Viele prunkten vorne mit einer Galionsfigur, geschnitzt und grell bemalt. Einmal erkannte Pio einen Löwenkopf, ein andermal eine Frau mit wilden Haaren und fratzenhaftem Gesicht. Und welch ein Glück, daß er beim Pfarrer Lesen und Schreiben gelernt hatte. So konnte er die bunten Namen am Bug entziffern: *Santa Barbara, Santa Cäcilia, Santa Margerita* oder einfach *Theresa, Flora* und *Genova, Pisa* – und viele, viele andere.

Endlich legte der Gondoliere an einer Mauer an. Pio konnte hinausklettern. Er entlohnte den Mann, er gab ihm die letzten Münzen. Er faßte Volpinos Leine und blickte sich um. Er wußte nicht, wo er sich hinwenden sollte. Im Hafen wimmelte es von Menschen: ein Durcheinander von Matrosen, Schiffsjungen, Lastträgern, Hafenarbeitern, die alle durcheinanderliefen, etwas schleppten oder schoben. Schiffszimmerleute nagelten und sägten. Weinfässer rollten, Wagen wurden gezogen, Kisten und Kästen standen herum, auch Ballen von Baumwolle – oder Seide, die einen langen Weg über die Seidenstraße hinter sich hatte. Von Kränen mit Flaschenzügen wurden durchhängende Netze gehievt, die von Seeleuten an Bord gezogen wurden. Wie Ameisen quirlten die Leute: Geschrei, Hundegebell und Flüche, Gebrüll von Rindern. Durch offene Luken wanderten die Säcke: Getreide und Mehl, gesalzenes Fleisch. In endlosen Ketten wurden die Lasten in die Schiffe gebuckelt.

Man trieb einen Trupp Galeerensträflinge vorbei, ihre Ketten klirrten, auf ihren nackten Rücken leuchteten die Striemen der Peitschenhiebe. Noch mehr aber erregten Pio Sklaven, die in einer Traube aneinandergebunden an der schmalen Leiter eines Zweimastseglers hingen und über die Sprossen hinabgetrieben wurden, getreten und gestoßen, mit Schreien und Flüchen. Kräftige Burschen und junge Frauen, schlanke Gestalten. Die Unglücklichen kamen aus fernen Ländern, und gewiß waren es keine Christen, sondern Ungläubige, edel und wohlgeformt. Pio hatte so dunkle Menschen noch nie gesehen. Ein Mädchen war darunter, kaum älter als Bianca-Bella, eine graziöse Gestalt, zart und feingliedrig, mit tiefschwarzen Haaren und sattbraunen Augen. »Ach, Volpino«, seufzte er. »Vielleicht ist sie die Tochter eines Gelehrten oder eines Fürsten . . . Gewiß hat sie Eltern, die sich um sie grämen. Wie schlimm, die Freiheit zu verlieren! Ich muß verhindern, daß Bianca-Bella auch so . . . auf diese Weise . . . Und warum sollten die Osmanen gnädiger sein als wir Christen?« Er wandte sich ab. Er biß die Zähne aufeinander, seine Backenknochen traten hervor.

Vieh lief herum, Ziegen und Schafe; Schweine, die mit einem Strick an einem Bein festgehalten wurden; Tauben gurrten in Käfigen; Hühner gackerten in geflochtenen Körben. Es war ein Lärmen, ein Geschrei . . . Und darüber kreischten die Möwen, schwirrten die eleganten Seeschwalben.

Pio war verwirrt. Jedes Schiff konnte das richtige sein – und jedes das falsche. Er würde Tage brauchen, bis er sich durchgefragt hatte . . . Und was für Antworten würde man ihm geben, was sollte er überhaupt sagen . . .? Die Zeit brannte ihm auf den Nägeln, und gerade das machte ihn noch ungeduldiger. Ihn schwindelte. »Was sollen wir tun, Volpino?« Er beugte sich herab: »So viele Schiffe ... Und wer weiß, ob das richtige überhaupt darunter ist.«

So stand er, starrte auf Taurollen, auf hängende Seile, auf Schiffstreppen, schmal wie Hühnerleitern, auf Ballen und gereffte Segel – und überlegte, in welche Richtung er gehen sollte. Er bohrte in der Nase, rieb sich das Kinn: Vielleicht halfen ihm die Namen der Schiffe weiter, fremdartige Bezeichnungen, darunter auch Buchstaben, die er nicht kannte. Da spürte er einen Stoß, nein, mehr als einen Stoß – das war ein Messer. Die Spitze stand auf seiner Rippe, sie durchstach sein Hemd. »Sei still! Schrei nicht, rühr dich nicht von der Stelle! Dann geschieht dir nichts!« So zischte ihn eine heisere Stimme an, leise, aber desto eindringlicher.

Instinktiv zog Pio seinen Hund zu sich. Volpino hatte noch nichts bemerkt. Zu sehr war er beschäftigt mit den Schweinen und Ziegen und Schafen ... Alles war fremd und wunderbar – erregt wedelte er mit dem Schweif, während seine Nase den Erdboden beschnupperte oder schwebende Gerüche einsaugte.

»Was wollt Ihr, ich besitze nichts«, flüsterte Pio und war froh, daß er seinen Beutel im Markusdom versteckt hatte.

»Wir wissen, was du hier suchst«, erwiderte die Stimme. Vorsichtig sah sich Pio um – und schaute in ein gegerbtes Gesicht, über das eine scharfe Narbe lief.

»Du warst im Palazzo Lodando«, sagte der Fremde.

»Aber wieso kennt Ihr mich?«

»Einer kennt dich! Doch das geht dich nichts an. Wir wissen auch, was du willst. Du möchtest das Mädchen ...«

»Ja«, rief Pio, unwillkürlich etwas lauter. »Es ist ... ich habe dazu etwas zu sagen. Es ist wichtig!«

Jetzt blickte Volpino auf und knurrte.

»Halte den Hund fest«, befahl der Mann. Er drückte den Dolch etwas fester gegen Pios Brust. Pio zog Volpino am Halsband.

»Du kommst mit«, knurrte der Mann. »Und mach keine
Schwierigkeiten! Der Hund aber bleibt hier. Es gibt einen,
der will den Köter nicht sehen! Man sollte das Biest abste-
chen, doch wir wollen kein Aufsehen. Sperre ihn weg...«
»Wohin denn?«
»Dort ist eine leere Kiste!«
»In eine Kiste?« Pio schüttelte entschlossen den Kopf:
»Nein!«
»Dann stirbt er doch von meiner Hand, und das gleich. Also
entscheide dich! In die Kiste, oder er ist tot!«
Pio sah ein, daß er keine andere Wahl hatte.
Der Mann führte sie zu einem Stapel aufgetürmter Kisten.
Eine große stand ein wenig abseits und war leer. Der Mann
warnte: »Wenn du fortläufst, erreichst du nichts!« Er zog
die Messerspitze von Pios Rippe zurück. Er drehte die Kiste
so, daß die offene Seite vorne lag, auf dem Boden. »Hinein
mit dem Vieh!« befahl er.
»Geh, Volpino«, bat Pio. Er schob den Hund. Volpino
sträubte sich, gab aber schließlich dem Druck nach. Er stand
in der Kiste, füllte sie ganz aus und zog den Kopf ein wenig
ein.
»Gut«, brummte der Pirat. Er grinste. »Hilf mir!« Er faßte
den unteren Rand. Pio packte ebenfalls zu. Volpino kläffte,
wollte hinaus. »Stoß den Köter 'rein!« schrie der Mann wütend.
»Still, still, Volpino«, bat Pio. »Ganz ruhig!« Er flehte. Er
hatte einen flauen Magen. Er schob den Hund zurück. Der
Mann hob den Rand: »Hilf, oder ich schlag dich!« brüllte
er. Pio drückte ebenfalls nach oben, da bekam die Kiste das
Übergewicht, sie kippte auf die andere Seite. Nun stand sie
so, daß die Öffnung zum Himmel zeigte. Volpino jaulte. Er
bellte. Der Pirat nahm einen Deckel aus Leisten mit kleinen
Zwischenräumen. Er hatte Hammer und Nägel bei sich. Er
war auf alles vorbereitet. Er nagelte den Deckel auf die Kiste. »Nun können wir miteinander reden«, sagte er. »Also

komm ... Nein, warte, deinen Dolch läßt du hier!« Er hielt
die Hand auf. Pio legte sein Messer hinein. Der Mann warf
es durch einen der Zwischenräume in die Kiste. Es ratschte
am Holz entlang und knallte unten auf.
»Und jetzt los!« befahl der Mann. Pio warf noch einen Blick
zurück: Volpino tobte drinnen. Die Kiste wackelte, aber sie
stand fest. Pio war geistesgegenwärtig genug, sich den Platz
einzuprägen: den Segler mit den zwei Masten gegenüber
und dem Namen *Imperia.* Hoffentlich lief es nicht gleich
aus, dann war alles verändert, wenn er zurückkam: ein anderes Schiff ... andere Fässer ... Oder die Kisten wurden
verladen ... Es konnte ja alles ein abgekartetes Spiel sein ...
Er fühlte sich so hilflos! Volpinos Kiste war unbeschriftet,
andere aber trugen schwarze Zeichen in einer verschlungenen Schrift – neben den vertrauten Buchstaben »A«, »I« und
»H«. Pio versuchte, sie sich einzuprägen, indem er an
Abdulhamid Ibn Helu dachte. Vielleicht gehörten all diese
Kisten zu seinem Schiff, zu seiner Fracht?
Dann wanderten Pios Gedanken zu dem, was vor ihm lag.
Er hörte sein Herz hämmern. Wird er Bianca-Bella jetzt
noch einmal sehen? Er schöpfte zwar wieder Zuversicht –
und dennoch: diese Kerle konnten ihn an den finstersten
Ort der Erde verschleppen, und keiner würde es merken ...
Nein, nichts Schlimmes jetzt denken! Alles wird gut wer-
den ... Sicher wollten diese Männer etwas von ihm, sonst
hätten sie ihn doch nicht aufgegriffen!
Sie kamen an vielen Schiffen vorbei, sie zwängten sich durch
die Menschen, sie waren umtost von Geschrei, vom Geschrei auch der Möwen, die gefräßig um die Maste kreisten,
die Schnäbel aufsperrten und kreischten.
Bei einem schmalen, eleganten Segler zögerte der Mann mit
der Narbe: »Das ist unser Schiff, schneller und tüchtiger als
jedes andere. Es heißt *Aischa,* nach der Lieblingsfrau des
Propheten Mohammed.«
Pio schaute hinüber. Verschlungene Zeichen, wie miteinan-

der spielende Schlangen, zierten den Bug und das Heck. Der Segler war nicht hoch, es stand ein Mann an der Bordwand, die Arme überkreuzt, der schaute hinab und grüßte nickend. Er gehörte wohl zur Besatzung. Vor dem Bug der *Aischa* lag eine Galeasse, *La Speranza* war ihr Name: die Hoffnung, und hinter ihrem Heck lag die *Stella Maris*, der Stern des Meeres.

»Noch heute abend laufen wir aus – und das Mädchen mit uns!« sagte der Mann. »Du allein kannst vielleicht etwas daran ändern!«

Er stieß Pio: »Vorwärts!« Pio empfand Hoffnung und Verzweiflung. Beides kämpfte miteinander, beides war gleich stark. Sie gingen weiter und ließen das Schiff hinter sich. Hinter dem Kai führten schmale Gassen in finstere Viertel. Hier standen einfache Häuser, zu Zeilen aneinandergefügt, nicht höher als ein Stockwerk, ärmlich, die meisten aus Holz. Die Gasse war schmutzig, voller Unrat. Es stank. Viele Seefahrer hatten hier ihre Schlafstellen. Weiber keiften böse. Junge Frauen lockten die Männer aus Haustüren und Fensteröffnungen.

Sie hatten aber nicht weit bis zu einem Haus, das Pio besonders düster erschien, verfallen, heruntergekommen. Er wurde über die Schwelle gestoßen, die Tür fiel hinter ihm ins Schloß. Der Riegel wurde vorgeschoben, er hörte es am scharrenden Geräusch. Er sah nicht viel, es war dunkel hier drin, er stand wohl in einer engen Stube, sehr kahl, kaum Möbel, nur ein Tisch, einige Stühle. Ein wenig Licht kam durch halb zugezogene Holzläden. Pio blinzelte: da waren noch mehr Männer. Wie viele? Zwei ... drei ... Und dann erkannte er eine Stimme.

»Da bist du!« Ein Mann lachte heiser. »Jetzt wird abgerechnet!« Es war dieser geschmeidige, ölige Klang, der Pio erschauern machte. Unter Tausenden hätte er diese triefende Stimme herausgehört. Er zuckte zusammen. Wieso war der Mönch hier? Pio sah genauer hin: ja, die Kutte! Es war Fra

Latino! Fieberhaft überlegte Pio: War es denn wirklich eine Überraschung? Hätte er es nicht ahnen können, daß der Bettelbruder mit den Lumpen unter einer Decke steckte? Aber was ging hier vor? Und was wollte man von ihm?

Vier Männer waren es also, nun sah es Pio genauer. Einer lümmelte auf dem Stuhl. Pio hörte später, daß man ihn Secondo nannte. Ein weiterer stand an der Wand neben dem Fenster, also gegen das spärliche Licht nur schwer zu erkennen. Dennoch sah Pio die Binde über dem Auge. Sie sagten Primo zu ihm. Dieser Mann stand ganz ruhig, ganz unbeteiligt, als ginge ihn alles nichts an. Der dritte, Terzo, der mit der Narbe, hatte Pio am Hafen aufgebracht. Und der vierte schließlich war Fra Latino, er kam jetzt näher. Also mußte der Mann auf dem Stuhl, Secondo, der mit der eingeschlagenen Nase sein.

Es war Fra Latino, der das Wort ergriff, während die anderen schwiegen – sofern man es Schweigen nennen kann, wenn dauernd gerülpst oder geschmatzt, der Nasendreck hochgezogen und noch geräuschvoller einfach zu Boden gespuckt wird.

»Die kleine Kröte ist in unserer Gewalt«, erklärte Fra Latino, und es schien ihm wirklich wie Öl durch die Kehle zu laufen.

Ja, dachte Pio, jetzt nimmst du Rache an mir, weil Volpino nicht bei mir ist. Wie sehr hast du dich vor dem Hund in der Einsiedelei gefürchtet! Du warst es, der ihn am Hafen einsperren ließ! Oh, ich wünschte, er könnte dir an die Kehle . . .

»Die Kleine ist in unserem Gewahrsam«, sagte der Mann am Fenster und betonte das Wort »unser« besonders. Gehörte denn der Mönch doch nicht zu ihnen? Fra Latino legte Pio die Hand auf die Schulter. Der Junge zuckte zurück, am liebsten hätte er nach dem Mönch geschlagen, aber er nahm sich zusammen.

»Der Senator übergab uns Bianca-Bella«, zischte der

Mönch. »Ich meine, er übergab sie gleich diesen tapferen Seeleuten hier, als er von dir hörte, daß ihr Vater tot ist.«

Pio glaubte, ein ganz leises Schluchzen zu hören. Es drang durch eine Tür an der gegenüberliegenden Wand. War es möglich . . . »Wo ist sie?« fragte er schnell. »Ist sie nicht auf dem Schiff *Aischa*?«

»Sieh an, du hast ein gutes Gedächtnis. Nun, das wird dir helfen.«

Das Schluchzen wurde lauter.

»Aber wo ist sie? Hier?«

»Zeigt ihm die kleine Schönheit«, befahl Primo vom Fenster her.

Pio spürte sein Herz am Hals klopfen. Da Terzo, der Narbige, ihn immer noch hielt und Primo hier offenbar viel zu sagen hatte, mußte sich Secondo erheben. Widerwillig schlurfte er zur Tür im Hintergrund. Widerwillig drehte er den Schlüssel um, er ging in die Kammer, und als er zurückkehrte, führte er ein Mädchen mit sich. Ihre Hände waren auf dem Rücken zusammengebunden. Sie weinte. Sie stand im Dunkeln, nicht zu erkennen.

»Das kann jede sein«, sagte Pio.

»Bringt sie zu ihm. Aber nicht so nah, daß er sie berühren kann«, zischte Primo. Secondo schob das Mädchen unsanft vor sich her. Sie kam zögernd, aber sie hatte seine Stimme schon erkannt. »Bitte, nimm mich mit«, flüsterte sie, dann erstickten Tränen ihre Worte.

10

Gerührt betrachtete Pio das Mädchen. Noch immer trug sie das braune Baumwollkleid, aber ihre Haare waren verstruwwelt, sie fielen in unordentlichen Strähnen über ihr blasses Gesicht. Sie sah ihn weinend und flehend an.

Zögernd streckte Pio seine Hand nach ihr aus. Er wollte sie trösten – roh riß ihn Terzo zurück. »Laß die Finger von der Prinzessin«, zischte er.

»Aber schau sie dir noch einmal gut an«, sagte Fra Latino. »Wenn sie heute abend mit der *Aischa* ausläuft, siehst du sie niemals wieder, nie, niemals mehr . . .«

Bianca-Bella schluchzte.

»Aber wenn das so sicher ist: was wollt ihr dann noch von mir?« fragte Pio. »Was soll ich hier?«

»Eine kluge Frage! Du bist nicht dumm, das erleichtert die Sache. Du willst der Kleinen doch helfen . . . Ich werde sehen . . . vielleicht verwende ich mich für sie und für dich. Es kommt darauf an . . .«

»Auf was? Sagt es deutlich!«

»Auf das, was du uns bieten kannst . . .«

»Was könnte das sein?«

»Du weißt es«, rief Fra Latino. »Wir sprachen ja schon einmal davon. Ich machte dir ein Angebot, dann störte dein Köter die Unterhaltung. Zu deinem Schaden! Gib mir die Schatzkarte . . .«

»Die Karte?«

»Das Lederstück . . .«

»Aber ich habe sie nicht, ich sagte es Euch bereits!«

»Und ich sagte dir, daß ich dir nicht glaube. Dazu bist du zu schlau! Aber solltest du wirklich die Wahrheit sagen, dann bist du doch derjenige, der sie am besten herbeischaffen kann!«

Pio dachte nach. Dann fragte er: »Und wenn ich die Karte

besorge, wenn ich sie zu stehlen versuchte – wäre Bianca-Bella dann frei?«

»Vielleicht! Das kommt darauf an . . .«

»Schon wieder kommt es darauf an . . . Worauf?«

»Ob wir den Schatz finden! Es wäre mindestens eine Möglichkeit, eure einzige. Siehst du, jetzt ist die Karte nur ein Stück Ziegenhaut, eigentlich wertlos. Es ist schon sehr großzügig, daß wir uns überhaupt mit einer so windigen Sache beschäftigen wollen. Immerhin, wer könnte besser herausbekommen, ob die Karte etwas taugt, als diese drei Ehrenmänner hier, die alle Inseln zwischen dem Osmanischen Reich und Venedig kennen, und bekanntlich gibt es Tausende. Aber das Meer ist die Heimat dieser tüchtigen Seeleute. Bei ihnen ist alles in den besten Händen. Ja, wir gehen sogar noch weiter: Wir lassen nicht nur die Kleine frei, wir beteiligen euch beide sogar noch an dem Schatz!«

»Bitte, Pio, bitte . . .« flüsterte das Mädchen.

Es rührte ihn, daß sie sich an seinen Namen erinnerte, obwohl er ihn doch nur einmal genannt hatte, damals im Dämmerlicht, im Park.

»Bitte tu alles, was sie verlangen! Rette mich! Bring mich nach Hause, bring mich zu meinem Vater . . . bitte, Pio, bitte . . .«

Die Arme! Sie wußte noch nicht, daß ihr Vater tot war! Niemand hatte es ihr gesagt – der Senator nicht, Fra Latino nicht und die anderen auch nicht. Sie wußte wohl überhaupt sehr, sehr wenig. Und Pio konnte ihr auch nicht die Wahrheit sagen, gerade jetzt nicht. Denn wenn er sie nicht retten konnte, so blieb ihr ja einzig die Hoffnung auf ihren Vater – und diese würde ihr dann noch Mut machen, sie am Leben erhalten.

Pio schwieg. Traurig sah er Bianca-Bella an. So schal die Beleuchtung war, wie elend und verweint sie auch war, sie erschien ihm nur um so schöner in ihrer Not: ihr schmales Gesicht, die wirrweichen Haare, die Augen groß und

schmerzlich auf ihn gerichtet und die Lippen ein wenig geöffnet. Ja, sie war wirklich zart und zerbrechlich, und er
mußte ihr helfen. Nur er war dazu imstande. Aber dazu
mußte er einen klaren Kopf behalten. Und er mußte sich
rasch entscheiden, ihm blieb nicht viel Zeit, jetzt kam alles
darauf an, daß er das Richtige sagte – und tat.

»Stellt die Krabbe auf den Tisch, damit er sie gut betrachten
kann, von allen Seiten und von Kopf bis Fuß«, befahl Primo.
»Er soll sehen, wessen Leben jetzt von ihm abhängt! Wie
mir scheint, ist er verliebt in den Fratz!«

Die beiden anderen packten Bianca-Bella an den Armen
und hoben sie auf den Tisch. Sie ließ es geschehen. Pio
drehte den Kopf ruckartig zur Seite. Nein, das wollte er
nicht: Ihr Anblick durfte ihn nicht erweichen. Wie einfach
wäre es doch gewesen, alles zuzusagen, ja sogar die Schatzkarte herauszugeben. Aber ein gesundes Mißtrauen beherrschte ihn. Es gab ja nicht die geringste Sicherheit dafür,
daß diese Männer ihr Wort halten würden. Räuber waren
sie und sahen nach Mord und Totschlag aus ... Gewiß
würden sie die Karte nehmen und dann trotzdem mit Bianca-Bella fortsegeln: »Ich weiß nichts, und ich kann auch
nicht helfen ...« murrte er.

»Besinn dich! Du kannst nichts verlieren«, rief Fra Latino.
»Du gibst uns doch nur ein Stück Leder, das für dich ganz
wertlos ist. Und du bekommst dafür das Mädchen. Also hast
du nur zu gewinnen.«

Pio überlegte: Die Karte war offenbar doch alles andere als
wertlos, sonst würden die vier sie ja nicht unbedingt haben
wollen! Wer weiß, ob er nicht noch bessere Bedingungen
herausschlagen konnte – und ob nicht vielleicht Abdulhamid
Ibn Helu selbst an der Karte Interesse hätte ... denn dieser
bekäme ja dann seine Ware zurück ... mindestens einen
Teil ... und überhaupt war Abdulhamid Ibn Helu vielleicht
ein viel vertrauenswürdigerer Verhandlungspartner als diese
Halunken ... Und was, wenn er den Schatz selber fände ...

Bianca-Bella brauchte ja das Geld, die Freiheit allein nützte ihr wenig! Pio entschloß sich: »Nein«, rief er. »Selbst wenn ich wollte, ich könnte nicht helfen!«

»Kerl«, zischte Fra Latino aufgebracht. »Wir können auch anders mit dir reden. Es gibt Möglichkeiten, dich zum Sprechen zu bringen, von denen du keine Vorstellung hast!«

»Laßt diese Karte! Wir haben das Mädchen«, sagte da Primo aus dem Hintergrund.

»Pio . . . Pio . . .« flüsterte Bianca-Bella unter Tränen.

Ihm brach fast das Herz. »Ich könnte . . . vielleicht . . . vielleicht können wir anders miteinander reden, wenn Bianca-Bella wieder in Biurno ist, in Sicherheit!« Hatte er nun zuviel gesagt?

»Bursche!« schrie Fra Latino. »Also hast du die Karte!«

»Nein, nein . . . Aber ich könnte sie dann haben! Ich würde sie suchen, bestimmt, und wenn es mein Leben kostet. Halte ich mein Wort nicht, könnt Ihr mich rösten, ohne daß Ihr mit dem Höllenfeuer bestraft werdet. Denn dann seid Ihr im Recht!«

»Der Kerl lügt«, sagte Primo kalt. »Wenn das Mädchen erst wieder in Biurno ist, haben wir das Nachsehen. Dann ist sie uns entzogen!«

»Ja, durchsuchen wir ihn, warum haben wir das nicht gleich getan?«

Terzo und Secondo stürzten sich auf Pio. Sie faßten unter sein Hemd.

»Seht . . .«, rief Terzo. Er hielt das Medaillon in die Höhe.

»Gib her«, befahl Primo. Er nahm die Miniatur an sich, hielt sie in seiner kräftigen Hand, das Kettchen hing herab. Er drehte sich zum Fensterspalt und ließ das Licht auf sie fallen. »Sieh an«, sagte er, und es klang gar nicht so unfreundlich, eher belustigt. »Der Lümmel trägt ihr Bild an seiner Brust.«

Pio errötete.

»Aber es ist wertlos.« Primo schleuderte das Bildchen auf den Tisch, wo es zu Bianca-Bellas Füßen liegen blieb.

Danach rissen sie ihm die Kleider vom Leib. Sie schüttelten seine Hose aus, sein Hemd. Da stand er nackt ... Er fröstelte. Mit seinen beiden Händen versuchte er, sich zu bedecken, und schaute zu Boden. Er hoffte inständig, daß Bianca-Bella nicht zu ihm hinsah.

»Da ist nichts«, sagte Secondo enttäuscht.

Jetzt schlugen sie ihn. »Rede, oder wir brechen dir die Zähne aus!«

»Laßt ihn«, befahl Primo. »Wir haben nicht genug Zeit, um sie zu vergeuden. Wir müssen die Abendbrise nutzen. Er ist nur ein Lausebengel, eine schmutzige Kröte, sonst nichts. Das Mädchen bringen wir nach Smyrna. Es wäre nicht klug, den Osmanen zu hintergehen. Brechen wir auf!«

So hättest du auch entschieden, wenn ich euch die Karte gegeben hätte, dachte Pio. Ihr hättet Bianca-Bella trotzdem nach Smyrna verschleppt. Er hatte es richtig gemacht. Und etwas anderes hatte er auch erfahren: Es gab keine zweite Karte, jedenfalls keine, die diese vier kannten.

Das Mädchen schluchzte noch heftiger.

»Los, gehen wir«, rief Primo.

»Und was machen wir mit ihm?«

»Töten«, sagte Secondo kalt. Er setzte Pio das Messer an die Kehle und schaute Primo an. »Wenn wir ihn laufenlassen, redet er. Sein Geschrei wird die Sbirren auf uns hetzen.«

Pio wußte, sein Leben hing an einem seidenen Faden. Und die Messerspitze schmerzte. Er schluckte ...

Primo musterte den Jungen, sein Kinn lag auf seinem Adamsapfel. Was mochte er denken? Davon hing alles ab. Schließlich entschied er: »Wir sperren ihn ein. Wenn wir auf freier See sind, kann er uns nicht mehr schaden!«

»Es wäre besser, ihn kaltzumachen«, muckte Secondo auf.

»Nein, nein, von Mord war nie die Rede«, rief Fra Latino hastig dazwischen.

Was für ein Heuchler, dachte Pio. Aus ihm spricht nur die

Gier nach der Karte. Immer noch denkt er, ich könnte ihm helfen. Nur deshalb will er, daß ich am Leben bleibe! Wenn er wüßte, wie nah er seinem Ziel ist ...

»Hinüber mit ihm«, befahl Primo.

Secondo und Terzo packten Pio, nackt wie er war. Sie zogen ihn zur schmalen, noch halb angelehnten Tür.

»Pio ... Pio ...!« rief Bianca-Bella völlig verzweifelt und mutlos.

»Nur hinein«, Terzo lachte. »Es gefällt dir bestimmt!«

Die Kammer war finster. Trotzdem versuchte Pio, sich einen Überblick zu verschaffen. Da lagen allerhand Werkzeuge, Hobelspäne, Sägespäne, Holzstückchen.

Terzo warf Pio nieder. Er war bärenstark. Er zog ihm die Arme auf den Rücken und schnürte sie mit Riemen zusammen, die er aus seinem unergründlichen Gewand herauszog. Secondo fesselte seine Füße. Pio brüllte. Da schlugen sie ihn ins Gesicht. Blut schoß aus der Nase, es lief ihm in den Mund, er verschluckte sich, hustete. Primo warf Pios Kleider aus dem Nebenzimmer hinterher, die Jacke, die Hose. Terzo riß ein Stück Stoff aus dem Hemd und stopfte es dem Jungen in den Mund, dann riß er einen zweiten Streifen ab und band ihn über diesen Knebel. Pio würgte, er meinte zu ersticken.

»Jetzt bist du still«, rief Secondo voll Haß. Pio wünschte ihn an den Galgen. Er schlug um sich, auf dem Boden liegend. Er spürte kleine Steine, er spürte aber auch Angst, dreimal Angst: Angst um sich selbst, Angst um Bianca-Bella, Angst auch um Volpino. Wenn sie den Hund nun in der Kiste umbrachten? – Volpino konnte sich ja nicht mehr wehren, so eingezwängt wie er war. Und Fra Latino brachte ihn bestimmt mit Freude aus der Welt. Oder er verhungerte, falls Pio sich nicht zu befreien vermochte! Vielleicht wurde die Kiste auch auf ein Schiff verladen ... Er sah Volpino nie wieder! Dann dachte Pio an seinen Beutel im Dom. Freilich, der bekümmerte ihn am wenigsten. Ach, vielleicht hätte er das Versteck doch verraten sollen? Schlechter als jetzt wäre er dann auch nicht dran gewesen.

Terzo unterbrach die Gedanken, die Pio durch den Kopf rasten. »Es nützt dir nichts«, stellte er befriedigt fest. »Hier bist du so sicher wie . . . wie . . . je nun, wie in einer Zitadelle oder angekettet auf einer Galeere. Und hier bleibst du. Vielleicht stirbst du . . . Nun, wir überlassen das dem Schicksal. Jedenfalls, dir kann niemand mehr helfen, nicht einmal die Sbirren. Hier hört und sieht dich keiner. Das Haus steht leer, hier nisten nur noch die Ratten.«

Daß dies stimmte, erkannte Pio sofort. An der gegenüberliegenden Wand huschten zwei oder drei der ekligen Tiere. Pio trat der Schweiß auf die Stirn. Gewiß, er war Ratten gewöhnt, es gab ja mehr als genug daheim im Stall und sogar im Haus. Aber da konnte er sich ihrer erwehren, er konnte Jagd auf sie machen. Wie viele hatte er schon getötet! Ihnen aber wehrlos ausgeliefert zu sein, das war schlimm. Ja, man munkelte sogar, daß die Ratten die Pest zwischen ihren Zähnen trügen . . .

»Aus, es ist aus mit dir«, Secondo gab Pio einen Fußtritt. Das schmerzte. Danach verließen die beiden den Raum. Sie schlugen die Tür zu. Er hörte, wie der Schlüssel im Schloß herumgedreht wurde.

Die Schritte verklangen. Pio wußte, wohin sie gingen: zum Schiff! Sie gingen zur *Aischa*. Nun stachen sie in See – mit Bianca-Bella. Sein Puls ging wild und unregelmäßig. Er lag zusammengekrümmt und zusammengeschnürt zwischen Holzstücken, Leisten, altem Werkzeug, Staub und Sägespänen.

Er rollte sich zur Seite, da bekam er ein wenig mehr Luft. Das Blut rauschte in seinen Ohren: drüben die grauen Tiere mit ihren kahlen Schwänzen. Pio wand und drehte sich. Er schabte die überkreuzten Hände auf dem Boden hin und her, aber die Fessel hielten. Er streckte sich aus und zog sich wieder zusammen, so gut es ging. Er hielt wieder inne. Du mußt überlegen, du darfst nicht sinnlos herumstrampeln, dachte er.

Er ließ seine Augen in der Kammer herumwandern. Es drang nur ganz wenig Licht durch die Türritzen. Es gab auch kein Fenster. Und dennoch: An der gegenüberliegenden Wand stand ein Tisch, nicht einmal sehr weit entfernt. Es war ein Tisch mit festen Beinen. Das mochte helfen. Pio bewegte sich langsam, unendlich langsam hinüber, fast wie eine Schlange. Eine Ratte näherte sich ihm, er spürte ihre Schnauze an der nackten Schulter. Er stöhnte auf, er bäumte seinen ganzen Körper gegen sie auf. Sie huschte davon. Wenn ihr mir die Fesseln durchnagen würdet, dachte er, dann wäret ihr wenigstens zu etwas nütze.

Endlich erreichte er den Tisch. Er stieß an ein klobiges Bein, aber das hatte eine scharfe Hobelkante. Er rieb den Kopf, scheuerte das Band, mit dem der Knebel befestigt war, daran – er schob und schob, hin und her. Er stieß mit dem Unterkiefer dagegen, bemühte sich, das Band zu lockern, es zu dehnen. Er zerrte und würgte am Knebel. Der Stoff schnürte. Er scheuerte den Nacken am Tischbein. Da war wieder eine Ratte. Sie war dicht an seiner Ohrmuschel, er hörte ihr pfeifendes Atmen. Er spürte den spitzen Zahn am Ohrläppchen. Lieber Gott, nein! stöhnte er und rückte den Kopf energisch beiseite. Das riß ihm das Tuch vom Mund. Er stieß mit der Zunge gegen den Knebel, er würgte – er brachte ihn hinaus.

Pio legte sich zurück, atmete tief und befreit aus. Zwei Ratten saßen ihm gegenüber, sie betrachteten ihn jetzt ruhig, nur ihre Schwanzspitzen zuckten.

Wenn er bloß die Hände bewegen könnte! Dann würde er mit den Biestern fertig werden. Wieder blickte er sich im Dunkel um. Undeutlich erkannte er noch einen Gegenstand: an der gegenüberliegenden Wand stand ein Bottich, alt, aus Metall, vielleicht aus Zink. Der obere Rand schien abgerissen zu sein, er sah ausgefranst aus. Da war sicher eine scharfe Kante. Pio schob sich langsam hinüber, bis er an das Gefäß gelangte – er hob die über Kreuz gefesselten Hände dagegen, doch der Bottich rutschte beiseite. Dahinter saß eine fette Rattin. Pfeifend sprang sie auf, Pio zischte zurück, fletschte sogar die Zähne. Das vertrieb sie. Sie huschte ins Dunkel. Er hörte ihr Trappeln. Er schob den Bottich gegen die Wand. Er schob ihn an der Wand entlang bis zu einem aufrecht stehenden Stapel Bretter. Hier, von zwei Seiten gestüzt, hatte der Bottich Halt. Es gelang Pio mit Verrenkungen, seine Hände über die scharfe Kante zu schieben. Er drückte, er rieb, er versuchte es mit sägenden Bewegungen.

Der Strick schabte, knirschte ... ein schönes Geräusch! Schweiß perlte auf Pios Stirn. Speichel lief ihm aus den Mundwinkeln, vermischte sich mit dem Blut, das schon zu trocknen begonnen hatte ... Gott sei gelobt! Ein scharfes Geräusch, ein Riß – Pio hatte die Hände frei, der Strick fiel zerschnitten herab. Jetzt mochten die Ratten kommen, er würde sie erwürgen.

Nun noch die Füße – das ging leicht, da er die Hände zu Hilfe nehmen konnte. Schon sprang er auf. Er haschte nach seinen Kleidern, er schlüpfte in die Hose, streifte sich das angerissene Hemd über: zur Tür! Die Tür war verschlossen. Er schrie ... schrie laut und verzweifelt: nichts, keine Antwort. Er rüttelte an der Klinke. Er stieß mit der Schulter an das Holz, das tat weh. Die Tür vibrierte. Er warf sich entschlossener dagegen – dann hielt er sich die schmerzende Armkugel. Er blickte sich suchend um. Er warf sich wieder zu Boden. Seine Hände wanderten tastend herum, schnell, im Halbkreis. Da stießen sie auf Eisen. Pio sprang auf, er stemmte den Stab in die Spalte. Er stützte ihn an den Türstock – drückte zur Seite, die Tür federte, der Spalt verbreiterte sich – weiter, Pio! Die Stange bog sich, sie mußte halten!

Und sie hielt! Ein letztes verzweifeltes Pressen, dann sprang das Schloß auf, die Tür flog auf. Pio stürzte hinüber in das andere Zimmer. Es war leer, das Licht kam fahl durch die Fensterläden: kein Mensch!

Sie waren fort, waren fort mit Bianca-Bella. Aber das hatte er doch gewußt!

Nur das Medaillon lag noch auf dem Tisch, das Kettchen baumelte von der Platte. Pio nahm es an sich, barg es in der Hand, schloß die Augen und preßte es ans Herz: »Heilige Maria, Mutter Gottes, hilf! Hilf, Morgenstern!« Schnell legte er es sich um den Hals und schob es unter das Hemd. Dann aber hinaus ... noch eine Tür ... doch diese war leichter zu öffnen.

Pio stand auf der Schwelle. Die Gasse war jetzt fast menschenleer. Es war Mittagszeit, Siesta. Alte Leute saßen in ihren Türen. Sie starrten vor sich hin, schauten kaum auf, hatten kein Interesse an ihm. Vielleicht sahen sie ihre Vergangenheit im Sand des Weges. Eine Katze lag ruhig zusammengerollt – wärest du nur drinnen gewesen bei den Ratten, dachte Pio. Ein zottiger Köter träumte vor sich hin, sah kurz auf, versank aber gleich wieder in seinem Dösen. Volpino! dachte Pio.

11

Pio sprang über alle Hindernisse. Seine nackten Füße flogen und trommelten. Nur rasch, rasch! Der Hund .. der Hund . . . Und sonst? Was wollte er, was hoffte er noch? Er hätte es nicht zu sagen gewußt. Es trieb ihn einfach vorwärts.

Die Gasse war kurz. Nur wenige Häuser. Schnell kam er an den Hafen. Die Möwen kreischten wie zuvor. Zwischen den Schiffen glänzte, nein, strahlte die See. Der helle Wasserspiegel blendete. Pio kniff die Augen zusammen. Auf dem gegenüberliegenden Ufer verschwammen die Umrisse der Paläste im Dunst: Venezia, die Königin der Meere. Eine schöne, eine prächtige Stadt, vielleicht die schönste der Erde. Reich, aber auch grausam. Denn war nicht all ihr Reichtum, all diese Pracht herbeigezwungen durch Grausamkeit?

Auf dem Kai lief es sich besser, denn der Boden war festgestampft. Scharfe Steinchen gab es, aber sie waren tief eingetreten. In der Nähe der Fahrrinne, an der Mole, gab es sogar einen breiten, gepflasterten Damm.

Atemlos blieb Pio stehen. Der Platz war leer . . . Ja, gewiß: der Ankerplatz war frei! Vorhin hatte hier Schiff an Schiff gelegen, ohne jede Lücke, und nun glänzte eine grelle Fläche. Pio erinnerte sich auch an die Galeasse vor dem Bug der *Aischa,* ihr Name war *La Speranza* gewesen, die Hoffnung, und an ihrem Heck hatte die andere gelegen, *Stella Maris,* Stern des Meeres. Pio hatte es sich gut gemerkt. Diese beiden Schiffe waren noch da – aber dazwischen war Leere, in der die Vögel schwirrten. Für einen Augenblick vergaß er Volpino. Er trat an den Rand, bis seine Zehenspitzen darüber hinausragten und sich an der Kante verklammerten. Da schaute er in den Kanal, der zum Meer hinausführte, auf die Wasserstraße voller Segler und Ruderer:

da ... dahinten ... schwimmend auf dem Licht, das mochte
vielleicht die *Aischa* sein, so schlank, fast nur noch ein Strich.
Das Segel ragte dunkel empor.

Zu spät ... zu spät ... dröhnte es Pio in den Ohren. Oder
vielleicht waren es nur die drei tiefen Schläge vom Campanile, dem Glockenturm der Stadt. Sie vibrierten in der feuchten Luft: drei Uhr. Noch war es im Hafen ruhig. Nur Sklaven arbeiteten oder Knechte und weiter drüben ein einsamer
Schiffszimmermann. Die Kapitäne, die Eigner, alle die es
sich leisten konnten, hielten noch Mittagsruhe. Dafür waren
die kleinen Kneipen an der hinteren Häuserzeile besetzt. Da
hockten Matrosen an Tischen, an aufgestellten Weinfässern
und Schemeln, vertrieben sich die Zeit mit Würfelspielen,
prahlten mit ihren Abenteuern, spannen ihr Seemannsgarn,
tranken, schlugen sich die Mägen voll, schauten nach Mädchen und riefen ihnen unzüchtige Worte nach. Da hielten
Bettler ihre Hände auf, und Hunde krochen um alle Beine.
Pio dachte an Volpino. Ich habe dich nicht vergessen, mein
Hund, nein, ich habe dich nicht vergessen! Ach, lieber Gott,
hoffentlich lag er nicht tot in der Kiste, und hoffentlich
schwamm er auch nicht draußen mit der *Aischa*. Primo
traute er es sogar zu, daß dieser einen so großen, scharfen
Hund zu sich nahm und für sich abrichtete. Secondo würde
ihn wohl eher töten. Von Fra Latino ganz zu schweigen.
Pio rannte: so viele Waren, so viele aufgestapelte Kästen,
Weinfässer – er meinte, er hätte sich den Platz eingeprägt,
aber da waren nun keine Kisten mehr mit der verschlungenen Schrift ... Pio sah auch die lateinischen Buchstaben
»A«, »I« und »H« nicht mehr – nein, wie konnte er sie auch
finden, gewiß hatte man sie, falls sie wirklich Abdulhamid
Ibn Helu gehörten, eingeladen – aber dann war auch Volpino ...

Endlich: da lag doch das Segelschiff mit den zwei Masten,
die *Imperia:* da waren auch die Fässer ... und da stand eine
Kiste, ganz allein, ringsum Leere, nur kahle Steine. Pio

rannte darauf zu, er klopfte an den Rand, ein Aufjaulen antwortete ... »Ach, Volpino, du bist da, Hund!« Volpino hatte geschlafen, erschöpft vom vergeblichen Toben. Die glühende Mittagshitze hatte ihn zu Boden gedrückt. Die Kerle hatten ihn nicht getötet, das war wunderbar. Sie waren wohl zu eilig gewesen, was ging sie der Hund auch an. Vielleicht hatte Fra Latino sie sogar vor dem Untier gewarnt.

Jetzt tobte Volpino. Er hatte die vertraute Stimme erkannt. Er wütete wie ein Wolf, der noch nicht gezähmt ist. »Gleich, gleich, Volpino!« Pio versuchte mit den Händen den Deckel abzustemmen, es gelang nicht. »Gleich, gleich, Volpino!« Er mußte einen Hammer suchen, eine Zange, ein Stemmeisen, aber wo ... Er lief und suchte, der Hund in der Kiste gebärdete sich wie verrückt ... Unweit sägte ein Handwerker, jener Schiffszimmermann, allein an seinen Balken. Der Mann war klein und bucklig, er lieh Pio das Werkzeug nicht: »Nein, da kann ich es ja gleich in die See werfen!« Aber er schlurfte neben dem Jungen her, der so flehte, und er hörte den Hund ja toben. Der Zimmermann stemmte selbst das Eisen zwischen den Rand und den Deckel. »Das arme Vieh, das verdammte Vieh«, knurrte er. Und als er den letzten Nagel gelockert hatte und Volpino heftig von unten dagegenstieß, da huschte der gutmütige Mann davon, krummgebückt wie er war.

Pio schob den Deckel beiseite: Volpino schnellte empor, der Kopf, die Schnauze, er legte die beiden Vorderpfoten auf den Rand. Diese Freude! »Ja, ja, sei ruhig, mein Hund!« Pio zauste, er zerrte das Fell. Er atmete freier. Niemand hatte die Kiste angerührt.

Pio zerrte an der Ecke, er brachte die Kiste über ihren Rand aus dem Gleichgewicht, sie fiel fast von selbst, denn das Gewicht des Hundes drängte dagegen. Sie krachte um. Pio konnte gerade noch zurückspringen, um seine Zehenspitzen zu retten.

Schon war der Hund draußen, umtoste seinen Herrn, schleifte die Leine hinter sich her, um sich herum und fesselte den Jungen an den Füßen.

Schließlich gelang es aber doch, ihn zur Ruhe zu bringen, wenigstens einigermaßen, so daß Pio sich loswickeln konnte. Auch der Dolch lag noch in der Kiste. Pio steckte ihn in seinen Hosenbund. Und dann setzte er sich nieder auf den Kies. Da wurde der Hund stiller, er rückte zum Herrn, der nun in Kopfhöhe war. Er stieß ihn mit der Schnauze, heiß und trocken war sie gewesen, aber der Speichel, das Jaulen und Bellen hatte sie wieder feucht gemacht.

»Nun ist's aber gut, Volpino!«

Ja, es war gut, aber es war noch nicht alles gut, Bianca-Bella segelte auf der *Aischa* davon, in der Gewalt dieser Räuber, gefesselt und trostlos ... »Sonderbar«, murmelte Pio in das Hundeohr. »Ich weiß sie noch lieber bei den drei wilden Kerlen, als in Fra Latinos öligen Händen. Und dann, Volpino, sie müssen Bianca-Bella, diese kostbare Fracht, ja wohlbehalten bei Abdulhamid Ibn Helu abliefern, sonst ergeht es ihnen wohl schlecht! Ja, du Hund, der nichts versteht und der doch alles versteht, vielleicht kämen sie dann um ihren Lohn, oder es wartet sogar der Kerker auf sie!«

Volpino hielt still, er genoß das Flüstern, das Zausen am Fell. »Nein, nein, Volpino. Wenn Bianca-Bella auf See etwas zustößt, dann können sie es nicht wagen, vor die Augen des osmanischen Kaufherrn zu treten – vor die Augen des Wesirs, dieses mächtigen Mannes! Das wäre freilich schlimm, sehr schlimm, Volpino. – Und was machen nun wir, mein Freund, was machen wir zwei ...?«

Volpino legte den Kopf schief und stellte die Ohren. Klar und aufmerksam waren seine Augen, dunkle Spiegelknöpfe.

»Was nun, Kamerad? Ach, ich habe ja gar keine andere Wahl: Kann ich das Mädchen im Stich lassen? Niemals! Also müssen wir über das Meer. Ich habe es nicht gewollt, Hund, bestimmt nicht. Aber es muß nun wohl sein. Jetzt sind wir

schon einmal hier, du und ich. Und was ist schon eine kleine Seereise! Wir haben keinerlei Mühe, ich brauche nicht zu reiten, und du brauchst nicht laufen ... Weißt du, vielleicht ist dieser Abdulhamid Ibn Helu ein Mann, der mit sich reden läßt. Ganz gewiß eher als diese Kerle, und vor allem als Fra Latino! Ach, ich hätte nie gedacht, wie widerlich mir einmal eine Mönchskutte sein würde ... Ja, aber wie soll ich denn reden mit dem Osmanen? Er spricht doch sicher nicht meine Sprache, und ich spreche nicht seine Sprache ...«
Der Hund kläffte.
»Was denkst du, Volpino? Ich soll vorsichtig sein? Du meinst, vielleicht setzt er mich gefangen und verkauft mich in die Sklaverei. Nun, ich weiß nicht ... Wenn man immer nur Angst hat und wenn man dem Herrgott gar nicht vertraut, dann kann man wohl überhaupt nicht leben. Ich überlege immer, wie Amato Siorni wohl gehandelt hätte, weißt du, mein großer Freund aus Lafiora, und ich bin sicher, Amato wäre nach Smyrna gereist. Also – kommst du mit, Hund? Aber ich muß dich warnen, überleg es dir gut, denn was auch geschehen mag ... ich habe es nicht in der Hand.«
Vielleicht hätte Pio noch viel, viel mehr in die geduldigen Hundeohren gemurmelt. Es tat ihm gut, es half ihm, sich selbst klarzuwerden. Doch da ertönte eine helle Stimme.
»He«, schallte es. Etwas entfernt stand ein Bub, jünger als Pio, er traute sich offenbar nicht nah heran.
»He, du da ...«
»Was ist?« fragte Pio zurück, ließ aber den Hals Volpinos nicht los.
»Corallo meint nur ... Suchst du etwa eine Passage? Willst du verreisen?«
»Du hast es erkannt!«
»Wohin?«
»Was geht es dich an?«
»Corallo kennt alle Schiffe! Vielleicht kann Corallo dir helfen!«

»Wer ist Corallo?«

»Na, ich bin Corallo, natürlich. Es ist ja sonst keiner hier. Wohin willst du also?«

»Nach Smyrna!«

»Ach, das ist schlecht«, meinte der Junge. Er war ein wenig näher gekommen, hielt aber immer noch Abstand. »Dahin geht jetzt kein Schiff, das Passagiere befördert. Aber warte . . . du kannst nach Ragusa segeln. Das ist mindestens ein Stück, und von dort kommst du leicht weiter. Sogar über Land . . .«

»Wann, Corallo?«

»Morgen in aller Frühe, wenn der Wind günstig ist.«

»Das ist spät. Heute noch!«

»Vor morgen findest du nichts. Und außer der *Splendida* sogar lange nichts mehr. Das ist schon ein Zufall. Manche Leute warten hier Tage . . . Wochen, aber Corallo kennt den Kapitän, Capitano Onorati. Das ist noch so ein Zufall! Corallo weiß sogar, daß er noch ein oder zwei Plätze frei hat. Und er ist ein ehrlicher Mann – na so was: lauter Zufälle, das grenzt schon an Wunder. Du scheinst ja unter einem besonders guten Stern zu stehen . . .«

»Unter dem Morgenstern«, sagte Pio.

»Unter dem Morgenstern? Das ist mal etwas anderes! Trotzdem, du mußt dich gleich bei Capitano Onorati anmelden!«

Pio überlegte: »Was meinst du, Volpino, sollen wir . . .?«

Der Hund kläffte.

»Du meinst also, daß wir es tun müssen? Auf deine Verantwortung denn. Gut, gehen wir.« Pio sprang auf. Er faßte die Leine. »Also, Corallo, führe uns!« Der Bub hatte ausgefranste Hosen, darunter zwei dürre Beinchen, sein Hemd schlampte schief über dem Gürtel. Seine Haare waren wie eine Bürste, aber keine Meisterarbeit, sondern wie von einem eiligen Stümper, so wirr. Doch seine Augen lachten. »Was ist mit dem Köter?« fragte er zögernd.

»Das ist kein Köter. Das ist Volpino. Der tut dir nichts«, erwiderte Pio. »Verlaß dich auf mich.«

»Corallo verläßt sich lieber auf Corallo«, antwortete der Bub und hielt Abstand. Er lief voraus, an der Mole entlang. Der Kai war jetzt wieder belebter. Die Arbeiter kehrten zurück, die Seeleute erhoben sich vor den Wirtschaften.

Der Weg kam Pio sehr lang vor. Bei jedem Schiff überlegte Pio: dieses? Er schaute die Segler prüfend an. Manche gefielen ihm, bei anderen dachte er: lieber nicht!

»Treibst du dich immer am Hafen herum?« fragte er den Jungen.

»Corallo arbeitet hier«, antwortete der Bub stolz.

»Na, so was! Was tust du denn?«

»Corallo sorgt dafür, daß die richtigen Leute zu den richtigen Schiffen gebracht werden – oder daß die Schiffe die richtigen Reisenden bekommen. Corallo kennt jeden Kahn, Corallo kennt jeden Kapitän, das ist noch wichtiger. Und alle haben Vertrauen zu Corallo!«

»Dann bist du ein wichtiger Mann.«

»Ein Schlepper! Ohne Corallo läuft nichts hier!«

»Ach, hör mal, Corallo, bist du denn heute mittag auch hier gewesen?«

»Corallo ist immer hier! Corallo muß Geld verdienen: sechs kleine Geschwister! Alle schreien! Alle haben Hunger! Alle wollen Essen – und kein Vater ist da, keine Mutter, nur Corallo!«

»Das ist aber schlimm! Für alle sorgst du allein?«

»Ja, keine Mutter, kein Vater. Corallo sorgt für alle.«

»Ich habe auch keine Eltern mehr, aber ich habe wenigstens einen Onkel. Der hat mich bei sich aufgenommen.«

»Da sei froh! Also frag weiter.«

»Ja, also es ist . . . Hast du drei Gau . . . hast du drei kräftige Seeleute gesehen und dazu einen Mönch . . . und sie schleppten . . . sie hatten ein Mädchen bei sich . . .?«

Der Bub wurde plötzlich einsilbig. »Corallo hat nichts gesehen«, brummte er. Aber Pio spürte, daß er die Unwahrheit sagte.

»Also doch!« rief er. »Und du willst nicht darüber reden. Aber du kannst Vertrauen zu mir haben! Du kennst diese Männer. Du kennst ja jeden, wie du gesagt hast! Ich will nur wissen, ob sie mit dem Mädchen abgelegt haben.«

Der Bub sah Pio von der Seite an, ein wenig von unten. Seine Vorsicht kämpfte mit seiner Eitelkeit. »Ja, Corallo kennt jeden«, sagte er schließlich. »Aber nur die drei Seefahrer. Nicht das Mädchen, nicht den Pfaffen.«

»Und sind sie fort?«

»Ja. Warum willst du das wissen?«

»Das Mädchen ist meine Schwester!«

»Die . . . deine Schwester?« Corallo glaubte kein Wort. »Das war doch ein Edelfräulein . . . Und du . . .«.

»Was geht es dich an?« Pio war ärgerlich. Er fühlte sich ertappt. »Jedenfalls, ich wollte nur sicher sein, daß sie das Mädchen wirklich mitgenommen haben, ehe ich selbst . . .«

»Wenn dich das Mädchen was angeht, vergiß es! Das sagt dir Corallo. Denn was ›Il Trio del Mare‹ . . .«

»Il Trio del Mare?«

»So nennt man sie: Primo, Terzo und Secondo. Dann weiß jeder, wer gemeint ist, und sieht sich vor. Denn jeder fürchtet sie.«

»Es sind Piraten?«

»Wer das behauptet, der hat ein Messer im Leib. Ich sage es nicht.«

»Warum legt man ihnen nicht das Handwerk, wenn man sie schon so gut kennt? Warum sind sie nicht eingekerkert oder aufgehängt?«

»Es ist für jeden gut, sie zum Freund zu haben. Irgendwann braucht sie jeder! Es ist für jeden nützlich! Besser, viel besser jedenfalls, als sich mit ihnen anzulegen. Und außerdem . . . sie sind auf ihre Art Ehrenmänner. Man kann sich auf sie verlassen. Und heikle Geschäfte hat jedermann! Sie werden gebraucht, die höchsten Herren bedienen sich ihrer, hier in Venedig und anderswo. So haben sie überall mächtige Gönner. Wirft sie einer in den Kerker, holt sie der andere wieder heraus. Nein, laß die Finger von denen! Das Mädchen siehst du nie wieder.«

»Es ist gut«, knurrte Pio. »Das will ich nicht wissen! Nur noch eines: Wenn du alles siehst, so mußt du doch auch bemerkt haben, wie ich in die Gasse, in das kleine Haus verschleppt wurde – und daß alle wieder herauskamen, nur ich nicht. Hättest du mich darin verhungern, darin sterben lassen?«

»Du bist ja herausgekommen. Mehr sagt Corallo nicht. Denk, was du willst!«

12

Zu dem Schiff, zu dem ihn Corallo schließlich brachte, hätte Pio ohne den Buben kaum Vertrauen gehabt. Seetüchtig sah es nicht aus. Der Kahn hieß wie zum Spott auch noch *La Splendida*, die Glänzende, aber glänzend war er bestimmt nicht, viel eher heruntergekommen. Es war ein Segelschiff, das immerhin, eines mit zwei Masten, einfach und langgestreckt, aber ohne prächtige Aufbauten, auch ohne Heckkajüte. Ein kleineres Ruderboot lag dort, quer, vielleicht wurde es zum Fischen oder in den Häfen gebraucht und dort an Tauen ins Wasser gelassen. Eine Art Hütte stand nicht weit von dem Boot. Hier war der Einstieg zur Treppe, hinab zum Schlaf- und Laderaum unter Deck. Die Planken waren abgeschabt, sogar angeschlagen, an der Wasserlinie wucherten Algen, grüner Schlamm.

»Die *Splendida* ist gut«, erklärte Corallo. Er wußte wohl, was die Reisenden bei ihrem Anblick empfanden. »Sie hat schon viele Stürme überstanden.«

»Das sieht man ihr an«, brummte Pio. »Aber wird sie auch den nächsten noch überstehen?«

»Das kommt vor allem auf den Kapitän an«, erklärte der Bub.

Volpino stellte die Ohren, sein Fell schien sich zu sträuben. Er wehrte sich auch, als er über das Fallreep gehen sollte. Pio mußte ihn ziehen und schieben.

»Der Hund gebärdet sich wie ein Kalb, das geschlachtet werden soll«, sagte Corallo. »Die *Splendida* ist solide. Gesundes Holz, gute Zimmermannsarbeit. Auf sie ist Verlaß. Aber vor allem auf Messer Onorati, il Capitano di Marina, Capitano Onorati, er ist so gut wie der Segen von San Marco, ja wirklich! Oder wie der Segen von deinem Morgenstern! Mit ihm reist du so sicher über das Meer wie auf dem Rücken des heiligen Christophorus.«

Pio nickte. Was hätte er anderes tun sollen? Aber als er dem Capitano gegenüberstand, bereute er seine Zustimmung wieder. Kapitän Onorati war ein Mann, dessen Gesicht nicht zu erkennen war unter dem dichten Bart. Da schauten kaum die Augen heraus – Augen in Schlitzen. So konnte man nie wissen, woran man mit ihm war, über diesen messerhellen Augen wucherten buschige Brauen, und darüber wieder wucherte das dichte, braunrote Haar. Das sonderbarste aber war, daß ein kohlschwarzer Kater auf seiner Schulter saß und sich um seinen Nacken schmiegte. Volpino schnupperte knurrend empor. Pio zog den Hund zurück. Der Kapitän stand gebeugt, so hatte der Kater viel Platz auf dem Rücken.

Der Seemann war krummgezogen von harter Arbeit: von stürmischer See, vom Reffen der Segel und davon, sich mit letzter Kraft gegen das Steuerruder zu stemmen. Auf seine Kleidung legte er keinen Wert, sie war wohl irgendwo rasch und billig erworben, wie es sich gerade getroffen hatte: eine weite, schlampende Hose von unerklärlicher Farbe, aber vermutlich war sie einmal braun gewesen. Jetzt hatte das Salzwasser sie ausgebeizt. Darüber trug er eine Art Jacke, jedenfalls ein Ding, das Ärmel hatte und einen Ausschnitt für den Hals.

Dieser Mann, dieser Seegnom, musterte Pio aus seinem Haarfilz und sagte mürrisch: »Zurück mit dem Hund! – Sehr vornehm schaust du nicht aus!«

Volpino ließ ein dumpfes Grollen hören.

»Ich will übers Meer«, antwortete Pio. »Und mein Aussehen ist mir so gerade recht.«

»Dann soll es mir auch recht sein«, brummte der Kapitän. Er spuckte weit aus. Der Kater schwankte leicht, blieb aber auf der Schulter und hob den Schwanz mit einem Kringel.

»Wenn du im voraus bezahlst, kannst du mitkommen. Unter Deck findest du noch einen Strohsack. Such dir einen, auf dem nichts liegt. Und geklaut wird nicht an Bord, das ist ein

111

Gesetz. Wer stiehlt, hängt gleich am Mast. Auf dem Schiff bin ich der König und auch der liebe Gott, hast du verstanden?«

Pio nickte: »Das ist mir sehr recht!«

»Der Hund soll doch wohl nicht mit?« erkundigte sich der Kapitän. Es klang mehr wie eine Feststellung.

»Doch. Wir trennen uns niemals.«

»Das geht nicht! Der Hund reißt das Geflügel, das die anderen Reisenden mit sich führen. Das kann ich nicht dulden«, sagte der Kapitän. »Und wenn er auch noch auf Katzen scharf ist, drehe ich ihm eigenhändig den Hals um. Nur eines könnte ihn entschuldigen, nämlich, wenn er Ratten jagt ... Nun also, es ginge vielleicht, wenn du einen Verschlag für ihn hättest!«

Pio überlegte: »Wenn es nicht anders sein kann. Ich wüßte vielleicht eine Kiste, sie steht dort, wo mich Corallo auflas. Wenn man sie herbringen könnte ...«

»Corallo weiß, wo sie ist«, sagte der Bub. »Sie gehört niemandem, das heißt, ihre Besitzer sind nicht mehr da.«

»Gut«, brummte der Kapitän. »Ich kann zwei Männer schicken, die holen sie. Aber für den Hund mußt du bezahlen. Und du mußt für sein Futter sorgen. Für deines auch, natürlich!«

»Wie?« fragte Pio.

»Kannst du schlachten?«

»Das schon ...«

»Dann ist's gut. Besorg dir ein Schaf oder Kaninchen oder Hühner. Richte dich für mehr als drei Tage ein. Ich hoffe zwar, daß wir nur drei Tage unterwegs sein werden, aber das hängt vom Wind ab. Es kann immer Flauten geben, die lange anhalten. Man weiß das nie, die See ist launisch. Verpflegt wird hier keiner, du mußt alles selbst mitbringen. Jeder Reisende tut das, ob er nun Kaufmann ist oder Pilger, Ritter, Adliger oder Gelehrter. Viele haben auch gemahlenes Getreide mit, oder sie weichen Körner ein. Nur Wasser gibt es an Bord, sparsam, aber ausreichend. Es wird zugeteilt. Alkohol ist verboten. Ich dulde keine Betrunkenen.«

Sie einigten sich über alles, auch über den Preis, den Pio so widerspruchslos annahm, daß Kapitän Onorati fast enttäuscht war. »Du mußt lernen zu feilschen«, knurrte er.

»Feilschen? Das mag gut sein . . .« Jetzt erst dachte Pio wieder an sein Versteck im Dom. Fast hätte er es vergessen! Wie gut, daß er daran erinnert wurde. »Ich muß noch einmal in die Stadt«, rief er.

»Es bleibt Zeit genug. Wenn du heute vor Anbruch der Dunkelheit an Bord bist, reicht es. Wir müssen uns morgen früh nach Wind und Wetter richten. Dann können wir auf niemanden warten.«

»Wie komme ich aber über den Kanal, zurück zum Dogenpalast? Ich muß ja die Fähre bezahlen, und ich habe kein Geld mehr bei mir. Und Ihr, Kapitän Onorati, Ihr müßt bitte warten. Ich komme bestimmt bald wieder. Dann bezahle ich!«

»Du bist blank?« Das klang nicht erfreut.

»Blanker geht's nicht. Aber nur gerade jetzt.«

»Das heißt, du brauchst Kredit?«

»Ich weißt nicht, was das ist – aber es wird wohl so sein!«

»Du verlangst viel Vertrauen«, brummte Kapitän Onorati. »Was meinst du, Odysseus . . .?« Er wandte sich seinem Kater zu und verrenkte dabei den Hals auf abenteuerliche Weise. »Wenn er uns eine Sicherheit geben würde . . . Aber was könnte das schon sein . . .« Der Kater Odysseus machte einen Buckel.

»Nein, es geht nicht«, knurrte der Kapitän.

Der Kater ließ ein Schnurren hören. »Er heißt nach dem alten griechischen Abenteurer, Seemann und König, du weißt schon, der auch so ziellos auf dem Meer herumirrte, nicht wahr, Odysseus?« erzählte der Kapitän, unbekümmert darum, daß er Pio eben in Ratlosigkeit gestürzt hatte.

»Mir fällt etwas ein«, rief Corallo eifrig. »Der Junge soll seinen Köter hier lassen. Er hängt doch an dem Hund, den läßt er bestimmt nicht im Stich. Und in der Stadt ist er ihm doch nur im Weg!«

»Schau an, Corallo hat einen Narren an diesem Landstreicher samt seinem Köter gefressen. Er will sogar klüger sein als Odysseus. Nun, immerhin – das wäre vielleicht ein brauchbarer Vorschlag.«

Nun lag es an Pio. Er trennte sich ungern von Volpino. Aber er sah keinen anderen Ausweg. Er mußte Corallo vielmehr dankbar sein, dem Kapitän ebenfalls, falls dieser ihm wirklich Geld lieh, und sogar dem Kater Odysseus. »Deine Hilfe soll nicht umsonst sein«, versprach er dem Buben. »Davon lebst du ja schließlich – aber warte, bis ich zurück bin.«

»Das überlaß mir, das ist meine Sache«, brummte der Kapitän. »So ist es die Regel!«

Aber da Pio an die sechs Mäuler dachte, die Corallo zu stopfen hatte, nahm er sich vor, ihm trotzdem etwas zu geben.

Jetzt ging alles schnell; Corallo führte zwei Seeleute zu der verlassenen Kiste. Sie trugen sie an Bord. Volpino wurde wieder hineingezwängt, er wehrte sich, aber er fügte sich schließlich doch. Der Deckel wurde befestigt, nur diesmal lockerer – Kapitän Onorati gab Pio einige Kupfermünzen, genug für die Überfahrt. Und Odysseus blickte zufrieden, ja hochmütig auf den eingesperrten Hund herab.

Corallo führte Pio zu einem größeren Fährboot mit mehreren Plätzen – und Pio fuhr in die sinkende Sonne hinein – zur Piazzetta, zur Stadt, die er nun schon kannte. Der Platz schwebte auf dem Wasser. Die beiden Säulen wuchsen empor, auf ihnen der heilige Theodor und der Löwe. Aber Pio gönnte ihnen keinen aufmerksamen Blick, er beachtete auch den Wunderbau des Dogenpalastes vor dem Abendhimmel nicht, sah nicht den rötlichen Campanile – nein, er sprang aus dem Fährboot . . . hinüber zu San Marco . . . schnell, der

Dom war nicht leerer als heute morgen, eher im Gegenteil. Da sich der Tag senkte, gingen viele Leute zum Gebet: Kerzenflämmchen flackerten auf kreisrunden Leuchtern in mystischer Dämmerung, darüber hoch oben Christus im matten Gold des Mosaiks.

Der Seitengang ... das Seitenschiff ... Pio spürte sein Herz jagen! Da war die holzgeschnitzte Figur vor dem Mauerende, die Mutter Gottes im faltigen Gewand. Hastig schlug Pio das Kreuz. Wenn hier doch jemand gewesen war, wenn ihn heute früh doch einer beobachtet hatte ... Was, wenn die Beutel nicht mehr hier lagen, in dem Gewand der Statue, in der Aushöhlung ... Dann war alles verloren! Dann konnte er nicht mehr über das Meer ... dann konnte er nicht einmal sein Pferd bei dem Fuhrhalter auslösen und mußte sich zu Fuß und hungernd auf den Heimweg nach Biurno machen ... Und was wurde dann aus Volpino? Noch schlimmer – oder etwa doch nur genau so schlimm? –, was wurde dann aus Bianca-Bella ...?

Er durfte nichts dergleichen denken. Manchmal, sagte er sich, manchmal darf man nicht denken.

O Alte ... geh weg, geh weg! Und du, eitler Geck, mach dich bloß rasch aus dem Staub! O Gott, warum kommt denn jetzt dieses Liebespärchen noch um die Ecke, die beiden wollen sich doch hier nicht etwa niederlassen! – Und die Mutter Gottes lächelte im fahlen, fast schwarzen Licht und strahlte doch so viel Helligkeit und Vertrauen aus ...

Endlich war Pio allein. Nun blitzschnell an den Vorsprung, an die Figur. Wie eine Schlange schlüpfte seine Hand durch den Spalt zwischen Wand und Mantelsaum, hinter das Gewand der Figur ... nichts!

Pio stockte der Atem! Ihn schwindelte, er fühlte den Marmorboden unter sich schwanken ...

Morgenstern, Morgenstern! Nein!

Er suchte herum ... in der Aushöhlung, in den Sägespänen, im Staub ...

Da! Plötzlich! Ach, danke! Danke, heilige Mutter Maria. Danke, Herr Jesus – und mindestens drei Vaterunser bete ich am Abend! Pios zitternde Fingerspitzen berührten etwas, ja, hier war etwas, ganz sicher, weiß der Teufel – Verzeihung! –, wieso er es nicht gleich gefunden hatte. Er war wohl zu aufgeregt gewesen, hatte die Beutel womöglich unbemerkt ein wenig beiseite geschoben. Nun aber zog Pio die Ledersäckchen heraus, preßte sie ans Herz, schaute sich um: Nein, da war niemand, und keiner sah ihn. Er steckte alles unter das Hemd, zu dem Medaillon mit dem Bildchen Bianca-Bellas – und hinaus aus der Kirche, aber nicht, ohne noch einmal vor dem Altar das Knie gebeugt zu haben. In der Helle des flutenden Abendlichtes flatterten tausend und abertausend Tauben – wie gut hätte es ihm jetzt getan, wenn Volpino bei ihm gewesen wäre, nicht nur zu seinem Schutz, nein, viel mehr noch, um seine Freude mit ihm zu teilen.

Pio wollte nicht in der Stadt bleiben, jetzt nicht. Zwar lockten ihn die engen Gäßchen, die Händler und ihre Waren auf den heruntergeklappten Läden, all die Wunder, die Venedig bereithielt: goldglänzende Leuchter, die doch nur aus Messing waren; Bleigeschirr und Töpferwaren, Steingut, Bänder, Tücher und Kopfputz, jede Menge fremdartiger Gewürze, die ihren durchdringenden, köstlichen Duft in den Gassen verströmten. Ach, wunderbar wäre das gewesen, jetzt hier herumzustromern . . . Tatsächlich, Pio vergaß, daß er eben noch in Todesgefahr geschwebt hatte, er vergaß sogar Bianca-Bella. Er sog nur diesen Schmelz der Fremde ein und den Zauber des Abenteuers.

Aber Volpino . . .

Pio mußte zum Hafen zurück. Noch goldener war die See geworden. Auf eifrigen Wellen, die einander gleich Silbermünzen Lichtflecke zuwarfen, schaukelte die Fähre dahin – Himmelsblauspiegel.

An der Mole wartete Corallo. Pio empfand Dankbarkeit für ihn. Überall fand man doch Freunde! Er gab dem Buben eine wertvollere Münze, als er sonst wohl bekommen mochte. »Für deine hungrigen Mäuler«, sagte Pio rauh, denn er war verlegen und nicht daran gewöhnt, Dienste zu entlohnen. Corallo biß auf die Münze und sprang in die Luft. Pio erinnerte sich auch an den hilfreichen Zimmermann und schaute sich um, er suchte, aber er fand ihn nicht. Da bot sich Corallo an, diese kleine Schuld für ihn zu begleichen.

Nun den Hund beim Kapitän ausgelöst, die Passage bezahlt und das geliehene Geld zurück ... Volpinos Freude! Der Hund schnellte aus dem Verschlag! Pio konnte die Leine kaum schnappen. Der Kater zeigte einen hochgekrümmten Rücken, sträubte den Schwanz und ließ ein schlangenartiges Zischen hören. Der Kapitän sagte nichts, doch schien er zufrieden.

Möglichst unbemerkt legte Pio dem Tier wieder sein kostbares Halsband um.

Corallo blieb eifrig. Er führte Pio zum kleinen Markt. Der war auf dem Platz hinter dem Hafen zwischen den schiefen Häusern. Corallo zeigte Pio die freundlichsten und billigsten Händler. Pio kaufte ein Schaf, um es an Bord zu schlachten. Das Tier sträubte sich, es zerrte zurück vor dem Hund. Doch es zeigte sich, daß Volpino Schafe wohl kannte und ruhig blieb, als Pio ihn dazu ermahnte. Trotzdem führte Corallo das wollige Tier auf der anderen Seite. Dann brachte er Pio zu einem Stand, wo er Kleidung erwerben konnte: eine derbere Hose, ein festeres Baumwollhemd, eine Kopfbedeckung mit Krempe, wie sie die Seeleute gegen die stechende Sonne trugen. Sogar feste Stiefel aus Leder! Pio war stolz. Sah er nicht aus wie ein Seemann? Auch ein rotes Tuch leistete er sich, das schlang er sich um den Hals.

Das war mehr als genug. Und Corallo mußte nach Hause, seine Geschwister, seine Kinder betreuen und füttern. Er brachte das Schaf noch zur *Splendida*. »Ich wünsch dir Glück!« rief er. »Und wenn du zurückkommst, du und dein

Mädchen, dann seh'n wir uns wieder!« Und dann war er auch schon im Gewühl verschwunden.

An Bord mußte der Hund wieder in seinen Verschlag. Er ertrug es schon leichter, die Kiste war ihm jetzt vertraut, und er wußte, daß Pio wiederkam. Er nahm den Verschlag als seine Hütte hin. Das Schaf übergab Pio einem Schiffsjungen, der das Vieh der Reisenden betreute, die Hühner, Ziegen, Lämmer, die Tauben und Kaninchen.

Nun war alles getan. Pio fand unter Deck seine Schlafstelle. Da zog er seine Stiefel aus und stellte sie vor den Strohsack. Er dachte an Volpino, der in solchen Fällen sein Bein hob und damit zeigte: das ist mein Platz. Jetzt brauchte Pio nur mehr zu warten. Auf morgen, auf das Abenteuer der Seefahrt.

Er saß an Deck, seine nackten Beine baumelten über die Bordwand. Der Wind sang in den Tauen und pfiff leise um die Maste. Pio hörte die Möwen kreischen, er roch die salzige See, er schaute hinaus auf die Lagune. Flammend lag nun die Sonne darauf.

»Herr, schenke uns günstigen Wind, morgen«, flüsterte er. Weiter als bis zum nächsten Tag mochte er nicht denken.

13

Es war noch tiefdunkel in dem stickigen Raum, als Pio die ersten Geräusche auf Deck hörte: Laufen, Kommandos, ein Schurren und Scharren. Er sprang von seinem Strohsack und suchte sich einen Weg zwischen den Gepäckstücken und den Passagieren, die schnarchten und schnauften. »Paß doch auf, Tölpel!« fauchte einer, den er versehentlich angestoßen hatte, und wälzte sich auf die Seite, benommen vom Schlaf oder vom Wein. Etliche hatten sich gestern abend betrunken – auf Vorrat, wie sie lachend erklärt hatten. Denn Alkohol war an Bord ja verboten, und ebenso in den Ländern der Muslims. Was für ein Glück, hatten sie gelallt, daß den Christen der Wein nicht verboten ist!

Viele Passagiere aber wollten wie Pio an Deck, um dabeizusein, wenn das Schiff ablegte, wenn die Taue eingezogen wurden, wenn man den Anker lichtete.

Langsam segelte das Schiff in die Lagune hinaus. Die Reisenden standen in Gruppen am Geländer und schauten und staunten. Dicht, Körper an Körper, standen sie und berührten einander. Der Taschendieb gestern fiel Pio ein, und er war froh, daß er seinen kostbarsten Besitz im Halsband Volpinos in Sicherheit wußte. Doch auch für den Geldbeutel mußte rasch ein Versteck gefunden werden.

Der Morgen kam über die Stadt, die auf dem Wasser schwamm, in bleifarbener Stille. Der Himmel wölbte sich verdämmernd, trug noch die verblassenden Gestirne, auch den funkelnden Morgenstern. Pio staunte – und sah doch mehr noch mit dem inneren Auge. Freude erfüllte ihn, und Glück, daß er dies erleben konnte. Und was stand ihm nicht noch alles bevor: fremde Länder, fremde Menschen, Abenteuer. Gewiß, auch Gefahren würde er zu bestehen haben, aber Pio war wieder zuversichtlich. Man mußte auf Gott vertrauen, ja, wenn Bianca-Bella nicht entführt worden wäre, dann wäre er heute noch in Biurno und würde sich nicht die Brise um die Nase wehen lassen.

Der Himmel füllte sich langsam mit Licht, dort, wo er auf die Erde stieß. Schon kündigte sich die Sonne an. Die Segel waren hochgezogen, der Wind war günstig. Das braune Leinen füllte sich und wölbte sich aus. Es barg die Luft, und der Wind schob die *Splendida* voran, ruhig und gleichmäßig. Jetzt, da das Wasser vor ihrem Bug in kleinen Wellen aufrauschte, erschien sie Pio stolz und herrlich. Trotz der Frühe zerrissen die Möwen bereits die Stille mit ihrem Geschrei. Nein, nicht sie allein. Von vielen anderen Schiffen kamen ebenfalls Geräusche, das Leben rührte sich. Und an Bord der *Splendida* krähten die Hähne, gackerten die Hühner, blökten die Schafe und meckerten die Ziegen. Die Leute schwatzten und bewunderten die Stadt Venedig über der Schimmerfläche der Lagune.

Sie fuhren gemächlich durch den Kanal. Pio war aufgeregt. Jetzt gab es kein Zurück mehr! Sie gewannen das offene Meer. Da war nur noch Licht um sie, und es wurde immer heller, je mehr das Land zurückblieb.

Volpino jaulte in seinem Verschlag. Pio ließ ihn an der Leine heraus. Sie gingen zu dem Platz, an dem das Vieh geschlachtet wurde. Hier hing ein Ledereimer. Man zog Wasser aus der See und spülte die Eingeweide, die Fellreste und den Unrat von den Planken. Denn nur bei lebenden Tieren blieb auf der Reise das Fleisch frisch, deshalb mußte an Bord geschlachtet werden. Das Blut der Tiere lief in das Meer und lockte oft die gefräßigen Haie an. Als sie in die freie See hinauskamen, in das tiefere Wasser, umkreisten die dunklen Dreiecke ihrer Rückenflossen das Schiff.

Volpino war verständig. Pio hatte ihm gut zugeredet: »Sei brav! Mach mir keinen Ärger. Wer reisen will, muß Opfer bringen.« Der Hund wedelte, wenn auch zurückhaltend. Aber vielleicht spürte er das Besondere, vielleicht war es der ungewohnte Geruch der Luft, dieser Salz- und Fischwind, oder überhaupt das wilde Durcheinander von Gerüchen all der Tiere und Menschen. Er fügte sich. Mehrmals am Tag führte ihn Pio in eine Ecke des Schlachtplatzes, fütterte und tränkte ihn dort. Sonst aber verbrachte der Hund seine Zeit meist schlafend, angebunden oder in seinem Verschlag.

So verging der erste Tag, und so begann der zweite. Pio stand an der Reling, er spürte das leichte Auf- und Abschwanken des Schiffes, es war ihm nicht unangenehm, solange es nicht heftiger wurde. Der Wind fuhr durch seine Haare, es war fast ein Streicheln. Pio blickte aufs Meer. Er konnte es immer noch nicht fassen, daß er hier war. Er schaute nach Kapitän Onorati aus, dem einzigen Menschen, den er hier kannte, aber er sah ihn nicht. Unter dem geblähten Segel hielt ein Seemann das Steuer umklammert. Auf dem Rand des Beibootes stand eine Möwe wie eine Verzierung.

»Warum hast du den Köter bei dir?« fragte eine junge, aber schnarrende Stimme. Ein Bursche warf der Kiste einen vorsichtigen Blick zu.

»Weil er mir gefolgt ist«, gab Pio zurück.

»Nimmst du denn jeden mit, der dir folgt?«

»Hunde schon«, antwortete Pio. Er blickte sich lachend um. Er freute sich, eine Unterhaltung zu haben, und war ohne Argwohn.

»Nun, ich bin kein Hund, und ich folge dir nicht«, sagte der Bursche. »Ich bin Enno da Bati! Ich denke, du kennst meinen Namen.«

»Ich weiß nicht, sollte ich denn . . .?« Pio betrachtete den Burschen neben sich an der Reling. »Ich glaube nicht.«

»Da Bati«, wiederholte der junge Mann bedeutungsvoll.

»Aha«, sagte Pio. »Und ich heiße Pio, Pio Aniello.«

Der Fremde trug enge Strümpfe, zweifarbige Hosen, rechts gelb, links blau, ein grünes Wams und einen knallroten Umhang, auf dem Kopf ein Barett mit Fasanenfedern. Pio fand diese Kleidung nicht eben elegant, sie schien ihm stutzerhaft und eitel, eher ein Karnevalskostüm. Das Gesicht war glatt rasiert, aber Kinn und Nase wetteiferten miteinander darin, wer der spitzere Körperteil sei. Das Kinn gewann, da von ihm noch ein dünnes Bärtchen nach vorne abstand. Die perlgelben Augen blickten stechend, die Stirn war nicht sehr hoch, die Haare dafür weich und gefällig. Was war das für ein Mensch?

»Enno da Bati...«, wiederholte Pio den Namen. »Ihr seid also von Adel!«

»Ja, ein altes Geschlecht!« Der Bursche plusterte sich auf. »Und ich stehe im Dienst des Herzogs von Biurno, bei seinen Pferden, ich kann seine Hoheit sprechen, wann ich will.«

»Bei seinen Pferden, sieh an! Der Stallmeister! Dann bist du vielleicht auch in seinem Auftrag unterwegs?« fragte Enno ein wenig spitz.

Pio schämte sich für seine Prahlerei. Aber er fuhr trotzig fort: »Ich kenne vielleicht mehr Fürsten und Würdenträger als viele andere Leute, sogar einen Senator Venedigs. Aber Ihn... Ihr habt wohl auch schon bessere Zeiten gesehen?«

»Wie man es nimmt! Ich genieße die Freiheit«, erklärte Enno. Er lehnte sich weit hinaus in den Wind. »Ich rede eigentlich nicht gern davon, aber was soll man hier sonst schon machen, auf See? Nur Wind, Wasser und Wellen – und diese verdammten Fische da draußen. – Ich komme aus San Gimignano, mein Vater besitzt dort den höchsten Turm. Da wuchs ich auf. Krieg und Kampf mit anderen edlen Geschlechtern, das war mein Alltag. Meine Mutter starb früh. Sie war eine Bürgerstochter, aber sie brachte viel Geld in die Ehe. Nach ihrem Tod heiratete mein Vater wieder, jetzt aber eine Adlige ohne Vermögen. Da waren zwei Vornehme beisammen! Sie bekamen einen Sohn. Mein Vater platzte fast vor Stolz. Und ich war nichts mehr wert, verstehst du? Ich war ihm nicht mehr fein genug, mit einer Bürgerlichen als Mutter: nur ein halber Edelmann.«

»Und Eure Stiefmutter? War sie unfreundich zu Euch?«

»Das ist noch recht milde gesagt. Gerade, daß ich bei Tisch mitessen durfte. Und mein Vater sprach mich kaum noch an. Da beschloß ich, mich auf eigene Füße zu stellen. Man braucht Macht in dieser Welt, sonst geht man unter.«

»Seid Ihr von zu Hause fortgelaufen?«

»Fortgelaufen ... Was für ein gewöhnlicher Ausdruck. Ich nahm mein Schicksal selbst in die Hand. So würde ich es nennen. Ich nahm mir mein Erbe im voraus. Sollte ich etwa warten, bis man mich darum betrügt ...?«

Also hat er gestohlen, dachte Pio.

»Dann verließ ich die Stadt ohne Lebewohl. Nicht einmal umgedreht habe ich mich nach den Türmen auf dem Hügel. Wem hätte ich auch adieu sagen sollen? Es hätte keinen gekümmert.«

»Und was habt Ihr nun vor?«

»Ich will mächtig werden, ich will reich werden! Die Leute sollen vor mir auf den Knien liegen. Dann will ich mir eine würdige Gemahlin nehmen.«

»Ihr seid wohl nicht sehr gottesfürchtig«, stellte Pio fest.

»Der Herrgott predigt die Liebe unter den Menschen!«

»Pah, das predigen die Pfaffen und halten sich selbst am wenigsten daran. Noch weniger die Kirchenfürsten. Ich sage dir, nur der Kühne und Rücksichtslose wird mit Ruhm und Herrlichkeit belohnt. Sieh nur, dort ...«, Enno wies mit dem ausgestreckten Arm über das Schiffsgeländer. Sein Ärmel flatterte.

»Was ist das?« fragte Pio. Er sah etwas Zackiges auf dem Wasser, dunkel, er hatte es schon lange bemerkt, sich aber keine Gedanken darüber gemacht.

»Du weißt wirklich wenig. Das ist ein Hai, ein schlimmer, gefährlicher Räuber, der Schrecken der Seeleute. Wenn dich ein Hai angreift, rettet dich kein Gebet!«

»Was rettet dich denn?«

»Nichts«, rief Enno. »Das Geheimnis ist, daß du nicht ins

Wasser fallen darfst! Ich meine es auch im übertragenen Sinne. Du mußt so klug sein, daß dich der Stärkere nicht erwischt. Dann triumphierst du über ihn.«

Pio staunte Enno an, doch er wurde den Verdacht nicht los, daß da ein Prahlhans vor ihm stand, lebenshungrig, gierig und gewissenlos. Vielleicht auch war dieser Enno da Bati im Grunde seines Herzens nur ein Phantast? Ja, dachte Pio, er mag Unglück gehabt haben, aber wie anders ging er damit um als der kleine Corallo, der so unermüdlich seine sechs Geschwister ernährte und ihnen die Mäuler stopfte. Dieser hochgeborene Bursche hier war dagegen zum Dieb geworden.

Als hätte er Pios Gedanken erraten und als wollte er sie bekräftigen, rief Enno schwärmerisch: »Das Meer ist die Quelle des Reichtums und der Hort aller Abenteuer. Deshalb bin ich hier. Es gibt Piraten . . .«

»Ihr wollt unter die Seeräuber?«

»Ich meine nicht gewöhnliche Seeräuber. Die Könige der Piraten! Il Trio del Mare . . .«

»Ach . . .«, entfuhr es Pio. Er starrte Enno aus großen Augen an.

Schon kam die Gegenfrage: »Kennst du sie denn?«

Jetzt wurde Pio vorsichtig. Falls Enno zur Bande Primos' stoßen sollte, dann war es besser, wenn er nicht zuviel von Pio wußte. »Nein, nein«, murmelte er und blickte auf das Meer hinaus. »Man hört ja so dies und jenes in den Häfen, nichts Genaues . . . Mehr weiß ich nicht.«

»So sage ich es dir. Sie sind die Größten. Sie sind die wahren Könige. Selbst Fürsten zittern vor ihnen.«

»Und Ihr wollt einer der Ihren werden?«

»Ja. Und ich werde sie finden. Es gibt Geschichten vom Trio del Mare, sagenhaft!«

»Aber das sind doch Gesetzlose!« fuhr es Pio heraus. Er konnte es nicht unterdrücken.

»Pah! Du unwissender Zwerg! Mit ihnen werde ich reich,

und dann wird mein Vater vor mir zittern, und seine Frau wird mir schöne Augen machen.«

Er ist doch ein Wirrkopf, ein Phantast, dacht Pio mit Widerwillen – aber ebenso mit Mitleid, sogar ein wenig Bewunderung.

Während sie miteinander sprachen, hatte sich Pios Hemd am Hals verschoben. Enno sah etwas blinken, er schaute schärfer hin. »Was hast du denn da?« rief er und hatte das Kettchen schon herausgezogen. Spöttisch drehte er das Medaillon in der Hand: »Ein Mädchen! Sieh einer an! Der Zwerg segelt hinter seiner Liebsten her. Wer ist denn die Schöne? Weinst du vor Sehnsucht, wenn du den Vollmond siehst? Jaulst du wie ein Hund? Hörst du im Traum die Nachtigallen singen?«

»Gebt her!« Pio brüllte, er machte eine heftige Bewegung. Zum Glück zerriß die silberne Kette nicht.

»Willst du denn ein Edelfräulein heiraten, Stallmeister? Du birgst wirklich Überraschungen!«

Pio war das Blut in die Wangen geschossen, er glühte den Hals hinab bis zu den Schlüsselbeinen. »Gebt her«, schrie er noch einmal wütend.

Volpino hörte diesen Notschrei. Er sprang in seinem Verschlag auf und knurrte.

»Ist ja schon gut.« Enno ließ das Medaillon los.

»Ruhig, Volpino, ruhig!« Pio schob das Schmuckstück rasch wieder in seinen Ausschnitt. Er nahm sich vor, es zu verstecken – und den Geldbeutel. Auch sollte er Enno da Bati wohl besser aus dem Weg gehen.

Der Stutzer schien ebenfalls das Interesse an Pio – und dem Hund – verloren zu haben. Er bemerkte einen schwarzgekleideten Mann an der Reling, der den Möwen Brocken von Maisbrot zuwarf. »Ach, der Chirurgus! Ein weitgereister Herr. Er zersägt Knochen und verbindet Wunden. Den möchte ich etwas fragen«, murmelte Enno und schlenderte davon.

14

Pio wartete, bis sich Enno da Bati in seinem Papageienge-
wand entfernt hatte. Dann lief er davon. Er wollte in den
großen Raum unter Deck. Er kletterte die schmale Treppe
hinab. Es war wie immer halbdunkel, nur wenige der kleinen Luken standen offen, und auch das nur, weil die See ruhig war. Aus einer der Luken hing ein dickes Seil über die
Brüstung, wie man es zum Vertäuen des Schiffes im Hafen
brauchte. Wozu? Ob man vergessen hatte, es einzuziehen?
Nun, ihn ging es nichts an. Pio schlich durch den Raum,
schaute sich überall um. Niemand war da. Halt, hörte er da
nicht ein Geräusch? Nein! Es war kein Mensch hier. Das
Wetter war schön, da hielt man sich lieber auf Deck auf.
Pio suchte seinen Schlafplatz. Er bewegte sich auf Zehen-
spitzen zwischen den Strohsäcken oder kletterte darüber.
Da lagen Kleider, Beutel, Stiefel. Jeder hatte seine Habseligkeiten hier abgelegt. Pios Strohsack befand sich an der
Außenwand, darüber waren Balken verstrebt. Pio suchte alle
Winkel ab. Er betastete die Wand. Nichts war ihm sicher
genug. Dann bückte er sich, hob den Strohsack, fuhr mit der
Hand darunter, prüfte den Boden. Da war eine Vertiefung ... fast ein Kästchen, das sich zwischen zwei dicken
Brettern gebildet hatte. Die *Splendida* war roh gefügt in der-
ber Zimmermannsarbeit, und die Zeit hatte das Ihre getan:
das Holz war getrocknet, geschrumpft. Pio hatte gefunden,
was er suchte.
Er nestelte an seinem Gürtel. Er zog den Beutel hervor und
stopfte ihn in den Spalt, daneben das Medaillon. Er handelte
schnell, fast ohne Überlegung. Pio ließ den Strohsack fallen
und schob ihn sorgsam über die Mulde. Dann warf er sich
darauf, streckte sich aus und verschränkte die Arme unter
dem Kopf. Heilige Mutter, hilf! Morgenstern ... dachte er
und atmete tief durch.

Was aber war das? Waren das nicht Schritte an der Treppe? War es Einbildung? Oder eine Ratte? War es nicht ein wenig dunkler geworden, ganz kurz, als füllte ein Körper die Einstiegsluke aus und nahm das Licht weg? Oder zog bloß eine Wolke an der Sonne draußen vorüber und verdeckte sie?

Ach nein, es war wohl nichts gewesen.

Pios Augen fielen zu. Er schlief kurz. Als er erwachte, wollte er hinaus aus dem dumpfen Raum und atmete befreit auf, als ihm endlich frische Luft um die Nase wehte. Er suchte nach dem Kapitän. Pio war gern bei ihm, um ihm zuzusehen. Jetzt stand der kräftige, ein wenig gebeugte Mann am Steuerrad. Er schaute zum Segel empor, prüfte den Wind, warf auch den Möwen flüchtige Blicke zu, die mit ausgebreiteten Schwingen auf und ab segelten, im Wind schwankten und die Schnäbel aufrissen. Manchmal strichen sie tief über das Deck, schossen über das Beiboot, stiegen wieder empor – oder sie ließen sich zum Ausruhen auf dem Schiff nieder.

Kapitän Onorati sprach Pio an: »Wir haben wirklich Glück, Junge, die See ist ruhig. Und wenn mich nicht alles täuscht, ändert sich das auch nicht. Womöglich bleibt dir der üble Aufruhr des Magens erspart – freu dich!« Die Brise verwirbelte sein Haupthaar und seinen Bart. »Du wunderst dich wohl, daß Odysseus nicht auf meiner Schulter sitzt. Ich habe ihn fortgeschickt. Der Kater wird faul. Und vergißt ganz, wozu er hier ist. Die Ratten, weißt du ... Diese verdammten Ratten! Wie ich sie hasse! Sie knabbern an der Ladung, sie gehen an die Säcke, die Ballen, sie zernagen sogar die Planken, sie fressen alles ... Nichts ist vor ihnen sicher. Die Ratten sind die Geißel der Schiffahrt. Odysseus, der faule Kerl, sollte sie jagen, dazu ist er eigentlich da.«

Pio kauerte sich neben den Kapitän. Er zog die Knie mit den Armen an, legte den Kopf darauf. Kühl war die Brise, aber sie durchzog die Sonnenwärme angenehm, machte den

Geist frisch, vertrieb die Trägheit. Viele Gedanken kamen und gingen, manche nur flüchtig und vage. Kaum tauchten sie auf – verschwanden sie auch schon wieder. Pio dachte an Volpino, an die Schatzkarte am Hals des Hundes. Er hatte Lust, mit dem Kapitän darüber zu sprechen. Wer weiß, wann sich wieder so eine gute Gelegenheit bot: ein erfahrener Seemann, dabei offen und ehrlich! Aber wie anfangen und nichts verraten? Pio sagte: »Die Matrosen erzählen viel von Schätzen, die auf einsamen Inseln versteckt sind. Gibt es denn das?«

»Was weißt du davon?«

»Ich weiß gar nichts, aber im Hafen, in den Schenken . . .«

»Da wird viel geschwatzt«, brummte der Kapitän. »Nun ja, alles ist möglich. Die See birgt viele Geheimnisse, auch die Inseln. Und Märchen . . . tja, Märchen gibt es überall. Am schönsten sind die der Osmanen, weißt du. Märchen von klugen Sultanen und von mächtigen Geistern in Flaschen . . . So farbig: da schimmern Edelsteine, plätschern Brunnen, duften Rosen . . .« Und Onorati begann zu erzählen.

Die Märchen machten Pio ungeduldig. »Aber die Schätze . . .«, drängte er.

»Die Schätze . . . die Schätze . . . Gold, Silber, Edelsteine? Nein, die Märchen sind die wahren Schätze! Die Märchen! Ich sage dir, der einzig wahre Schatz liegt in dir selbst. Und ihn kann dir kein anderer rauben! Glaube mir, sonst geht es dir so, wie es mir ergangen ist . . .«

»Wie denn?« Pio hob seinen Kopf und schaute den Kapitän gebannt an.

»Wie? – Nun, so: Ich war wie du, der Kopf stand mir nach Reichtum und Schätzen. So erwarb ich eine dieser Schatzkarten, wie sie zu Dutzenden gehandelt werden. Auf jedem Markt kannst du sie kaufen. Also ich war noch sehr jung und gab mein letztes Geld dafür. Ich dachte, damit hätte ich das Glück in der Tasche. Ja, und dann suchte ich den Schatz, ich suchte lange Jahre. Damals lernte ich die See besser kennen, als ich es sonst jemals gekonnt hätte. Die Gier nach Gold gab mir die Kräfte eines Adlers . . .« Der Kapitän versank in seinen Erinnerungen.

»Und . . .?« fragte Pio atemlos.

»Ich fand meinen Schatz . . . wahrhaftig! Ja, das war doch ein Wunder, ich fand die vergrabene Kiste . . .«

Pio vermochte die Spannung noch kaum auszuhalten.

»Ich sehe sie noch vor mir: vier Klafter tief hatte ich gegraben, und ich jubelte, als ich die Truhe erblickte. Rostige Eisenbänder umspannten sie, und sie war mit Rindsleder bezogen, also eine vornehme Truhe! Sie war voller Lehm, als ich sie endlich ans Licht befördert hatte . . .« Der Kapitän schwieg wieder nachdenklich.

»Ach, bitte!« bat Pio.

»Ein schöner Augenblick«, gab der Kapitän zu. »Bestimmt der schönste meines Lebens! Da lag der Schatz vor mir, ich hatte ihn gefunden! Alle Reichtümer der Welt, ein sorgenloses Dasein, Paläste, Juwelen, Wohlgerüche . . .«

»Und . . .?«

»Hätte ich doch die Kiste nie aufgemacht! Dann hätte ich diesen Traum behalten und könnte mich an ihm freuen. Aber leider öffnete ich das Schloß!«

»War die Kiste denn leer?«

»Ach, wenn es nur das gewesen wäre«, rief der Kapitän und spuckte wieder einmal kräftig aus. Er starrte dem schleimigen Frosch nach, der auf der Planke schimmerte. »Wo denkst du hin, die Kiste war nicht leer, nein . . .«

»Aber was war darin?«

»Ratten, mein Junge, Ratten!« sagte der Seemann mit Todesverachtung. »Ratten, mein Sohn – das war mein Schatz! Es wimmelte von nackten Schwänzen und spitzen Schnauzen! Tiere des Satans! Ekelhaft! Ein Knäuel! Seit damals hasse ich Ratten.«

Pio schloß die Augen und lehnte sich zurück. Er fühlte sich seltsam leer.

»Nun, ich weiß von einem Mann, der wahrhaftig einen Schatz fand. Aber es war nur zu seinem Unglück. Er machte sich nur noch Sorgen, wie er seinen Reichtum bewahren und möglichst vermehren könnte . . . und verlor darüber den Verstand.«

»Das ist wohl schlimm«, flüsterte Pio, nur um überhaupt etwas zu sagen.

»Schätze . . .«, murmelte der Kapitän fast mehr zu sich selbst, ». . . und Ratten!« Er schwieg. Dann gab er dem Gespräch eine andere Wendung. »Ich liebe die See«, meinte er. »Gewiß, es gibt viele Gefahren, den Sturm, die Wellen . . . Aber das ist ein Kampf, in dem du siegen kannst. Und dieser Sieg ist dann wunderbar. Ein Sturm ist schrecklich, sogar tödlich, aber nicht heimtückisch. Es steht, meine ich, kein böser Wille dahinter. Wenn du Seemann wirst, dann weißt du, auf was du dich einläßt. Das ist es, was ich sagen will. Die See bedeutet Freiheit, wie du sie auf dem Land nie finden kannst – auch wenn du sie vielleicht mit deinem Leben bezahlen mußt. Doch wenn dir der Wind um die Nase weht, wenn du nichts vor dir hast als diese unendliche Fläche, und die Möwen über dir kreischen, dann, Junge, dann bist du viel mehr als ein König. Bei der See weiß ich, woran ich bin, bei einem Menschen nie. Ja, sei auf der Hut vor den Menschen, denn sie sind falsch. Die See aber lügt nicht. Sie kündigt immer an, was sie vorhat. Sie besitzt gewaltige Kräfte, aber man kann sie beherrschen – wenn auch oft nur mit Gottes Hilfe. Und immer aufs neue lockt die Ferne.«

»Und die Seeräuber?« warf Pio ein.

»Böse«, antwortete Kapitän Onorati. »Aber ein Kahn wie der meine ist ziemlich sicher vor ihnen. Sie sind ja auch Kaufleute, in gewissem Sinne. Also überlegen sie, ob es sich lohnt. Und auf meinem Schiff ist nicht viel zu holen, das wissen sie. Außerdem – sie lassen mit sich handeln. Wer ihnen einen Teil des Verdienstes abgibt, dem bieten sie sogar Schutz. Diese regelmäßigen Einkünfte sind ihnen viel wert.«

»Kennt Ihr das Trio des Meeres ...?«
»Il Trio del Mare ... Hast du schon davon gehört? Du bist
gut unterrichtet. Hast dich wohl viel in Kneipen herumge-
trieben? Ja, die drei sind die Könige der Piraten. Sie sind
furchtlos, aber man kann sich auf sie verlassen. Sie beherrschen das Meer. Sie sind überall und nirgends ... Siehst du
diese Dreiecke auf dem Meer, die uns umkreisen?« fragte
Kapitän Onorati.
Pio nickte.
»Das sind Haie! Das sind die Ratten der Meere. Sie haben
einen wahren Heißhunger. Wehe, ein Mann geht über
Bord.«
»Dann fressen ihn die Haie?« Pio spürte, wie ein kalter
Schauer seinen Rücken überlief.
»Ja«, antwortete Kapitän Onorati. »Gelingt es uns nicht, ihn
rasch wieder herauszuholen, dann ist er verloren. Und wir
sind selbst in Gefahr, denn unser kleines Boot bietet kaum
Schutz.«
»Kann man sich denn gar nicht gegen sie wehren?«
»Nein! Höchstens, so sagt man: man muß sie selbst angreifen. Man muß ihnen entgegenschwimmen und schreien und
ihnen mit einem Messer den Bauch aufschlitzen – wenn sie
es dazu kommen lassen. Aber wieviel Mut erfordert das!
Nein, geh nur nicht über Bord!«
Pio blickte auf das Wasser. Da sah er dicht unter der Was-
seroberfläche dahinschießende Haie. Er hatte sie bisher
kaum beachtet. Ach, welche Geheimnisse und welch grausame Wunder mochte das Meer bergen? In welche Tiefen
ging es hinab – und lag darunter eine neue Welt, eine Welt
mit anderen Bewohnern, anderen Städten, anderen Kirchen?
Sehr nachdenklich kletterte Pio die Schiffstreppe wieder
hinab, um sich auf seinem Lager auszustrecken. Eine Weile
lag er in der Dämmerung und träumte mit offenen Augen.
Nachlässig, ja gleichgültig faßte er unter den Strohsack und

tastete nach seinem Beutel. Er wollte sich vergewissern, daß er noch in dem Spalt steckte.

Er spürte das Medaillon und war zufrieden. Als er fast gleichgültig weitersuchte . . . nichts! Der Platz war leer! Ein kalter Schreck durchfuhr ihn von der Kopfhaut bis in die Zehenspitzen!

Pio sprang auf. Er hob den Sack, er suchte, grub, suchte auch in anderen Spalten. Da war nichts.

Der Beutel war fort! Wer hatte ihn gestohlen? Pio war wie gelähmt. Und wie von einer raschen Blitzfolge erhellt, sah er eine Gestalt vor sich, und zur Gestalt den Namen, immer wieder den einen Namen . . .

Da faßte er nach seinem Dolch. Die Waffe steckte in seinem Gürtel. Er stürzte auf Deck. Es war die Stunde, in der sich die Sonne allmählich senkte, der Trennungslinie zwischen Meer und Himmel entgegen. Und Glanz verbreitete sich in der Ferne.

15

Pio sah Enno da Bati sofort. Das verwunderte ihn. Der Dieb schien sich nicht zu verbergen, er stellte sich zur Schau. Wollte er damit sein gutes Gewissen zeigen: Seht her, ich habe nichts zu verbergen, und ich habe auch mich nicht zu verbergen? Pio wurde fast schwankend in seiner Überzeugung.

Enno stand am Geländer, er stützte einen Fuß darauf und plauderte mit dem Chirurgus. Der Arzt wirkte neben dem aufgeputzten Burschen so schwarz wie ein Todesvogel. Ennos Gestalt zeichnete sich bunt gegen den lichten Hintergrund ab. Weit draußen zog eine schwarze Zacke scharfe Linien.

»Ah, der junge Stallmeister . . .«, begrüßte er Pio gönnerhaft, als dieser näher trat. »Wo hast du gesteckt? Du warst lange fort.«

»Ich muß Euch sprechen!« Pio nahm keine Rücksicht auf den würdigen Doktor, der ihn mißbilligend anschaute. Er hatte ein scharfes, blasses Gesicht und tiefliegende, stechende Augen.

»Aber, aber . . .« Enno zog die Augenbrauen hoch. »Ist das denn höflich? Nun, ein Pferdeknecht hat vielleicht seine eigene Art von Manieren. Du wirst schon warten müssen!«

»Kommt sofort, oder es geschieht ein Unglück«, zischte ihn Pio an. Er zog den Stutzer am bunten Ärmel. Gleichzeitig faßte er nach seinem Dolch. Und es war eine solche Entschlossenheit in seinem Auftreten, daß Enno zurückwich. »Ihr verzeiht wohl«, murmelte er, zum Chirurgus gewandt. »Es ist nicht mein Verschulden. Dieser Wirrkopf . . . Es dauert gewiß nicht lange.«

Der Chirurgus trat befremdet einen Schritt zurück und nickte.

Pio zog Enno hinter einen Mast. Hier waren sie zudem ver-

borgen durch den hüttenartigen Aufbau über der Schiffstreppe.

»Nun, was veranlaßt dich zu einer solchen Rüpelhaftigkeit?«
fragte Enno. Es sollte scherzhaft klingen, aber seine Blicke
flatterten. Pio fühlte sich seiner Sache immer sicherer. »Gebt
mir meinen Beutel wieder, und zwar gleich«, zischte er. »Ihr
habt ihn genommen, als ich mit dem Kapitän sprach.«

»Dein Beutel? Du bist verrückt. Ich habe deinen Beutel
nicht!«

»Ich rate Euch gut! Wenn Ihr es nicht sofort und freiwillig
tut, muß ich die Sache dem Kapitän melden. Und wenn
mein Beutel bei Euch gefunden wird, dann hängt Ihr, denn
so sind die Gesetze an Bord. Kapitän Onorati hat es mir
selbst gesagt!«

»Kerl, willst du behaupten, ich sei ein Dieb?«

»Ihr hängt am Mast! Noch weiß niemand davon. Also laßt
uns die Sache gleich hier aus der Welt schaffen!«

»Das ist doch Wahnsinn!« Ennos Stimme war schärfer und
schriller geworden. »Du, ein Pferdeknecht, wagst es, mich
zu beschuldigen? Mich, Enno da Bati! Ohne den geringsten
Beweis!«

Pio sollte es noch bitter bereuen, daß er seine Drohung nicht
wahr machte, sich an den Kapitän zu wenden. Es lag an Ennos herablassender Art. Der Bursche sprach ja mit üblem
Spott zu ihm, der Pio bis aufs Blut reizte. Er fühlte sich im
Recht. »Gebt den Beutel«, brüllte er. »Gebt mir den Beutel
wieder, oder, bei Gott, es wird Euch reuen!« Er zog seinen
Dolch und zückte ihn gegen Enno.

Vielleicht blieb diesem nun gar nichts anderes mehr übrig,
als sich zur Wehr zu setzen. Er hatte wohl bisher noch ge-
glaubt, mit dem Jüngeren leicht fertig zu werden. Aber nun
wurde er angegriffen. Er konnt nicht mehr ausweichen. Er
zog selbst blitzschnell seinen Dolch, eine lange, scharfe
Waffe, gute spanische Arbeit, und war voller Kampfgeist.
Ein Glück für Pio, daß Enno den Degen nicht bei sich hatte.

So waren sie gleich an Waffen, wenn auch nicht in der Kunst, sie zu führen. Pio, der Bauernbub, hatte nicht die Übung, die Enno durch seine Herkunft besaß. Oder auch bloß durch seinen Eifer. Er focht gern. Oft schon war er in Händel verwickelt gewesen. Enno führte den Dolch, als wäre es sein Degen. Und so kämpfte er auch. Er bekam fast etwas von einem Wolf. Das teilte sich Pio mit. Pio dachte: Bist du ein Wolf, so bin ich ein Fuchs. Meine Schläue wird mir helfen.

Der Schatten des Mastes mit dem Segel fiel über sie.

Enno deutete höhnisch eine Verbeugung an, indem er die blanke Spitze gegen seine Stirn führte. Dann begann der Kampf. Pio griff stürmisch an. Er wollte seinen Gegner nicht töten, ihn aber zu Boden zwingen. Und notfalls mochte auch Blut fließen. Noch waren sie allein, bis auf die Möwen, die auf dem Ruderboot saßen. Sonst gab es keine Zeugen.

Enno parierte so geschickt, daß Pio fast überrumpelt wurde. Alles hing von der Schnelligkeit seiner Erwiderung ab und von seiner Geschicklichkeit. Pio wußte, daß er Enno unterlegen war. Retten konnte ihn nur sein Verstand.

Enno sprang auf Pio zu, setzte den Fuß vor, zielte mit seinem Messer nach Pios Kopf . . . Pio duckte sich. Vorbei . . . Enno schwang die Waffe erneut, drehte sich selbst halb herum, um nicht von Pio getroffen zu werden . . . Er hob elegant den linken Arm, den er abgewinkelt hatte.

Pio berührte ihn jetzt leicht an der Brust, es gab einen Riß im Hemd, nur einen kleinen Schnitt, aber das gab Pio Mut: Enno da Bati, du bist nicht unbesiegbar. Aber die Wucht seines eigenen Stoßes riß ihn an seinem Gegner vorbei. Pio taumelte, stolperte. Doch bevor Enno über ihm war, half ihm ein rascher Sprung wieder auf. Nun wichen sie voreinander zurück.

Der Lärm hatte die Leute aufmerksam gemacht. Der Kampf war für sie eine willkommene Abwechslung. Es wirkte wie ein Spiel. Niemand dachte, daß es um Tod und Leben ging. Eine Gruppe bildete sich. Die Passagiere stellten sich im Halbkreis auf, sie ermunterten die Kämpfer durch Zurufe. Enno war in seinem Element. Er fühlte sich stark. Wenn er das durchgekämpft hatte, dachte er, konnte ihm das Bürschlein dort nichts mehr anhaben. Dann wollte er ihn verschonen, wenn er versprach, den Mund zu halten. Seine Klinge züngelte, sie war wie eine Flamme, sie tanzte vor Pios Augen. Pio riß den Kopf zur Seite, da blitzte der Stahl neben seinem Hals, daumenbreit . . .

»Ho, hoho . . .«, riefen die Zuschauer.

»Man sollte sie trennen, das wird ernst«, gab ein Bedächtiger zu bedenken . . .

Ein neuer Anlauf, ein neuer Stoß. Jetzt hatte sich Pio gefangen. Er tänzelte. Aber Ennos Stöße folgten schnell aufeinander, die Hiebe fuhren scharf an ihm vorbei: Pio sprang wie ein leichter Ball.

Enno warf den Dolch von der rechten in die linke Hand. Nun kämpfte er linkshändig, nicht weniger geschickt, nur viel gefährlicher, weil Pio nicht daran gewöhnt war. Diese Stöße brachten ihn in Bedrängnis. Ein Wunder war es, und nur seiner seiltänzerischen Behendigkeit verdankte er es, daß er noch nicht getroffen zu Boden sank, ja nicht einmal blutete. Aber der Kampf ermüdete Pio, er zehrte an seinen Kräften. Immer wieder bog er sich, wich er aus. Er sprang über alles, was auf dem Schiffsboden umherlag, über die Taurollen, über Balken, über Fischkörbe, über Wassergefäße. Er kam in die Nähe des Beibootes, auf dem die Möwen unruhig wurden. Als die erste flüchtend aufstob, folgten die anderen.

Noch wich Pio allen Stößen aus. Sein Atem ging keuchend. Und in Ennos Hand zuckte die Klinge, als sei sie lebendig, eine Schlange, kaum zu erkennen. »Stirb!« schrie dieser jetzt. »Stirb selbst!« brüllte Pio zurück und riß seine Waffe empor, weit über den Kopf hinaus. Das war leichtsinnig, denn so stand er ungeschützt, aber sein Stoß zuckte gleich darauf gegen Enno nieder, schnell und ungestüm.

Enno sah sich vor. Er fiel gewollt zur Seite und drehte sich über die Schulter über eine Taurolle hinweg. Schon sah er Pios Messer hell über sich, trat nach dessen Schienbein, war selbst schon wieder auf den Beinen. »Mich kriegst du nicht!« keuchte er. Immerhin: er keuchte. Und doch griff er Pio noch heftiger an. Pio kam nicht mehr zur Besinnung, er hatte keine Herrschaft mehr über den Kampf, er reagierte nur noch, bestimmte das Geschehen nicht mehr, wie er es gewollt hatte.

Rücksichtslos suchte der andere die Entscheidung, er hatte wohl selbst gespürt, daß es nun auch für ihn gefährlich wurde. Seine Stöße waren voll Kraft: Pio wich zurück, Schritt für Schritt. Immer öfter konnte er sich gerade noch haarbreit entwinden. Er kämpfte wie niemals zuvor. Es ging ja auch um sein Leben. Die Wut auf Enno wurde immer größer und gab ihm Kraft. Auch seine Jugend half ihm. Immer öfter stieß Enno zu, aber stets wich Pio aus. Jede Bewegung zehrte an seinen Kräften. Er spürte den Schmerz der Anstrengung in allen Gliedern. Ach nein, es war wohl kein Schmerz, wie konnte er jetzt überhaupt etwas spüren, sein Blut sang, es sang in den Ohren.

»Aufhören! Aufhören!« schrien einige Leute. »Sie töten einander!« Eine Frau fiel in Ohnmacht. Jener Bedächtige riet nochmals: »Man sollte den Kapitän holen.«

Pio wich weiter zurück. So umkreisten sie einander. Jetzt kam er ein zweites Mal an die Taurolle. Enno spürte Pios Ermatten. Er nutzte es aus und stieß zu, immer wieder nach Pios Kehle. Pio drehte den Hals, den Oberkörper – das Messer fuhr vorbei, da, ein Ruck, er brachte ihn aus dem Gleichgewicht, riß ihn herum, Pio stolperte, stürzte rücklings, da prallte er gegen das Beiboot. Es hielt ihn, aber der Aufprall war hart und schlug ihm die Klinge aus der Hand. Jetzt stand Pio waffenlos. Er suchte Schutz und stieß mit dem Rücken gegen den Mast, er umklammerte das Holz, bot Enno die Brust.

»Jetzt habe ich dich!« schrie Enno triumphierend. Er nutzte den Augenblick, mit beiden Händen faßte er den Dolch und hob ihn hoch . . .

Da duckte sich Pio blitzschnell. Er kam unter dem Stoß durch, prallte gegen Ennos Leib und umklammerte ihn. Auch Enno wurde der Dolch aus der Hand geschlagen; die beiden rangen, kollerten, sprangen wieder auf, trennten sich. Pio sah sein Messer liegen, bückte sich, faßte es, stieß dabei Ennos Dolch mit dem Fuß beiseite, so weit, daß die Waffe unter dem Schiffsgeländer hindurchglitt und ins Meer stürzte.

»Das ist gegen die Regel«, rief ein Bursche aus dem Zuschauerkreis. »Entweder kämpfen beide mit Messern oder nur mit den Fäusten.«

Pio steckte seinen Dolch in den Gürtel.

Enno war schon bei ihm. Alles ging nun noch schneller. Ein Wirbel, den man kaum beschreiben kann. Sie rangen miteinander. Enno suchte Pio an der Hüfte zu fassen, sie keuchten, sie kamen ans Geländer, da rangen sie weiter, drängten über die Reling . . .

Zuerst verlor Enno das Übergewicht. Er zog Pio mit sich. Sie stürzten beide. Im Fallen lösten sie sich voneinander. Sie breiteten die Arme aus und fielen rücklings wie Puppen.

Als Pio auf der See aufschlug, hatte er alles vergessen. Der Sturz war ein Schock, ein fast freudiges Erschrecken: Wasser! Pio empfand die Frische wie ein Glück. Das kühle Wasser ernüchterte ihn. Es war ihm vertraut. An die Gefahr dachte er nicht. Aber er spürte den Unterschied zum Lago Cristallo, wo er so oft getaucht hatte, er empfand etwas Größeres, etwas Gewaltigeres. Dies hier war das Meer, das große, unendliche Meer – kein kleiner See mit Kieselsteinen auf dem Grund, keine Pferdeschwemme.

Er kam schnell wieder empor und schwamm einige Züge,

spürte den Salzgeschmack im Mund. Enno hatte er aus den Augen verloren. Da hörte er Geschrei über sich, an Bord beugten sich die Menschen aufgeregt über die Reling, auch der Kapitän war unter ihnen. Im Schwimmen schaute Pio empor. Von oben schrien die Menschen und riefen ihm erregt etwas zu, deuteten mit den Armen hinaus. Pio schwamm zum Schiff, aber er kam nicht hinauf, die Wand war zu glatt und erschien ihm mit einem Mal hoch – hoch wie ein Haus. Er kam unter eine Luke, da hing ein Tau ins Wasser. Er griff zu, bekam es mit beiden Händen zu fassen und hielt sich daran, mit dem Rücken an den Planken. So hatte er etwas Halt.

Die See war ein wenig bewegt, gerade soviel, daß er von seinem tieferen Standpunkt keinen freien Überblick hatte. Der Himmel in der Ferne ging langsam in eine gelbrote Färbung über. Die Sonne hing wie eine riesige Scheibe über der See.

Wo aber war Enno?

Ach, was ging es ihn an!

Aber da ... Da bewegte sich etwas sehr schnell auf ihn zu, tauchte aus der grauen Fläche, aus dem Hintergrund auf: ein scharfer dreieckiger Keil. Deutlich sichtbar ragte eine schwarze Spitze über dem Wasser auf. Darüber kreischten die Vögel, ließen sich niederfallen, erhoben sich und stürzten wieder herab. Keinen klaren Gedanken vermochte Pio jetzt mehr zu fassen, er spürte nur den eisigen Schreck, und er zitterte.

»Mein Gott!« entfuhr es ihm.

Der Keil veränderte seinen Kurs, er glitt langsam seitlich vorüber und verschwand ...

Heilige Maria, Mutter Gottes, ich danke dir! Erleichtert schickte Pio ein Stoßgebet zum Himmel.

Aber was wollten die Leute nur dort oben? Es klang wie: »Ei... Ei...« oder: »Zwei... Zwei...« Sie brüllten durcheinander. Ja, wenn nur einer allein rufen würde ...

Das Wasser klatschte dumpf an die Bordwand und verschluckte die Geräusche ... Dazu der Wind, er sang in den Ohren.

Da war es wieder, das schwarze Dreieck. Drohend kreiste es hartnäckig in einiger Entfernung vom Schiff. Pio reckte den Kopf, damit er mehr erkennen konnte. Er wollte besser sehen. Nun vermeinte er auch, die da oben zu verstehen: »Hai! Hai!« brüllten sie. Vielleicht hatte er Glück, und es war ein scheues Tier?

Pio rutschte an der Bordwand abwärts und ließ sich bis über den Kopf ins Wasser gleiten. Sonnenstrahlen drangen durch die Oberfläche. Hinten lag das Schiff wie ein Schatten. Auf diese Weise gedachte Pio sich zu verbergen, nichtsahnend, daß er sich damit mitten in des Raubfisches Element begeben hatte. Aber einen Vorteil hatte diese Position doch: Unter Wasser konnte Pio, solange er die Augen offen hielt, wenigstens etwas sehen, oder besser gesagt: ahnen. Wie gebannt schaute er im Helltrüben, und seine lebhafte Phantasie gaukelte ihm das vor, was er in Wahrheit doch kaum erkennen konnte. Er ergänzte das Bild – richtig oder falsch: er sah das Tier! Der Kopf lief vorne spitz zu. Der Rücken wölbte sich, und darüber stand die nach hinten gebogene Rückenflosse. Der Hai bewegte sich zunächst kaum. Dann aber näherte er sich ... Pios Augen brannten. Doch er hielt sie krampfhaft offen. Der Hai betrachtete ihn mit seinem kleinen Auge. Dann schwamm er wieder vorbei ... noch einmal. Schon schien es Pio, als sei die Gefahr vorüber, da drehte das Tier jedoch um und kam wieder näher ... immer näher ... Und nun blickte es aus dem anderen Auge, kalt und böse: der Blick des Todes. Der gespannte Leib schien aus Metall zu sein. War jetzt alles aus? Würde der Hai so dicht an das Schiff heranschwimmen und Pio dort angreifen?

Plötzlich entfernte er sich erneut. Er verschwand einfach im Trüben.

Schwamm er fort? War Pio gerettet?

Pio tauchte auf: da sah er die große Schwanzflosse. Gleichmäßig schwang sie hin und her.

Schnell schöpfte Pio noch einmal soviel Luft wie möglich und tauchte tiefer als vorher, er ließ sich am Seil nieder. Das Salzwasser brannte in den Augen, aber mochte es beißen, er spürte es kaum. All seine Sinne waren darauf gerichtet, die Flut zu durchdringen, damit er sah, was auf ihn zukam. Er drückte sich rückwärts gegen die Bordwand, suchte Halt, suchte Schutz, wenigstens in seinem Rücken. Unendlich langsam und ruhig näherte sich der riesige Fisch. Und diese Langsamkeit gab Pio ein wenig Mut. Ja, wenn er sich auch ganz still verhielt . . . Aber bald mußte er doch wieder auftauchen, um zu atmen. Lange konnte er nicht mehr die Luft anhalten, obwohl er darin geübt war. Dennoch, sowenig er unter Wasser ausrichten konnte, es war ihm doch wohler hier. Dieses Gefühl oben, so gar nichts zu sehen, da der Wellenschlag alles verbarg außer der entsetzlichen Rückenflosse, bereitete ihm Übelkeit. Dann schon lieber auf gleicher Höhe und im gleichen Element mit diesem Schatten, mit dem dunklen Koloß.

Erst jetzt schien ihm der Hai volle Aufmerksamkeit zu schenken.

16

Fast unmerklich änderte der Hai seine Richtung. Wieder glitt er seitlich an Pio vorüber. Das winzige Auge starrte ihn lauernd an. Pio sah das gefährliche Maul ganz nah. In einer Mischung aus Angst und Bewunderung erkannte er die Kraft und die Wendigkeit des Riesen, der mit den geschmeidigen Bewegungen einer Schlange und der Kraft eines Stieres durch die See schwebte. Ein metallisches Schieferblau färbte die Oberseite des Kopfes, den Rücken, die Rückenflossen und den größten Teil des Schwanzes. So zog er vorbei. Vorbei – nein: er schlug einen Haken, war irritiert und stieß zu, aber ein wenig von Pio entfernt. Vielleicht war es nur eine Warnung, oder das Tier griff den großen Schiffsrumpf als Feind an, den es für den gefährlicheren hielt. Der Hai berührte das Schiff aber nur leicht und verschwand mit einem gewaltigen Schlag seiner Schwanzflosse in die Tiefe. Wieder schien die unmittelbare Gefahr gebannt. Doch Pio war gewarnt. Das Tier hatte gezeigt, daß es zu unerwarteten Handlungen fähig und unberechenbar war. Nun hatte es eine Bedrohung ausgemacht. Pio mußte empor, der Drang zu atmen wurde übermächtig. Er machte sich die Gelegenheit zunutze und gelangte am Tau in die Höhe, an seinen vorherigen Platz. Sein Oberkörper ragte aus dem Meer. Da setzte sein Herzschlag wieder aus. Weit hinten bewegte sich etwas, ein noch größeres Tier. Und nahe dabei züngelte eine dritte Flossenspitze empor. Mit angehaltenem Atem starrte Pio in diese Richtung. Und schon war auch der Körper nah. Er erschien ihm sogar von oben dick und gleichzeitig geschmeidig. Der Fischkörper schwebte im Wasser, zog im Bogen vorbei und verschwand hinter dem Schiff.

Pio atmete freier. Und eine Hoffnung keimte. Er bemerkte, daß man von oben das kleine Boot herabließ, eine Nußschale nur, doch wie froh machte ihn das. Jedoch – zu spät!

Jetzt kam die zweite schwarze Sichel. Langsam schwamm sie herbei, direkt auf Pio zu. Wie groß, wie gewaltig dieser Hai war – und doch schwebte er wie schwerelos im Wasser. Noch schien er zu spielen. Er schob seinen Körper dicht an die Bordwand. Es war, als wollte er sich daran schaben. Ein leichtes Zittern ging durch den Rumpf. Der Hai entfernte sich ein wenig, dann drehte er und nahm Kurs auf Pio.

Jetzt wußte Pio: es ging um sein Leben! Und plötzlich war seine Angst fort und wich einer wilden Entschlossenheit. Und mit der Entschlossenheit kam die Klarheit. Du darfst dich nicht fürchten, hämmerte es in ihm, nicht fürchten, nicht fürchten . . . Du darfst keine Angst zeigen! Die Lehren des Kapitäns fielen ihm ein. Ja, es war, als hörte er Kapitän Onorati sprechen, die Stimme des Seemanns klang ihm wie eine Glocke . . .

Sie klang über Wasser: Vielleicht rief der Kapitän ihm wirklich etwas zu, er stand ja oben an der Reling, und wenn Pio ihn auch nicht hören konnte, so vernahm er ihn eben doch mit dem sechsten Sinn, den ihm die Todesgefahr verlieh.

»Schwimm auf den Hai los . . .«, erinnerte er sich. »Schwimm auf ihn los! Greif ihn an! Der Hai ist ein Raubtier, wenn du fliehst, dann verfolgt er dich, und du bist verloren. Aber wenn du ihn angreifst, wenn du ihm nahe bist, dann schrei! Schrei, so laut du kannst. Erschrecke ihn! Er weiß ja nicht, daß du klein und wehrlos bist. Da er dich nicht kennt, glaubt er vielleicht, daß du gefährlich bist, sehr gefährlich!«

Da tat Pio das Unerwartete, das Unglaubliche. Er riß den Dolch aus dem Gürtel und stürzte sich dem Tod entgegen. Er tauchte, er schwamm mit aller Kraft, die Hand, die das Messer umklammerte, zur Faust geballt. Jetzt kam es nur noch darauf an, schnell zu sein und noch schneller zu erscheinen. Pio erblickte den Koloß wie eine dunkle Wolke, er sah die weit vorgezogene, hammerförmige Schnauze, das entsetzliche Gebiß, die spitzen, schneidenden Zähne mit dem gesägten Rand: große, dreieckige Zähne in mehreren Reihen. Er sah in das kleine, grausame, gierige Auge – und schrie! Er brüllte, umgeben von Wasser, wie eingeschmolzen in Glas, er brüllte so laut er konnte: »Morgenstern! Morgenstern!« Alle Kraft gab er aus seiner Lunge – und Blasen stiegen auf. Der Schall pflanzte sich fort und prallte an das Tier – es schien sich aufzubäumen, zurückzuschrecken –, Pio war bereits sehr nah, er kam dicht heran, die Hand mit dem Messer voraus, er stieß zu, stieß zu ... Er wußte nicht, wie tief er getroffen hatte, aber eine dunkle Flüssigkeit trübte die Flut. Der Hai drehte ab, er schlug einen Bogen, bis er nur noch ein undeutlicher Schatten war, stieg aus der Tiefe, peitschte das Wasser, drehte nochmals ab – und schwamm davon.

Pio tauchte empor. Ja, er schien gesiegt zu haben. Befreit suchte er das Schiff. Welch ein Triumph! Von oben ertönte Jubelgeschrei! Aus allen Kehlen schrie es. Oder war es kein Jubel, war es Entsetzen?

Da sah Pio: ringsum war die See rot von Blut, das sich ausbreitete. Das Beiboot tanzte wie auf einem roten Teppich, es tanzte auf purpurnen Wellen. Drinnen befanden sich drei Männer. Die Ruder waren in die Dollen gesetzt und ragten empor. Der Kapitän stand aufrecht und gestikulierte, Pio hielt darauf zu, sie faßten ihn unter die Arme und zogen ihn hinein. Da lag Enno ... lag in seinem Blut. Es quoll aus einer großen klaffenden Wunde am Bein. Der Bursche stöhnte, während der rote Schwall sich in dem Boot ergoß. Er bewegte sich nicht. Kapitän Onorati hatte sein Hemd ausgezogen und preßte es auf die Wunde. Das Hemd war bereits ganz durchtränkt.

Jetzt ruderten der Steuermann und ein Matrose zurück zum Schiff. Von der Bordwand hing eine Strickleiter. Da erst ließ die übergroße Anspannung von Pio ab, er sank vornüber und verlor die Besinnung. Daß man ihn und Enno an Bord hievte, bemerkte er nicht. Erst viel später erwachte er.

Pio lag auf dem Hinterdeck. Auch hier war alles blutig. Er erhob sich, taumelte ein wenig und hielt sich an einem Mann fest, der ihm beigesprungen war. »Danke Gott auf den Knien, er hat dich beschützt«, sagte dieser. Pio nickte. Seine Lippen formten ein Wort: »Morgenstern!«

Nicht weit entfernt lag Enno. Sein Gesicht war schmerzverzerrt. Pio empfand keinerlei Groll mehr gegen ihn, sondern brennendes Mitleid. Enno war das geschehen, wovor er selbst bewahrt worden war. An seinen Beutel dachte er jetzt nicht.

Neugierige standen ringsum und bildeten eine schweigende Mauer. Der Chirurgus beugte sich über Enno, ein schwarzer Vogel mit scharfem Gesicht. Wie durch einen Nebel hörte Pio seine Erklärungen: »Das Bein muß abgenommen werden. Der Knochen ist so zerbissen, daß er nie wieder zusammenwachsen kann. Es fehlt auch zuviel Fleisch. Das Stück, das die Bestien herausgerissen haben, ist zu groß. Das kann der Körper nie wieder ersetzen. Die Amputation ist seine einzige Rettung ... wenn es denn eine Hoffnung für ihn gibt. Und es muß gleich sein!«

Der Kapitän nickte. »Übernehmt Ihr das, Medicus?« fragte er. »Oder soll ich ... Ihr macht das wohl mit größerer Kunst.«

Der Chirurgus nickte. »Man darf ihn nicht mehr bewegen, sonst verblutet er. Ich werde ihn gleich hier behandeln. Aber ich brauche meine Tasche mit den Instrumenten. Sie steht unter Deck ...«

Ein Mann trat vor: »Ich weiß, wo sich sich befindet, Dottore, ich kenne die Tasche.«

»Dann holt sie«, bat der Chirurg.

Der Mann eilte davon. Inzwischen flößte der Kapitän Enno einen scharfen Schnaps aus Traubenkernen ein. Er hielt das Getränk für diese Zwecke. Der Bursche vermochte kaum zu schlucken. Zwei Männer stützten seinen Oberkörper. Ennos Gesicht war qualverzerrt. Er warf sich stöhnend hin und her. Unter den Zuschauern war kein Lächeln mehr zu sehen. Eine Frau preßte sich ein Tuch vor den Mund.

Der Mann kehrte mit einer schwarzen Tasche zurück. Der Chirurgus bereitete alles sorgfältig vor. Er wollte während der Amputation nicht herumsuchen müssen. Er legte ein scharfes Messer neben den Verletzten, eine Nadel, in die er einen Hanffaden einführte, und eine kleinen Säge mit sehr scharfen Zähnen. Sorgfältig wachste er den Faden ein. Er befahl, ein kurzes Brett zu bringen und Leinen, das er in Streifen zerriß. Dann band man Ennos Bein auf das Brett.

»Fester«, befahl der Chirurgus. »Damit er sich nicht bewegen kann. Denn wenn ich schneide, verleiht ihm der Schmerz übermenschliche Kräfte!« Enno stöhnte wieder, die Seile schnitten tief ein. Der Chirurgus suchte zwei besonders kräftige Matrosen aus. »Haltet ihn fest, damit er sich nicht rührt«, befahl er. Dann beugte er sich über das Bein und schnitt in das Fleisch, ein wenig entfernt von der Wunde. Enno versuchte sich aufzubäumen und brüllte. Die Männer hatten Mühe, ihn zu bändigen. Ihre Oberarme zitterten, so groß war die Kraft, die sie brauchten.

»Ihr sollt ihn festhalten«, brüllte der Chirurg. Aber er war kaum zu vernehmen. Ennos Schreien übertönte alles. Der Medicus schnitt tiefer und um den Schenkel herum. Er arbeitete schnell und entschlossen. Wie nützlich ist doch sein scharfer Vogelblick, dachte Pio.

Der Chirurg befahl einem dritten Mann, Lappen auf die blutenden Stellen zu pressen, wo er nicht gerade schnitt. Plötzlich erschlaffte Enno. Er sank hintüber und stöhnte nur noch matt.

»Er hat die Besinnung verloren«, knurrte der Chirurg. »Das erleichtert die Arbeit.« Er schlug die Haut zurück, so daß der Knochen freilag, weiß, aber blutverschmiert, zermalmt und zersplittert. »Gnade Gott jedem, der zwischen diese Zähne kommt«, murmelte der Kapitän.

»Das heilt niemals wieder«, sagte der Chirurg. »Man könnte

das Bein einfach abnehmen, der Hai hat den Knochen sehr sauber durchgebissen. Aber ein glatter Schnitt ist besser. Da gibt es keine Splitter, die Eiter bilden können.« Er setzte die Säge an. Sie erzeugte ein feines Geräusch. Mühelos glitt sie durch das Schienbein. Der Chirurgus lächelte zufrieden. Es war das erste Mal, daß Pio ihn lächeln sah. Der Arzt nahm die Haut wie Lappen und zog sie über den Stumpf, die Enden nähte er zusammen. Noch lief das Blut, er wusch es ab. »Werft den Rest ins Meer«, befahl er, indem er auf den abgetrennten Stumpf mit dem Fuß deutete.

Eine junge Frau übergab sich. Niemals sollte Bianca-Bella so etwas sehen müssen, dachte Pio. Als der Chirurgus seine Arbeit beendet hatte, richtete er sich auf. Mit gerunzelter Stirn blickte er auf Enno herab. So stand er lange. Dann faßte er Ennos Arm. Sein Gesicht war ernst, abweisend. »Sprecht ein Gebet«, sagte er. »Alle Mühe war vergeblich. Ich kann nichts mehr tun. Der Herr hat es anders gewollt. Der Bursche ist tot.«

Kapitän Onorati nickte. »Ich dachte es schon«, murmelte er. Er stellte sich an Ennos Kopf. Die Umstehenden entblößten ihre Häupter und bekreuzigten sich. Der Kapitän legte die Hände ineinander und sagte das Vaterunser. Pio war sehr blaß. Er erinnerte sich daran, wie Fra Latino dem Kaufmann Lorenzo die Augen zugedrückt hatte. Wieviel lieber ist mir der Kapitän an Stelle des Mönchs, dachte er. Er hatte Ennos Tod nicht gewollt. Nach dem Gebet flüsterte er: »Vielleicht hat er aus Not gestohlen. Was wußte ich denn von ihm. Außerdem, ist es denn gewiß, daß er wirklich der Dieb war?«

Der Kapitän befahl seinen Matrosen: »Steckt den Toten in einen Sack, und werft den Leichnam ins Meer!«

Da trat Pio vor: »Nein ... bitte!«

»Aber das ist die Art der Bestattung auf See. Der Tote kann nicht hier liegenbleiben, bis wir an Land sind.«

»Die Haie ...«, sagte Pio.

»Natürlich, die Haie werden ihn fressen. Doch seine Seele wird Gott retten.« Der Kapitän sagte es trocken. Jetzt mußte Pio mit der Sprache heraus.

»Da ist noch etwas ... Mein Beutel!«

»Was für ein Beutel?«

»Darum ging doch der Kampf. Ich vermutete, daß Enno da Bati meinen Beutel gestohlen hat! Falls es so ist, hat er ihn vielleicht noch bei sich.«

Der Kapitän griff dem Toten unter das Hemd. Tatsächlich zog er einen Beutel heraus, der an einem Strick um den Hals hing. »Ist es dieser?«

Pio genügte ein kurzer Blick. »Es ist meiner. Gott sei gelobt!«

»Wenn du beschwörst, daß es deiner ist ... nach allem glaube ich dir«, sagte der Kapitän. Er reichte Pio das Säckchen. »Bist wohl froh, ihn wieder zu haben.«

»Ja, aber nicht nur wegen des Geldes«, erklärte Pio. »Sondern hätte ich ihn ungerecht verdächtigt, dann wäre er schuldlos gestorben. Und ich trüge eine noch größere Last an seinem Tod.«

»Nun«, sagte der Kapitän, »möge er jetzt in Frieden ruhen. Denn da er ein Dieb war, wie sich zeigte, hätte ich ihn ja doch hängen müssen. Ins Wasser also!«

Die Matrosen steckten den Körper in den Sack und banden ihn zu. Die Anwesenden bildeten eine Gasse. Einer stimmte einen Psalm an, ein oder zwei andere fielen ein, dünn und schütter. Dann warfen die Seeleute den Sack über Bord. Der Körper des Toten glitt über die Reling und schlug auf dem Wasser auf.

Dort warteten die Haie.

Pio wendete sich ruckartig ab. Er wollte nicht sehen, was jetzt noch kam. Er suchte seinen Hund und ließ ihn aus dem Verschlag. Nur mit Mühe konnte er verhindern, daß Volpino in seiner Freude davonsprang. Pio brachte den Freund zur Ruhe, umfaßte seinen Hals, und der Hund setzte sich.

So kauerte Pio eine Zeitlang vor ihm, sprach nichts, hielt nur seinen Kopf ins Fell gepreßt und zauste die Haare.

Als die Dunkelheit kam, stand er allein auf Deck.

Schritte näherten sich. Der Kapitän trat heran. Auf seiner Schulter hockte Odysseus und schnurrte. »Morgen laufen wir Ragusa an«, sagte der Kapitän Onorati. »Wir hatten eine günstige Überfahrt. Was hast du nun vor?«

»Ich will weiter nach Smyrna.«

»Es wird kaum möglich sein, ein Schiff zu finden«, sagte der Kapitän. »Die Osmanen beherrschen das Meer im Süden Ragusas, und es ist Krieg.«

»Dann werde ich den Weg über Land nehmen«, antwortete Pio.

»Aber wie ich hörte, liegen die Osmanen schon vor der Stadt«, gab Onorati zu bedenken. »Ich muß von Glück sagen, wenn wir noch unbehelligt in den Hafen von Ragusa einlaufen können.«

»Irgendwie komme ich schon weiter«, beharrte Pio.

»Du gibst wohl nie auf!« meinte der Kapitän. »Ich wünsche dir eine kürzere Reise, als sie der griechische Sagenheld Odysseus gehabt hat. Der reiste, glaube ich, sieben Jahre. Kennst du denn eine, die so lange auf dich warten wird?« Er zwinkerte Pio verschmitzt zu, dann räusperte er sich. »Nun, jedenfalls wirst du in Ragusa eine Herberge brauchen. Man nannte mir die Taverne zum Goldenen Segel, *Al Vela d'Oro*. Und sei auf der Hut, sei überall auf der Hut.« Er knurrte rauh, als sei ihm etwas in den Hals gekommen: »Ich finde, irgendwie wäre es schade um dich!«

»Danke«, sagte Pio. Er setzte sich auf den Rand des Ruderbootes, streckte die Beine aus und schaute in den Himmel. Droben hatte sich ein glänzender Sternendom aufgespannt, ganz gebettet in schwarzer Seide. Ein wohltuendes Gefühl durchströmte ihn ... Er hätte es nicht benennen können. Aber das war wohl jetzt nicht wichtig.

Wie wunderbar, daß ich noch lebe, dachte er.

17

Der Morgen strahlte. Die *Splendida* glitt auf Ragusa zu. Das Schiff nahm langsame Fahrt und lief mit gerefften Segeln in die Bucht ein. Die Stadt war aus feuchtem Dunst aufgetaucht, sie schwamm im Licht – auf einer den Bergen vorgelagerten Insel. Ein Kleinod in Bläue. Darüber das Fort, von dem aus sich die Stadtmauern bis ins Wasser vorschoben, die Häuser und Straßen umgürtend.

Viel Schiffe und Boote lagen auf der glatten See, einige fuhren eben ein, die meisten aber verließen den Hafen mit dem beginnenden Tag. Pio stand an der Reling, die Hand auf Volpinos Nacken, die Finger um das Halsband gekrallt. Er starrte voraus in die blendende Helle. Der Hund schnupperte in den Wind. Pio wollte die Schiffe sehen, alle – er hoffte inbrünstig auf ein ganz bestimmtes... Aber er brauchte seine Brauen nicht länger zusammenzuziehen, denn aus den Rümpfen und Masten tauchte schon mit stolz geblähten Segeln auf, was er suchte. Pio erkannte es sofort: den schmalen, eleganten Leib, der die See zerschnitt, die verschlungenen Zeichen auf Bug und Heck, die fremdartige, dekorative Schrift, wie spielende Schlangen. »Volpino! Das ist es! Die *Aischa!*« rief Pio, dann stieß er einen kleinen Schrei der Enttäuschung aus: »Aber ach, wir kommen zu spät! Sie läuft aus!«

Da tönte eine dunkle Stimme hinter ihm. Pio hatte nicht bemerkt, daß der Kapitän zu ihm getreten war. »Der Segler ist schneller und gefährlicher als jeder andere«, sagte er. »Ein herrliches Schiff! Es ist von einer so wilden Schönheit, daß es jedem Seemann ins Herz schneidet. Aber alle zittern vor ihm.«

Pio schaute, bis seine Augen schmerzten. Bianca-Bella... dachte er, Bianca-Bella... Verzeih, es ist nicht meine Schuld.

Die *Aischa* zog vorüber wie ein Geisterschiff. Kein Mensch war an Bord zu sehen.

Kapitän Onorati sagte: »Hier trennen sich unsere Wege. Und ich habe nur wenig Zeit. Im Hafen muß ich das Ruder selbst führen. Doch höre auf mich, Pio Aniello: Kehre um! Nimm mein Schiff zurück nach Venedig. In Ragusa erneuere ich das Trinkwasser, nehme neue Ladung und neue Passagiere, viele, sehr viele. Es ist das Geschäft meines Lebens. Ich sagte schon, daß Ragusa von den Osmanen belagert wird. Die Bürger flüchten! Sie wollen die Stadt verlassen. Noch kann ich dir einen Platz anbieten. Auch deinen Hund nehme ich mit, er hat sich gut betragen. Aber entscheide dich schnell, bald wird hier alles voll sein – an Bord und unter Deck.«

Pio schüttelte den Kopf.

»Ich wußte es«, brummte Kapitän Onorati. »Aber bedenke, daß du kaum eine Passage nach Smyrna finden wirst. Kein Seemann will jetzt dorthin. Die Osmanen beherrschen das Meer im Süden. Sie bringen jedes Schiff auf. Und Gefangene werden von ihnen als Sklaven verkauft. Wer will das schon wagen! Früher fuhr ich die Strecke oft. Jetzt warte ich auf friedliche Zeiten, vielleicht ein paar Monde, vielleicht ein Jahr ... wer weiß ... dann segle ich auch wieder nach Smyrna.«

»Danke trotzdem, Kapitän«, sagte Pio.

»Nun, dann empfehle ich dich Gott. Und denke an die Taverne zum Goldenen Segel, *Al Vela d'Oro*. Ich hörte ihren Namen oft, jeder scheint sie zu kennen. Du findest sie sicher leicht.«

Der Kapitän hatte es nun eilig. Er ging mit schwerem Schritt zu seinem Ruderrad, das er dem Steuermann aus der Hand nahm. Odysseus zog den Buckel auf der Schulter des gebeugten Mannes krumm.

Die beiden Schiffe, die *Splendida* und die *Aischa*, kreuzten ihre Wege und entfernten sich danach rasch voneinander.

151

Immer größer wurde die spiegelnde Wasserfläche zwischen ihnen. Pio hätte gerne gewußt, ob sich alle an Bord der *Aischa* befanden: die drei Piraten, Il Trio del Mare, Bianca-Bella, das arme Mädchen, hoffnungslos eingesperrt in einer Kajüte, abgehärmt und in Tränen, und der Mönch, Fra Latino? War er bis Ragusa mitgesegelt? Oder war er in Venedig geblieben? Hielt er sich etwa in Ragusa auf?

Du mußt sehr vorsichtig sein, Pio Aniello.

Am Kai drängten sich Unzählige mit ihren Habseligkeiten und mit ihrem Vieh in dichten Trauben. Die Mole war schwarz von Menschen, die ängstlich und ungeduldig darauf warteten, die Stadt zu verlassen. Gleich stürmten sie das Fallreep, als es endlich ausgeschoben wurde. Nur mit Not gelang es, an Land zu kommen. Pio erblickte noch den Chirurgus zwischen den Köpfen, ehe er verschwand.

Er faßte Volpino fester, zog ihn dicht neben sich und schulterte seinen Sack. Er wollte sich hier nicht länger aufhalten. Überall erkundigte er sich nach Schiffen, aber Pio fand keines, das ihn weiterbringen konnte – oder wollte. Kein einziges fuhr nach Smyrna oder auch nur in diese Richtung. Die Plätze auf allen anderen Schiffen waren fest und sogar mehrfach vergeben. Sogar die Fischerboote waren mit Flüchtlingen überfüllt, die jeden Preis zahlten. So blieb Pio keine andere Wahl, als zunächst die Herberge aufzusuchen. Ein alter Mann wies ihm den Weg. Das Haus mit dem Schild *Al Vela d'Oro* lag nur zwei Gassen vom Hafen entfernt. Von außen ein schmales Gebäude, verfügte es aber über einen geräumigen Innenhof, in dem der Stall stand. Der Wirt war ein hagerer Mann, was selten war in seinem Gewerbe, wo ansonsten Dickbäuche vorherrschten. Sein Gesicht war von Falten überkreuzt, fast wie ein Spinnennetz. Er trug ein helles Hemd, eine sackbraune Hose und um den Leib eine breite, rote Schärpe als Schmuck. Er nannte sich Messer Bertoldo.

Pio fragte ihn erst gar nicht nach einer Kammer. Er mochte

nicht mit anderen zusammen in einem engen Raum schlafen. Da mußte er bloß um seinen Beutel bangen. Auch schwante ihm, daß er Schwierigkeiten wegen Volpino bekommen würde. »Gebt uns einen Platz im Stall«, bat er den Wirt. »Ich achte auf meinen Hund, seid unbesorgt. Und ich zahle im voraus für zwei Tage.«

»Es ist genug Platz«, brummte der Wirt. »Wer die Stadt verlassen konnte, hat es bereits getan. Und neue Besucher kommen jetzt kaum. Du wirst allein sein.« Messer Bertoldo führte Pio über den Innenhof, in dem die Hühner scharrten. Im Stall standen nur drei oder vier Pferde. Ihr Schnauben, ihr Stampfen und Reiben war Pio vertraut. Es tat ihm wohl, dieses Geräusch zu hören. Auch war er nun froh, wieder festen Boden unter den Füßen zu haben. Noch spürte er ein leichtes Wiegen im Blut.

Er fand schnell einen Heuhaufen in einer Ecke. Er warf seinen Sack darauf. »Setz dich, Volpino.« Der Hund ließ sich nieder und hechelte, denn es war warm. Von draußen kam das Sonnenlicht durch viele Ritzen. Pio warf sich zurück, er streckte die Beine aus und schaute nach oben ins offene Dach. »Was tun, mein Freund«, murmelte er und zauste den Hund. »Weißt du, ich hoffe immer noch, daß wir ein Schiff finden. Und wenn nicht, wenn es ganz und gar aussichtslos ist, dann schlagen wir uns auf dem Land durch bis zur prächtigen Stadt Konstantinopel und dann über den Bosporus ... Aber weißt du, Hund, zuerst muß ich den Beutel in Sicherheit bringen. Es ist gar viel Gesindel in diesen Mauern. Hier kann jeder Dieb leicht entwischen und in der Menge untertauchen. Das ist doch etwas ganz anderes als auf dem Schiff, wo er nicht davonlaufen konnte ...«

Pio richtete sich halb auf. Er zog den Beutel unter seinem Bund hervor und wog ihn in der Hand. Ganz in Gedanken nahm er auch das Kettchen vom Hals. Er betrachtete das Medaillon. »Sei ganz ruhig, Bianca-Bella«, murmelte er und strich mit der Fingerspitze über das blasse Gesichtchen.

»Wir kommen! Wir kommen bestimmt . . . bald . . . bald!«
Langsam ließ er das Schmuckstück von oben in den Beutel
gleiten und umschloß diesen mit seiner Hand. So warf er
sich wieder zurück. Seine Augen wanderten an den Balken
empor, tasteten alle Verstrebungen ab. An einem Schwalbennest blieb sein Blick hängen. War es leer? Das wäre doch
ein Versteck! Pios Blicke kreisten. Es lauschte auf alle Geräusche . . Hier war niemand! Er sah eine Leiter und überlegte nicht lange. Er sprang auf, schob die Leiter unter das
Nest und kletterte hinauf. Dann legte er den Beutel ins
Schwalbennest. Er holte ein wenig Heu, verzupfte es über
dem Beutel und rutschte wieder hinab. Die Leiter trug er
weg, weit weg. Nun war er zufrieden. »Das müßte doch
wirklich mit dem Teufel zugehen«, flüsterte er, »wenn das
einer findet!«
Pio schloß die Augen und schlief ein.
Er schlief fest und lange. Als er aufwachte, fielen die Sonnenstrahlen schräger durch die Ritzen. Pio sprang auf. Er
nahm Volpino an der Leine und lief hinaus auf die Gasse.
Mit Geschrei bot ein Händler Maisbrot und Käse feil. Pio
erwarb etwas Brot und Käse und aß. Beim Metzger kaufte
er Gekröse für den Hund. Da merkte er, daß die Leute von
einer freudigen Erregung erfaßt waren. Sie strömten in
Schwärmen aus den Haustüren. »Sieg! Ein Sieg!« schwirrten
die Rufe. »Unsere Leute haben einen Angriff abgeschlagen.
Die Osmanen kamen an die Mauer heran, da wagten die
Unsrigen einen kühnen Ausfall. Es kam zu einem Gefecht.
Sie schlugen die Belagerer zurück. Viele Tote, viele Verwundete vor den Gräben . . . Von den Zinnen kann man sie
sehen . . .«
Pio ließ sich mit den anderen treiben. Wenn es ein Sieg war,
dachte er, dann zogen die Osmanen vielleicht ab. Dann gab
es bald eine Schiffspassage für ihn. So lief er mit der Menge
zur Stadtmauer. Die Treppe hinauf zu den Zinnen war
schmal und steil. »Hund, du bleibst hier«, befahl Pio. Er

blickte sich um, da war nichts, wo er Volpino anbinden konnte. »Bist du brav? Ich komme gleich wieder! Sitz!« Der Hund ließ sich nieder und streckte die Pfoten. Sein Schweif wedelte über den Boden und fegte den Staub. Der treue Volpino blickte verständig. Er würde bleiben und warten, und wenn es ewig dauern sollte, bis Pio wiederkam.

Gemeinsam mit den anderen Neugierigen erklomm Pio die Stufen. Man trat fast auf die Hände der Nachkommenden, die stießen und schoben. Oben flutete übermächtig das Licht. Die Mauer war breit, gebaut zur Verteidigung der Stadt. Jetzt drängten sich die Bürger zwischen den Zinnen, lachten und schwatzten. Unten zwischen den braunen Dächern der Häuser hatten die Kaufleute ihre Botthegen wieder geöffnet, entfernten Bretter, Läden und Barrikaden. Auf den breiten Straßen flutete die Menge hin und her.

Doch Pio wandte den Blick gen Osten zur Kampfstätte unter der mächtigen Mauer. Seitlich lag eines der Stadttore. Er konnte sehen, wie die Osmanen sich zurückzogen, ein Anblick, der hier oben mit Jubel bedacht wurde. Die feindlichen Truppen hatten sich schon weit auf der Ebene entfernt, sie strebten ihrem Lager zu, das sich unter den Hügeln erstreckte. Man konnte die Reihen der Soldaten als dunkle Linie erkennen. Einzelne Kämpfer waren versprengt. Ein Mann mit weithin leuchtendem Turban trabte auf einem weißen Pferd, das den Kopf hochwarf und tänzelte, stolz hinterher. Ehe er das Lager erreichte, zügelte er sein Pferd, richtete sich in den Steigbügeln auf, drehte sich um, erhob seinen Degen und rief etwas. Man konnte die Worte nicht verstehen, doch man sah die drohende Gebärde. Ihr folgte ein fernes Geschrei seiner Leute, das von den Mauerzinnen vielfältig erwidert wurde. Verwünschungen und Drohungen schallten hin und her.

Ein Mann in Pios Nähe meinte nachdenklich: »Was für ein mächtiges Heer! Was wir hier sehen, ist nur ein kleiner Teil. Die Pferde- und Kamelreiter haben ihre Lager im Schutz

der Berge aufgeschlagen. Auch die Prunkzelte der Befehlshaber stehen dort. Sogar Kriegselefanten sollen dort warten.«

Das machte doch manchen hier unruhig und erfüllte Pio mit
neuer Sorge. Warum, so fragte man sich, war ein so großes
Heer nicht in die Stadt eingedrungen? Folgte vielleicht ein
erneuter Angriff?

Der Wind zauste Pios Haare.

Dicht vor der Mauer lagen Verwundete und Tote, Christen
und Muselmanen, kräftige Gestalten in bunten Hosen und
langen, losen Hemden. Sie hielten noch die Waffen in ihren
verkrampften Händen. Unzählige Menschen strömten aus
der Stadt, um nach Angehörigen zu suchen, so mancher
auch um die Toten auszuplündern.

Pio sah von oben in die kleinen, blassen Gesichter, die nie
mehr die Sonne erblicken würden. Die Spuren des Todes
erstreckten sich weit hinaus über die Ebene. Plötzlich zog
Pio die Augenbrauen zusammen. Irrte er sich, oder bewegte
dort ein Osmane den Arm? Wollte er etwas rufen? Lebte er
noch und lag er in seinem Blut? Dann mußte man ihm doch
helfen! Der Mann lag ganz allein, etwas abseits, und keiner
eilte ihm zu Hilfe.

Pio lief schnell die Treppe hinab. »Bleib ruhig, Volpino,
bleib ruhig, ich komme gleich...« Und Pio rannte zum
Stadttor, zwängte sich vorbei an den vielen anderen, die
ebenfalls hinauswollten, drängte durch die, die zurückkehr-
ten. Endlich war er draußen, lief vorbei an den Toten.

Da fand er den Mann. Blut rann aus einer Wunde am Kopf.
Pio beugte sich über ihn. »Was fehlt Euch, habt Ihr Schmerzen, kann ich helfen?« Der Mann röchelte. Ein Zucken
durchlief den Körper. Dann erschlaffte die Gestalt und fiel
leblos zurück.

Was Pio nicht sah: Ein kleiner Trupp von Reitern verließ
den Bereich ihrer Zelte, kehrte um und näherte sich erneut
dem Kampfplatz, angeführt von jenem, dessen Turban so

deutlich hervorstach und der zuvor seinen Degen drohend gegen die Stadt erhoben hatte. Wieder ritt er hoch erhoben in seinen Steigbügeln, ihm folgten Bogenschützen auf kleinen, flinken Pferden. Schreiend flüchteten die Bürger hinter das Tor, zwischen dessen mächtigen Türmen nun ein Reitertrupp den Feinden entgegenpreschte, angeführt von einem verwegenen Hauptmann aus Ragusa mit gelbem Kopfputz. Beschimpfungen gellten.

Schon befanden sich die christlichen Reiter auf gleicher Höhe mit Pio. Nun endlich erkannte er die Gefahr. Aber es war zu spät, um zu fliehen. Er wäre entdeckt worden, und man hätte ihn gejagt wie einen Hasen. Also warf er sich nieder und preßte sich an den Toten.

Ein Osmane spannte seinen Bogen. Schon der erste Pfeil streckte den ragusanischen Hauptmann nieder. Das Pferd trabte allein. Es folgte ein Hagel von Pfeilen, der auch das Roß traf. Blutiger Schaum trat ihm aus dem Maul. Es wurde langsamer und schwankte, dann stürzte es zu Boden. Gleichzeitig prallten die Feinde aufeinander. Es folgte ein kurzes Säbelgefecht. Dann drehten die Christen auf der Hinterhand: zurück zum Stadttor!

Die Osmanen verfolgten sie nicht. Einige sprangen aus den Sätteln. Sie befestigten ein Seil an den Knöcheln des toten Hauptmanns und schleppten ihn mit dem Gesicht nach unten über den Boden, eine Wolke von Staub hinter sich herziehend. Dann verschwanden sie. Ihr Anführer aber war auf Pio aufmerksam geworden. Er gab seinem weißen Roß die Sporen und galoppierte mit drei Bewaffneten herbei. Pio wollte fliehen, er sprang auf, aber es war zu spät. Ein Pfeil streifte ihn am Knöchel, und ein teuflischer Schmerz warf ihn wieder zu Boden.

Da waren die Reiter schon vor ihm, saßen ab und umringten ihn. In einer ihm unverständlichen Sprache redeten sie heftig auf ihn ein. Pio wurden die Hände gebunden. Man wickelte einen schmutzigen Lappen um seine Wunde, danach band man seine Knöchel mit einem Strick aneinander, aber so, daß er noch kleine Schritte machen und neben den Pferden herlaufen konnte. Sie zerrten ihn an den überkreuzten Handgelenken. Er stolperte oft und fürchtete, hinzufallen und mitgeschleift zu werden.

Außer Atem, erschöpft und am Ende seiner Kräfte, taumelte er ins Lager der Osmanen. Ein Stück weiter noch, und er wäre gestürzt. Pio schaute nicht auf, er sah weder die Zelte noch die Soldaten, die seinen Stolperlauf grölend begrüßten, sah nicht die angepflockten Elefanten und nicht die Kampfkamele. Man schleppte ihn vor den Befehlshaber. Da fiel Pio zu Boden. Seine Glieder waren kraftlos, er lag wie ein Sack. Die Reiter sprangen von ihren Pferden. Sie redeten auf den Befehlshaber ein, der düster zuhörte. Er winkte einem Mann, der so sprach, daß Pio ihn verstehen konnte, wenn auch nur mühsam. Der Befehlshaber stieß Pio mit dem Fuß an. »Nun rede, ehe dein Kopf rollt«, schrie er, und schreiend gab es der Übersetzer wieder. »Giaur! Ungläubiger! Du wagst es, einen Osmanen zu plündern! Einen Toten! Einen Rechtgläubigen! Einen unserer Helden und Märtyrer! Das büßt du mit dem Tod! Du wirst geköpft!«

Mühsam raffte sich Pio auf die Knie. Er reckte seine gebundenen Hände dem Befehlshaber im purpurroten Gewand entgegen. Er sah nur undeutlich eine flammende Gestalt. Pio beteuerte seine Unschuld: »Im Gegenteil«, rief er. »Ich wollte ihm helfen! Ich sah, daß der Mann noch lebte! Niemand kümmerte sich um ihn...«

Der Befehlshaber verschränkte die Arme vor der Brust. Er murmelte etwas. Der Übersetzer wandte sich Pio zu: »Schwöre, daß du die Wahrheit sagst, schwöre es auf dieses Kreuz...« Er zog einen Rosenkranz aus seinem Umhang und hielt ihn Pio vor den Mund. »Küsse dieses Kreuz...«

»Ich schwöre, daß ich die Wahrheit sage«, murmelte Pio. »Ich schwöre, daß ich Eurem Soldaten nur helfen wollte. Und ich will verdammt sein in alle Ewigkeit, wenn ich lüge.«

Er berührte das Kruzifix inbrünstig mit den Lippen.

Der Purpurgewandete gab einen kurzen Befehl.

Man nahm Pio die Fesseln ab, riß ihm die Kleider vom Leib und schüttelte sie aus. Wie froh war er nun, daß er den Beutel nicht bei sich trug. Man hätte ihn für einen Lügner gehalten. So aber konnten die Männer nichts bei ihm finden.

Der Befehlshaber sah hinab auf den nackten, verstaubten, hageren Knabenkörper – eine lange, entsetzlich lange Zeit, in der Pio schon dem Tod entgegensah. Endlich ließ der Befehlshaber den Übersetzer sagen: »Es fällt uns schwer, dir zu glauben. Aber unser mächtiger und edelmütiger Befehlshaber hat ein gütiges Herz. Du ähnelst seinem Sohn, der in diesem Kampf von den Ungläubigen erschlagen wurde. Das rettet dir nun dein Leben. Du wirst nicht getötet, doch kommst du in Ketten in die Zitadelle.«

»Für immer?« würgte Pio hervor, seine Erleichterung wich wieder dem Schrecken.

»Schweig und frag nicht«, wurde ihm bedeutet. »Was kommen wird, weiß nur Allah allein!«

Man warf ihm die Kleider wieder zu, schnell schlüpfte Pio hinein. Dann fesselte man ihm die Hände und führte ihn in ein Zelt, wo er die Nacht hungernd und frierend verbrachte. Bitter bereute er seinen Leichtsinn. Wäre er doch nie auf die Stadtmauer gestiegen ... wäre er nur nicht vor die Tore gegangen ... Bianca-Bella ... du armes Mädchen, was wird nun aus dir ...? Volpino, treuer Freund, was wirst du tun? Gibt es denn ein Wiedersehen? Ach, wäre Pio doch bloß mit dem Kapitän zurückgesegelt ...

Irgendwann ging das zitternde Selbstgespräch in einen gnädigen Schlaf über.

In grauer Frühe, als der Morgenstern über dem Berg flimmerte, verließ ein von zwei Soldaten begleitetes Kampfdromedar das Feldlager. Hinter seinen Höcker war ein mit Ketten gefesselter Knabe gebunden. Er wurde durch die Täler nach Süden geführt.

18

Drei beschwerliche Tagesritte. Ritte in greller Sonne. Dann
kamen sie vor die Tore einer Festung. Das wuchtige Gebäude ragte über das Meer. Die Wellen schäumten an seine
Mauern. Ringsum nur Felsen und Steine. Von oben kam
Glut.
Pio wurde vom Rücken des Tieres gestoßen. Das Dromedar
blickte hochmütig und teilnahmslos. Es kaute mit schief-
mahlender Schnauze, aus der Schaum tropfte. Pio fiel in den
brennend heißen Staub. Die Soldaten zerrten ihn an den
Ketten empor. Sie zogen den Taumelnden vor die Pforte.
Der Wächter hatte sie schon von weit her beobachtet und
ihr Kommen gemeldet. Die Angeln kreischten.
Pios Begleiter wurden ausgelassen begrüßt. Es gab wenig
Abwechslung hier. Die beiden Soldaten polterten lachend
und lärmend in die Stube der Wächter, wo man sie bewir-
tete. Der Kommandant der Festung erhielt ein Papier mit
Befehlen. Pio wußte nicht, was über ihn beschlossen worden
war. Man sprach nicht mit ihm, auch hätte er nichts verstan-
den. Der Kommandant befahl einen mürrischen, knochigen
Mann zu sich. Der zog Pio an der Kette durch den Innenhof. Die scharfen Steine schmerzten, der Sand brannte.
Ringsum versperrten Mauern den Blick. Im Hof gurrten
Tauben, sie kreisten über den flachen Dächern, hockten sogar in den Fensterlöchern. Schemenhaft sahen Pios müde
Augen ein Taubenhaus in einer Ecke des Hofes.
Der Mürrische stieß seinen Gefangenen in ein dem Tor ge-
genüberliegendes Gebäude. Die Treppe war eng und führte,
wie Pio mit dumpfer Erleichterung feststellte, nach oben
und nicht in einen Keller hinab. Sie gingen über einen kahlen Gang, vorbei an derben, niedrigen Türen. Eine davon
schloß der Mann auf und nahm Pio die Kette ab. Er stieß
ihn in einen Raum und sagte etwas, das ihn zu belustigen

schien, denn er lachte schallend. Pio stolperte einen Stufe
hinab und stürzte schmerzhaft. Als er sich aufgerafft hatte,
war die Tür hinter ihm geschlossen.

Drinnen war es halbdunkel, das war auch ein Vorteil, denn
dadurch war die Hitze nicht so unerträglich. Durch eine
Öffnung gegenüber drang ein wenig Luft und Licht durch
ein dickes Eisengitter herein. Pio schleppte sich zur Wand.
Er lehnte sich dagegen und schloß die Augen. So saß er
lange. Es war ganz still. Kein Geräusch. Nicht einmal das
einer Ratte? Doch da hörte Pio etwas – Atemzüge, jetzt
schniefte jemand. Pio war nicht allein! Er riß die Augen auf:
In der Nähe des Fensters sah er die dunklen Umrisse eines
Körpers. Sein Herz hämmerte vor Angst. Wer war das? Mit
welchem Verbrecher hatte man ihn zusammengesperrt?

»Ich bekomme also Gesellschaft«, knurrte da eine Männer-
stimme in Pios Sprache. »Du bist doch ein Christ, oder? Ich
konnte mir über dich schon Gedanken machen. Du sitzt ja
im Licht, und meine Augen sind diese Dämmerung schon
lange gewöhnt. Du bist fast noch ein Kind, wie mir
scheint . . .«

Pio antwortete nicht.

»Hast du verstanden, was der Wächter zu dir sagte?«

Pio schüttelte den Kopf.

»Du verstehst also die Sprache Osmanli nicht. Dann hast du
es schwer hier. Es war seine Art der Begrüßung. Er rief:
›Hier ist dein Palast!‹ Mach dir nichts daraus. Man weiß nie
vorher, ob ein Palast ein Palast ist oder ein Gefängnis – und
umgekehrt. – Wie heißt du?«

Pio nannte seinen Namen.

»Pio also. Komm einmal her!« Nicht sehr gerne erhob sich
Pio. Der Mann saß auf einer kleinen Truhe. Er faßte Pio am
Unterarm. Er schob ihn vor das winzige Fenster. »Schau
hinunter«, sagte der Mann. Er preßte Pios Stirn an die Gitterstäbe. Pio wollte sich gleich wieder abwenden, aber er
konnte es nicht. Pio blickte in den Hof, durch den er herein-

gebracht worden war. Die Sonne prallte an die Mauern, wo die Hitze explodierte. Der Sand kochte. Aus dem gegenüberliegenden Gefängnisbau wurde ein Mann geschleift. Er schien halb tot zu sein – vor Angst oder vor erlittenen Foltern. Drei Wächter führten ihn: zwei zerrten ihn an den Armen, ein dritter schlug ihn mit einer dreischwänzigen Lederpeitsche, sobald er niedersank. Rücken und Waden waren blutüberströmt. Die Knechte stießen den Gefangenen zu einem Block aus dickem Holz. Dort fiel er wie ein Stein nieder. Sie zwangen seinen Kopf durch ein Loch im Brett und seine Arme in zwei andere Aussparungen. So hing er, halb betäubt, unfähig, sich zu rühren.

»Ich will das nicht sehen«, sagte Pio.

»›Ich will nicht‹, höre ich gern«, sagte der Mann. »Man muß einen Willen haben. Aber du mußt das sehen, damit du weißt, was der Mensch dem Menschen antut, sonst versteht man dieses Leben nicht. Hier kannst du es lernen. Du sollst aber auch wissen, was auf dich wartet, wenn du dich nicht klug verhältst. Da hängst du dann, und die Sonne dörrt dir das Hirn aus. Du durstest, du hungerst, du besudelst dich . . .«

»Und wann kommt man wieder heraus?«

»Kurz vor dem Abschnappen. Denn erstens müssen diese Höllenknechte Rechenschaft über uns Gefangene ablegen, und zwar über jeden einzelnen. Und zweitens haben sie kein Vergnügen an einer Leiche. Ihrer grausamen Lust können sie nur dann frönen, wenn wir leben. Ist doch klar! Mit einem Toten können sie nichts mehr anfangen. Sie können ihn nur noch verscharren! Dann wäre das Gefängnis leer, und es ginge ihnen selbst an den Kragen. Daher brauchen sie uns. Das ist unser Schutz. Allerdings auch unser einziger.« Der Mann ließ Pio frei. Sie setzten sich nebeneinander an die Wand.

Der Mann mochte um die fünfzig Jahre als sein, es war schwer zu sagen. Er hatte einen dichten, dunklen Bart und wirkte kühn, sogar kraftvoll. Obwohl er zerlumpte Kleider trug, sah er nicht wie ein Landstreicher aus. Vielleicht lag das an seinen aufmerksamen Augen.

»Wieso sprecht Ihr meine Sprache?« fragte Pio.

»Weil ich lange in deinem Lande gelebt habe, lange Jahre. Aber das ist eine andere Geschichte.«

»Ich möchte sie hören«, sagte Pio.

»Dazu werden wir viel Zeit haben«, sagte der Mann. Sein ganzes Wesen gab Pio Mut und Zuversicht. Für den Augenblick blieb es bei dieser ersten Unterhaltung. In den kommenden Tagen lernte Pio ihn immer besser kennen. Es kam niemand zu ihnen außer dem Wächter. Einmal am Tag schob er ihnen trockenes Maisbrot und sumpfiges Wasser über die Schwelle. Es fiel Pio auf, daß es immer derselbe Mann war. Er sprach kaum, aber er war auch nicht grob, ja es schien Pio sogar, als ob er seinen Mitgefangenen mit einer gewissen nachlässigen Rücksicht behandelte. Längst wußte Pio, wie dieser sich nannte: Saffet Ibn Sanar, doch er sagte: »Du kannst genausogut Bernardo Sostrone zu mir sagen oder Gaetano di Nicola, auch Ali und Hassan oder Francesco. Es kommt nur darauf an, wo ich mich gerade befinde. Ich nehme mir die Namen wie die Luft zum Atmen.«

Manchmal machte er sich an seiner Truhe zu schaffen, kramte darin herum und verzog sich dann unter das Fenster. Dann wollte er nicht, daß Pio ihm nahe kam. Er schabte auf irgend etwas herum. Was machte er denn? Kratzte er vielleicht mit einem Stäbchen aus Holzkohle Worte auf einen Fetzen Pergament? Aber das tat er nur selten, und Pio sah nie, ob er schrieb, er sah auch nicht, was er danach machte. Es kam ihm nur so vor, als ob Saffet hinterher die Hand zum Mund führte. Aber das war alles sehr undeutlich, schemenhaft. Es fiel Pio auch bald auf, daß der Mann immer nur dann seinen Gebetsteppich aus der Truhe holte und darauf niederkniete, wenn der Wächter kam, sonst aber versäumte er die Gebetszeiten. Einmal sprach Pio ihn darauf an. Da antwortete Saffet: »Wenn der Wächter kommt, bin ich Muslim! Wenn du allein bei mir bist, bin ich Christ.«

Das wunderte Pio, aber er fragte nicht weiter. Längst benutzte er das vertrauliche »Du«, wenn er ihn ansprach. Kamen Tauben aufs Fenster, fütterte sie Saffet mit Brotkrümeln. Pio erstaunte das ebenfalls, denn er und Saffet bekamen ja wirklich nicht reichlich zu essen und hungerten oft. »Ich mag diese Vögel«, brummte Saffet. »Ich kann dir gar nicht sagen, wie sehr ich sie mag!« Mehr war ihm nicht zu entlocken. Saffet war nicht der einzige, der die Tauben mochte. Gern schaute Pio in den Hof, wenn dort keine Gefangenen im Block litten. Einer der Wächter betreute nämlich den Taubenschlag. Die grauen Tierchen flatterten über die Mauer und kehrten über die Mauer wieder zurück. Es war für Pio wie ein Stück Leben, ein Bild der Freiheit. Der Verschlag war aus Lehm aufgebaut, geformt wie ein Türmchen, das oben rund zulief, ganz ähnlich wie ein Backofen. Ringsum gab es mehr als ein Dutzend Schlupflöcher, vor denen die Tauben auf Holzstangen saßen und gurrten. Der Hof war oft ganz erfüllt von diesem Taubengurren, und das war ein sehr tröstliches, freundliches Geräusch, das so gar nicht zu diesem düsteren Ort paßte.

»Schön, daß diese Tauben da sind«, sagte Pio zu Saffet. Er fühlte sich sogar ein wenig an den Hof des Onkels erinnert. Und wieder klang es geheimnisvoll zurück: »Ja, sehr schön! Noch schöner, als du denkst!«

»Was meinst du?«

»Ach, nichts! Ich meine nur, es hat so etwas Menschliches.« Das war freilich auch die einzige Abwechslung. Die Eintönigkeit der Tage war quälend. Da begrüßte es Pio sogar, als sie eines Tages zu harter Arbeit gezwungen wurden. Der Kommandant suchte Gefangene, die schwimmen und tauchen konnten – keine Alten oder Kranken, nur die Kräftigsten. Er befragte sie alle, schließlich blieben nur Pio und Saffet. Gab es wirklich keine anderen? Nun, das war des Kom-

mandanten Sache, es war seine Entscheidung. Ein Wärter
führte sie ans Meer, an eine abgelegene Stelle in den Klippen. Sie mußten über eine Stunde marschieren, aneinandergebunden, auch zwischen den Füßen schwere Ketten, die
das Laufen zur Qual machten. Schon ermattet kamen sie an,
und unterwegs hatten sie Schläge zu erdulden. Aber Saffet
war eher heiter: »Ich wette, das erspart uns den Block«,
knurrte er. »Und was es uns bringt, weiß heute noch keiner . . .«
An dieser Stelle des Strandes war vor vielen hundert Jahren
eine römische Galeere gesunken. Sie lag vor den Klippen.
Vor kurzem erst hatte ein Fischer ein Tongefäß an die
Oberfläche gebracht, eine Amphore. Innen klebten Goldmünzen am Boden. Der Kommandant der Festung hatte davon erfahren – und nun befahl er, nach diesen Schätzen zu
tauchen. Auf dem Strand vor den Felsen nahm der Wächter
ihnen die Ketten ab, mit diesen hätten sie nicht schwimmen
können. »Ihr Lumpenkerle«, rief er. »Seht dort draußen das
Boot, ein schnelles Boot, es kreuzt mit Segeln und mit Rudern, dem entkommt keiner. Wer zu fliehen versucht, der
schmeckt die Spieße zwischen den Rippen. Und dann
kommt er gewiß acht Tage in den Block, bis sein Gehirn
zum Schädel herauskocht. Also überlegt genau, was ihr tut!«
Trotz dieser unmißverständlichen Drohung, die noch verstärkt wurde durch den Anblick der schwerbewaffneten
Männer im Boot, konnte Saffet ein breites Grinsen nicht unterdrücken, als er hinausschaute – auf die freie, schimmernde Fläche, auf das Meer. Es war, als ob er das Boot
nicht sähe oder nicht wahrnehmen wollte.
Sie wurden auf einen Felsen geführt. Dort befahl ihnen ihr
Bewacher, alle Kleider abzulegen. Nackt standen sie in der
Sonne, abgemagert, hager, aber doch sehnig und muskulös,
Saffet war ein Mann, der ein wildes Leben geführt hatte.
Die Wellen brandeten an den Steinen empor und versprüh-
ten weiße Gischt.

Dann mußten sie springen, tief zwischen den Schroffen. Pio empfand das wie eine Befreiung, allein schon die Frische der Luft, den Wind des Sturzes, dann das Eintauchen ins Wasser. Er schmeckte jetzt das Salz ohne Angst, warf sich in die Flut, tief hinein und mit Lust hinab zum Grund. Er begann wieder zu zählen, und er versuchte, sich zu orientieren. Es fiel ihm jetzt schon nicht mehr so schwer, die Augen zu öffnen. Da sah er etwas, das konnte ein Teil einer Bordwand sein ... Er zählte schon über fünfzig, dann ging ihm die Luft aus, denn er war noch nicht wieder in Übung und stieg an die Oberfläche zurück.

Pio schaute nach Saffet, auch dieser tauchte empor und verschwand erneut. Wieder kam sein Kopf hoch und die rudernden Arme, aber mit leeren Händen – und heiter. Jetzt schwamm Saffet zu Pio und raunte ihm zu: »Wir finden nichts, noch nicht, verstehst du? Denn solange wir nichts finden, läßt man uns hier heraus. Nur ab und zu mal eine einzelne Münze, damit der Kommandant bei Laune bleibt und die Hoffnung nicht aufgibt!« Der Bewacher konnte es nicht verhindern.

Also fand Pio nichts, obwohl er bald die Gefäße entdeckte, ebenso wie Saffet. Eng aneinander lehnten die Amphoren, schön geformt, mit nach oben verengten Hälsen und reich geschmückt mit Unterwasserpflanzen, die darauf gewachsen waren. Sie standen in einem Viereck, das wohl einmal eine Kajüte gewesen sein mochte, jetzt aber erkannte Pio nur noch Balken, die von Algen überwuchert waren. Kleine Fische hatte hier ihre Gründe. Es war nur natürlich, daß Pio an seine Schatzkarte denken mußte, an jenen Schatz, der ihn reich machen würde, so daß er Bianca-Bella auslösen könnte und sogar noch Abdulhamid Ibn Helus Gunst dabei gewinnen würde. Ach, fände er doch das verschollene Schiff des Kaufmanns di Lorenzo, die *Santissima Annunziata.*

Nach diesen Ausflügen kehrten sie zwar müde, aber innerlich erfrischt in den Kerker zurück. Saffet reckte die Arme wie einer, der etwas abgestreift hatte. Sie waren einander nahegekommen, und ihre Freundschaft wuchs täglich.

So fragte Saffet eines Tages geradezu: »Knabe, weshalb bist du hier?«

Pio antwortete ebenso offen: »Ich bin vorsichtig geworden und spreche nicht mit jedem darüber. Aber zu dir habe ich Vertrauen. Ich freue mich, daß du es bist und nicht ein anderer, mit dem ich den Kerker teile.«

»Also, was hast du ausgefressen?«

Pio erzählte. Er begann vorerst damit, wie er dem Verwundeten vor den Mauern Ragusas hatte helfen wollen und wie er dabei gefangen worden war. Aber Saffet bohrte weiter, und Pio erzählte weiter, erzählte viel, erzählte fast alles: von Bianca-Bella, von Kapitän Onorati, er erzählte von Volpino. Nur die Namen der Piraten erwähnte er nicht.

»Ich rate dir, dein tollkühnes Vorhaben aufzugeben«, sagte Saffet nach langem Zuhören und schweigsamem Nachdenken. »Du weißt nicht, auf was du dich da eingelassen hast. Die Gefahr ist zu groß, und deine Aussicht ist zu gering. Wagnis und Aussicht auf Erfolg müssen immer in einem gewissen Verhältnis zueinander stehen. Die Kluft darf nicht zu groß sein. Du siehst ja, was es dir eingebracht hat. Es droht dir die Sklaverei oder die Hölle: die Galeere. Oder sogar der Tod. Dieser Preis ist zu hoch. Du bist noch jung, und dieses wunderbare Leben hast du nur einmal, nur ein einziges Mal, und es wird dir nie wieder geschenkt. Wie kostbar es ist, weißt du noch gar nicht.«

»Und du?« fragte Pio. »Was ist mit dir, Saffet Ibn Sanar oder Bernardo Sostrone oder Gaetano di Nicola oder Ali, Hassan oder Francesco . . .?«

»Du hast ja ein ausgezeichnetes Gedächtnis«, brummte Saffet. »Erstaunlich! Das muß man doch nutzen!«

»Nun lenke nicht ab, sondern rede endlich«, rief Pio.

Saffet ließ sich auf seine Truhe nieder und lehnte sich an die schartige Wand. »Wenn du es also wissen willst«, sagte er,

»so höre, Knabe. Von mir kannst du sehr viel lernen. Ich habe schon so ziemlich alles gemacht im Leben, was man machen kann. Ich wurde wie ein Sklave in Venedig gehalten und entfloh als blinder Passagier. Einmal war ich Fürstendiener – und einmal war ich selbst ein Herr. Ich habe studiert – und alles wieder vergessen. Ich habe gebettelt. Ich habe die Waffen geführt, und ich bin zur See gefahren. Ich saß angekettet in einer Galeere und bin wieder freigekommen.«

»Du lieber Himmel!« rief Pio. »Das ist wirklich ... Also, wenn das keine Märchen sind ... Wo kamst du zur Welt?«

»Ich wurde in Konstantinopel geboren, als Sohn einer Sklavin. Wer mein Vater ist, weiß ich nicht genau, man sagte mir, es sei der Herr meiner Mutter gewesen, ein kaiserlicher Beamter. Wenn das wahr ist und er es gewollt hätte, dann wäre ich heute wohl auch ein hoher Herr, aber er schämte sich seiner Verbindung, die in seinen Augen wohl eine Sünde war, und verleugnete mich. Anders als die Muslime dürfen die Christen nämlich nicht mehrere Frauen haben – natürlich ist es üblich, daß sie Kinder bekommen von vielen Frauen, von Mägden und Sklavinnen. Aber die Stellung dieser Frauen ist viel rechtloser als die der muslimischen Nebenfrauen. Immerhin wuchs ich halb als Christ unter Christen, halb als Muslim auf, denn meine Mutter unterwies mich in dieser Religion. Ich fühle mich als Christ, und ebenso fühle ich mich als Muslim. Es kommt nur darauf an, wo ich gerade lebe.«

»Aber wie ist das möglich? Gibt es denn nicht nur einen einzigen wahren Glauben?«

»Du verwechselst das! Es kann nur einen Gott geben, und der existiert ganz unabhängig davon, auf welche Weise wir an ihn glauben. Die Muslime betrachten Christus als Propheten ihres Gottes Allah, und die Christen betrachten Jesus als Sohn ihres Gottes – aber ist es denn ein Widerspruch, daß der Sohn Gottes auch sein Prophet ist? Nein, nein!

Christus verkündete einen einzigen Gott, und die Moham-
medaner sagen, er verkündete Allah. Ich fühle mich sehr
wohl, denn die Wahrscheinlichkeit, daß ich mich in meinem
Glauben irre, ist ja viel geringer, als wenn ich nur einer Religion angehören würde. Ich ließ mich sogar in Rom taufen.
Und wenn ich nach Jerusalem käme, warum sollte ich dann
nicht auch noch Jude werden? Auch der jüdische Gott ist
der Vater Christi . . .«
»Das klingt ketzerisch«, sagte Pio. »Mir wird ganz wirr.
Warum führen dann die Menschen wegen ihres Glaubens
Krieg?«
»Weil es ein prächtiger Vorwand ist. Für nichts sterben die
Leute so gern und leicht! In Wirklichkeit freilich geht es da-
bei nicht um Religionen, sondern um weltliche Macht. Aber
lassen wir das . . .«
»Wenn du so viel erlebt hast, ist es für dich doch besonders
schwer, eingekerkert zu sein? Ich meine, du hast ein so lan-
ges, freies Leben geführt!«
»Du hast recht, Knabe. Es fällt mir schwer, aber es wird
nicht ewig dauern.«
»Woher weißt du das?«
»Das sagt mir mein Gefühl, und das ist untrüglich. Und
außerdem . . . aber das spielt jetzt keine Rolle. Ich will dir
nur noch eines sagen, und es wird dir sonderbar vorkom-
men, aber das ist nun mal meine Erfahrung: Es kommt gar
nicht so sehr darauf an, wo und unter welchen Umständen
du dich befindest. Ob du nun reich bist oder arm, ob du
einen Herrn bei der Tafel bedienst oder ob du dich bedienen
läßt: ich sage dir, Pio . . . Piorello . . «
»Das ist aber merkwürdig«, rief Pio.
»Was meinst du?«
»Daß du Piorello zu mir sagst, so nennt man mich daheim,
mein Freund, Amato Siorni . . .«
»Der reiche Amato Siorni aus Lafiora?«
»Ja, der! Kennst du ihn etwa?« fragte Pio aufgeregt.

»Nein. Aber ich hörte von seiner Familie. Nun, wenn du nicht willst, daß ich dich so nenne . . .«

»Im Gegenteil, es gefällt mir!«

»Du hast wohl nicht viel Liebe gehabt im Leben«, knurrte Saffet.

»Es ging mir nicht schlecht«, winkte Pio ab. »Aber ich habe dich unterbrochen, was wolltest du mir sagen?«

»Ich wollte sagen, es ist ziemlich gleich, an welcher Stelle du stehst, ob du nun viel Geld hast oder wenig. Ich habe so ziemlich alle Seiten kennengelernt, und da bin ich dahintergekommen, daß du überall nur Luft atmest und daß es letztlich gleichgültig ist, ob du als Lakai dein Essen verschlingst oder als Adliger dinierst. Mach dir nichts daraus, Knabe: Schmerzen, Krankheit, Hunger, Durst, das ist schlimm. Alles andere aber ist auswechselbar. Die rechte Hand, die linke Hand – das Glück schwankt hin und her. Und so macht es eigentlich auch keinen Unterschied, ob das kleine Edelfräulein . . . wie hieß sie doch gleich?«

»Bianca-Bella!«

»Richtig, Bianca-Bella. So ist es im Grunde doch gleich, ob sie nun Sklavin ist oder Herrin, ob sie in einem Harem lebt oder daheim im Palazzo . . . Überall muß sie atmen, essen, fühlen, denken . . . Mehr bleibt dem Menschen nicht.«

»So etwas Ähnliches haben mir all die Herren gesagt, die nichts für sie tun wollten«, sagte Pio trotzig. »Mit solchen Ansichten kann man sich jeder Verantwortung entziehen. Es ist aber doch ein Unterschied . . .«

»Das denkst du. Nur: Gott meint es offenbar anders.«

»Man hat Bianca-Bella geraubt«, rief Pio empört.

»Ja, du erzähltest es. Wer war es? Weißt du es?«

»Gemeine Verbrecher, Piraten . . .«

»Piraten? Wer, Knabe?«

»Sie reden sich Primo, Secondo und Terzo an. Man nennt sie Il Trio del Mare . . .«

»Il Trio del Mare!« Saffet war schon bei den ersten Namen

aufgesprungen. Er schüttelte die Fäuste und reichte so fast an die Decke des Verlieses. »Sagtest du wirklich Il Trio del Mare? – Ja, ja, es muß so sein! Nur ihnen traue ich eine solch tollkühne Schandtat zu! Denn es ist tollkühn für einen Seemann, tagelang über Land zu reiten, um ein Mädchen zu entführen. Primo mit der Binde über dem linken Auge: er ist der Kapitän! Secondo mit der zerschlagenen Nase: er ist der Steuermann . . .«

Pio packte Saffet: »Und Terzo mit der Narbe auf der Backe?«

»Er ist der Maat! Il Trio del Mare«, murmelte Saffet. »Piorello, Knabe, ich helfe dir! Die drei sind mir noch etwas schuldig! Denn ihnen verdanke ich, daß ich hier eingekerkert bin, ich bin es an Terzos Stelle. Sie haben mich verleumdet, sie haben sogar einen Meineid geschworen und mich falsch beschuldigt. Für Terzo halte ich hier meinen Kopf hin.«

»Weißt du noch mehr von ihnen?«

»Oje, viele Geschichten. Und eine schlimmer als die andere. Eine Zeitlang fuhr ich mit ihnen, zuerst als ihr Gefangener, dann ließ ich mich in ihre Schar aufnehmen. Das war der Preis für meine Freiheit. Sie verübelten es mir, daß ich mich wieder von ihnen verabschieden wollte. Nun, hier meine Hand, Knabe! Aber höre: Wenn du zu den Osmanen willst, dann mußt du Osmanli sprechen, ihre Sprache. Und du mußt etwas über ihre Kultur wissen, sonst bist du verloren. Man muß sich mit den Menschen verständigen können. Das ist sehr wichtig. Anders erreichst du weder ihr Herz noch ihren Verstand.«

»Aber wie soll ich das alles lernen?« stöhnte Pio verzweifelt.

»Ich werde es dich lehren, verlaß dich auf mich!«

»Du?!«

»Ja, du hast unverschämtes Glück! Da siehst du, daß selbst ein Kerker zum Vorteil werden kann! Ich glaube, das ist eine Fügung. Du mußtest in diese schrecklichen Mauern kommen, und zwar zu mir. Dadurch gewinnst du das Wissen, das du brauchst. Die Zeit hier wird dir noch knapp werden!«

»Du willst mich unterrichten?«

»Das will ich, und das werde ich! So wahr ich derzeit Saffet Ibn Sanar bin. Aber du wirst arbeiten müssen wie ein Büffel, der unter dem Joch geht.«

»Das will ich, und das werde ich auch«, rief Pio.

19

Saffet ging zu seiner kleinen Truhe, die an der Wand stand.
»Die Narren haben sie mir gelassen«, brummte er. »Das war
eine große Vergünstigung, die mich freilich auch einiges ge-
kostet hat. Außerdem habe ich mich als frommer Moslem
ausgegeben. Darin hebe ich meinen Gebetsteppich auf und
einen Koran.« Er holte das heilige Buch des Islam heraus
und zog Pio vor das kleine Fenster. Sein ausgestreckter Finger wies auf die Schrift, er fuhr von rechts nach links.
»Rückwärts?« staunte Pio.
»Es gibt kein Rückwärts. Das ist nur Gewohnheit. So lesen
viele Menschen.«
»Diese Form der Buchstaben kenne ich«, sagte Pio. »Ich sah
sie auf der *Aischa*, verschnörkelt wie Schlangen. Sie standen
auf den Kisten im Hafen von Venedig.«
»Da hast du gut aufgepaßt«, sagte Saffet.
»Aber wie kann ich das lernen?« Pio wurde von Mutlosigkeit ergriffen. »Das sieht ja aus wie . . . nun, wie Kritze-
lei . . .«
»Es hat alles seine Bedeutung. Was für ein Glück, daß ich
den Koran bei mir habe! Wir werden den Wächtern weismachen, daß ich dich zum wahren Glauben bekehren will,
daß du Moslem werden möchtest. Das wird sogar sie er-
freuen, und sie werden das unterstützen! Wunderbar . . .«
Von dieser Stunde an lehrte ihn der Mann, der sich Saffet
Ibn Sanar nannte, die Schrift im Koran zu entziffern und jedes Zeichen getrennt herauszusuchen. Unermüdlich las er
Pio einzelne Verse vor, zuerst immer wieder dieselben, später andere, neue. Und Pio begann zu verstehen, was Saffet
gemeint hatte, als er sagte, es sei gleich, wo und wie man
lebte; ob er in der Stube des Pfarrers lernte oder im Kerker,
hier bei seinem strengen Lehrer; ob er dabei auf einem Stein
in der Ecke saß oder daheim auf einer Bank. Es war gleich,

durch welche Art Öffnung das Licht fiel, Hauptsache, man konnte genug sehen: die Buchstaben, die er lernte, die Worte, die Sätze.

Schon nach den ersten Tagen begriff er ein wenig, bald konnte er einzelne Laute unterscheiden. Er setzte die Laute zu Worten zusammen, und aus den Worten bildete er kurze Sätze. Saffet lehrte ihn, daß Allah am größten ist und daß es keinen Gott gibt außer Allah. Bald konnte Pio nachsprechen, was in seinem Ohr geklungen hatte, und er konnte selbst einen Klang daraus bilden. So lernte er Tag für Tag und jeden Tag neue Begriffe – und je mehr Wörter er konnte, desto länger und vielfältiger wurden die Sätze, die er formte. Je mehr er verstand, desto eifriger wurde er und desto stärker empfand er ein Gefühl des Triumphes.

Saffet gab sich unendlich viel Mühe. Es dauerte nicht einmal zwei Monate, dann weigerte er sich, auch nur noch ein Wort in Pios Muttersprache mit ihm zu reden. Er sprach ausschließlich Osmanli zu ihm. Mochte Pio sehen, ob er ihn verstand oder nicht. Und mochte er vor allem damit zurechtkommen, sich Saffet verständlich zu machen.

»Du krächzt wie eine heisere Krähe«, schrie Saffet dann wohl.

Und Pio brüllte zurück: »Krähen krächzen immer! Sie brauchen dazu gar nicht erst heiser zu sein. Ich kenne nur krächzende, aber keine heiseren Krähen!«

»Nun gut, dann röchelst du eben wie ein verendender Esel.«

»Das ist aber auch eine Sprache, die aus Röcheln und Krächzen besteht«, murrte Pio.

»Laß das keinen Osmanen hören! Für die Rechtgläubigen ist Osmanli wie Honigseim und Rosenduft, wie Ambra und Moschus.«

»Mir ganz egal, ich finde diese Sprache trotzdem höllisch schwer.«

Manchmal war Pio ganz mutlos. »Ach, es hat ja doch alles gar keinen Sinn«, rief er dann verzweifelt. »Wozu, wozu . . .

Wenn ich mein ganzes Leben in diesem verdammten Gemäuer verbringen muß.«

»Du verbringst nicht dein ganzes Leben darin«, tröstete ihn Saffet. »Lerne!«

»Aber wie soll ich denn je wieder hier herauskommen?«

»Lerne und bete«, sagte Saffet. »Und vor allem: denke an die Freiheit. Unsere Wünsche schaffen sich ihre Erfüllung selbst – wir müssen nur ein wenig nachhelfen! Saffet Ibn Sanar bleibt nicht hier, und wenn er nicht hier bleibt, bleibt Pio Aniello auch nicht hier!«

»Alles leere Wort! Diese Mauern . . . diese Schlösser . . . diese eisenbeschlagenen Türen . . .«

»Mauern und Türen können so dick sein, wie sie wollen, das ist völlig gleichgültig. Und wenn hundert Steinmetze, tausend Maurer und Schlosser daran geschuftet haben: Es gibt einen Schlüssel, der sie öffnet, und der paßt überall«, sagte Saffet.

»Was ist das für ein Wunderschlüssel? Ein Zauber? Verfügst du über ihn?«

»Zauber? Ja, einen Zauber könnte man es nennen.« Saffet lachte. »Denn es ist Zauber, wenn ein Ding für sich genommen gar nichts wert ist, dich weder ernährt noch vor Kälte schützt, aber doch mehr gilt als alles andere auf der Welt, und zwar allein deshalb, weil die Menschen darin übereingekommen sind, dieses Ding für den höchsten Wert zu halten! Das ist doch verrückt, oder?«

»Wie du es sagst, klingt es verrückt. Ist es nun ein Zauberschlüssel?«

»Und ob! Aber er ist gar nicht so geheimnisvoll. Diesen Schlüssel kennt jeder. Denke einmal nach.«

»Ich weiß nicht . . . meinst du . . . Gold? Aber das ist doch kein Zauber.«

»Nun, du bist ein kluger Junge«, sagte Saffet. »Gold, mein Sohn, das kannst du dir merken, ist wohl der größte Zauber! Aber es ist nur dann etwas wert, wenn du es für wertvoll hältst, und wenn du es benutzt, das heißt, es richtig einzusetzen verstehst. In der Truhe nützt es wenig!«

»Alles schön und gut. Aber eine Antwort auf meine Frage hast du mir doch nicht gegeben.«

»Das entscheide du selbst. Ich habe zu tun«, sagte Saffet. Pio konnte sich keinen Reim darauf machen. Bis sie eines Tages über den Hof geführt wurden, um wieder im Meer nach den römischen Münzen zu tauchen. Sie schleppten sich mit ihren gefesselten Füßen in der Nähe des Taubenhauses vorbei – und an dem Wächter, der die Vögel betreute. Da hob Saffet plötzlich die Hand vor den Mund und würgte. Dann stolperte er und streifte den Wärter im Fallen. Fast schien es, als ob er ihm etwas zuwarf, doch alles ging sehr schnell. Der Wächter schlug ihn, und Saffet sprang wieder auf die Beine. Dann stieß der Mann noch mehrmals mit dem Fuß nach Saffet und hieb mit seinem Schlagstock auf ihn ein. Freilich, sie waren kaum an ihm vorbei – Pio schaute verstohlen noch einmal zurück – da bückte sich der Kerl und schabte im Sand.

Unwillkürlich mußte Pio an das denken, was Saffet ihm über den Zauberschlüssel gesagt hatte. Gab es hier vielleicht einen geheimen Zusammenhang?

Hie und da brachten sie eine Münze vom Meeresgrund herauf, manchmal auch mehr als eine, drei oder vier. Saffet war sehr erfinderisch darin, die Funde einzuteilen. Zwar tobte der Kommandant, daß es so wenig sei, aber seine Gier zwang ihn zur Geduld. Beide kannten sie die Amphoren schon längst, zerschlagen lagen sie unten, von Wasserpflanzen überwuchert. Wenn Pio die langen Gewächse beiseite schob oder abriß, wobei er die gründelnden Fische verscheuchte, dann kam er an die Häuflein Goldmünzen unter dem Sand. »Sie sollen lange reichen«, mahnte Saffet immer wieder. »Sehr lange . . .«

In Pio keimten Hoffnungen. Wieder zurück im Kerker, lernte er wie ein Verrückter. Er saß an die Steinwand gepreßt unter dem Fenster und buchstabierte. Draußen gurrten Tauben. Das störte ihn. »Weg mit euch«, schrie er und klatschte ans Gitter.

»Bist du verrückt«, brüllte Saffet. »Die Tauben . . .« Er war fuchsteufelswild. Da zuckte Pio die Achseln und beugte sich wieder über sein Buch.

Seinem jungen Kopf flog alles nur so zu. Auch deshalb, weil er es wirklich wollte. Er hatte begriffen, was für ein Vorteil es war, mit den Menschen hier in ihrer eigenen Sprachen sprechen zu können, ohne auf einen Übersetzer angewiesen zu sein, von dem er nie sicher sein konnte, ob er genau wiedergab, was er sagen wollte, oder ob er seine Worte in ihr Gegenteil verkehrte und ihn damit ins Unglück stürzte. Je mehr Pio lernte, desto wissensdurstiger wurde er. Daß er natürlich viel mehr als die bloße Sprache lernte, das wurde ihm erst viel später bewußt. Denn mit der Sprache lernte Pio auch die Vorstellungswelt der Muslime kennen, die religiösen Vorschriften, die Mohammed von Gott empfangen und aufgeschrieben hatte, und die Gebräuche. Er stellte Saffet tausend Fragen.

Oft stöhnte dieser: »Piorello, Knabe, du fragst Dinge . . . Das weiß ich nicht, das weiß ich wahrhaftig nicht!«

»Denk nach, Saffet! Du bist bloß zu faul zum Antworten!« Und dann wußte Saffet es wirklich.

So verging die Zeit. Sie verging rasch, aber für Pio trotzdem viel zu langsam. Er wollte hinaus, er wollte endlich wieder frei sein. Je länger sein gezwungener Aufenthalt hier währte, desto größer wurden seine Sorgen um Bianca-Bella. Auch dachte er mit Bangen an Volpino. Das Mädchen und der Hund, beide waren ständige Gäste in seinen Träumen. Er erzählte Saffet davon.

»Das Mädchen und der Hund . . .«, gab Saffet brummend zur Antwort. Er stand an der winzigen Fensteröffnung und umklammerte die Gitterstäbe so fest, daß seine Knöchel hervortraten. »Träume lieber von Tauben, Knabe!«

»Ach, weshalb von Tauben?«

»Sieh her, ist diese nicht reizend?« fragte Saffet und zeigte auf ein grauweißes Tierchen, das auf der Fensterbank saß und gurrte. »Weißt du, woher sie kam? Weißt du, wohin sie fliegt?«

»Woher soll ich das wissen«, gab Pio zurück. »Es ist mir auch herzlich gleichgültig.«

»Da hast du unrecht«, sagte Saffet.

Weiter konnten sie nicht sprechen, denn sie wurden wieder einmal abgeholt und zum Meer gebracht. Auf dem Hof, inmitten bewaffneter Soldaten mit grimmigen Gesichtern, schrie sie der Kommandant an: »Wenn ihr nicht endlich mehr Gold herausholt, dann lasse ich euch auspeitschen ... Oder ihr kommt in den Block ... Schließlich kann ich euch sogar die Köpfe abschlagen lassen ...« Dann wurden ihnen die Füße mit den schleifenden Ketten zusammengeschlossen.

Es war ein Tag, dessen Hitze alles Bisherige übertraf. Eine Glut, die zu Boden drückte.

»Aber die Tauben fliegen«, sagte Saffet, und es klang Jubel in seiner Stimme. Pio merkte sofort, daß dies ein ungewöhnlicher Tag war. Obwohl er nicht wußte, warum, hielt er ahnungsvoll seine Augen offen. Und er irrte sich nicht, denn heute sah er es ganz deutlich, wie sich der Wächter beim Taubenhaus und Saffet anschauten, daß ihre Blicke ineinandertauchten – und daß der Mann dann ganz langsam nickte, dreimal seinen spitzen Bart auf den Hals senkte ... Und obwohl Saffet doch angekettet war, sah es so aus, als ob er vor Freude in die Luft spränge. Freilich, es war mehr ein Gefühl, ein innerlicher Luftsprung, kein ausgeführter, aber durch Saffets Gestalt ging eine Spannung, von den Füßen herauf zu den Schultern und über den Halswirbel.

Pio drängte sich dichter hinter den Freund. Saffet drehte sich zu ihm um und zischte: »Heute!«

»Was heute?«

»Der Schlüssel, Knabe, hast du vergessen? Der Zauberschlüssel . . .«

Da fuhr der Schlagstock zwischen sie. »Schwatzt nicht!«

Pio spürte den Schmerz nicht. Auch er war jetzt voller Spannung. Wie lang ihm der Weg zu den Klippen wurde! Das Meer war ruhig. Natürlich, die Wellen schäumten wie immer, aber die See draußen war wenig bewegt. Die Wasserfläche schimmerte, sie strahlte so golden und verheißungsvoll.

»Ausziehen«, befahl der Wächter, den blanken Degen in der Faust. Er schloß ihre Fesseln auf. Da lagen die Ketten auf dem Stein und glühten. Auch der Stein glühte. Nackt standen Saffet und Pio in der Sonne: unter dem Felsblock das Meer, unten das gesunkene Schiff und tief verborgen die römischen Münzen in den Amphoren.

Dann das Geräusch der Brandung, der Schaum, das Anklatschen und das saugende Schmatzen, wenn sich das Wasser zurückzog, der Sog, der wunderbare, frische Wind, das Krächzen der Vögel: Seeschwalben, Austernfischer, Möwen mit ausgebreiteten Schwingen.

Pio vibrierte. Der Wächter drehte den Kopf, schaute beiseite, da griff Saffet nach seiner Kette, streifte sie ab, und schon schwang er sie wie eine Waffe, sie blitzte im Licht, die Glieder funkelten, die Kette wirbelte, gewann an Gewicht und Kraft, sie traf den anderen in den Nacken . . . der Mann taumelte, doch auch er griff zur Waffe . . . traf nicht . . . Da schlug Saffet ein zweites Mal zu . . . Der Mann taumelte wieder, Blut färbte seine Schulter, durchtränkte sein Hemd, er legte noch einmal aus . . . Saffet sprang zur Seite, sprang über die Klinge . . . Ein drittes Mal kreiste die Kette . . . Da stürzte der Mann. Er lag auf dem Stein und rührte sich nicht mehr.

Saffet schleuderte die Kette ins Meer. »Jetzt schwimm hinter mir her, Knabe!« rief er Pio zu

»Aber das Boot . . . die Bewaffneten draußen . . .«

»Rede nicht, spring!« Saffet lachte. Seine Zähne leuchteten durch den Bart. »Zuerst schwimmst du unter Wasser. Halte genau auf das Boot zu ... Schwimm um dein Leben ...«
»Ja!« Es war ein Jubelruf. Pio fragte nicht weiter. Saffet sprang, kühn, federnd, im weiten Bogen, gestreckt die Arme, der Körper – nicht weniger weit dann Pio. Abgeschnellt mit der Schwungkraft der Beine, ein Flug durch die Luft, mit dem Kopf voraus ... tief hinab ... nicht wieder hinauf, unten geblieben, weit, weit ... der Sonne entgegen ... langsam zählen, langsam, auch wenn die Brust schmerzt ... Und dann hinauf ans Licht, das Wasser perlt vom Haar, da vorne schwimmt Saffet, er schwimmt schnell, er schwimmt kräftig. Er schwimmt auf das Boot zu, auf das Boot mit den Lanzen. Nein, heute ist es kein Boot mit Lanzen, wie seltsam, keine Lanzen ... nur ein einzelner Mann, ein Fischer. Er nimmt sie auf, er hilft ihnen in den Kahn, er zieht sie, während sie über den Rand klettern. Danach lassen sie sich fallen, in den Rumpf.
Der Fischer setzt das Segel, vom Land kommt kein Laut ...
»Siehst du, der Schlüssel ... das Gold ...« keuchte Saffet.
»Und natürlich die Tauben«, antwortete Pio. »Tauben im Hof, im Schlag – und Tauben im Dorf, irgendwo ... hin und her ... über die Mauern ... Und beschriebenes Pergament zwischen den Federn.« Er lachte. Saffet stimmte ein.
»Ist der Wächter tot?« fragte Pio.
»Weiß ich's«, antwortete Saffet. »Ich wollte ihn nicht töten, doch es war eine Eisenkette.«
Das Boot nahm schnell Fahrt auf. Das Wasser sang am Bug, es sang auf und ab.
Was für ein herrliches Lied.
»Wohin?« fragte Pio.
»Wohin wohl, Knabe«, antwortete Saffet. »Auch ich habe gut aufgepaßt, wenn du erzähltest. Es gibt eine Stadt, und die heißt Ragusa.«
»Ja, aber wurde sie nicht von den Osmanen erobert?«

»Nein, sie hielt stand. Die Osmanen mußten abziehen.«

»Das ist gut!«

»Sehr gut sogar, denn in dieser Stadt müßte es einen streunenden Hund geben, wenn er noch lebt . . .«

»Volpino!« Pio machte einen Satz. Lächelnd fuhr Saffet fort: »Und in dieser Stadt hat ein Knabe einen Beutel versteckt. Ich nämlich, Saffet Ibn Sanar, ich bin mittellos. Was ich einst besaß, hab ich längst nicht mehr – doch das ist eine lange Geschichte. Nun bin ich arm wie eine Kirchenmaus. Aber wenn ich noch Mittel hätte, dann segelten wir nicht hier. Tja, ich bin auf deinen Beutel angewiesen, mein Junge.«

»Er steht dir offen«, bot Pio an.

»Wenn er noch da ist! – Das gebe Gott, denn wir brauchen ihn dringend.«

Noch waren sie nackt, doch der Fischer hatte Kleider mitgebracht. Alles schien von langer Hand vorbereitet und gut durchdacht. Hose und Hemd waren einfach, fast lumpig. »Da hat man mal wieder gespart«, brummte Saffet. »Auf meine Kosten natürlich!« Er war dann aber doch zufrieden. Jetzt konnten sie sich wenigstens unter die Leute wagen, auch wenn sie aussahen wie Landstreicher.

Der Fischer war schweigsam, und er war ehrlich. Obwohl er seinen Lohn im voraus erhalten hatte, keinen geringen, wie Saffet betonte, erfüllte er seine Verpflichtungen getreulich. Sie segelten fünf Tage bei günstigem Wind.

In der Frühdämmerung suchten Pios Augen den Morgenstern.

20

Sie erreichten Ragusa am Abend des fünften Tages. Graublaue Dämmerung fiel ein und füllte die Bucht. Im Hafen lagen die Schiffe, ruhig, im unbewegten Wasser, die Masten ragten, ohne zu schwanken. Gesang und Wortfetzen tönten vom Kai herüber. »Man hört, es herrscht Frieden«, stellte Saffet fest.

Pio aber hatte nur einen Gedanken: Volpino! Der Fischer legte ein wenig abseits an. Sie sprangen aus dem Boot, ein Wort des Dankes, ein Händedruck, und schon ging der Fischer davon. Er suchte nach einer Kneipe. Am nächsten Morgen wollte er zurück.

Pio schaute sich im Hafen um. Auf der Mole tummelten sich wohl die Hunde, und in der Dämmerung hielt er manchen für Volpino, aber keiner antwortete auf seinen Zuruf. Sie waren alle scheu, ja mißtrauisch, keiner kam näher. Pio ließ den Kopf sinken.

»Habe Mut« tröstete ihn Saffet. »So ein Hund ist auch zäh. Er schlug sich durchs Leben, ehe er dich fand. Er ist es gewöhnt. Und er kann warten. Wenn es sein muß, ein ganzes Leben! Zur Herberge also, wie heißt sie?«

Es zeigte sich, daß Saffet die Stadt gut kannte. Was kannte er nicht? Nur die Herberge *Al Vela d'Oro* sagte ihm nichts. Er hatte stets in einem anderen Gasthof sein Quartier aufgeschlagen. »Schließlich sind alle gleich«, meinte er, während sie durch die Gassen gingen, in denen nach des Tages Arbeit die Leute in der kühleren Abendluft auf und ab spazierten. Vom Kirchturm klang eine Glocke.

»Dort ist es schon«, rief Pio. »Man müßte das Schild erkennen, wenn es noch Tag wäre!«

Dann hörten sie den Lärm, der aus dem schmalen Haus drang, viele Leute waren davor.

Plötzlich ein Bellen, ein Jaulen, ein Heulen... Ein Ungetüm sprang an Pio empor, riß den Jungen fast um. Leckte den Hals und das Gesicht: »Volpino … Freund … lieber Hund!« Schon lag Pio auf dem Boden, denn der Hund war schwer. »Wie gut, daß du lebst!«

»Was für ein Getobe!« zeterte eine Alte im Fenster eines der Nachbarhäuser.

»Na, siehst du«, schmunzelte Saffet. »Das ist also dein Ungeheuer. Ja, ungeheuer ist dieser Hund wahrhaftig.«

»Volpino … Volpino … laß mich am Leben«, jammerte Pio unter dem Tier, glücklich wälzte er sich auf dem Steinboden und lachte. Der Hund ließ nicht nach. Saffet wollte ihn wegziehen, doch Volpino wandte blitzschnell den Kopf, sprang los, und schon lag Saffet auch auf dem Boden, allerdings unter gefletschten Zähnen. Rasch rollte Pio hinüber und zog Volpino am Fell, so daß der Hund sich duckte. »Bring meinen Freund nicht um«, schrie Pio, »verstehst du, Volpino, verstehst du? Auch er ist jetzt dein Kamerad!« Der Hund knurrte noch einmal, aber Pio drückte ihn nieder, indem er sich mit ganzem Gewicht über den Rücken warf. Saffet stand auf. »Ein prächtiger Kerl, dieser Köter«, brummte er. »Den werden wir brauchen können!« Dann lachte er.

Pio suchte Saffets Hand, führte sie vor Volpinos Schnauze und redete auf den Hund ein: »Hier, rieche … schnuppere … merke dir diesen Geruch: das ist Saffet. Saffet Ibn Sanar, und wenn er mal anders heißt, Giorgio oder Pedro, dann ist er doch immer noch mein Freund.«

Volpino knurrte noch einmal, doch er schien zu verstehen. Er schnüffelte, die feine Nase glitt über die Handfläche, sog den Geruch ein. Und Saffet ließ seine Stimme hören, ihren dunklen Klang. Er sprach beruhigende Worte: »Ist ja gut, Volpino … guter Hund … braves Tier! Du hast deinen Herrn gut verteidigt.«

Da trat ein Mann aus der Tür der Herberge. Das Getöse hatte ihn angelockt. »Dieses Untier«, brüllte er. »Fort mit dem Köter. Ständig belästigt er meine Gäste. Ich erschlage ihn doch noch!«

Es war Messer Bertoldo, der Wirt.

»Das wage ja nicht!« erwiderte Pio energisch.

»Was willst denn du, Lausejunge«, fuhr ihn der Wirt an, dann betrachtete er ihn näher. »Kenne ich dich?«

»Das ist mein Hund. Er hat hier auf mich gewartet«, erklärte Pio. »Jetzt bin ich zurück.«

»Du bist das? Es wurde aber auch Zeit! Ich hab deinen Köter durchgefüttert . . .«

»Es macht nicht den Eindruck«, bemerkte Saffet.

»Ja, der Hund ist mager«, rief Pio. »Ich spüre seine Rippen. Gefüttert sagt Ihr? Das Tier ist nur Haut und Knochen!« Er betastete Volpino, die Hand glitt an den Hals: ach, da war das Lederband! Nun hing es sehr locker – aber was für ein gutes Versteck! Den Hund wagte niemand zu berühren.

»Ach, was denn . . .«, knurrte der Wirt. »Was habe ich mit dem Köter zu schaffen. Ich tat es schließlich nur aus Gutherzigkeit. Bedenkt, ich hätte mich nicht um ihn kümmern müssen. Habe ich eine Herberge für streunende Hunde? Und du, sein Herr, bist einfach verschwunden, wer wußte denn, ob du je wiederkommst. Nun, jedenfalls schuldest du mir für sein Fressen, für Knochen, Haut, Gurgeln, Mägen . . .«

»Ja, schon gut. Wieviel?«

»Ja, wieviel . . . es war wohl ein Jahr . . . nun, einen Golddukaten!«

»Wie? Ich höre wohl nicht recht!«

»Zahle, oder laß dich von mir verklagen«, rief der Wirt erbost.

»Der Mann ist hier daheim«, raunte Saffet Pio ins Ohr. »Und wir sind fremd!«

»Ich werde zahlen«, erklärte Pio. »Aber nur einen halben Dukaten, das ist mehr als genug.« Der Wirt war schließlich zufrieden. Und Pio hoffte zu Gott, daß sein Versteck nicht gefunden worden war. Denn wenn das Nest leer war, was dann?

»Habt Ihr im Stall zwei Plätze frei?«

»Im Stall ist Platz«, sagte der Wirt. »Es sind jetzt nicht einmal Pferde dort. Aber so wie ihr ausseht – nicht viel besser als dieser streunende Hund. Zahlt ihr im voraus?«

»Ich muß zuerst in den Stall . . .« sagte Pio.

»Wozu das?« fragte der Wirt.

»Ich gehe solange in die Kneipe«, sagte Saffet. Er wollte den Wirt ablenken. »Ehrlich, ich habe eine Gier, eine Gier nach einem Braten und nach einem Glas Wein . . . oder zwei . . . oder drei . . . das ist nicht zu beschreiben. Auch Bier darf es sein. Ich warte auf dich, Knabe!« Er ging. Aber der Wirt folgte Saffet nicht. Das war seltsam. Als Saffet die Gaststubentür öffnete, wurde der Lärm lauter. Dann verklang er wieder.

Der Wirt nahm eine Laterne und führte Pio über den Hof. Es war schon stockfinster. Der Brunnen sang. Volpino trottete bei Fuß. Pio blieb in der Stalltür stehen.

»Was ist?« fragte der Wirt. Seine rote Schärpe flammte, denn sie lag im Schein der Laterne.

»Laßt mich allein«, bat Pio.

»Nicht einen Augenblick«, entgegnete der Wirt, »bevor du bezahlt hast.«

Er rührte sich nicht von der Stelle.

Pio seufzte: »So leuchtet also . . . in Gottes Namen.«

»Wo willst du hin?«

»Da hinauf . . .«

»Hinauf?« Der Wirt hob die Laterne. »Das ist doch sonderbar. Man kann nicht vorsichtig genug sein.«

Pio holte die Leiter und legte sie an den Balken. Er kletterte empor zum Schwalbennest, faßte über den Rand. Das Heu war weich, trocken, feinfädig . . . Pio zupfte es ab, langsam segelte es zu Boden. Da fühlte er den Beutel und war erleichtert.

185

Der Wirt hatte aufmerksam zugesehen. »Gib her!« rief er, als Pio hinabgestiegen war.

»Das gehört mir«, rief Pio und bekam Angst.

»Nein, das ist mein«, rief der Wirt. »Dies war mein Versteck, lange, lange Jahre. Weiß der Teufel, wie du es gefunden hast. Das sind meine Ersparnisse, erworben durch harte Arbeit. Ich bewahrte den Beutel hier auf! Du bist vielleicht gerissen! Nun behauptest du, es sei dein. So kommst du mir nicht davon!«

Pio steckte den Beutel rasch unter das Hemd. Er preßte die Faust darüber. »Rührt mich nicht an«, schrie er, »oder ich hetze den Hund auf Euch!«

»Das läßt du«, brüllte der Wirt, wich aber zurück. »Das läßt du, sonst hängst du morgen am Strick. Man kennt mich hier, du aber bist ein Fremder! Ich habe Freunde – und was hast du, Landstreicher?«

Immerhin wagte er sich nicht näher. Volpino knurrte, fletschte die Zähne, witterte die Gefahr für seinen Herrn. Er stellte die Rute straff. »Zurück!« befahl Pio. Er packte den Hund am Lederband. Er wußte, daß sich seine Lage verschlimmern würde, falls Volpino den Wirt verletzte. Und was konnte ihm schon geschehen? Pio hatte ein gutes Gewissen.

Der Wirt aber war schnell aus der Tür. Was hatte er vor? Messer Bertoldo drehte den Schlüssel im Schloß und warf sich von draußen gegen das Holz. »Hier bleibst du, du und dein Köter«, rief er. »Morgen kommen die Sbirren!«

»Saffet!« schrie Pio. Aber Saffet kam nicht. Er kam wenigstens jetzt nicht. Pio rüttelte an der Pforte, sie war fest verschlossen. Der Wirt entfernte sich draußen. Pio hörte die Schritte, dann war es still, nur noch das Plätschern des Brunnens drang herein und fernes Gegröle aus der Schenke, Gesang, Stimmen, Gelächter. Dort war auch Saffet. Pio warf sich enttäuscht und verbittert ins Heu. Er zog Volpino zu sich herab. Hungrig und durstig lag er da, schloß die

Augen und schlief schließlich ein. Es war sehr dunkel, als er wach wurde. Jemand bummerte gegen die Tür. »Saffet?« »Was ist los mit dir, Knabe? Ich warte auf dich! – Die Tür ist ja verschlossen, was soll das?« Die Stimme klang schwer und etwas unsicher.

Pio gab eine rasche Erklärung.

»Ach, du sitzt in der Falle«, knurrte Saffet, und es war, als ob er lallte. »Na . . . das ist Pech. Da ist jetzt wohl nichts zu machen. Ich hab mich besoffen! Das war mal fällig! Der Staub der Gefängnismauern mußte die Gurgel hinab! Verdammt, ich hatte so einen Durst, nach so langer Zeit . . .«

»Ich denke, Mohammed hat den Alkohol verboten!«

»Kluges Kerlchen! Aber hier bin ich Christ! Und auch sonst . . . kein Verbot, ohne daß es umgangen wird! Na, mach dir nichts draus. Ich gehe also in meine alte Herberge, da kennt man mich vielleicht noch. Und morgen früh, wenn die Sonne aufgeht, bin ich wieder hier . . . Das glaub mal . . . Und schlafe, denn was anderes kannst du jetzt doch nicht tun.«

Pio war unzufrieden mit Saffet und sehr enttäuscht. Er zuckte im Dunkeln die Achseln. Trotz allem schlief er wieder ein, den Hund neben sich, das warme Tier.

Er schlief, wie ein junger Mensch eben schläft, fest und tief. Er wachte erst auf, als es an der Tür rüttelte. Er hatte die Schritte nicht gehört, aber Volpino saß schon aufrecht neben ihm und stellte die Ohren. Pio beruhigte das Tier. »Mach bloß keine Schwierigkeiten«, flüsterte er ihm zu und preßte sein Maul zusammen.

Dann wurde das Tor geöffnet. Der Wirt stand im Licht, neben ihm drei Soldaten, Sbirren der Stadt mit Lanzen und Degen. »Das ist der Dieb«, rief der Wirt.

»Mitkommen«, befahlen die Männer.

Pio stand auf. Wo war Saffet? Kein Saffet zu sehen.

»Der Hund bleibt hier«, befahlen die Sbirren. Sie wollten Volpino packen, aber der war schneller. Er sprang hinaus, vertrieb im Hof die frühen Hühner und den Hahn, jagte auf die Straße und ließ sich nicht fangen. Doch da er nichts anstellte, verschwendete man keine Kraft an ihn. Er lief hinterher, dann voraus und wieder zurück . . .

Man führte Pio durch die Gassen, über die breite Strada Principale, die prächtigste Straße der Stadt. Links und rechts blühten die Häuser in der Sonne auf wie gelbe Blumen. Wuchtig stand am Platz der Palazzo dei Rettori mit seinen Säulengängen. Der Bau war soeben beendet worden. Vor dem Tor standen Wachen. Sie richteten die Lanzen gegen den Hund und scheuchten ihn davon. Volpino setzte sich in einiger Entfernung und blickte aufmerksam hinüber. Da sah Pio, daß Volpino vorsichtig geworden war, sich duckte, Steinwürfe fürchtete. Er war wohl oft verjagt worden, all die Zeit, kaum geduldet, ein Bettler.

Im Inneren des Gebäudes sah Pio eine steinerne Treppe, Soldaten und Beamte eilten durch den Hof und seine Bogengänge. Dann kam ein Saal mit kalten, abweisenden Steinwänden. Pio dachte an die Festung und fröstelte. »Nicht wieder«, flüsterte er unhörbar, »nicht wieder Ketten.«

Wo blieb Saffet?

Der Wirt war immer neben ihm. Die Sbirren stießen Pio vor den Richter. Der Mann saß an einem länglichen Tisch. Er hatte ein schmales Gesicht, scharfe Züge, weiße Haare. Er wirkte nicht böse, nicht furchteinflößend, eher gleichgültig. Solche Verhöre gehörten zu seiner Arbeit, Tag für Tag.

Er kannte den Wirt. »Messer Bertoldo . . .« Ein Schreiber an seiner Seite notierte die Namen: »Pio Aniello aus Biurno . . . Pferdebursche des Herzogs.«

Aber das war hier nicht wichtig. Ragusa unterstand nicht dem Herzog von Biurno. Es gehörte den Venezianern.

Der Wirt trug seine Klage vor. »Gestohlen also . . .« brummte der Richter. »Ihr sagt, er kannte Euer Versteck . . . Nun also . . . Sehr gut möglich . . . Wie sollte es auch anders

sein, wie käme der Bursche sonst da hinauf... Gestehst
du?«

»Nein«, rief Pio. »Es war anders. Es ist mein Beutel. Der
Wirt hat mich gezwungen, ihm das Versteck zu zeigen, er
hat es erst durch mich kennengelernt!«

»Es ist mein Beutel«, erklärte der Wirt. Er klopfte bekräfti-
gend auf den Tisch.

»Wenn du nicht gestehst, Pio Aniello, wirst du peinlich ver-
hört«, drohte der Richter. Der Schreiber hob einige Folter-
werkzeuge, um sie ihm zu zeigen. Und Pio wußte, die Folter war schrecklich.

»Gib mir den Beutel«, befahl der Richter.

Pio zog ihn unter dem Hemd hervor. Der Richter wog ihn
in der Hand, wollte ihn öffnen...

»Halt! Mit Verlaub...« rief da eine Stimme am Eingang.
Pio atmete auf: Saffet, Saffet Ibn Sanar! Im rechten Moment! Saffet drückte die Sbirren beiseite, zwar faßten ihn
zwei an den Ellenbogen und ließen ihn nicht frei, aber sie
brachten ihn doch vor den Richter, wie der Fremde es ver-
langte. »Ich sah deinen Hund vor der Tür und dachte mir
meinen Teil«, flüsterte er Pio zu.

»Was wollt Ihr? Wer seid Ihr?« fragte der Richter. »Ein
Landstreicher kommt immer zum andern.«

»Ich heiße Bernardo Sostrone«, behauptete Saffet. »Ich bin
Veneziano, Bürger Venedigs, der Serenissima. Ich kenne
diesen Knaben. Er ist ehrlich.«

»Und wir kennen den Wirt«, sagte der Richter. »Und der
Beutel...« Er schaute mürrisch auf Saffet, ihn ärgerte die
Störung, doch er erzählte den Fall.

»So. Messer Bertoldo behauptet, es sei sein Beutel«, sagte
Saffet. »Und Pio Aniello erklärt das gleiche. Nur einer kann
recht haben!«

»So ist es. Ihr brauchtet nicht zu kommen, um mir das zu
erklären«, brummte der Richter. »Aussage steht gegen Aussage, und wir glauben dem Wirt, den wir kennen.«

»So ist es stets«, rief Saffet, »der Fremde hat unrecht. Aber es gibt ein einfaches Mittel, die Wahrheit herauszufinden!«

»Ihr seid mehr als vorlaut!«

»Verzeiht, Procuratore Generale, edelster Herr! Ich war im Rat der Zehn in Venedig beschäftigt.«

Der Richter blickte auf, gleichzeitig schien er sich ein wenig zu ducken: »Bei welchem Senator?«

»Senator Enrico Lodando«, rief Pio rasch.

Der Richter wurde einen Schein blasser. Er nickte. »Was wäre das also für ein Mittel?« fragte er, nun etwas zaghaft.

»Der hochachtbare Wirt meint, dies sei sein Beutel. Und Pio Aniello meint, es sei der seine. Sicher hat Messer Bertoldo einmal einen Beutel an der Stelle versteckt, wo nun Pio Aniello den seinen fand, denn der Wirt ist ein ehrenwerter Herr. Ihr sagt es, und er lügt nicht. Aber könnte es nicht sein, daß beide recht haben?«

»Wie sollte das zugehen?«

»Indem der Beutel des Wirtes gestohlen wurde, lange vor der Zeit, als Pio Aniello den seinen in dasselbe Schwalbennest legte . . . aus purem Zufall!«

Der Richter hob zweifelnd die Hände.

»Was soll das alles?« schrie der Wirt. »Das ist mein Beutel. Ich kenne ihn doch! In den Turm mit dem Lümmel! Diebsgesindel!«

»Sachte«, sagte Saffet. »Ihr sagt, Ihr kennt den Beutel, Messer Bertoldo? Nun, kennt Ihr ihn wirklich? Wer den Beutel dort versteckte, der kennt nämlich seinen Inhalt. Da nun der ehrenwerte Wirt sagt, dieser Beutel wäre der seine und wir ihm als erstem glauben, so hat er auch als erster das Recht, zu erklären, was der Beutel enthält, er soll uns genau den Inhalt sagen, und zwar den gesamten Inhalt . . .«

»Was denn für einen genauen Inhalt«, knurrte der Wirt.

»Gebt mir den Beutel, dann bin ich zufrieden und verzichte auf eine Bestrafung des Diebes. Aus Mitleid, weil er noch ein halbes Kind ist.«

»Nun ja«, murmelte der Richter. Ihm wurde die Sache lästig.

»Zu gütig!« rief Saffet. »Aber wir wollen keine Güte, sondern Gerechtigkeit!«

»Redet also, Messer Bertoldo«, brummte der Richter.

»Wenn ich den Inhalt nenne, kennt ihn auch der Junge«, sagte der Wirt.

»Wenn ihr wahr redet, woran ich nicht zweifle, hat der Bursche nichts mehr zu sagen und wird abgeurteilt«, erklärte der Richter. »Also sprecht, damit wir zum Ende kommen. Ich habe noch anderes zu tun.«

Der Wirt faltete die Hände vor dem Leib, knetete sie und druckste herum. »Nun, der Beutel enthält Geld ... Natürlich ... Münzen ... Versteht, es ist lange her ... Ich entsinne mich nicht mehr an alle ... Ich habe sie nicht so genau gezählt ... Es war ein kleines Vermögen, ehrlich zusammengetragen ...«

»Alles unklares Gestammel«, winkte Saffet ab. »Mich überzeugt das nicht, auch den Rat der Zehn hätte es nicht überzeugt. Jetzt soll der Knabe reden. Sprich, Pio Aniello.«

Da lächelte Pio: »Ich hatte fünfzehn Golddukaten. Einen bezahlte ich für die Überfahrt von Venedig in diese gerechte Stadt, blieben vierzehn Golddukaten. Einen aber wechselte ich vorher und kaufte davon Kleidung und ein Lamm als Proviant, dazu noch Brot und Getränke. Ich zahlte den Buben Corallo, ich zahlte zweimal einen Gondoliere ... so blieben mir dreizehn Silberpfennige ... Ich gab dann hier dem Wirt im voraus für das Quartier im Stall, so blieben noch zwölf Silbermünzen und vier aus Kupfer ...«

»Das klingt überzeugend«, sagte Saffet. »Der Junge erklärt sehr genau.«

»Märchen, Märchen«, schrie der Wirt. Ihm wurde der Boden unter den Füßen heiß.

Der Richter nestelte unruhig am Beutel. Er steckte zwei Finger hinein.

»Halt«, rief Saffet. »Es mag ja sein, daß das alles Märchen sind. So frage ich den Wirt, Messer Bertoldo, ob sich sonst noch etwas im Beutel befindet?«

»Mag sein ... Ich weiß nicht ...«, murmelte der Wirt und machte einen Schritt zurück.

»Aber Pio Aniello weiß es, fragt ihn, Procuratore Generalissimo!«

»Ich weiß selbst, wie man ein Verhör führt«, sagte der Richter. »Nun also?« Er blickte Pio scharf an.

»Ja«, murmelte Pio. Er wurde rot wie von Flammen übergossen. »Ja, es ist noch etwas darin ...«

»Also schnell jetzt! Oder soll ich sauer werden wie Milch, die zu lange steht?«

»Ein Medaillon ... ein Schmuckstück am Kettchen ... ein Bildnis ...«

»Was stellt es dar?«

Pio senkte den Kopf. »Ein Mädchen ...« flüsterte er.

Der Richter schüttelte den Inhalt des Beutels mit einem gewissen Widerwillen auf die Tischplatte. Das Verhör lief nicht so, wie er es gewollt hatte: Golddukaten, Silbertaler und Kupferstücke. Er zog das Medaillon heraus, hielt es vor seine Augen, das Kettchen baumelte herab. »Beschreibe es näher.«

Und Pio beschrieb das Bildnis von Bianca-Bella: »Im Oval gemalt, mit feinem Pinsel ... Ein feines Gesicht, sehr schmal ...«

»Die Farbe der Augen?«

»Hellblau im Kontrast zu ...«

»Die Farbe der Haare?«

»Eben, im Kontrast zu dem schwarzen Haar! Ja, sehr aufmerksame, hellstrahlende Augen ...«

»Ach ja«, rief der Wirt. »Und die Lippen rot, selbstverständlich ...«

»Das stimmt«, sagte der Richter.

»Die Nase ein wenig aufgeworfen«, ergänzte Pio.

»Jetzt ist es wohl leicht, ein gerechtes Urteil zu fällen«, rief Saffet. Er nahm dem Richter kühn das Medaillon aus der Hand und betrachtete es. »Der Junge hat in allem recht«, erklärte er. Und Pio hätte ihn am liebsten umarmt.

»Offenbar ist dieses hier doch der Beutel des Jungen«, erklärte der Richter. »Es tut mir leid für Euch, Messer Bertoldo, denn Euer Geld wurde wohl wirklich vorher gestohlen. Wir tragen Euch Euren Irrtum nicht nach, irren kann jeder. Geht also nach Hause. Gegen diesen Jungen liegt nichts mehr vor. Aber er soll unsere Stadt binnen einer Woche verlassen – und sein Genosse ebenfalls.«

»Warum nicht schon früher«, rief Pio erleichtert. Er warf die Arme empor.

... Und dann waren sie draußen, alle beide, Pio war frei. Der Hund raste herbei und steckte seine Schnauze in Pios offene Hand. Auch Saffet duldete er nun, schenkte ihm sogar ein erstes Wedeln mit der Schwanzspitze. »Das wird schon«, sagte Pio. Über den Platz segelten Tauben.

Pio war überglücklich. »Alles geht mir nun gut aus«, rief er. »Es geht alles gut aus, du wirst es sehen, Saffet Ibn Sanar, du ebenso, Bernardo Sostrone!«

»Il Vecchio«, meinte Saffet. »Der Alte ...«

»Nun brauchen wir nur noch ein Schiff, Alter, und das schnell«, rief Pio.

»Warte«, antwortete Saffet. »Wir sehen doch immer noch aus wie ausgemachte Gauner. So nimmt uns doch keiner mit.«

Es nahm sie dann doch einer, doch das kam später. Erst gingen sie zum Barbier, da ließ sich Saffet den Bart stutzen, so daß er wie ein eckiger Rahmen um das Gesicht lag, ein schwarzer Rahmen um ein dunkles, kräftiges Gesicht.

»Eigentlich siehst du nun gar nicht mehr alt aus«, sagte Pio.

»Für dich bleibe ich Il Vecchio«, meinte Saffet. »Daß du mir ja nicht die Achtung verlierst!«

»Zu Befehl, Euer Ehren!« Pio dienerte übermütig.

Der Barbier kürzte Pios Haare und verteilte sie lockerer, indem er einige Strähnen herausnahm. Dann erwarben sie beim Schneider neue Kleider: Braune Jacken und Hosen, weiße Hemden, dunkelbraune Mützen – und Fasanenfedern darauf. Jetzt sahen sie aus wie zwei Adelsherren auf Reisen.

So gingen sie zum Hafen – und fanden den Kapitän: er hieß Kapitän Onorati, und diesmal fuhr er nach Smyrna: »Wie ich es dir voraussagte vor einem Jahr«, knurrte er und lachte. Pio hatte die *Splendida* schon von weitem erkannt, das schwarze Schiff am Kai. »Aber das darf doch nicht wahr sein, das ist ja ein Wunder«, hatte er ausgerufen. Und ein Wunder war es auch fast.

Kapitän Onorati hatte erst nicht gewußt, wer da vor ihm stand. Aber er erkannte den Hund. »Da soll mich doch die nächste Welle verschlingen«, murmelte er und freute sich. »Der Schrecken aller Ratten, der Schrecken der Haie! Na, ich bin froh, euch beide wiederzusehen. Wir können uns offenbar nicht aus dem Weg gehen. Was meinst du, Odysseus?« Der Kater auf seiner Schulter zog einen Buckel, aber er schnurrte.

Gegen Saffet hatte Kapitän Onorati von Anfang an keine Einwände gehabt.

Noch keine drei Tage waren vergangen, da setzte die *Splendida* die Segel, und diesmal war der Wind frisch, so daß sie durch die Bucht rauschten und die Stadt hinter ihnen schnell kleiner wurde.

Das Meer dehnte sich ohne Grenze.

21

Smyrna, die leuchtende Stadt, die Stadt, in der Abdulhamid Ibn Helu wohnte, jetzt ein Juwel des Osmanischen Reiches, erbaut von Alexander, den man den Großen nennt, gelegen an der Agäis, wieder und wieder erobert von vielen Völkern, von Lydern, Medern und Persern, und wieder und wieder verteidigt. Hier herrschten einst die Römer, die Byzantiner, die Kreuzritter und die Ritter vom Johanniterorden. Vor wenigen Jahrzehnten erst ging sie den Christen verloren, wovon noch die Kirchtürme zeugten. Nun überragten die schlanken Minarette, von denen die Muezzins ihr »Allahu-Akbar ... Allahu-Akbar ...« über die Dächer hinaussangen, die Türme der Kirchen.

Saffet faßte Pio am Ärmel, als er durch das Rauschen der Segel, durch das Schäumen des Meeres hindurch diese Gebete vernahm. Er flüsterte: »Knabe, wenn ich dies höre, dann vergesse ich, daß ich auch Christ bin, hier fühle ich mich zu Hause.«

»So hole deinen Teppich, wirf dich nieder und richte dein Gesicht gen Mekka, Vecchio!« antwortete Pio.

»Hoho. Knabe, du spottest! Aber bedenke, was du empfinden wirst, wenn die Glocken Biurnos zu deiner Heimkehr mit Bianca-Bella singen werden!«

»Das gebe Gott«, sagte Pio.

»Ja, er gebe es, aber wir müssen das Unsere dazu tun! Übrigens: nenne mich hier nicht Vecchio, gebrauche nicht dieses italienische Wort. Hier bin ich Muslim und sonst nichts. Nur wenn wir alleine sind, dann magst du Vecchio zu mir sagen.«

Pio lehnte sich weit über das Schiffsgeländer. Er schaute, aber er betrachtete nicht die Stadt, nicht ihre weißen Häuser, wie sie sich an die Bucht schmiegten, nicht die Kuppeln der Moscheen – er suchte unter den Schiffen im Hafen nach dem einem, nach dem einzigen: »Ich wollte, sie wäre hier . . .« murmelte er. »Oder ich wollte auch, sie wäre nicht hier . . . Ich weiß nicht, was ich mehr wünsche.«

»Was meinst du?« fragte Saffet. »Was suchst du?«

»Ich suche die *Aischa* . . .«

»Das Schiff der Piraten? Es wäre besser, wenn diese Kerle nicht in Smyrna sind! Zwar habe ich eine Rechnung mit ihnen zu begleichen, aber im Augenblick würden sie uns nur schaden, sehr schaden. Je weniger Feinde, desto günstiger für uns.«

»Du hast recht«, murmelte Pio. »Und es scheint, als ob dein Wunsch in Erfüllung ginge. Ich sehe die *Aischa* nirgends. – Ach, es ist ja auch eine so lange Zeit vergangen, seit damals! Seit Venedig . . . seit Ragusa . . . seit ich in Gefangenschaft geriet. Wüßte ich nur, ob Bianca-Bella in Smyrna ist . . .«

Die *Splendida* legte an und wurde mit lang herabhängenden Seilen an der Mole vertäut. Die Passagiere verließen das Schiff, fröhlich, erregt, und manche mit Willkommensgeschrei begrüßt. Pio und Saffet verabschiedeten sich von Kapitän Onorati. »Bis zur nächsten Fahrt!« knurrte dieser herzlich. »Und ich wünsche mir, daß es eine glückliche Heimkehr wird!« Volpino gönnte Odysseus ein Schnuppern nach oben auf den Rücken des Seemanns, das der Kater mit einem Buckel entgegennahm. Er stellte die Ohren aufmerksam. Dann betraten sie das Fallreep. »Wir suchen eine Karawanserei, in der ich noch nicht gewohnt habe, wo mich also wahrscheinlich keiner kennt«, riet Saffet. »Es gibt hier mehr als genug solcher Herbergen.«

Die Stadt dehnte sich nach Osten, der Sonne entgegen, da ihr Wachstum gegen Westen vom Meer begrenzt wurde. Mit zunehmendem Reichtum waren die Häuser prächtiger geworden, zahlreiche Steinbauten erhoben sich neben Würfeln aus Lehmziegeln. Die Höfe, die sich über ihre Umzäunungen hinaus dehnten, wurden von Dattelpalmen beschattet. Überall sorgten Brunnen für klares Wasser. Die Stadtviertel wetteiferten darin, die schönsten Moscheen zu errichten, und die Handwerker übertrafen einander an Fleiß und Kunstfertigkeit. Die Weber und Schneider hatten übergenug zu tun, denn die Eitelkeit der Leute war groß, vor allem die der Beamten und ihrer Frauen, die sie zufriedenstellen mußten. Die Juwelenverkäufer boten funkelnd geschliffene Steine an. Es gab Kaffeehäuser und Karawansereien, Händler und Wirte ohne Zahl. Vorstädte fügten sich an mit luftigen Häusern, kunstvollen Pavillons. Blumengärten und stillen Kanälen. Draußen aber wohnten die Ärmeren zu Tausenden in niedrigen Hütten: die Hirten, die Feldarbeiter, die Handlanger – und die Besitzer der Kamelherden, die für ihre Tiere große Höfe brauchten.

Saffet machte eine Herberge ausfindig. Die Karawanserei lag zwischen dem Hafen und dem Markt. Schon von draußen vernahmen sie Lärm und Geschrei und das Murren der Kamele. Als sie eintraten, schlugen ihnen die Ausdünstungen der Menschen und Tiere entgegen. Dreistöckige Gebäude begrenzten den geräumigen Innenhof, in dessen Mitte unter zwei wuchtigen Bäumen ein Brunnen von Männern umlagert wurde. Pio blieb stehen, denn er wollte den Kameltreibern zuhören, die ein Loblied auf ihr Leben sangen. Eine Stimme gab die Worte an die anderen weiter:

»Lieber ist mir ein Zelt, dessen Tuch im Winde flattert, als ein Palast . . .«, sang der eine.

»Lieber ist mir ein Hund, der den Räuber vertreibt, als eine schmeichelnde Katze . . .«, stimmte der nächste ein.

»Lieber ist mir ein wollenes Tuch, das mich wärmt in der Nacht, als das feinste Gewand . . .«, folgte ein anderer.

Und: »Mich freut ein kräftiges Kamel weit mehr als ein aufgeputztes Maultier!« So sangen sie reihum.

Saffet zog Pio weiter. Er besorgte eine einfache Kammer zu ebener Erde, in der sie mit dem Hund unterkommen konnten. Zum Schlafen lagen Ziegenfelle auf dem gestampften Boden. Pio fand ein solches Einzelquartier zwar zu vornehm und teuer, er hätte auch auf dem Hof bei den Maultieren und Kamelen geschlafen, aber Saffet erklärte: »Nein, Knabe, es ist wichtig, daß wir allein sind und uns unbelauscht unterhalten können. Man weiß nie, wer heimlich zuhört. Wir können keine Mitwisser gebrauchen. Deshalb sollten wir die Kosten nicht scheuen. Ich bin sehr froh über dieses Quartier.«

Volpino suchte ein Fell aus, scharrte es sich zurecht und ließ sich darauf nieder, als ob er daheim wäre.

»Und das ist gut so«, meinte Saffet. »Denn hier weiß ich den Hund gut aufgehoben. Wir können ihn nicht überallhin mitnehmen. Oft würde er stören!«

Und wirklich blieb Volpino ruhig zurück, als sie die Kammer verließen. »Wir müssen auf den Markt«, hatte Saffet geraten. »Es gibt keinen besseren Platz, um etwas über eine Stadt und ihre Bewohner zu erfahren.«

Der Markt lag nicht einmal eine Straße weit entfernt. In den Gewölben der Läden stapelten sich reichverzierte Waffen, Seidenstoffe, Gewürze, duftende Essenzen, Prunkgewänder, Spitzen, Weihrauchkörner, aromatische Hölzer und Silberwaren. Es war ein Ort quirlenden Lebens, bunt und wirr wie die Palette eines temperamentvollen Malers: Menschen, überall Menschen jeden Alters, darunter zahllose Kinder, die hier aufwuchsen und frühzeitig sich selbst überlassen waren, Halbwüchsige, die versuchten, sich ihre Nahrung als Bettler zu verdienen. In Lumpen lungerten sie an den Ecken der Häuser und in der Nähe der Moschee.

Die Moschee erhob sich am Kopfende des Marktes, ein Ort der Zuflucht für alle. Vor ihrem Portal umlagerten Zuhörer in Trauben die Märchenerzähler. Hier tanzten die Derwische zu Flöten und Trommeln, zeigten die Schlangenbeschwörer ihre Kunst.

Die kunstvollsten Dinge wurden angeboten – und gekauft. Felle wechselten ebenfalls ihre Besitzer, lebende Schafe, Ziegen, Maultiere und die unentbehrlichen Kamele. Käse gab es und Fleisch, das gerötet auslag und auf dem die Fliegen summten, Hühner wurden geköpft, Getränke verkauft, Wässer, denen besondere Eigenschaften zugesprochen wurden: für Wohlbefinden, für gesunden Schlaf, für friedvolle Träume, für erleichterndes Wasserlassen ...

Saffet blieb lange in Gedanken versunken vor einem Getränkeverkäufer stehen. Er überkreuzte die Arme vor der Brust. »Das könnte auch vergiftet sein«, murmelte er.

»Was meinst du?« fragte Pio.

»Ach, nichts, ich phantasierte wohl nur!«

»Aber was dachtest du? Es hatte doch bestimmt eine Bedeutung?«

»Erwäge alles und behalte das Beste«, erwiderte Saffet.

»Warum sprachst du von Gift?«

»Eine lange, lange Geschichte. Es kam mir so in den Sinn: Wie viele Kalifen, Sultane und Wesire haben wohl schon durch Gift geendet? Da schwirren tausend Gerüchte!«

»Aber du denkst doch nicht ...«

Saffet hob die Hände und führte sie im fragenden Bogen auseinander, so daß die Flächen gegen den Himmel zeigten. »Was weiß ich«, murmelte er. »Nur Allah ist allwissend. Und schau: Trotz der Gebote des Propheten wird gewuchert und betrogen, wie überall, wo Menschen miteinander handeln. Und trotz Mohammeds Verbot wird Dattelwein verkauft und andere berauschende Getränke.«

Ein alter Mann hatte ihnen schon eine Weile zugehört. »Es stimmt«, sagte er. »Das Gesetz befiehlt, daß jeder, der Wein trinkt, mit achtzig Stockschlägen zu bestrafen ist!« Er kicherte. »Aber es findet sich niemand, der diese Strafe ausführt. Denn alle sündigen!«

»Ihr seid sehr kundig«, sagte Saffet, der eine Gelegenheit sah, einiges in Erfahrung zu bringen.

»Man weiß Bescheid, wenn man lange lebt«, antwortete der Alte.

»Es ist immer eine Freude, einem weisen Mann zu begegnen.« Saffet legte ihm vertraulich eine Hand auf die Schulter. »Wenn es Eure Zeit gestattet, so erlaubt uns, Euch in das Kaffeehaus dort an der Ecke einzuladen.«

Der dumpfe Klang des Kaffeemörsers war schon lange zu hören gewesen. Der Alte folgte gern. Pio hatte das dunkle Gebräu noch nie getrunken, es schmeckte bitter und wirkte belebend. Sie saßen im halbdunklen Raum auf Kamellederkissen – ein Luxus. Viele Männer kauerten ringsum, denn der gebrühte Kaffee erfreute sich seit einiger Zeit großer Beliebtheit.

Der Alte nannte sich Bahri uled Aziz, und es erwies sich, daß er ein Schatz war, den sie da gefunden hatten, denn er war ein Ausbund an Geschwätzigkeit. Vor allem aber kannte er die Stadt und alle Bürger von einiger Bedeutung. Er plapperte so viel, daß man höchstens ein paar Krümel davon wiedergeben könnte, nämlich das, was für Pio und Saffet von Bedeutung war. Der Tratsch floß dem Alten nur so von den Lippen, aus ihm mußte man nichts mühsam herauslocken. Natürlich kannte er Abdulhamid Ibn Helu: »Ein reicher Kaufmann, der reichste der Stadt, ein mächtiger Herr, einer der Wesire des Sultans . . .«

»Wo wohnt er?«

»Er wohnt, sagt Ihr – nein, er residiert in einem Serail! Der Palast steht am Rande der Stadt, nämlich nach Osten zu, gegen Sonnenaufgang. Die Gärten spenden mit ihren vielen kleinen Teichen Kühlung. Die Mauern halten den kalten Wind der Nacht und den heißen Wind des Tages fern. Ein sanfter Luftstrom durchstreift den Innenhof und die Gemächer. Ein großes Badebecken, das an kühleren Tagen geheizt wird, ist mit dem Harem verbunden.«

Saffet hatte sich ein wenig aufgerichtet. Er war ganz gespannte Aufmerksamkeit. »Was die Schmetterlingsflügel deiner Lippen nicht sagen!« murmelte er. »Ein Badebecken ist direkt mit dem Harem verbunden?«

»So ist es. Seine verschlungenen Gitter spiegeln sich im kla-

ren Wasser. Abdulhamid Ibn Helu liebt die Abgeschieden-
heit, deshalb schuf er um sein Serail eben diese Gärten, ein
Park, der die Ausdehnung eines Stadtviertels hat, vielleicht
ist er sogar noch größer, größer jedenfalls als dieser Markt.
Soviel Platz gab es nicht in der Stadt, denn viel Raum
brauchte der Wesir Ibn Helu für seine Gärten, die Wasser-
spiele, die mächtigen Bäume, die Menagerie mit den wilden
Tieren, deren Namen ich nicht alle kenne – vor allem aber
für seine Pferde . . .«

»Pferde?«

Pio richtete sich gespannt auf.

»Pferde!« bestätigte Bahri uled Aziz. »Aber was sage ich,
Pferde! Schönere Tiere gibt es im ganzen Osmanischen
Reich nicht, und das will etwas heißen. Abdulhamid Ibn He-
lus Stall ist berühmt, sogar der Sultan beneidet ihn!«

»Das ist gut«, murmelte Pio. »Pferde . . . Da könnte ich
doch . . .«

»Schweig lieber, und freu dich nicht zu früh«, warnte Saffet.
»Erzähle du weiter, Bahri uled Aziz, man hört das Segel deiner Zunge gerne flattern. Denn deine Rede ist wie Honigseim. Wer reitet auf diesen Pferden?«

»Nun, es reitet der Herr selbst, aber da der Herr seiner Geschäfte wegen nicht immer reiten kann und weil die edlen
Tiere bewegt werden müssen im großen Park, das heißt auf
dem Reitplatz, den er anlegen ließ, reitet der Stallmeister,
mein Freund . . .«

»Dein Freund?« Saffets Augen funkelten.

»Wer ist nicht der Freund von Bahri uled Aziz in Smyrna«,
rief Bahri uled Aziz stolz.

»Aber wie heißt dein Freund, der Stallmeister?«

»Er heißt . . . er heißt . . . ja, nun ist es mir entfallen. Mein
Gedächtnis ist so übervoll von Freunden, daß ich manchmal . . .«

»Denke nur nach, bitte, denke nach«, bat Pio. »Pflücke die
Blumen im Wundergarten deines Verstandes!«

»Jetzt habe ich es, Allah sei Dank, er heißt Ercan Ibn Fahrettin . . .«

»Ibn Fahrettin . . .«, wiederholte Saffet, um sich den Namen einzuprägen. »Ein Name wie Windesrauschen!«

»Ja, wie ein erfrischender Ostwind. Ich sage nur Ercan zu ihm.«

»Auch das ist wie ein Edelstein«, brummte Saffet und lehnte sich erleichtert zurück. »Mein junger Freund Pio liebt nämlich die Stallmeister, das mußt du wissen, Bahri uled Aziz, weiser und kundiger Freund. Bitte laß nun weiter deine rosenduftende Rede ertönen! Hat er irgendwelche Eigenheiten, irgendwelche besonderen Liebhabereien, dieser Erban?«

»Ercan! Ercan Ibn Fahrettin ist ein Mann der Gerechtigkeit, genau wie sein Herr! Denn Abdulhamid Ibn Helu, Kaufmann und Wesir, ist die Gerechtigkeit selbst. Nichts geht ihm darüber.«

»Gerechte Leute sind anstrengende Leute«, meinte Saffet und seufzte. »Zumal es so viele Möglichkeiten gibt, wie man das Recht auslegt! Aber laßt uns erst noch den Palast kennenlernen. Ich liebe Serails, so wie mein kleiner Freund, diese Raupe vor dem Verpuppen, die Stallmeister, die Ställe und die Pferde liebt.«

Pio verzog seinen Mund. Er mochte es nicht, als klein bezeichnet zu werden, noch weniger mochte er eine Raupe genannt werden.

»Ja, ich bin vernarrt in Serails«, fuhr Saffet fort. »Sie sind für mich wie Feenpaläste in Wolkentürmen. Ich kann gar nicht genug davon hören: wie sie angelegt sind, wie es hinter ihren Mauern aussieht, wie sie bewacht werden . . .«

»Nun, dieses Serail wird ehern bewacht, das könnt ihr mir glauben. Es gibt viele Wächter, in der Nacht und am Tage, sie tragen die besten Waffen: Lanzen, Dolche, Degen . . . Aber wie sich das trifft«, Bahri uled Aziz erhob sich halb und deutete zum Fenster hinaus.

»Was soll das, nimm deinen Arm herunter«, herrschte ihn

Saffet ganz unverblümt an. »Man schaut schon zu uns herüber!«

»Ihr habt Glück!« rief Bahri uled Aziz. »Denn dort kommen
einige Bedienstete von Abdulhamid Ibn Helu. Seht nur, der
Wohlbeleibte, das ist sein Koch . . .«

»Ich sehe zwei Dicke«, sagte Pio.

»Richtig, richtig, mein Söhnchen. Du hast Augen wie eine
Libelle. Sehr richtig. Der zweite daneben, der etwas kleinere
der beiden Wohlbeleibten, das ist des Wesirs Obereunuch.«

»Wir haben offenbar wirklich Glück«, sagte Saffet. »Der
hochzuverehrende Obereunuch! Jener, der die schönsten
der Rosen im Harem bewacht? Rede, du Perle der Gelehr-
samkeit!«

»Gewiß bewacht er die Holdseligen – wie es die Regel ist.
Nur Bülent – so heißt mein Freund . . .«

»Auch er dein Freund, Wonne meiner Seele?«

»Ja, mein Freund, Bülent.«

»Ein Name wie Morgenfrische!«

»Und nur dieser Morgenfrische ist es erlaubt, vor den Gemächern des Harems zu schlafen. Nur sie, ich meine, nur er
besitzt den Schlüssel. Die anderen Eunuchen halten sich ein
Stockwerk tiefer auf.«

»Aber wer ist im Harem?« rief Pio. »Wer, erzähle . . .«

»Was will das Söhnchen vom Harem wissen! Was gehen
diesen Grashalm die erblühten Lilien an?«

»Es sind doch noch nicht alle Blumen erblüht? Berichte!«

»Ach, wenn ich das wüßte. Das weiß selbst Bahri uled Aziz
nicht. Wer kennt schon die Geheimnisse eines Harems? Das
kann den Kopf kosten – und den kann ich nicht entbehren!
Nur eines weiß mein grauhaariger Kopf . . .«

»So sprich!«

»Die Tochter Abdulhamid Ibn Helus lebt dort . . .«

»Ihr Name?«

»Ach, ach, Ihr verlangt zuviel, zuviel für . . .«

»Für Bahri uled Aziz' Gedächtnis, das voll ist wie ein Netz

nach reichem Fischfang, in dem die silbernen Fische zappeln! So ist es doch, oder?«

»Ihr habt recht, oh, so recht: ja, es zappelt, das Fischlein, und sein Name ist Nuriha . . .«

»Dieser Name erscheint mir wie Nachtigallengesang.«

»Sagt lieber: wie Pferdegetrappel!«

»Wie das? Was meint Ihr damit?«

»Nun, dieses seltene Mädchen hat es sich in den Kopf gesetzt zu reiten. Und der Vater – denkt nur! – erlaubt es ihr, freilich nur auf einem Esel, genauer, auf einer weißen Eselin und nur im Park, niemals unter anderen Menschen, etwa gar auf der Straße, in der Stadt . . .« Bahri uled Aziz kicherte.

»Warum lacht Ihr darüber?«

»Darüber lache ich nicht, ich lache, weil Gökhan sie dabei begleiten muß, Gökhan, der Eunuch! Habt Ihr schon einmal einen Eunuchen reiten gesehen? Ihr versteht . . . und Gökhan, der Unglückliche, sitzt auf dem Esel wie ein . . . na, ungefähr wie ein Frosch!«

»Das mag wirklich lustig aussehen«, murmelte Saffet. »Trotzdem, lassen wir die Frauen.«

»Warte, warte«, rief Pio. »Sagt, edler Bahri uled Aziz, befindet sich ein christliches Mädchen im Harem? Aua!« Pio hatte ein heftiger Fußtritt ans Schienbein getroffen. Und Saffet sah ihn strafend an.

»Vergiß es! Diese unausgeschlüpfte Schmetterlingspuppe fragt immer, wo sie auch herumkriecht, nach christlichen Mädchen. Das hat nichts zu bedeuten«, sagte er zu Bahri uled Aziz.

Dieser jedoch murmelte: »Jaja, ein christliches Mädchen ist wohl im Harem. Aber das ist eine lange und eine sehr wunderbare Geschichte . . .«

»Erzählt sie ein andermal, mein sprudelnder Quell!« rief Saffet. Er wollte auch nicht den geringsten Anschein erwekken, daß sie sich für dieses Mädchen interessierten. Es konnte wohl kein anderes sein als Bianca-Bella. »Sprecht lieber von Nuriha, von Abdulhamid Ibn Helus Tochter. Diese Perle des Morgentaus ist doch nicht etwa des Wesirs einziges Kind?«

»Oh, doch, das ist sie! Man spricht von einer Erkrankung. So wird der Segen von Söhnen dem Ärmsten versagt bleiben. Der Unglückliche! Denn was ist schon eine Tochter!«

»Wir haben doch unsere Freude dran«, murmelte Saffet.

»Nun ja«, fuhr Bahri uled Aziz fort. »So wird verständlich, daß Nuriha sein Liebling ist. Und das weiß sie zu nutzen!«

»Sein Lieblingskind also, sein Fliederstrauch, nun, es ist immerhin freundlich, daß er seine Tochter liebt! Sein Lieblingskind also. Blüte aller Blüten, da er keine Söhne hat.« Saffet grübelte.

»So ist es! Klugheit macht Eure Stirn strahlen. Hört! Abdulhamid Ibn Helu liebt zwar Nuriha so sehr, daß er ihr erlaubt zu reiten, aber doch nicht auf Pferden, und schon gar nicht auf seinem Lieblingspferd – einem Hengst, wie ihr noch nie einen gesehen habt: weiß wie ein Schwan, nein, noch weißer, weiß wie eine strahlende Wolke vor graublauem Himmel. Harun heißt dieses Pferd, nach dem ruhmreichen Kalifen von Bagdad, dem von Allah gesegneten . . .«

»Jener«, murmelte Saffet, »dem Scheherazade 1001 Märchen erzählte. Zuvor ließ er zahllose Köpfe abschlagen, so heißt es.«

»Das ist das Recht der Kalifen!«

»Das sagst du, Krone des Wissens, Bahri uled Aziz. Nun etwas anderes: Was wollen der Koch und der Obereunuch auf dem Markt, warum senden sie nicht die Diener?«

»Sie kommen täglich selbst. Hier finden sie Unterhaltung und Abwechslung. Der Koch bestellt das Notwendigste für die Tafel, Fleisch, Gemüse, Gewürze . . . es wird später ins Haus geliefert. Bülent kauft Getränke . . .«

»Bülent kauft Getränke?«

»Ja«, der Alte kicherte. »Auch Bülent liebt einen berauschen-

205

den Tropfen. Der Arme! Nur zu verständlich, ist es doch die einzige Freude, die ihm Allah gelassen hat, nachdem er die Manneskraft einbüßte. Da muß man doch Milde walten lassen. Es heißt sogar, Abdulhamid Ibn Helu habe vom Imam eine Erlaubnis für Bülent erwirkt, eine Befreiung vom allerhöchsten Verbot.«

»Er liebt Berauschendes . . .« murmelte Saffet.

Da packte Pio Saffet am Arm, er war blaß geworden.

»Was hast du, Knabe?«

Pio wies stumm nach draußen.

»Nun zeigst auch du wie ein Verrückter aus dem Fenster! Willst du die Leute auf uns aufmerksam machen? Hast du den Teufel gesehen?«

»Vielleicht! Dieser Mann . . . zwischen dem Obereunuchen und dem Koch . . .«

»Ein Hagerer zwischen zwei Fetten. Der im weißen, langen Gewand?«

»Ja! Der mit den kriechenden Bewegungen!«

»Was verstehst du unter kriechenden Bewegungen?«

»Heuchlerische!«

»Dieser würdige Mann ist der Sekretär, der Schreiber Abdulhamid Ibn Helus«, erklärte Bahri uled Aziz.

Pio sank in sich zusammen. »Ich dachte schon, es wäre . . .«

»Wer?«

»Ach nichts, ich habe mich wohl geirrt.«

Saffet grübelte. »Ich weiß wohl, an wen du denkst. Und wirklich beschäftigen osmanische Herren häufig Christen als Sekretäre, vor allem für ihre Korrespondenz mit dem Abendland.«

»Das wäre schlimm«, flüsterte Pio.

»Du sagst es, Knabe!«

»Nun, dieser Mann trägt das Gewand der Osmanen.«

»Er ist fremd hier«, erklärte Bahri uled Aziz. »Er spricht unsere Sprache, aber . . .«

Das Gespräch wurde abrupt unterbrochen, als in der Tür ein

Greis erschien mit schlohweißem Haar. Kaum hatte Bahri uled Aziz ihn erblickt, rief er: »Mein Nachbar! Verzeiht, aber ich muß mit ihm . . .«

Er erhob sich so flink, daß seine letzten Worte unverständlich blieben.

»Wir freuen uns, wenn wir ein andermal deiner duftenden Rede lauschen dürfen«, rief Saffet hinter ihm her.

Bahri uled Aziz schritt rasch zu seinem Bekannten. Die beiden begrüßten sich herzlich an der Tür, indem sie sich umarmten. »Ich suchte dich überall«, rief der Greis, und gemeinsam verließen sie das Kaffeehaus, in wehenden Gewändern.

»Ganz gut, daß er ging«, flüsterte Saffet. »Was wir von ihm erfahren konnten, haben wir wohl gehört. Es war nicht wenig. Nun sollten wir uns beide darüber unterhalten. Bist du zufrieden, Knabe?«

»Ich weiß nicht. Es lief zwar gut, sehr gut sogar. Aber ich fühlte mich ziemlich überflüssig. Ich kam ja gar nicht zu Wort!«

»So ist es, wenn ein Knabe mit würdigen Männern zusammensein darf.«

»Hör auf! Schließlich bin ich immer noch nicht sicher, ob Bianca-Bella nun bei Abdulhamid Ibn Helu ist oder nicht.«

»Du wirst es erfahren. Wohin, fürchtest du, hat man sie gebracht?«

»Verkauft«, murmelte Pio, und seine Stimme zitterte.

»Beruhige dich, Knabe. Das glaube ich nicht. Sie ist noch zu jung, deine Bianca-Bella. In so jungen Jahren kann Abdulhamid Ibn Helu noch keinen angemessenen Preis für sie erzielen. Das ist wie mit dem Wein, er muß reifen, er darf andererseits auch nicht zu lange lagern.«

»Wie du sprichst! Schließlich handelt es sich um einen Menschen. Ein angemessener Preis! Kein Preis kann für Bianca-Bella angemessen sein!«

»Knabe, beruhige dich.«

»Das fällt mir schwer. Gut, also was sollen wir nun tun? Was schlägst du vor?«

»Vor allem müssen wir gut überlegen. Wir dürfen nicht übereilt handeln. Ich meine, wir müssen versuchen, jemanden aus dem Serail für uns zu gewinnen.«

»Leicht gesagt! Und wen?«

»Das wird sich finden. Am besten wäre natürlich der würdige Obereunuch selber. Aber das wird nicht leicht sein. Es sei denn . . .«

»Ja?«

»Es sei denn, man könnte irgendwie nachhelfen.«

»Denkst du wieder an einen Zauber?«

»Es soll ein großer Zauber sein, wie wenn man jemanden mit einem geköpften Huhn umkreist und dabei Beschwörungsformeln murmelt.«

»Willst du dich über mich lustig machen? Nein, da weiß ich Besseres! Ich habe eben beschlossen, zunächst den geraden Weg zu wählen.«

»Und der wäre?«

»Ich werde mit Abdulhamid Ibn Helu sprechen. Ja, ich muß zu ihm . . .«

»Das ist Wahnsinn! Was versprichst du dir nur davon?«

»Nun, ich finde es anständig. Es wäre für alle das beste, wenn es mir gelänge . . .«

». . . ihn zu überreden, Bianca-Bella freizulassen?«

»Überreden? Bahri uled Aziz sagte, er sei ein Mann von großem Gerechtigkeitssinn, ja er sei sogar die wandelnde Gerechtigkeit selbst! Also werde ich ihn davon überzeugen, daß es ungerecht ist, was er tut. Und ich komme nicht mit leeren Händen!«

»Ich fürchte, du stellst dir die Sache zu einfach vor!«

»Ich lasse nur nichts unversucht. Warte es ab!«

»Nun gut«, murmelte Saffet. »Da du nun einmal entschlossen bist . . . Schließlich ist das auch eine Herzensangelegenheit. Auf den Mund gefallen bist du auch nicht. Und es geschehen ja wirklich Wunder... Warte, warte... mir fällt ein, er hat keinen Sohn! Vielleicht spricht das für dich...«

»Du meinst, er könnte in mir einen Sohn sehen?«

»Ach nein, was für ein verrückter Gedanke! Das wohl doch nicht. Nein, ich mache mir mehr Sorgen um dich, als ich zugeben möchte!«

»So rate mir, wie ich zu Abdulhamid Ibn Helu sprechen soll!«

»Das werde ich nicht tun, Knabe! Vielleicht erreicht deine Jugend sein Herz, vielleicht spricht deine Unbefangenheit zu ihm, sie sind wohl die besseren Argumente – oder sagen wir, es könnte ihn rühren. Trotzdem: Ich warne dich!«

»Wovor? Was soll mir geschehen?«

»Abdulhamid Ibn Helu ist nicht nur sehr reich, als Wesir des Sultans verfügt er zudem über fast unbeschränkte Macht. Ich würde dir nicht gern als seinem Sklaven wiederbegegnen – falls ich dich überhaupt noch einmal zu sehen bekomme!«

»Das müssen wir dem Herrgott überlassen.«

»Hier ist Allah zuständig!«

»Ist das nicht dasselbe?«

Mehrfach schon hatten sie die Tassen geleert, und Pio fühlte sein Herz klopfen. Nun gaben sie ein Zeichen, daß sie keinen Kaffee mehr wünschten. Sie erhoben sich.

Die Nacht kam mit ihrer Kühle. Auf dem freien Platz wurden Feuer entzündet, die gen Himmel prasselten.

22

Als Pio an der Pforte des Serails stand, klopfte sein Herz, viel stärker noch als nach dem Genuß des Kaffees, dieses ungewohnten, neuen Getränkes. Es war ein Portal voller Wunder, ein Hufeisenbogen, reich verziert mit Ornamenten, darüber steile Mauern, auch sie verschwenderisch geschmückt. Über den Fenstern des Palasts Kleeblattbögen, daneben Fächerbögen – die Baumeister aus Venedig hatten hier sehr genau hingesehen. Das Gebäude schien zu funkeln, es war wie ein Edelstein, schön eingefaßt von Palmen mit breiten Wedeln, von Platanen und von dunklen Nadelbäumen, deren Äste in Quirlen standen – dazu dufteten Rosen in verschwenderischer Fülle. Der Anblick dieser Pracht machte Pio stumm vor Staunen, und er fragte sich, ob ein so kunstsinniger Herr denn grausam sein konnte ... Aber er gab sich gleich die Antwort. Er wußte ja aus seiner Heimat, daß die Liebe zum Prunk nur allzuoft aus der Grausamkeit erblühte.

Er stand nicht lange vor dem Tor, er brauchte auch den Klopfer nicht zu betätigen: Das Portal stand offen. Zwei Wachen standen neben dem Portal, große, kräftige, dunkelhäutige Männer. Sie stützten ihre Hände auf Krummschwerter, die sie vor sich auf die Spitze gestellt hatten. Pio war froh, daß er nun ihre Sprache beherrschte und daß sie ihn verstanden. Sie bedeuteten ihm mit einem Kopfnicken, er möge eintreten. Auf der Schwelle standen zahlreiche Schuhe. Auch Pio zog seine aus. Er gelangte in die Eingangshalle, die von Säulen getragen wurde. Hier sprudelte ein Springbrunnen und versprühte Kühle. Viele Männer eilten in Strümpfen oder auch barfuß durch den Raum, einige standen wartend herum. Pio wurde zu einem Schreiber geführt: ein alter Mann mit langem, spitz zulaufendem Bart an einem einzeln stehenden Tisch. Er blickte nicht auf von seinen Papieren und fragte mit fistelnder Stimme: »Was begehrst du, Knabe?«

Pio trug sein Anliegen vor. Es war üblich, daß man den Wesir um Rat und Hilfe ersuchte. Jedermann hatte Zutritt zu festgelegten Zeiten. Pios Wunsch wurde daher nicht als ungewöhnlich oder gar ungebührlich empfunden. Selbst sein fremdartiges Aussehen und seine Aussprache erregten keine Verwunderung. Sein Name wurde in ein Buch notiert. Der Schreiber beherrschte auch die lateinische Schrift. Enttäuscht sah Pio, daß die Listen in dem Buch lang waren, sehr lang, eng geschrieben erstreckten sie sich über drei Seiten. Der Schreiber wisperte: »Setze deine Füße in drei Wochen wieder über diese Schwelle.«

»Drei Wochen?!« Nein, das war unmöglich!

Was konnte er tun? Pio sagte, es sei sehr dringend!

»Wie dringend?« Der Schreiber schob die linke Hand auf die Tischplatte, sie lag dort wie eine Kupferschale. Pio verstand. »Äußerst dringend.« Er legte eine venezianische Silbermünze auf die feinen Linien. Der Alte warf einen kurzen Blick darauf: »In zwei Wochen!«

»Noch dringender!«

»Noch dringender?« Wieder erschien die Handfläche.

Pio opferte zwei Silbermünzen.

»Acht Tage!«

Nun begann Pio um sein Geld zu fürchten. Wußte er denn, wieviel er noch brauchte? Da beugte er sich zu dem Schreiber hinüber und zischelte diesem ins Ohr: »Euer Herr wird Euch strafen, was mir Schmerz bereiten würde, wenn Ihr nicht gleich zu ihm eilt und ihm sagt, daß ich viele Monate gereist bin und von dem Kaufmann Giovanni di Lorenzo komme, aus dem fernen Herzogtum Biurno. Messer di Lorenzo ist . . .«

Er kam nicht dazu, weiterzusprechen, er brauchte keine Lügen zu erfinden, eine Botschaft oder einen Auftrag, denn der Schreiber schloß seine Hand blitzschnell und verbarg die

211

Münzen darin. Dann sprang er auf. Die bloße Erwähnung des Namens genügte. Der Betrug des Kaufmanns aus Biurno hatte sich nicht nur in diesem Haus, er hatte sich in ganz Smyrna herumgesprochen. In allen Schenken erzählte man die Geschichte, die inzwischen schon märchenhafte Züge erhalten hatte. Böse Geister, Dschinnen und Derwische trieben darin ihr Unwesen, denn mit rechten Dingen konnte es nicht zugegangen sein, daß dem mächtigen Wesir ein ganzes Schiff voller kostbarer Waren entwendet worden war! Daß Abdulhamid Ibn Helu nun die Tochter des christlichen Kaufmanns in seinem Harem beherbergte, wenn auch nicht aufgenommen hatte, das wußte natürlich auch jeder. So stand Pio also und wartete mit neuer Hoffnung. Neugierige, sogar feindliche Blicke hafteten auf ihm: Wie denn, wurde dieser fremde Knabe bevorzugt? Er aber fieberte, das Atmen wurde ihm schwer. Denn nun kam die Stunde, um derentwillen er so viel auf sich genommen, so viel auch erduldet hatte. Er wußte, wie winzig seine Aussichten waren. Nichts konnte er dem Wesir bieten, so gut wie nichts! Und doch, er mußte es versuchen! Jetzt konnte ihm nur mehr der Morgenstern helfen, Diamant im Mantel der Mutter Gottes. Pio betete leise und preßte seine gefalteten Hände so fest zusammen, daß sein Blut stockte und die Knöchel weiß hervortraten. »Morgenstern ... Morgenstern ... hilf mir, daß der Osmane Bianca-Bella freiläßt und sie mit mir nach Hause reisen darf. Bitte! Sie hat doch niemanden außer dir – und mir!« Sein Bitten wurde so eindringlich, daß es ihn überwältigte. Er vergaß alles ringsum. Er kniete nieder auf dem Marmor und flüsterte: »Königin der Herzen, Rose aller Rosen, wie schwach bin ich allein und ohne deine Fürsprache! Bitte! Zeige mir, daß du stärker bist als Abdulhamid Ibn Helu ... Laß deinen Morgenstern wieder über Bianca-Bellas Freiheit leuchten, und über meiner!« Aber da biß er sich doch auf die Lippen. Das war ja Frevel! Wer war er denn, daß er so ein Ansinnen stellen konnte ... Er wurde rot, legte die Hände auf die Stirn und murmelte: »Verzeih ... Verzeih mir ... Und sieh es mir nach, weil ich es mir so sehr wünsche und weil es doch nicht für mich ist ...« Ach, dachte er, aber ist das denn wahr? Ist es denn wirklich nicht für mich ... Nicht wenigstens auch ein bißchen für mich? Die Mutter Gottes, so hoffte er, würde ihn schon verstehen. Sie konnte doch in sein Herz blicken. Und da, meinte er, gab es keine schlechten Gedanken.

Die Umstehenden hatten den Knaben mit Verwunderung angeblickt, einige sogar mit ein wenig Rührung. Sie wichen respektvoll zurück. Nach und nach verstummte jedes Geräusch. Stille herrschte im Saal. Sie, die sich selbst fünfmal zu Boden warfen, um Allah anzuflehen, hatten Verständnis für diesen Buben, wenn er auch anderen Glaubens war. Ein wenig verlegen erhob sich Pio wieder und strich seine Kleider glatt.

Da wurde er geholt. Zwei Bewaffnete geleiteten ihn durch das Serail. Er erinnerte sich später kaum noch an die endlosen Flure und Treppen. Nur daß er einen großen Raum betrat, in dem ein dämmriges Licht herrschte. Es schirmten ihn nicht nur große, helle Vorhänge vor der grellen Sonne ab, es waren auch noch reichgeschnitzte Holzläden vor die Fenster geklappt. Pio roch einen sanften Geruch nach Weihrauch. Den Fußboden bedeckten kostbare, mehrfach übereinanderliegende Teppiche und helle, geflochtene Matten. Die Wände waren verschwenderisch mit Ornamenten verziert und durch mehrere, vom Boden bis zur Decke reichende Nischen gegliedert. Diese Nischen wurden durch rote Bretter geteilt, auf denen Vasen und Leuchter standen, schimmernde Steine, Gefäße aus geschliffenem Glas und bemalter Keramik: wagenradgroße Teller, Kannen mit schlanken Hälsen. Zwischen den Nischen, vor den Wänden, kreischten Papageien in goldenen Käfigen. Vor allem aber überraschten Pio die vielen Spiegel – Spiegel – Spiegel an den Wänden, die bis zu den Decken hinaufreichten und den

Raum in dieses flirrende Licht tauchten. Darunter luden gepolsterte Möbel, die man Diwane nannte, zum Sitzen ein. Truhen standen dort aus Rosenholz, verziert mit gelben Messingnägeln. Was diesem Raum aber vor allem sein Gepränge verlieh, waren die vielfarbigen Kissen, die überall auf den Teppichen lagen und in der Mitte einen weiten Kreis bildeten – einen Kreis um eine Schale, schwarz wie Onyx: ein Springbrunnen.

Auf einem der Kissen saß ein kräftiger Mann, der die Lebensmitte wohl überschritten hatte, eine achtungeinflößende Erscheinung. Das durch die Gitter von oben einfallende Licht spiegelte auf seinem Gesicht. Sein Bart leuchtete feuerrot, er war mit dem Pflanzenfarbstoff Henna gefärbt. Von seinen breiten Schultern fiel ein dunkelblauer Mantel.

Pio war in der Tür stehengeblieben und hatte die Arme vor der Brust überkreuzt, wie es ihn Saffet gelehrt hatte. Er neigte das Haupt. Der Mann auf dem Kissen rührte sich nicht, blickte ihn aber durchdringend an. Als Pio den Mann inmitten seiner Pracht sah, dachte er: Was kann es ihm auf eine Schiffsladung ankommen, was kümmern ihn noch Perlen, Teppiche und Gold. Hatte er nicht von allem reichlich? Und ist er jetzt etwa verarmt?

Endlich sprach ihn der hohe Herr an. Seine Stimme war dunkel, aber so leise, daß Pio große Mühe hatte, ihn zu verstehen:

»Ich höre, du kommst von Giovanni di Lorenzo, dem Kaufmann aus Biurno?«

Pio vermied eine eindeutige Antwort. Er neigte nur den Kopf.

»Ein übler Mann, ein Betrüger«, sagte der andere ein wenig lauter. »Er genoß mein Vertrauen, ja sogar meine Freundschaft. Niemals hat mich, Abdulhamid Ibn Helu, Kaufmann zu Smyrna und Wesir des Sultans, ein Mann arglistiger getäuscht und meine Großzügigkeit übler mißbraucht. Ich mußte ihn strafen.«

Pio blieb an der Tür. Was sollte er tun? Er schwieg und wartete.

»Ich mußte ihn strafen«, wiederholte der Wesir. »Wo bliebe sonst die Gerechtigkeit? – Nun, aber du . . . Du bist noch ein Knabe. Wie kannst du das Unrecht aus der Welt schaffen? Was bringst du mir für eine Nachricht?«

»Die Botschaft der Wahrheit«, murmelte Pio.

Der Mann merkte auf. Er hob sein Haupt, und sein Bart schien zu funkeln. »Ein gutes Wort«, sagte er. »Es überrascht mich, ein so gutes Wort aus deinem Mund zu hören. Du bist noch so jung! Du könntest mein Sohn sein . . . Tritt also näher und laß dich nieder.«

Zögernd trat Pio vor. Er schritt über die dicken Teppiche, unhörbar der Schritt, seine nackten Füße versanken in Rosenmustern. Vor dem Kreis aus Kissen blieb er stehen. Abdulhamid Ibn Helu wies auf ein grünes Kissen mit gelben Verzierungen. Pio überkreuzte die Beine und sank auf das Polster. Er schwieg. Er wartete. Rundum hörte er das Geschrei der Vögel.

»Rede«, forderte ihn Abdulhamid Ibn Helu auf.

»Herr«, sagte Pio. Das Wort erstarb ihm im Munde. »Herr, es ist wie ich sagte. Ich komme mit der Botschaft der Wahrheit. Und die Wahrheit ist . . .«

»Warum schweigst du? Ist die Wahrheit so unaussprechlich? Verhüllt sie ihr Haupt? Sprich!«

»Die Wahrheit ist: Messer di Lorenzo ist tot!«

»Das weiß ich!« Abdulhamid Ibn Helu nickte. »Giovanni di Lorenzo lebt nicht mehr!«

»Ich sehe darin eine Strafe des Himmels«, erklärte Pio mutig.

»Eine Strafe des Himmels . . .«

»Ja, ich meine, er hat seine Schuld bezahlt, mit dem Leben bezahlt. Der Höchste nahm es ihm, und damit auch uns, aus der Hand. Er nahm es Euch aus der Hand!«

»Warte, warte! Nur nicht so vorschnell. Das eine ist seine

Sünde, die mag Allah getilgt haben. Aber das andere ist der Schaden, den er mir zugefügt hat. Und der Schaden ist nicht aus der Welt. Als du kamst, hoffte ich, du könntest mir einen Vorschlag anbieten. Vielleicht hat man in dem Nachlaß von Giovanni di Lorenzo heimliche Schätze entdeckt . . . Wer bist du, Knabe?«

»Ich betreue die Pferde des Herzogs von Biurno . . .« murmelte Pio. Er hätte sich gerne mehr herausgestrichen, aber er wollte nicht allzusehr übertreiben.

»Pferde! Ich liebe Pferde. Hat man dich deshalb geschickt? Ich besitze die edelsten Tiere. Gewiß trifft man keine ähnlichen im Stall deines Herzogs. Doch zurück zu meinem Unglück. Ich habe einen unschätzbaren Verlust erlitten. Kostbare Kunstwerke sind darunter, Seidenstoffe, verzierte Waffen, Perlen, Schmuck und Juwelen – vor allem anderen aber ein Teppich mit den Schönheiten des Paradieses. Sein Verlust trifft mich besonders schmerzlich – und kein Herzog könnte mir auch nur einen kleinen Teil davon erstatten. Doch bietet man endlich mindestens ein Lösegeld für das Mädchen?«

»Nein«, sagte Pio und schämte sich für seinen Fürsten. Ein Papagei ließ Geräusche hören, die man für Hohngelächter halten konnte.

»Ich dachte es«, murmelte Abdulhamid Ibn Helu. »Weshalb also bist du hier?«

»Edler Herr«, rief Pio. Alle Scheu fiel von ihm ab, und er sprang so heftig auf, daß Abdulhamid Ibn Helu erschrak. Pio warf sich ungestüm vor ihm auf die Knie und breitete die Arme weit aus: »Sonne meines Herzens! Mond meiner Seele! Um Allahs, um des einzigen, einen Gottes willen: Laßt Bianca-Bella frei, erlaubt ihr, mit mir wieder heimzureisen!«

»Bist du närrisch? Steh auf! Es bringt dir nichts, auf den Knien zu rutschen. Gewiß, es rührt mich, daß du für sie bittest. Bist du mit ihr verwandt? Ist sie etwa deine Schwester?«

Pio erhob sich und blieb vor dem Wesir stehen. »Nein, nein, nichts dergleichen!«

»Sonderbar! So liebst du das Mädchen?« murmelte Abdulhamid Ibn Helu. »Die Liebe des ersten Sonnenstrahls zur Kirschblüte. Vielleicht geht sie tiefer als später jede andere im Leben.«

»Wenn ich ... eine Zeitlang ... bei Euch im Stall arbeiten würde«, murmelte Pio in der wahnwitzigen Hoffnung, Abdulhamid Ibn Helu ein Angebot machen zu können, damit ihm noch ein Funken Hoffnung blieb, ».. . bis ich Bianca-Bella di Lorenzo ausgelöst habe ... Erlaubt es! Ich bin unermüdlich, und ich verstehe mich auf Pferde ... auf ihre Krankheiten ...«

»Du willst bei mir Pferdeknecht sein, um das Mädchen freizukaufen?«

Pio nickte.

»Ach, Unglücklicher«, rief Abdulhamid Ibn Helu, und seine Stimme war voll Wärme. »Willst du denn dein ganzes Leben mein Knecht sein? Weißt du denn, welchen Wert eine junge, christliche Sklavin hier hat? Das könntest du nie, niemals verdienen. Nicht mit der schlimmsten Fron. Nein! Dir das zuzumuten wäre ungerecht.« Er sah Pio lange an. Dann befahl er ihm: »Setz dich neben mich und höre mich an!«

Pio gehorchte. Seine Augen schweiften über die Vogelkäfige, über die buntgefiederten Tiere. Sie nickten, sie ruckten, sie kratzten sich. Und der Brunnen plätscherte leise, ein silbernes Geräusch.

Abdulhamid überkreuzte die Arme. Er schwieg. Er schwieg lange. Endlich sagte er: »Allah, der Gnädige, der Barmherzige, Allah, der Allweise sagt: ›Es liegt Leben für euch in der Wiedervergeltung, o ihr Verständigen, daß ihr Sicherheit genießen möget.‹ – Er sagt auch: ›Und gebt volles Maß und Gewicht in Gerechtigkeit.‹ Er sagt ferner: ›Die aber Böses tun, wird Böses treffen in gleichem Maß, und Schmach wird sie bedecken. Niemand wird da sein, sie vor Allah zu schützen, und es soll sein, als ob ihr Angesicht verhüllt wäre mit finsteren Nachtfetzen.‹ – Verstehst du?«

»Ja«, sagte Pio. »Aber nicht Bianca-Bella hat Böses getan, sondern ihr Vater. Warum soll sie ein ganzes Leben leiden für etwas, an dem sie keine Schuld hat?«

»Der Vater büßt für sein Kind, und das Kind büßt für den Vater. Die Tochter gibt ihr Leben für die Eltern. So lautet das göttliche Gesetz. Du leugnest doch nicht, daß Bianca-Bellas Vater mich schwer geschädigt hat?«

»Wie könnte ich das«, sagte Pio. »Aber Gott selber wollte nicht, daß Messer di Lorenzo dafür zur Rechenschaft gezogen würde. Er nahm Euch die Vergeltung aus der Hand. Verzeiht, ich bitte Euch, Herr, verzeiht mir: Aber tragt Ihr nicht auch ein wenig Mitschuld an dem Verlust? Habt Ihr Giovanni di Lorenzo nicht zu sehr vertraut? Warum ließt Ihr sein Schiff mit Euren Waren beladen, ehe er bezahlt hatte?«

Ein Papagei kreischte mißtönend.

»Knabe!« Abdulhamid Ibn Helu brauste auf. »Willst du mich lehren, mißtrauisch zu sein? Ich vertraue Allah. Und ich vertraue den Menschen. Um so mehr war ich ergrimmt. Giovanni di Lorenzo hatte mich nicht nur betrogen, er hatte auch noch mein Vertrauen mißbraucht. Das verzeihe ich nie.«

Pio nickte. Seine geringen Hoffnungen schwanden. »Aber hört, Edelster der Edlen, wenn Ihr nun den Schatz wiederbekommen würdet? Ich meine: wenigstens teilweise. Ich meine: mehr, als Ihr für Bianca-Bella erlösen könntet! Würdet Ihr sie dann in Eurer unendlichen Güte freigeben?«

»Du würdest mich nicht ganz hartherzig finden«, murmelte Abdulhamid Ibn Helu. »Alles wiederzubekommen erwarte ich freilich nicht . . . obwohl . . .«

»Das Schiff ist gestrandet«, sagte Pio.

»Das ist bekannt.«

»Aber ein großer Teil des Schatzes wurde gerettet.«

»Das ist auch bekannt. Aber alle, die wußten, wo dieser Schatz jetzt verborgen liegt, sind tot.«

»Ja. Doch einer hat vor seinem Sterben eine Karte ...«

»Was sagst du?« Abdulhamid verlor einen Teil seiner Gelassenheit. Jäh drehte er Pio seinen Oberkörper zu »Rede, Knabe!«

»Es gibt eine Schatzkarte«, murmelte Pio, freilich ein wenig kleinlaut.

»Eine Schatzkarte? Mein Teppich ...«

Pio nickte. »Zephir in der Abendsonne! Diese Karte, das heißt, der Schatz, ist gewiß mehr wert als das Mädchen. Ich meine: in Geld aufgewogen. Das ist es doch, was Ihr wollt.«

»Gerechtigkeit, ja«, sagte Abdulhamid Ibn Helu. »Eine Karte ... Besitzt du sie?«

Pio antwortete zweideutig: »Ich könnte Euch dazu verhelfen.«

»Aber ist sie nicht mit lateinischen Buchstaben beschriftet?«

»Nun, Buchstaben kann man es vielleicht nicht nennen«, murmelte Pio gedehnt und etwas unklar.

Abdulhamid Ibn Helu verstand ihn wohl nicht richtig: »Ich will meinen Sekretär kommen lassen. Er stammt aus deinem Land.« Der Wesir klatschte in die Hände.

Pio spürte, wie sich sein Herz verkrampfte. »Nicht«, rief er. Aber es war zu spät. Die Tür öffnete sich lautlos. Ein Diener erschien auf der Schwelle, er neigte das Haupt, hörte den Befehl und flog wieder davon.

Der Sekretär hatte wohl im Nebenzimmer gewartet, wer weiß, wie begierig. Pio konnte kaum seine Gedanken ordnen, da kam er schon in den Raum. Pio erstarrte! Er wurde blaß bis unter die Haarspitzen. Da stand er: ein Mann im weißen, langen Gewand der Osmanen – aber dieses Gesicht war unverkennbar. Es war Fra Latino. Auch dieser erstarrte, als er Pio sah, aber nicht vor Entsetzen, eher voll grimmiger Freude.

»Dies ist Latino«, erklärte Abdulhamid Ibn Helu. Es schien,

als klänge Geringschätzung in seiner Stimme. »Er führt meine Korrespondenz mit den christlichen Kaufleuten. – Latino«, redete ihn Abdulhamid Ibn Helu ohne Höflichkeitsfloskeln an, und Fra Latino erhob sich aus seiner langen Verbeugung. »Du weißt von meinem großen Verlust. Dieser Knabe bietet mir nun eine Karte an. Sie könnte das Trio möglicherweise zu meinen Schätzen führen.«

Pio durchzuckte es wieder. Er spitzte die Ohren. Er hörte genau hin. So war das also: Abdulhamid Ibn Helu hatte die drei Piraten in seinen Diensten: sie sollten die Insel und den Schatz suchen. Ihnen traute er Erfolg zu. Dabei konnte die Karte entscheidend helfen. Pio spürte seine Aussichten wachsen. Er schöpfte neuen Mut. Vielleicht gab es doch eine Hoffnung . . .

Aus Fra Latinos Augen zuckten Blitze. Pio ahnte, was er jetzt dachte. Fra Latino wußte, daß Pio die Karte hatte und immer in ihrem Besitz gewesen war, daß er ihn belogen hatte. Ich werde mich rächen, sagten diese Augen. Doch die Stimme war sanft, ölig murmelte der Mönch, der jetzt Sekretär war: »Ich erwarte Eure Befehle, o Sonne meines Tages.«

Der Wesir wandte sich an Pio: »Wo ist die Karte?«

»Ich habe sie nicht bei mir«, war Pios Antwort.

Abdulhamid Ibn Helu nickte: »Das dachte ich. Du bist klug. Nun, du wirst sie holen. Ich will sie sehen, ich will wissen, ob sie etwas taugt. Aber jetzt höre: Ich lasse mich nicht von einem Knaben narren. Du möchtest, daß ich das Mädchen freigebe . . .«

Pio nickte, er war stumm vor Erregung.

Abdulhamid Ibn Helu strich sich den hennaroten Bart. »Ich finde, daß dein Einsatz bei diesem Spiel zu gering ist. Die Freiheit Bianca-Bella di Lorenzos gegen eine Karte, die vielleicht ihren Preis nicht wert ist? Du mußt deinen Einsatz erhöhen . . .«

»Wie?« murmelte Pio.

»Durch dich selbst. Höre, so kann es sein, unter dieser Bedingung...« Hierauf folgte ein bedeutungsvolles Schweigen, eine unerträgliche Spannung.

»Die Bedingung, Licht meiner Mittagsstunde?« Pio würgte es hervor.

»Bist du bereit, mein Sklave zu werden, falls deine Karte wertlos ist? – Ja, so soll es sein: behalte ich die Karte, gebe ich das Mädchen frei. Taugt die Schatzkarte aber nichts, ist sie nur ein Fetzen Papier...«

»Pergament, Tierhaut...«

»...dann mußt du dafür einstehen. Dann bist du mein Sklave, vom gleichen Augenblick an!«

Pio spürte Entsetzen – kalt in seinem Herzen, in all seinen Gliedern.

Der Wesir ahnte es wohl und erklärte mildernd: »Noch kannst du zurück. Noch bist du frei!« Er sah Pio durchdringend an. »Geh! Niemand wird dich aufhalten!«

Pio war weiß wie ein Leintuch. Schweiß stand auf seiner Stirn, kleine Perlen. Das war schlimmer, als er befürchtet hatte. Denn er ahnte ja, wie wenig diese Karte bedeuten konnte. Man hatte es ihm immer und immer wieder gesagt. Und dennoch! Es blieb keine andere Wahl. Er war dann immerhin in Bianca-Bellas Nähe. Vielleicht ergab sich sogar einmal eine Möglichkeit zu gemeinsamer Flucht. Und vielleicht erkannte Abdulhamid Ibn Helu in der Karte ja auch mehr als andere. Und Fra Latino? Selbst in ihn setzte Pio jetzt seine Zuversicht. Der Mönch kannte die Zeichen und Kritzellinien doch schon und hatte sich trotzdem unbedingt in den Besitz der Karte bringen wollen. Also versprach er sich etwas von ihr...

Pio nickte.

»Du bist bereit?«

Pio nickte noch einmal.

»So geh«, sagte Abdulhamid Ibn Helu. »Mein Wort gilt auch jetzt noch. Kehrst du nicht zurück, so zieh unbehelligt weiter. Ich halte es deinem Vorwitz zugute. Du bist noch jung und könntest mein Sohn sein. Du setzt dich mit deinem Leben für dieses Mädchen ein! Das verdient Anerkennung. Kehrst du aber zurück, zahlst du den Preis – wie ich den meinen zahlen werde!«

In der Stille, die diesen Worten folgte, hörte Pio wieder das aufdringliche Geschrei der Papageien. Er hatte sie fast vergessen. Nun schmerzte ihr Kreischen in seinen Ohren. Sogar das Plätschern des Brunnenstrahles tat weh.

23

Pio wußte kaum, wie er des Wesirs Serail verließ. Da war niemand, der ihn hinderte. Er trat in die Sonne, ins gleißende Licht, er lief durch die Straßen der Nudelbäcker, er zwängte sich durch die Menschen in der Straße der Färber, durch die Gasse der Schuhflicker, den Bogengang der Händler. Er kam in die Karawanserei und sah die Treiber mit ihren gelassenen Tieren. Er hörte das Murren der Kamele, und eine unbändige Lust packte ihn, mit ihnen zu ziehen, zu flüchten! Frei zu sein in der Weite der Wüste, den fernen, unbekannten Wundern. Ach, so viel wartete auf ihn! Was alles konnte er noch tun, jetzt noch! Bald war es vielleicht zu spät.

Er stockte nur kurz und starrte auf dieses bunte Leben, auf die Männer in ihren weiten Gewändern, auf die kauenden Maultiere, die hochmütigen Köpfe der Kamele und in die dunklen Augen der Pferde. »Nein!« rief er sich selber zu und rannte am Brunnen vorbei in die Stube. Da sprang Volpino von seinem Lager auf, sprang an ihm empor. Saffet aber ... Saffet rührte sich kaum, er saß in der dämmrigen Ecke, rauchte eine Wasserpfeife und schien teilnahmslos in einen Traum verfallen zu sein.

»Da bist du ja wieder, Knabe«, murmelte er, als das Toben Volpinos ein wenig nachgelassen hatte. Seine Stimme kam von fern her.

»Da bin ich, wie du siehst«, antwortete Pio ein wenig gereizt, denn er hatte mehr Teilnahme erwartet. Statt dessen sah es so aus, als ob sich Saffet von seinem Gelde ein schönes Leben machte, mit aus der Gegenwart entrückendem Rauch. »Pfui, daß du so etwas denkst ...«, knurrte Pio sich selber zu. Und: »Hund, Hund«, murmelte er, während er seine Stirn in das Fell des Tieres drückte und es kraulte, wobei er gleichzeitig am ledernen Halsband nestelte: »Volpino, was denkst du, wir müssen wohl Abschied nehmen. Dies ist vielleicht das letzte Mal, daß ich dich an mich drücken kann, daß ich draußen als freier Mensch den Duft der Bäume rieche und hier drinnen den weniger aromatischen Qualm meines Gefährten Saffet.«

Volpino stellte die Ohren. Er schien aufmerksm zuzuhören. Seine Schwanzspitze klopfte leise.

»Was redest du, Knabe?« raunte Saffet.

Pio löste das Halsband und öffnete den Schlitz, in den er damals die Karte und einige Münzen geschoben hatte. Es war alles noch da. Pio nahm die Karte auseinander und betrachtete die Kritzelzeichen. »Ach«, seufzte er. »Das ist mein Urteil, das ist so gut wie mein Todesurteil. Dieses verdammte unleserliche Zeug, diese wirren Linien ohne Sinn und Verstand! Auf was habe ich mich nur eingelassen!«

»Sprich – oder geh«, sagte Saffet. Er stieß eine weiße Wolke aus. Der Rauch verteilte sich im Raum.

»Willst du denn überhaupt etwas hören?« fragte Pio. »Du bist doch gar nicht hier . . .«

»Das überlaß nur mir«, brummte Saffet. »Ich höre.«

Da erzählte Pio. Er erzählte von Abdulhamid Ibn Helu, er erzählte von der Abmachung, er erzählte von Fra Latino. Und erst, als er diesen erwähnte, schien ein Funken von Aufmerksamkeit in Saffets Auge zu leuchten. »So, so«, brummte er, »der Mönch ist also wirklich der Sekretär des Kaufherrn Abdulhamid Ibn Helu. Wie doch alles zusammenpaßt. Dies, Knabe, scheint eine viel weitverzweigtere Geschichte zu sein, als wir uns träumen ließen.«

»Und Il Trio del Mare soll für Abdulhamid Ibn Helu den Schatz finden!«

»Nun, da tut er das Rechte. Denn wenn jemand die Inselwelt kennt und alle ihre Winkel, dann sind es diese drei. Alle Achtung vor dem osmanischen Kaufmann. Und du fasse nun Mut. Denn da glimmt doch ein Fünkchen Hoffnung. Fra Latino steckt mit den drei Piraten unter einer Decke. Er wollte die Schatzkarte unbedingt haben – und zwar lange vor Abdulhamid Ibn Helu! Nun, vielleicht sehe ich dich mit Bianca-Bella noch heute bei mir!«

»Du kannst dir das denken?«

»Denken möchte ich das nicht nennen. Aber ich könnte es mir vorstellen.«

»Wenn ich aber nicht wiederkomme, wenn der Wesir die Karte wertlos findet und mich zum Sklaven macht?«

»Kommt Zeit, kommt Rat«, murmelte Saffet vieldeutig. »Man kann auch sagen: ›Kommt Zeit, kommt Sklaverei – oder kommt Freiheit!‹ Je nachdem! Du hast dich nun einmal auf diesen Handel eingelassen! Warten wir also ab, wie er ausgeht. Rauchen wir inzwischen unsere Pfeife, und danach werden wir überlegen, was zu tun ist. Das mußt du dir merken, Knabe, man kann noch so viele Möglichkeiten überdenken – wie ein Schachspieler die verschiedenen Züge –, das Leben ist der einfallsreichste Spieler und überrascht uns immer mit neuen Wendungen. Ich habe mir angewöhnt, nur auf das zu antworten, was ist, und nicht darauf, was sein könnte. Also geh! Je eher du gehst, um so eher fällt die Entscheidung. Nichts ist schlimmer als Ungewißheit . . . na ja, fast nichts.«

»Du bist herzlos, Vecchio«, rief Pio.

»Beurteile das später«, antwortete Saffet. Eine Wolke von Qualm hüllte ihn ein.

Da streichelte Pio seinen Hund noch einmal. »Vielleicht sehen wir uns niemals wieder, mein Freund«, murmelte er. »Dann soll Saffet für dich sorgen. Wirst du das, Saffet? Versprichst du es mir?«

»Auch das gehört zu den Dingen, die ich entscheiden werde, wenn sie reif sind«, war die Antwort.

Der Hund lief hinter Pio her und schob ihn mit der Schnauze, aber Pio zwängte sich an ihm vorbei aus der Tür und schlug sie hinter sich zu. Das Schloß war gut gearbeitet, das Werk eines Meisters der Schlösser, denn die Gäste des

Hauses schätzten es, die Räume sicher verschlossen zurück-
lassen zu können.

Nun spürte auch Pio diesen inneren Drang zur Entscheidung. Er wollte wissen, was die Zukunft für ihn bereithielt.
Nur kein ungewisses Schicksal! Er rannte also den Weg
wieder zurück. Atemlos kam er im Serail an. Man ließ ihn
gleich vor, so hatte es der Herr befohlen. Und man führte
ihn wieder über Treppen, durch Gänge. So schnell konnte
der Diener gar nicht laufen, wie Pio drängte, und währenddessen dachte er: Kopf hoch, also, Pio!

Sie betraten das Gemach des Wesirs. Die Papageien lärmten
zum Erbarmen, wohl, weil sie keiner beachtete, sie wollten
Aufmerksamkeit. Abdulhamid Ibn Helu erhob sich vom Kissen. Fra Latino stand still neben der dunklen Brunnenschale,
doch die Ruhe täuschte, er war voller Spannung.

»Du kommst also wieder«, sagte der Kaufmann. »So gilt unser Vertrag! Nun gibt es kein Zurück. Zeige mir also die
Karte.«

Pio streckte die Hand aus, und Abdulhamid Ibn Helu nahm
das Stück Leder entgegen. Er ging ans Fenster, drehte es hin
und her, kopfschüttelnd betrachtete er die Kritzelzeichen.

»Daraus werde einer klug«, murmelte er.

Fra Latino war hinter ihn getreten. Er stand da wie eine
Kerze, weiß und fast unbewegt. Der Wesir wandte sich zu
ihm um: »Sieh zu, ob du etwas entziffern kannst, ein Zeichen, einen Buchstaben oder gar ein Wort.«

Nun kam es darauf an: Fra Latino, der diese Karte so sehr
begehrt hatte... er stand noch immer unbewegt. Doch es
schien Pio, als sähe er gar nicht richtig hin. »Das ist nichts
als Schmiererei«, meinte er schließlich.

»Aber Ihr selbst habt dieses Stück Leder doch zu Messer di
Lorenzo gebracht und wolltet eine Belohnung! Wie kann es
sein, daß Ihr nun sagt, sie ist nichts wert?« rief Pio verzweifelt.

»Das ist nicht die Karte, die ich brachte«, sagte Fra Latino.

»Ich weiß nicht, wo die richtige Karte ist, aber diese ist wertlos.«

»Das ist nicht wahr! Es ist dieselbe Karte«, rief Pio empört.

»Nein, es ist eine Fälschung. Ach, nicht einmal das. Du willst uns irreführen . . .«

»Ich will Euch irreführen? Irreführen um solch hohen Preis?«

»Was du damit bezweckst, ich weiß es nicht. Es ist jedenfalls, was ich sage. Dies ist nicht die richtige Karte.«

»Dann mußt du büßen, so lautet der Vertrag«, ließ sich Abdulhamid Ibn Helu vernehmen. »Ich wähle für dich das Los des Sklaven. Nun – dieses Stück Ziegenhaut soll niemanden mehr in die Irre führen. Wir wollen es . . .« Er klatschte, schon stand ein Diener in der Tür.

»Eine Kerze!« befahl der Wesir.

Die Kerze war schnell gebracht. »Entzünden«, befahl der Wesir.

Die Kerze flammte. Der springende Wasserstrahl schwankte im Zugwind. Die Papageien krakeelten.

Der Kaufmann nahm das Pergament und hielt es ins schmale Feuer. Pio vermochte nicht hinzublicken, hingegen sah er gebannt auf Fra Latino. Würde der Mönch es tatsächlich zulassen, daß die Karte verbrannte? Nein, Pio hatte sich nicht getäuscht. Ganz gegen seine Gehorsamspflicht streckte der Schreiber die Hand aus und griff behutsam, aber bestimmt nach dem Leder. »Wenn Ihr erlaubt, Herr, Leuchte des Himmelsrunds«, säuselte er. »Die verbrennende Haut würde einen Qualm erzeugen, der Euch unangenehm wäre, auch den Vögeln würde er schaden. Ich selbst werde die Karte später vernichten.«

Und schon barg Fra Latino die Schatzkarte in seinem Ärmel. Sollte ihm denn der Streich gelingen? »Nein!« schrie Pio.

»Du schweigst!« herrschte ihn Abdulhamid Ibn Helu an. »Von nun an hast du nur zu reden, wenn ich dich dazu ermuntere. Geh hinaus, und wer weiß, ob du noch einmal vor meine Augen trittst.«

»Er ist ein Betrüger!« schrie Pio so laut und verzweifelt, daß es gellte. Er hatte nichts mehr zu verlieren. »Nein«, schrie er nochmals, »wo bleibt die Gerechtigkeit?«

»Wer wagt es, mich an Gerechtigkeit zu mahnen?« rief Abdulhamid Ibn Helu.

Pio reckte kühn sein Haupt. Er fühlte sich dem Springbrunnen verwandt, der unverdrossen nach oben strebte, obgleich er wieder fallen mußte. »Herr, entweder ist die Karte wertlos, dann bin ich Euer Sklave. Das Dokument jedoch gehört mir und muß mir wieder ausgehändigt werden. Wenn Ihr aber die Karte behaltet, dann gebt Bianca-Bella frei, und mich ebenso. Wollt Ihr Euer eigenes Wort brechen? Ihre und meine Freiheit also – oder die Karte! Entscheidet Euch, beides zugleich wäre gegen unsere Vereinbarung!«

Abdulhamid Ibn Helu starrte Pio verblüfft an: »Bei Allah, der Knabe ist hartnäckig«, rief er, »hartnäckig und tollkühn. Er hat ein flinkes Mundwerk. Man sollte aus ihm einen Diplomaten machen. Er hat recht! Nun, Latino, Ihr fandet die Karte ohne Wert. Also gebt sie dem Knaben zurück. Er mag sie unter seinen Strohsack legen und gut darauf schlafen. Oder seid Ihr anderen Sinnes geworden?«

Fra Latino zögerte. Ein heftiger Kampf tobte sichtlich in seinem Inneren, dann siegte seine Klugheit. Der neue Sklave sollte die Karte nur behalten, er, Latino, würde schon eine Gelegenheit finden, sie ihm abzunehmen ... »Nimm dein Spielzeug und werde selig damit«, murmelte er, zog das Lederstück aus seinem Ärmel und reichte es Pio. Aber mit welcher Miene! Ekel, Verachtung und Haß malten darauf gleichermaßen mit ausdrucksvollen Pinseln.

Pio verbarg das kostbare – oder auch wertlose – Stück unter seinem Hemd.

»Nun ist es, wie es ist«, sagte Abdulhamid Ibn Helu. »Du bist ab nun mein Eigentum. Wenn du zu fliehen versuchst, sei gewiß, daß man dich zurückbringt. Meine Leute sind überall. Und deine Strafe wird schrecklich sein. Dann wirst du dieses Serail verlassen müssen. Ich verkaufe dich, oder ich sende dich auf eine Galeere, ja vielleicht sogar zum Trio des Meeres, zu Primo, Secondo und Terzo als Sklave auf der *Aischa*. Dann sage der Welt Lebewohl! Denn es wird sein, als hätte der Höllenschlund sich hinter dir geschlossen. Hast du mich verstanden?«

»Ja«, antwortete Pio, und ein Gefühl tiefer Verzweiflung und Mutlosigkeit erfaßte ihn. Nur noch ein Gedanke wirbelte ihm durch den Kopf, ein letzter Wunsch, den sprach er nun aus: »Erlaubt mir nur eines noch! Und ich schwöre bei meinem Gott, daß ich zurückkommen werde. Erlaubt mir, noch einmal in die Karawanserei zu gehen, um Abschied von meinem Gefährten und von meinem Hund zu nehmen und die wenigen Dinge zu holen, die ich besitze, Erinnerungen...«

»Du brauchst hier nichts. Alles Nötige erhältst du von mir«, sagte Abdulhamid Ibn Helu. »Doch ich will gütig sein. Geh immerhin, um Abschied zu nehmen!« Der Wesir empfand Mitgefühl für den Knaben, der seine Freiheit verloren hatte. »Geh, doch du wirst Begleitung haben. Ein Wächter wird dich begleiten. Nusa soll dich an der Kette führen.«

Das ist mir gleich, dachte Pio, Kette oder Wächter. Ich kenne das alles. Die Hauptsache ist, ich sehe Saffet und Volpino noch einmal. Was Pio sonst noch dachte, war so geheim, daß er es sofort tief in sich verschloß.

»Erlaubt, daß ich mit ihm gehe. Ich bürge dafür, daß er zurückkommt«, rief Fra Latino mit scharfem Klang.

Nur das nicht, Mutter Maria, dachte Pio.

»Nein«, schnitt Abdulhamid Ibn Helu bestimmt und mit Widerwillen die Eigenmächtigkeiten seines Sekretärs ab. »Das ist nicht deine Aufgabe, Latino. Ich gab schon Befehl und habe meine Gründe dafür, daß ich Nusa wählte. Geh an dein Pult, Mönch. Der Knabe raubte dir schon Zeit genug.

Schreibe!« Der Wesir winkte. Ein Mann erschien, die Lippen fest aufeinandergepreßt. Sein Gesicht war starr. Abdulhamid Ibn Helu erteilte ihm seine Anordnungen. Der Mann nickte.

Danach wandte sich der Wesir an Pio: »Glaube nicht, daß du den Sklaven Nusa zu gemeinsamer Flucht überreden kannst. Er hat es einmal versucht und wurde bestraft, wie er es verdiente. Man hat ihm die Zunge herausgerissen. Nun kann er weder fliehen noch einen anderen dazu anstiften, kann keinen Menschen nach dem Weg fragen. Sollte er nochmals versuchen zu fliehen, würde er sterben, das weiß er!«

Der Mann hörte teilnahmslos zu. Pio betrachtete ihn scheu. Ihn schauderte bei der schrecklichen Vorstellung. Nusa schien noch jung zu sein, aber man sah, daß die erlittene Pein ihn vorzeitig hatte altern lassen. Pio empfand brennendes Mitleid. Nein, dachte er, dich führe ich gewiß nicht in Versuchung.

Nusa, der so grausam bestrafte Sklave, führte Pio hinaus. Er brachte ihn in einen kahlen Raum mit vergitterten Fenstern. Hier versah Rifat, der Oberaufseher, sein Amt. »Zieh dich aus!« herrschte er Pio an. Sein Schnurrbart endete in zwei scharfen Spitzen. Pio gehorchte. Auf seiner nackten Haut leuchtete das Medaillon. Rifat wollte es ihm fortnehmen. Da kam der Stallmeister herein, Ercan Ibn Fahrettin. Er betrachtete das Bildchen und erkannte Bianca-Bella. »Schau an, das Christenmädchen . . .«, murmelte er. Es schien Pio, als ob er ihn besonders prüfend musterte und dabei ein Schmunzeln unterdrückte. Laut sagte er zu Rifat: »Es ist gut. Ich rede mit dem Herrn. Und das hier ist harmlos. Es ist bestimmt kein Zauber, jedenfalls keiner, der uns schadet. Laß es dem Jungen.«

Pio schloß den vierschrötigen Mann sofort in sein Herz. Rifat reichte ihm bunte Kleider, eine rote Hose, ein gelbes Hemd, eine blaue Schärpe. An Pios linker Hand wurde eine

Kette befestigt. Blitzschnell schob Pio die Schatzkarte in den Halsausschnitt unter den feinen Stoff des neuen Hemdes, viel feiner, als der seines eigenen – aber wie gern hätte er sein Hemd gegen dieses hier vertauscht.

»Halt!« rief da Rifat, der Oberaufseher, er war jetzt doch mißtrauisch geworden. »Was schiebst du unter das Hemd?«

»Das ist . . . ein Amulett . . .« log Pio. »Es ist von meiner Mutter!«

Rifat betrachtete das Stück Leder.

»Ich . . . ich bringe es in die Karawanserei zurück«, murmelte Pio und ärgerte sich sofort, weil er damit zuviel verriet.

»Meinetwegen«, brummte Rifat und gab die Karte zurück. Pio atmete auf.

Nusa führte ihn hinaus. Pio trabte an der Kette mitten durch das Gewimmel der Stadt zur Herberge. Wie ein Maultier vor dem Wagen. An der Kette trat er in die Kammer, trat er vor Saffet. Volpino merkte die Veränderung nicht. Aber Saffet rief: »Es ist also schlimm ausgegangen! Nun, ich dachte es mir schon!«

»Ach ja? Ist das alles, was du zu sagen hast?« antwortete Pio. Nusa stand schweigend daneben. Er hielt die Kette knapp. Sein Gesicht war undurchdringlich und dunkel. Saffet sah ihn mitleidig an. »Er ist stumm«, erklärte Pio und berichtete. Saffet nickte. »Es sieht schlecht für dich aus – und für das Mädchen genauso!« knurrte er.

Pio zog mit der freien Hand die Karte hervor und reichte sie Saffet. »Bewahre sie gut«, flüsterte er heiser. »Bewahre sie gut! Wer weiß . . . vielleicht . . . vielleicht doch . . .«

Nichts anderes hatte Pio von Abdulhamid Ibn Helu gewollt: Saffet sollte die Karte bekommen, nur deshalb war er noch einmal hierher zurückgekehrt. In die Hände Fra Latinos wollte er das Leder nicht fallen lassen. Das nicht, das nie! Saffet steckte es gleichgültig weg. »Nun verrate ich dir etwas, Pio«, sagte er. »Von jetzt an hat sich alles geändert.

Wenn du je von Schätzen geträumt hast, vergiß es! Wir haben nur noch ein einziges Ziel. Es heißt: deine und Bianca-Bellas Freiheit. Wenn ihr das Serail jemals wieder verlassen solltet, dann wollen wir zufrieden sein. Es mag dann ein noch so langer Weg vor uns liegen, ein Weg zurück, ein Weg vielleicht als Verfolgte, immer auf der Flucht, wir mögen noch so viele Abenteuer zu bestehen haben – das soll uns nicht kümmern! Wir wollen dann zufrieden sein und Gott danken. Denke du nun an nichts anderes mehr – auch ich will keinen anderen Gedanken mehr haben!«

Pio nickte. Alle Phantasien von fremden Inseln und vergrabenen Schätzen, von Seefahrten und Abenteuern waren verblaßt. Sie lagen weit, weit hinter ihm. Das alles war nun unwichtig geworden. Nur frei sein! Freiheit für ihn und Freiheit für Bianca-Bella! Das war das Ziel, das einzige Ziel! Aber er mußte an der Kette zurück in das Serail.

24

Nusa brachte Pio nicht in das Hauptgebäude des Palastes. Er führte ihn durch das feste Tor des Nebeneingangs in den Hof. Dort wartete Rifat, der Oberaufseher, mit zwei lanzentragenden Wächtern und zwei Bogenschützen. Rifat ließ eine neunschwänzige Lederpeitsche pfeifen. Er nahm Nusa die Kette aus der Hand und riß daran, so daß es Pio weh tat. »Sieh hin!« rief Rifat. »Das Tor hat sich hinter dir geschlossen und bleibt es. Niemals darfst du diesen Hof ohne Erlaubnis verlassen! Versuchst du es dennoch, wirst du das erste Mal die Peitsche spüren, nur die Peitsche! Wir werden dich immer finden! Unsere Augen sind überall! Unsere Pfeile und Lanzen erreichen dich so sicher wie Sonnenstrahlen! Solltest du dich aber ein zweites Mal unerlaubt entfernen, gar zu fliehen versuchen, dann erwartet dich sein Schicksal!« Er wies auf Nusa, faßte den Ärmsten roh am Kinn und riß ihm den Mund auf. Pio sah den Rachen – schrecklich ohne Zunge, nur der vernarbte Stumpf. »Also sei klug! Und sei dankbar! Denn dein Herr ist gerecht und gütig. Innerhalb der Mauern hast du Freiheit, zuviel, wenn man mich fragt, und mehr als anderswo. Danke deinem Gott, daß du in den Stall darfst. So hat es unser erhabenster Herr, den Allah segnen und schützen möge, in seiner Güte mit dem Stallmeister besprochen. Aber hüte dich, wiege dich nicht in Sicherheit! Ercan Ibn Fahrettin ist ein nachsichtiger Mann, deshalb stehe ich bereit!« Er ließ die neunschwänzige Peitsche erneut durch die Luft zischen. Danach scheuchte er Nusa davon, auch die Bogenschützen und die Lanzenträger entfernten sich, und Rifat erlöste Pio von der Kette. Er schubste ihn vorwärts über den Hof, dann ließ er ihn stehen und ging fort, als wollte er nun nichts mehr mit dem Jungen zu tun haben.

Pio rieb sich das schmerzende Handgelenk und sah sich

staunend um. Der Hof erschien ihm riesengroß – rechts erhob sich die Rückfront des Serails, geschmückt mit Balkonen und Säulchen. Zur Linken lagen gleich mehrere Gebäude: der Stall mit den Schlafräumen der Sklaven, ein wenig abgerückt davon befand sich der Harem, er war niedriger, doch nicht weniger prunkvoll. Die Gitter der Fenster wirkten mit ihren grünen Verstrebungen fast mehr wie Verzierungen, gearbeitet mit all der Kunstfertigkeit, die dem Entzücken an der Liebe Ausdruck verlieh. Dahinter wehten dünne Seidenstoffe. Ein Fest für die Augen. Eine schmale, ebenso kunstvoll verzierte Brücke überspannte den Hof und führte vom Harem in das obere Stockwerk des Serails – vorbehalten den Lieblingsfrauen, der Tochter Nuriha und natürlich dem Wesir selbst, wenn dieser das Bedürfnis verspürte, in den Gemächern seiner Frauen Erholung zu suchen. Daran schloß sich ein Badebecken, so daß sich der Haremsbau im Wasser spiegelte, dort seltsam schwankend wie das Muster auf einem feinen Gewebe. Daneben öffnete sich das Tor zum Park mit seinen Bäumen, den turmhohen Palmen, den Rasenflächen und dem Reitplatz. Daran anschließend und den Hof in der Mitte abschließend – die Menagerie: hochaufragende Palisaden, kräftige Stämme, ein Käfig ohne Dach, so daß Vögel aus und ein flattern konnten, geteilt in mehrere Gehege, in denen die wilden Tiere von ihrer Freiheit träumten: drei Löwinnen und ein Löwe, Schakale und Wüstenfüchse, Gazellen, Hyänen und Warzenschweine, ein Gnu, ein Leopard und eine Herde von Mähnenschafen. An einem Tümpel suhlten sich kleine Nilpferde. Und vor der Menagerie, in der Mitte des Absperrgitters, erhob sich ein zierlicher Pavillon, drei Stufen führten zu dem Kiosk empor. Von seiner Plattform, die zwischen Säulchen lag und geschwungen überdacht war, konnte man besonders gut auf die Tiere herabsehen. Und schließlich stand in der Mitte des Innenhofes ein Brunnen, aus dem die Küchen- und Haussklaven ihr Wasser schöpften.

So bedrückt Pio auch war, empfand er doch Bewunderung für diesen Bau, er verglich ihn im Gedanken mit dem Hof des Palazzos seines Herzogs in Biurno, und er wußte nicht, welchem die Krone gebührte. Plötzlich durchzog ihn ein Glücksgefühl. Hatte Rifat nicht gesagt, Pio durfte in den Stall zu den Pferden, zu Ercan Ibn Fahrettin? Er durfte reiten, die Pferde bewegen! Wo war sein neuer Herr? Pio erinnerte sich noch gut an diesen Mann. Wo blieb er?

Bei der Menagerie entstand Bewegung, ein Wagen wurde vor das Gitter gefahren. Da sah Pio auch den Stallmeister. Der Junge erkannte ihn schon von weitem. Ercan Ibn Fahrettin war klein, aber kräftig, die Schultern waren muskulös, sein Kopf saß tief im Nacken. Er sah grimmig aus, aber er hatte freundliche Augen. Über dem grauen Hemd trug er eine rote, vorn aufstehende Weste, ein Jäckchen ohne Ärmel und darunter eine braune Lederhose, die so abgeschabt war, daß sie glänzte. Pio lief zur Menagerie hinüber. Ercan beaufsichtigte die Ankunft eines neuen Leoparden. Er schaute Pio nur kurz von der Seite an. »Wie ist dein Vatersname?« fragte er.

»Aniello, Pio Aniello.«

»So heißt du von nun an Pio Ibn Aniello, verstanden?« Pio nickte.

»Mein Name ist lang und schwierig«, brummte der Stallmeister, »zerbrich dir nicht die Zunge daran. Es genügt, wenn du Ercan zu mir sagst, Giaur!« Giaur, Ungläubiger, nannte er Pio, doch es klang nicht unfreundlich. Ercan erteilte Anweisungen mit kräftiger Stimme. Männer stemmten sich nun gegen den Käfig auf dem Wagen. Im Käfig kauerte ein schwarzer Leopard, ein wildes, noch ungezähmtes Tier, das vor kurzem erst gefangen worden war und sich noch nicht an die Gefangenschaft gewöhnt hatte. Es war verschüchtert und gereizt, fauchte, sperrte sein Maul auf und zeigte seine Zähne. Der Leopard schlug mit der Tatze gegen das Gitter. Seine Krallen fuhren durch die Zwischenräume.

»Pack mit an, Pio!« rief Ercan dem Jungen zu. »Der Käfig muß 'runter! Und zwar schnell.«

Pio griff zu. Die fünf Stallburschen schoben den Käfig vom Wagen. Sie faßten unter den Bretterboden und hoben ihn langsam auf drei Holzrollen. Der Leopard fauchte wieder und führte einen Hieb mit der Tatze. Er erwischte Pio an der Schulter. Schon quoll Blut aus dem Riß. Rasch war die Schulter rot überströmt.

»Du fängst gut an!« schrie Ercan und sah ärgerlich aus. »Das ist ein schlechtes Vorzeichen! Sieh dich doch vor!«

Endlich saß der Käfig auf den Rollen. Sie schoben ihn durch das Gittertor der Menagerie und schlossen es schnell dahinter. Am Transportkäfig war ein Seil befestigt. Ercan zog am Ende, die Tür wurde hochgezogen, und der Leopard schoß hinaus. Er sprang durch den freien Teil der Menagerie. Er flog beinahe. Wie elegant, wie federnd waren seine Bewegungen! Dann raste er wieder gegen das Gitter, wo die Männer standen. »Ein prächtiges Tier!« rief Ercan bewundernd. »Herrlich, diese Wildheit! Wehe dem, der zwischen diese Tatzen kommt – oder gar zwischen die Zähne! Ein Jammer, daß die Tiere bei uns bald zahm, träge und fett wie Eunuchen werden. Aber nun . . .«

Ercan wandte sich ab. »An die Arbeit!« herrschte er seine Helfer an. Sie flogen davon, während Pio unschlüssig stehenblieb. »Die Wunde muß verbunden werden«, meinte Ercan gutmütig. Er faßte Pio unter und zog ihn zum Brunnen. Er befahl, ein Stück Baumwollstoff zu bringen. Ercan wusch Pios Wunde selbst. »Sie muß sauber sein«, knurrte er. »Die wilden Tiere haben Gift im Speichel . . . ja, auch Gift ist ihre Waffe. Also sieh dich vor. Geh nicht zu nah an das Gitter. Laß vor allem den Leoparden! Die ersten Tage sind die gefährlichsten. Wir hatten einmal einen Löwen, der befreite sich selbst. Irgendwie kam er hinaus. Er riß ein Pferd. Wir mußten ihn töten. Aber selbst die Bogenschützen des Wesirs brauchten viele Pfeile . . . Und was soll dich dir sagen: Als er

den ersten in der Brust hatte, wurde er erst richtig gefährlich. So wild habe ich noch niemals ein Tier gesehen. Das
war die Wut und die Todesangst! Unsere Bogenschützen
sind aber berühmt!«
So redend, verband Ercan Ibn Fahrettin Pios Arm, er um-
wickelte die Wunde mit dem Tuch. Die Blutung ließ bald
nach. »Du Ungläubiger«, brummte er dabei. »Du bist nicht
der erste Christ in meinem Stall, aber keiner war so jung wie
du. Man sagt, du verstehst etwas von Pferden? Das meint
der Herr, Allah segne und behüte ihn! Aber noch größer ist
dein Ruhm bei den Frauen. Sie schwatzen über dich! Besonders das Christenmädchen verbreitet Wunderdinge!«
Pio hörte kaum noch hin. Bianca-Bella ist also wirklich hier,
in diesem Harem, dachte er. Gewiß, er hatte es immer ge-
ahnt, und auch der geschwätzige Alte im Kaffeehaus hatte
es angedeutet. Aber nun wußte es Pio gewiß.
Ercan Ibn Fahrettin plauderte munter weiter: »Und unseres
Wesirs Rosenblüte, seine Tochter Nuriha, ist ganz versessen
darauf, dich zu sehen. Sie hat sich sogar in den Kopf gesetzt, mit dir zu reiten! Der Herr – Allah segne und erhalte
ihn – hat ihr nämlich das Reiten erlaubt. Er gibt ihr in allem
nach. Sie umschmeichelt ihn. Sie wickelt ihn um ihren nied-
lichen Finger wie einen Seidenschal, und er kann ihr nichts
abschlagen. Es scheint fast, daß sie und nicht des Wesirs
Hauptfrau die Herrin ist im Serail. Nun, bilde dir nur nichts
darauf ein, daß Nuriha über dich schwatzt. Mädchen sind
so. Und ob du etwas von Pferden verstehst, das will ich selber sehen. Mir machst du nämlich nichts vor. Komm
mit . . .« Ercan führte ihn in den Stall.
Puh, dachte Pio, das ist einer, der gerne viel redet! Aber
wieviel hatte er dadurch in dieser kurzen Zeit schon erfahren! Fast glücklich sog Pio den ihm so vertrauten Duft ein,
die Ausdünstungen der Tiere, den Geruch des Hafers, des
Spreus, den Schweiß . . . und alles, was sonst noch dazu gehörte. Für einen, der Pferde liebt, ist dieser Geruch schöner

als alle Wohlgerüche Arabiens. Pio vergaß, daß er Sklave
war. Er dachte: im Grunde ist es doch gleich, ob ich beim
Herzog im Stall arbeite oder bei Abdulhamid Ibn Helu.
Pferde . . . meine Freunde.

Ercan Ibn Fahrettin zog ihn vor die Verschläge. Die Pferde
des Herzogs waren schön, sie waren edel, sie waren von guter Rasse. Aber diese hier waren unvergleichlich. Kaum zu
sagen, welches von ihnen edler war. Kurz die Haardecke,
schlank der Körper, deutlich zu sehen die Muskelbündel
und Adern in kunstvollen Mustern. Einzig vielleicht Castor,
des Herzogs Wallach und Pios Liebling in Biurno, kam an
diese heran. »Unserem Propheten – Allah segne ihn! – verdanken wir diese Tiere«, erzählte Ercan. »Er hatte sie dazu
bestimmt, den wahren Glauben schnell über alle Welt zu
verbreiten. Du weißt, wie er die besten Tiere aus einer
Herde heraussuchte?«

»Nein.« Pio hörte begierig zu.

»Hundert Stuten ließ er viele Tage in einen Pferch stellen, er
gab ihnen nichts zu trinken. Dann öffnete er die Tür – und
die Stuten trotteten, trabten oder galoppierten zum nahe ge-
legenen Fluß, je nachdem, wie sie noch bei Kräften waren.
Aber ehe sie das Wasser erreichten, ließ der Prophet das Si-
gnal blasen, auf das sie zurückkommen mußten. Jedoch –
nur fünf Stuten gehorchten! Sie drehten um und kehrten zurück, noch ehe sie ihren schlimmen Durst gelöscht hatten.
Diese fünf wurden die Stammütter all unserer Pferde. Sie
hießen Hamadanigah, Habdah, Saglawigah, Kuhalyla und
Abbaya. Und nach diesen haben auch wir unsere besten Stuten benannt. Hier siehst du sie. Aber nun sag du mir, welches Pferd wohl das edelste in unseres Herrn Stall ist.«

Sie schritten die langen Reihen entlang. Vorne standen die
Maultiere, dann folgten die Esel, auch die schneeweißen,
wunderschönen Muskatesel, hierauf die Pferde. Die Tiere
stießen mit den Hufen, schnaubten, schabten sich an den
Bretterwänden, kauten, mahlten, warfen die Köpfe. Schön

waren sie alle, die Braunen oder die Falben mit ihrem schwarzen Schweif, den schwarzen Mähnen und den schwarzen Unterfüßen. Sie standen im hintersten Teil des Stalls. Plötzlich stockte Pio. Da stand er: der König, der Hengst, der Schimmel, so weiß sein Haar, perlgrau seine Mähne und sein Schweif. »Dieser . . .«, rief Pio.

»Ja, das ist er«, antwortete Ercan. »Du hast es gut erkannt, aber es ist leicht. Das ist Harun – er übertrifft alle an Kraft und Wohlgestalt.«

Vielleicht hätten sie noch länger miteinander über die Pferde geredet, doch sie wurden unterbrochen. Einer der Stallburschen eilte herbei. »Die Rose der Rosen«, rief er.

Begleitet von zwei kleinen, schwarzhäutigen Eunuchen erschien ein Mädchen im Schleiergewand. Sie trug eine weiße, sehr weite Hose, die um die Knöchel gebunden war. Ihre Haare waren schwarz wie die dunkelste Nacht, und wie Sterne trug sie darin Juwelen. »Nuriha, die Perle des Serails«, flüsterte Ercan Pio zu. Er verneigte sich. Pio tat wie er. Zwei dunkle Augen hafteten auf ihm.

»Ich habe von dir gehört«, sagte sie mit einer zwitschernden Stimme. »Bianca-Bella hat allerlei von dir erzählt, natürlich hat sie das, sie ist ja meine Freundin. Auch mein Vater hat mir von dir berichtet. Nun bist du unser Sklave geworden – mein Sklave! –, ein sonderbarer Kerl! Du fährst mehr als ein Jahr hinter dem Mädchen her, du, ein Stallbursche! Pio heißt du? Und magst Pferde? Ich will, daß du mit mir reitest. Ich werde von dir reiten lernen. Ich habe die Esel satt! Ich möchte auf Pferden reiten können – eines Tages soll es Harun sein!«

»Herrin«, Ercan räusperte sich, »schimmernder Mondstein, Ihr wißt, daß ich das nicht erlauben darf! – Nur ein Eunuch darf Euch begleiten. Und den Eunuchen ist es bloß erlaubt, auf Eseln zu reiten oder auf Maultieren . . .«

»Pah, geh mir mit den Eunuchen! Wenn sie ein Hindernis sehen, rutschen sie schon vor Angst aus dem Sattel und führen ihren Esel drum herum. Damit verschone mich. Ich will ein Pferd! Und ich will diesen Christen da! Nun, ich werde bekommen, was ich will!«

»Aber ich darf das nicht zulassen, Herrin, Honigwabe in meinem Jasminstrauch!«

»Ja, ich weiß. Also reite ich heute noch einmal mit Gökhan, noch einmal auf Sadana, meiner Muskateselin. Aber ich werde mit meinem Vater darüber sprechen.«

Ercan verneigte sich wieder. Als er sich aufrichtete, flüsterte er Pio aus dem Mundwinkel zu: »Du hast mehr Glück als Verstand, Giaur! Die kleine Christin muß unserer Apfelblüte einen Floh ins Ohr gesetzt haben, daß sie so versessen auf dich ist. Wer weiß, was sie nun ihrem Vater erzählen wird, um ihm das abzuschmeicheln. Ach, du hast schon gewonnen.« Ercan entfernte sich mit Nuriha, er sattelte für sie die weiße Muskateselin mit den zierlichen Fesseln.

Pio stand allein zwischen den Verschlägen. Die Dinge nahmen eine gute Entwicklung! Niemals hatte er dies erwartet. Er war so benommen, daß er den Eunuchen Gökhan, ein dickliches Männlein, kaum wahrnahm. Er sah nur, wie die kleine Nuriha ihre Eselin bestieg und davonritt. Ercan lief dienernd nebenher. Zwei Sklaven eilten voraus. Nuriha ritt, nein, sie wehte in ihrem weißen Schleiergewand, der pummelige Gökhan wurde neben ihr auf und ab gestoßen, er saß wenig glücklich im Sattel seines grauen Esels. Kein Wunder, daß sie ihn nicht gern zum Begleiter hatte, dachte Pio. Er lief zur Tür und schaute ihnen nach. Sie ritten an der Menagerie vorbei, der Leopard sprang gegen die Stäbe und fauchte. Nuriha sah ihn flüchtig an, sie achtete auf ihre Eselin, auf ihren Sitz im Sattel, auf ihre Zügel. Man öffnete das hohe Tor zum Park, und die beiden Reiter verschwanden zwischen den Bäumen.

In Pio jubelte es: Dieses Mädchen sprach mit Bianca-Bella! Nuriha war wichtig. Falls sie mit ihm ausreiten durfte, war er mit ihr allein im Reitpark – ganz allein?! –, dann konnte er mit ihr sprechen. Und vielleicht überbrachte sie Bianca-Bella Nachrichten. Nachrichten von Pio! Sie konnten Pläne schmieden. War Nuriha vielleicht die Hilfe, die sie brauchten, die Saffet sich gewünscht hatte? Hoffungen keimten. Im gleichen Augenblick wurde er zu Boden gerissen. Der Stoß war so unerwartet, er war so kräftig und ungestüm, daß Pio wehrlos war. Er lag unter einem dunklen Ungetüm. Das Ungetüm jaulte, kläffte und winselte, es fuhr ihm mit rauher Zunge über das Gesicht.

»Volpino! Volpino! Freund, laß mich leben!« Es gelang Pio, sich unter dem Tier, das sich vor Freude wild gebärdete, zu befreien. Er stand auf und versuchte, Volpino am Fell zu packen, ihn niederzudrücken.

»Bei Allah!« Ercan eilte zurück. »Ich dachte schon, der Leopard sei ausgebrochen! Bei meiner Seele! Ich hatte schon Angst, es wäre um dich geschehen! Aber was ist das? Soll das ein Hund sein?«

»Das ist Volpino, mein Hund!« rief Pio nicht ohne Stolz. Ein wenig hatte sich Volpino beruhigt. Zwar kreiste er noch um Pio und stieß ihn mit der Schnauze, aber er sprang wenigstens nicht mehr so wild an ihm empor.

»Der Hund muß weg«, sagte Ercan. »Wie mag er nur hergekommen sein?«

»Er muß mich gesucht haben. Er hat wohl den sechsten Sinn. Sonst hätte er meine Spur doch nicht finden können unter all den Leuten in den Straßen. Vielleicht ist er mir gefolgt . . .«

»Wie auch immer!« Ercan bestand darauf: »Der Hund muß weg! Ein Sklave darf keinen Hund halten! Auch ist es unmöglich, daß der Hund bei den Pferden im Stall ist. Das macht sie unruhig.«

Pio nickte traurig. »Ich bringe ihn zurück.«

»Du bleibst«, rief Ercan streng. »Keinen Schritt machst du aus dem Hof. Ilhan wird den Hund dahin bringen, von wo er weggelaufen ist. Woher kam er?«

»Aus einer Karawanserei!« Pio erklärte, wo die Herberge lag. »Ilhan soll nach Saffet Ibn Sanar fragen.«

»Saffet Ibn Sanar . . . Ilhan wird das gut machen. Er ist klug. Und er versteht sich auf Hunde. Der Köter muß an die Leine. Wir nehmen einen ledernen Zügel. Los, ich will, daß er wegkommt . . .«

Pio mußte gehorchen: Der Stallsklave Ilhan wurde gerufen. Er war klein und scheu, aber er faßte den Hund fest. Und nachdem Pio mit Volpino gesprochen hatte, nachdem er ihm befohlen hatte zu gehorchen, ließ sich dieser wegführen, wenn auch widerstrebend. Immer wieder drehte er sich um. »Geh, geh, Volpino!« rief Pio. »Und laß dich hier nicht noch einmal sehen!« Das Herz brach ihm bei diesen Worten.

Ercan wies Pio einen leeren Verschlag hinten im Stall an. »Miste ihn aus! Und mach es richtig. Ich will sehen, was du kannst, Giaur!« Pio ergriff die Mistgabel. Er machte sich an die Arbeit. Der Stallmeister verließ ihn. Pio war allein. Er belud die Schubkarre. Er kehrte die Spreu zusammen.

Da wurde er plötzlich an die Bretterwand gepreßt. »Die Karte!« keuchte es an seinem Ohr.

Der Griff war kräftig. Pio kannte die Faust. Er kannte die Stimme. Wenn auch das Gewand jetzt ein anderes war, wenn er auch die dunkle Kutte mit dem hellen Burnus vertauscht hatte – der Mann war Fra Latino . . .

»Ich habe dich, Bursche! Nun entkommst du mir nicht mehr. Und wenn du nicht tust, was ich verlange, dann spürst du mein Messer zwischen den Rippen, sei gewiß!«

»Ich habe die Karte nicht!«

»Natürlich! Du hast die Karte ja nie! Aber plötzlich hast du sie dann doch!«

Eiserne Finger legten sich um Pios Hals. – »Wenn du nicht mehr atmen kannst«, keuchte der Mönch, »wenn dir die Ohren sausen, wenn dir schwarz vor Augen wird, dann wirst du wohl gehorchen . . .«

Pio keuchte. Er schlug. Er trat nach dem Mönch. Er traf ihn am Schienbein. Er fuhr ihm mit der Faust in den Magen. Fra Latino schrie auf, aber Pio merkte, daß seine eigene Widerstandskraft nachließ. Er spürte dieses kreisende Singen, das stets eintrat, wenn er zu lange tauchte ... er mußte aufsteigen ... auftauchen ... Ach, um ihn war nur dieses schimmernde, milchige Wasser, dieses Sausen ... Klingen ... Tönen ... und der Drang nach Luft, der ihm die Lunge zersprengte.

»Ha!« Fra Latino jubelte. Er lockerte den Griff. Er nahm eine Hand von Pios Hals und griff in den Hemdausschnitt, faßte etwas, schrie: »Endlich!« und zog dieses Etwas hervor. Er besah es: Es war das Medaillon, das Bildchen von Bianca-Bella.

Pio befand sich in einem sonderbaren Zustand zwischen Traum und Klarheit. In seiner Entrückung sah er Fra Latinos Gesicht, wie es auf das Schmuckstück niederblickte. Verschwommen erkannte Pio in seiner Miene grenzenlose Enttäuschung – aber auch hingerissenes Entzücken. Und er verstand dies nicht.

»Fort mit dir, weißer Teufel!« schrie es in diesem Augenblick. Pio sank zu Boden. Ein Mann hatte Fra Latino mit Riesenkräften von hinten gepackt, drehte ihn um, hielt ihn an den Schultern und starrte ihm in die Augen. »Du bist das! Der Sekretär! Wärest du nicht der Diener des Herrn, ich würde dir den Hals umdrehen, schleimige Kröte! Was hast du in meinem Stall zu suchen? Was würgst du meinen Sklaven, bis er tot umfällt? Habt ihr Christen solche Geschäfte miteinander? Nun, dann sollst du wissen: Pio Ibn Aniello, der Lumpensohn, gehört mir! Er untersteht dem Stallmeister. Mir allein! Und wenn er bestraft werden muß, dann von Ercan Ibn Fahrettin ... oder von Rifat ... und von keinem anderen. Wenn du dich hier noch einmal herumtreibst, dann ergeht es dir schlecht, das schwöre ich beim Barte unseres Propheten! Sei gewarnt! Und nun scher dich davon!«

Ercan gab Fra Latino einen Stoß. Dieser taumelte in den Gang zwischen den Verschlägen, wo er niederfiel. Er raffte sich auf, strauchelte aber, stand auf und wollte hinauslaufen, stolperte über sein Gewand, stürzte noch einmal. Als er sich endlich erhob, drehte er sich um und schrie Pio wutverzerrt zu: »Das zahlst du mir, Bursche! Du wirst dich selbst und diese Stunde verfluchen! So wahr mir Gott helfe, das wirst du büßen! Und zwar bald!« Dann hastete er aus dem Stall.

»Das ist der Satan selbst, er ist zu allem fähig«, knurrte Ercan.

Pio zog sich den Verband auf seiner Schulter zurecht. Die Wunde blutete wieder.

25

Es war wie ein Wunder: Abdulhamid Ibn Helu erlaubte Pio nicht nur, mit Nuriha zu reiten, er ordnete es sogar an. Zuvor hatte er Ercan Ibn Fahrettin um Rat gefragt. Und der Stallmeister hatte geantwortet: »Herr, Wonne meiner Augen, der kleine Giaur weiß viel von Pferden. Er ist verläßlich und fürsorglich. Er wird Eure Tochter schützen. Er wird sie lehren, richtig auf dem Pferd zu sitzen, so wie es ihr Gökhan nie beibringen könnte. Es wird Zeit für die Lilie der Lilien, daß sie vom Esel hinüberwechselt auf den Rücken eines Pferdes, o du Diadem der leuchtenden Häupter. Gewiß würden sich im Osmanischen Reich gute Lehrer finden, die besten sogar, aber das wären erwachsene Männer, und dies ist nicht gestattet! Doch die Eunuchen, Herr, Wohlklang meiner Ohren! Wie sollte ein Eunuch zu Pferde sitzen können? Gerade, daß sie sich auf Maultieren oder Eseln halten können! Pio Ibn Aniello aber kann es. Ich habe ihn beobachtet, wenn die Stallburschen die Pferde im Park bewegen. Er sitzt am besten im Sattel. Die Blüte der Blüten könnte viel von ihm lernen . . .«

»Gut, sie soll reiten«, sagte Abdulhamid Ibn Helu. »Doch nur einer könnte es sie lehren – und das bist du. Ercan Ibn Fahrettin . . .«

»Mit Freude, o Herr, mein Gebieter, mit Freude . . .«, stammelte der Stallmeister.

»Aber du bist ein erwachsener Mann«, erwiderte Abdulhamid Ibn Helu. Er strich über seinen hennaroten Bart. »Unser neuer Sklave ist noch ein Knabe, ein halbes Kind . . . Das ist er doch, Ercan?«

Ercan Ibn Fahrettin senkte enttäuscht sein Haupt.

»Gewiß, Ehrwürdigster!«

»Gut, dann ist nichts dagegen einzuwenden. Ja, sie soll das Reiten lernen, auf Pferden! Noch habe ich keinen Gatten für sie ausgewählt. Nur Allah weiß, ob es ein Sultan, ein Fürst der Mameluken oder der Mongolen oder ein Paschidah sein wird. Es kann ihr also nicht schaden, sicher im Pferdesattel sitzen zu können. Der Sklave Pio soll daher mit Nuriha, dem Stern meiner Nächte, im Park reiten, und die Eunuchen sollen am Tor wachen. Auch du, Stallmeister, achte darauf, daß er sich nichts herausnimmt, was einem Sklaven nicht zukommt. Die erste Träne von Nuriha spürt er mit dem Katzenschwanz! Und wenn ihr etwas zustößt – Allah behüte und beschütze sie! –, dann büßt er es mit dem Tode!«

Jetzt erbleichte Ercan Ibn Fahrettin. Sein Ansehen, ja sein Wohlbefinden standen auf dem Spiel.

»Es täte mir leid um den Knaben«, fuhr Abdulhamid Ibn Helu fort. »Denn er hat besondere Eigenschaften . . . meine Blicke ruhen mit Wohlgefallen auf ihm. Wer weiß . . . Er darf mich nicht enttäuschen!«

Da war Ercan wieder zufrieden. Er selbst hatte in den dieser Unterredung vorausgegangenen Wochen Pio nicht aus den Augen gelassen. Er wußte ja, was Nuriha wünschte. Er ahnte, was auf ihn zukam. Aber je länger Pio hier war, um so besser gefiel er dem Stallmeister. Das beruhte auf Gegenseitigkeit, auch Pio mochte Ercan Ibn Fahrettin. Und wenn er im Stall war bei den Pferden, war es ihm gleichgültig, daß er unfrei war. Pio schloß dann die Augen und stellte sich vor, er wäre im Stall in Biurno. Er hörte die gleichen Geräusche, schnupperte die gleichen Gerüche, selbst wenn er die Augen wieder öffnete und dicht vor den Tieren stand, fand er keinen Unterschied. Er liebte die herrlichen Pferde, vor allem Harun, den Schimmel, er verglich ihn mit Castor, dem Wallach des Herzogs – welcher von beiden mochte edler sein? Vielleicht war es Harun, der noch ein wenig rassiger, noch ein wenig eleganter war . . . Und Pio begann allmählich zu begreifen, was Saffet gemeint hatte, als er sagte, daß es gleichgültig sei, wo und in welcher Lage man sich befindet, mehr als Atmen und sich wohl fühlen kann man nicht! Und doch vergaß Pio nicht einen Tag, weshalb er hierher gereist war, weshalb er alle Mühsal auf sich genommen hatte. Er mußte sich beeilen. Nicht nur wegen Bianca-Bella selbst. Alles, was er über sie erfahren hatte, beruhigte ihn. Sie wurde im Harem gut behandelt. Nuriha begegnete ihr wie einer Freundin, sogar wie einer Schwester. Die beiden spielten und badeten miteinander. Doch sicherlich sehnte sich Bianca-Bella nach der Freiheit und flehte jeden Tag darum, dachte Pio. Denn letztlich drohte ihr ein ungewisses Schicksal. Noch würde Abdulhamid Ibn Helu sie behalten. Doch was, wenn Bianca-Bella zur reifen Schönheit erblüht war? Und das würde sie, davon war Pio überzeugt. Nun, das hatte noch Zeit. So gesehen brauchte Pio keine Eile zu haben. Nein, da war etwas ganz anderes, das den Jungen verunsicherte: Er hatte daheim viel Böses über die Osmanen gehört. Voller Haß war er aufgebrochen. Nun aber schwand sein Haß dahin. Sicher, ein Sklave wollte er nicht bleiben, aber vielleicht konnte er wieder freikommen – er wußte es nicht. Und wenn er sich daran gewöhnte, würde es nicht seine Entschlußkraft lähmen? Er mochte die Menschen hier. Er mochte Ercan Ibn Fahrettin.

Einmal hatte sich dieser mit Pio an dessen Lager unterhalten, vor dem Einschlafen: »Gib es zu, Giaur, du bist hergekommen, um die kleine Christin zu befreien . . .«

Pio hatte genickt.

»Es spricht für dich, daß du nicht leugnest, was doch jeder weiß«, hatte Ercan gemurmelt. »Sieh dich vor! Es wird dir nicht gelingen! Falls du vorhast, mit ihr zu fliehen, dann denke an die Bogenschützen. Selbst wenn ihr entkommen könntet, man würde euch jagen. Du kennst unsere Pferde! Keines ist schneller. Man würde euch fangen! Dann wird es euch beiden schlimm ergehen, viel schlimmer, als du es dir ausmalen kannst. Dir droht der Tod, mindestens aber die Fron im heißesten Afrika oder die Ketten einer Galeere. Unser Herr ist fürchterlich in seinem Zorn, besonders dann, wenn sein Sinn für Gerechtigkeit enttäuscht wurde! Er vertraut dir! Und denke auch an mich: ich würde ebenso bestraft werden . . .«

»Aber wieso denn?« rief Pio.

»Nun«, meinte Ercan achselzuckend, »ich bin für dich verantwortlich . . .«

Ach, dachte Pio, daß er die Menschen hier mochte, Ercan . . . das war fast schlimmer als Ketten und Schläge. Die hätten ihn nur um so entschlossener gemacht.

Dann hatte Ercan rätselhaft hinzugefügt: »Noch eines wollte ich dir sagen, Giaur! Denke darüber nach! Du brauchst nicht immer ein Sklave zu bleiben.«

»Wie . . .?« Pio hatte sich aufgerichtet.

»Davon später«, murmelte Ercan. »Es ist noch zu früh . . .«

Da hatte Pio verwirrt geschwiegen: Wie denn, wäre es möglich, dieses Joch der Sklaverei wieder abzuschütteln – ohne Flucht? Er hatte sehr unruhig geschlafen in jener Nacht . . . und wild geträumt.

Fast reute es ihn, als ihm Ercan schließlich die Anweisung gab, Nuriha beim Reiten zu begleiten und sie zu unterrichten: »Täglich eine Stunde im Park.«

Nuriha hatte ihm gefallen. Schon wieder jemand, den ich leiden mag, dachte er verwirrt. Zudem ärgerte es ihn, daß er nur deshalb für diesen Dienst ausersehen war, weil er noch so jung, noch nicht erwachsen war. Das kränkte ihn.

Am ersten Tag zeigte er also Nuriha ein mürrisches Gesicht. Eher widerwillig half er dem Mädchen beim Aufsitzen, und widerwillig stieg er auf seinen Braunen. Ercan hatte zwei ruhige, verläßliche Pferde ausgewählt. Pios Blicke streiften gleichgültig die schwarzen Eunuchen am Tor. Ihr steht da ganz nutzlos, dachte er, ihr steht da ohne Sinn und Verstand. Ich werde mir nichts zuschulden kommen lassen. Er trabte an. Aber sowie er das Pferd unter sich spürte, wurde er fröhlich.

Von Mal zu Mal gewann er Nuriha lieber. Sie war ein lebhaftes, kleines Geschöpf. Fast glich sie einem Ball, denn sie war rundlich, stets eingehüllt in weiße Schleier, die beim Reiten um sie herumwehten. Sah es nicht aus, als ob eine Wolke im Sattel säße? Sie war gelehrig, saß mit natürlicher Begabung auf dem Pferderücken und hüpfte mit Vergnügen darauf herum.

Der Reitplatz im Park war ein freier, sandiger Platz, gut geeignet zum Schritt, zum Traben und sogar für einen kurzen Galopp. Dahinter lag eine Wiese, die von Pinien und Zypressen beschattet wurde, gefolgt von einem Palmenhain. Die Bäume standen nicht dicht, sie verbargen die Reiter nicht völlig vor den Wachen, aber sie gaben Pio doch ein Gefühl von Freiheit. Er zeigte Nuriha, wie sie die Zügel halten mußte, er lehrte sie die Gangarten: »Im Schritt treten die Beine einzeln, hinten rechts, vorne rechts. Im Trab fußen die Pferde gleichzeitig auf und ab, rechter Hinterfuß und linker Vorderfuß... der Augenblick, in dem das Pferd den Boden berührt, ist kürzer als der, in dem die Beine vorwärts greifen... Der Galopp läuft im Dreitakt: äußerer Hinterfuß, dann folgen der innere Hinterfuß und der äußere Vorderfuß gemeinsam. Zuletzt greift der innere Vorderfuß weit aus. Wenn du gut im Sattel sitzt, kann der Galopp wie ein Schweben sein.«

»Nein«, rief Nuriha atemlos. »Im Galopp ist es, als ob ich falle. Bum... bum... bum...« Sie befanden sich auf der Wiese zwischen zwei Bäumen. Die zwei schwarzen Eunuchen standen unbewegt am Tor.

Da zischte Nuriha zu Pio hinüber: »Bleib stehen. Tu so, als ob du mir etwas erklären wolltest, aber hör mir gut zu.«

Pio spitzte die Ohren. Er beugte sich zu Nuriha.

»Kannst du mich gut hören?«

»Ja, man sagt, ich habe Mäuseohren!«

»Gut!« flüsterte Nuriha. Dann sagte sie zu seiner Überraschung: »Schade, daß du kein Muslim bist!«

Pio verstand nicht. »Warum sollte ich ein Muslim sein?«

»Ich kann nur einen Rechtgläubigen zum Mann nehmen«, erklärte Nuriha ernsthaft. Dann lachte sie. Es war ein kleines, glucksendes Lachen, wie es zu ihrer kleinen, runden Figur paßte. Er wurde flammend rot: »Was sagst du da? Was meinst du?«

»So einen Mann wie dich wünsche ich mir«, sagte sie, immer noch glucksend. »Ach, aber weißt du, es geht ja doch nicht . . .«

»Nein«, sagte er. »Es geht nicht.«

»Du denkst nur an Bianca-Bella!«

Das klang vorwurfsvoll.

»Ich will, daß sie frei ist«, sagte Pio. »Sonst will ich nichts.«

»Ist das wahr?«

»Natürlich! Nun rede aber. War das denn alles?«

»Du bist kein Edler«, sagte Nuriha. »Das ist schade. Denn mein Ehegemahl muß reich sein, und er muß mächtig sein, so wie mein Vater, vielleicht sogar noch mächtiger.«

Pio schob die Lippen vor. Es kränkte ihn, obwohl er doch niemals dergleichen gewünscht hatte. Mochte dieses muslimische Mädchen erhoffen, was es wollte, er gönnte es ihr, jedoch ihn ging es nichts an.

»Ja, wenn du den Schatz fändest!« sagte sie.

»Was wäre dann?« Pio horchte auf.

»Dann wäre alles anders.«

»Der Schatz gehört deinem Vater!«

»Ja, aber mein Vater würde dich reich belohnen. Er sagte, daß er jedem die Hälfte des Schatzes gibt, der ihn findet. Doch das ist noch nicht alles.«

»Was noch?« Fast wider Willen richtete sich Pio im Sattel auf. Die Pferde warfen die Köpfe.

Nuriha lachte: »Mein Vater macht ihn . . .«

»Ihn . . .«

»Den, der den Schatz findet, den Teppich und was sonst vorhanden ist . . . Mein Vater macht ihn zum Pascha!«

»Was ist das?«

»Nun, er wird Offizier und ein hoher Beamter. Er hat Macht, er ist dann ein Edler!«

»So ist das . . .« Pio verstand nun, warum Fra Latino die Karte unbedingt haben wollte, selbst um den Preis seines Lebens. Er würde alles dafür einsetzen, denn so gewiß, wie ihn Geld und Vermögen lockten, so sehr strebte er auch nach den hohen äußeren Ehren, die damit verbunden waren. Wenn Fra Latino aus der Enge, aus der Niedrigkeit seines Daseins als Bettelmönch zu solchen Höhen emporsteigen konnte, dann war ihm wohl jedes Mittel recht, um sein Ziel zu erreichen. Fra Latino war schließlich kein Heiliger; wie viele andere war er wohl aus Armut, aus Not in die Bruderschaft eingetreten. Im Kloster hatte er Unterschlupf finden können, es hatte ihn vor Hunger und Frost bewahrt. Und nun sah er so ungeheure, so blendende Möglichkeiten vor sich! Gewiß benutzte der Mönch die drei Piraten nur, um sein Ziel zu erreichen. Unwillkürlich zog Pio am Zügel und richtete sich auf, als hätte ihn der Blitz einer Erkenntnis getroffen.

»Was hast du?« fragte Nuriha.

»Er will dich! Er will dein Gemahl werden«, sagte Pio.

»Wer, du Träumer?«

»Fra Latino!«

»Der Sekretär?« Nuriha schüttelte sich vor Lachen.

»Ich weiß es«, sagte Pio. »Das ist sein wahres Ziel! Du bist es, die er begehrt!«

Jetzt ging Nurihas Lachen in Entsetzen über. »Eher stoße ich mir einen Dolch ins Herz!«

»Das tut aber weh!«

»Dann nehme ich Gift. Es gibt viele hilfreiche Kräuter. Du kannst dir nicht denken, was die Frauen im Harem alles wissen, was sie alles besprechen. Denk nur nicht, daß wir Gefangene sind. Die Männer mögen die Welt beherrschen, aber wir Frauen beherrschen die Männer, und damit sind wir Frauen die wahren Beherrscherinnen der Welt – und des Serails.«

»Was sind denn das für Weisheiten?«

»Das sagt meine Mutter Raihana, die Hauptfrau meines Vaters, das sagen auch die Nebenfrauen . . .«

»Die Nebenfrauen?«

»Ja: Umaima, Tan'um, Dalilal,, Fatima, Halima, Buthaina . . .«

»Hör auf! Mir schwirrt der Kopf!«

»Du siehst: so viele. Und sie müssen es wohl wissen! Sie erzählten, daß oft schon die Frauen eines Sultans nicht nur das Serail, sondern das ganze Reich regiert haben. Aber eigentlich wollte ich etwas anderes sagen!«

»Was denn?«

»Du wirst gleich erkennen, was ich meine. Wenn jemand euch helfen kann, dir und Bianca-Bella, dann bin ich es!«

»Du?«

»Ja, ich, und nur ich. Also stelle dich gut mit mir!«

»Du willst uns helfen?«

»Ich denke darüber nach, aber ich bin noch nicht ganz fertig damit.«

»Wenn du uns hilfst, helfe ich dir auch!«

»Wieso willst du mir helfen?«

»Ich werde alles daransetzen, daß Fra Latino niemals, niemals den Schatz findet. Dann kann er niemals, niemals deinen Vater um deine Hand bitten!«

»Das wäre schon was. Trotzdem, du nimmst dir da sehr viel vor!«

»Ich habe Freunde!«

»Mag sein, aber noch haben sie dir nicht sehr viel genützt!«

»Immerhin – ich lebe noch.«

»Das ist wahr. Möge der Segen Allahs auf dir ruhen! Gut, ich hatte es mir ohnehin vorgenommen: Ich helfe euch also. Ich habe sogar schon daran gedacht, wie es zu machen ist.«

»So sprich, ich bitte dich, sprich!« rief Pio.

»Leise, leise! Das ist mal die Hauptsache.« Nuriha schaute sich um, doch die Eunuchen bewegten sich nicht. Sie dösten in der Sonne. »Du mußt die Lage kennen. Nur Bülent, der Obereunuch, besitzt den Schlüssel zum innersten Harem. Nur er hat das Recht, vor unserer Tür zu ruhen. Die minderen Eunuchen schlafen in einem großen Raum. Sie schlafen meist fest, denn sie sind sehr müde. Der Dienst ist anstrengend. In der Nacht ist also nur Bülent für uns verantwortlich.«

»Der Obereunuch . . . Ja, aber . . .«

»Hör weiter. Bülent liebt berauschende Getränke. Ich sage dir, er gibt ein Vermögen dafür aus.«

»Ich habe davon auf dem Markt gehört.«

»Und es ist wahr. Hör zu. Es gibt viele berauschende Mittel.«

»Was weißt du davon?«

»Mehr als du denkst. Ein Dichter sagt: ›Trinke, auf Rosen gebettet, den klaren Wein. Er läßt den Klugen die Strafe Allahs vergessen.‹«

»So etwas wird geduldet?«

»Es wird noch viel mehr geduldet. Am Hofe Harun al Raschids wollte man, daß keiner ein schlechtes Gewissen haben sollte, der sich dem Genuß des Weines hingab. Der Vers geht noch weiter: ›Von gleicher Wirkung aber ist das Kat.‹ – Von gleicher Wirkung nämlich wie der Wein.«

»Das Kat?«

»Ja, ein Rauschgift. Es verstärkt die Wirkung des Weines. Verstehst du mich nun?«

»Noch nicht ganz. Es ist mehr wie eine Morgendämmerung.«

»Bülent geht oft auf den Markt. Man kann ihm leicht etwas aufschwatzen. Und jetzt kommt das eigentlich Schwierige. Wir müssen jemanden finden, dem wir vertrauen können. Dieser Mann soll einen berauschenden Trank aus Wein und Kat bereiten. Wenn ein bißchen Opium dabei ist, ist es noch besser. Das wirkt todsicher. Dieser Mann soll sich als Getränkeverkäufer ausgeben und sich auf dem Markt an Bülent heranmachen, um ihm diesen Trunk ganz besonders anzupreisen!«

»Besonders?«

»Ja, ganz besonders. Bülent ist so leichtgläubig. Außerdem: er leidet darunter, Eunuch zu sein. Alles, was er besitzt, und das ist nicht wenig, gäbe er mit Freuden dafür weg, wieder ein richtiger Mann zu werden! Also soll unser Vertrauter, der Getränkeverkäufer, behaupten, dies sei ein Zaubertrank, den er nur Bülent anbiete und sonst keinem Menschen auf der Welt. Er soll ihm weismachen, er stehe im Dienste eines mächtigen Dschinns. Daher würde dieser Trunk Bülent wunderbare Kräfte verleihen. Dschinnen, das heißt Geister, würden ihm zu Diensten sein und ihn nicht nur mächtig und reich machen, sondern vor allem: er wird seine Manneskraft wieder erhalten!«

»Aber das ist doch Betrug! Und es klingt wie eines eurer bunten Märchen«, murmelte Pio.

»Pah, Betrug! Glaubst du wirklich, du könntest Bianca-Bellas Befreiung ohne Lug und Trug erreichen? Also – was willst du? Und ein Märchen soll es doch sein. Ja, ich bin wie Scheherazade! Nur, Scheherazade erzählte die Märchen bloß, und zwar dem Kalifen Harun al Raschid, ich aber lasse die Märchen Wirklichkeit werden.« Nurihas Augen funkelten.

»Es kommt mir ein wenig phantastisch vor«, überlegte Pio. »Aber immerhin . . . den richtigen Mann wüßte ich.«

»Das ist wunderbar. Dann ist Bianca-Bella schon so gut wie frei.«

»Wie soll ich ihn aber treffen und mit ihm sprechen, damit er weiß, was er tun soll. Ich darf nicht aus dem Serail, komme niemals aus dem Hof!«

»Laß mich nur machen. Wir Frauen sind mächtiger, als du denkst, ich sagte es schon. Flinke Füße, die leise auftreten, und flüsternde Münder verlassen das Serail, wenn wir es wünschen. Wenn du also einen Geeigneten kennst...«

»Ich kenne ihn. Man kann ihm vertrauen. Was soll nun geschehen?«

»In der Nacht, wenn Bülent den Trunk genommen hat, soll dieser Mann ans äußere Tor des Hofes kommen. Du wirst es von innen aufschließen. Bülent wird im Reich der Träume weilen und von Dschinnen und Jungfrauen umgeben sein. Ich selbst werde Bianca-Bella hinausführen. Doch das laß meine Sache sein. Ich werde einen Teppich über Bülent breiten, so daß er keinesfalls etwas merken kann. Es wird gelingen. Bianca-Bella und ich schleichen die Treppe hinab. Man wird uns nicht hören, dann über den Hof, dort an das Tor. Paß gut auf: Von diesem Tor besitzen die Frauen des Harems einen geheimen Schlüssel! Aber dies bewahre wie dein tiefstes Geheimnis! Das darf nie jemand erfahren! Nun, dort wartet dein Mann mit Pferden – und auf und davon!«

»Es könnte gelingen«, murmelte Pio. »Wir müssen aber auch an das Schlimmste denken. Was wird aus uns, was wird dann aus Bianca-Bella, aus Ercan, und was wird aus dir?«

»Wenn du nichts wagst, gewinnst du nichts, das weißt du. Das hast du bisher bewiesen, sonst wärest du ja nicht hier! Sorge dich nicht. Ich sage meinem Vater, daß ich mir alles ausdachte. Und wenn er jemanden straft, dann müßte er vor allem mich strafen. Er will ja gerecht sein, und gerecht bleibt er, selbst wenn es den eigenen Kopf kosten sollte. Seine Strafe wird nicht sehr hart ausfallen, denn auch er liebt Märchen – und vor allem: er liebt mich! Und wenn er mich nicht schlimm bestraft, dann muß er, um gerecht zu sein, auch zu dir und zu allen anderen milde sein. Daran werde ich ihn schon erinnern!«

»Ich danke dir«, sagte Pio. »Ich danke dir sehr. Mehr als du kann niemand für uns tun. Trotzdem will ich über alles noch einmal nachdenken. Ich möchte darüber schlafen.

Man darf nichts übereilen und muß alles bedenken. Morgen, wenn wir wieder ausreiten, sprechen wir noch einmal darüber. Ich denke, so ist es am besten, ich glaube ja ...«
Am Abend lag Pio müde auf seinem Strohsack. In dem großen Gewölbe loderten noch Pechfackeln an den Wänden. Gleich würde Ercan kommen und sie löschen. Pio dachte zurück, wie er Bianca-Bella das erste Mal gesehen hatte, damals im Park der Villa Lorenzo: Ihr Anblick hatte sich ihm unauslöschlich eingeprägt. So hübsch war sie gewesen, ihr schmales Gesicht, umgeben von den schwarzen Haaren, die strahlenden Augen, die zarten Lippen, die kleine Nase, ein wenig aufgeworfen, deren Flügel sich beim Atmen ganz leicht bewegten, er hatte dabei an einen Schmetterling gedacht. Und nun Nuriha ... Nuriha und ihr Vorschlag ... Pio grübelte. War das nun ein guter, ein erfolgversprechender Plan? Manches daran klang wirklich wie ein Märchen: Wächter, die mit berauschenden Getränken betäubt wurden ... Ihr tiefer Schlaf, aus dem sie erst erwachten, wenn es für sie zu spät war ... Aber es war natürlich auch eine Möglichkeit ... Nuriha war die beste Hilfe, die er sich erhoffen konnte. Wenn es nur möglich gewesen wäre, mit Saffet zu sprechen! Das war jetzt das Wichtigste ... ja, wenn Nuriha das einrichten konnte, dann war wirklich viel gewonnen. Oder vielleicht konnte er Ercan, den Stallmeister, dazu gewinnen? Dieser mochte ihn doch, er hatte ihm schon so oft geholfen. Ja, er wollte mit ihm sprechen, wollte es wenigstens versuchen ...
In diesem Augenblick trat der Stallmeister ein. Er löschte die Fackeln an der östlichen Wand mit einem eisernen Hütchen, das er darüberstülpte und sie so erstickte. Auf diese Weise kam er näher, von Fackel zu Fackel. Und der Qualm der erloschenen Lichter zog durch den Raum. Die meisten Stallsklaven schliefen schon, erschöpft von harter Arbeit.
Ercan blieb vor Pios Lager stehen. Er sah auf ihn herab. »Ich habe dir neulich etwas angedeutet, Pio Ibn Aniello«, mur-

melte er leise, »deshalb möchte ich dir einen Rat geben: Werde Muslim, nimm unseren Glauben an!«

»Was soll ich?« Pio setzte sich mit einem Ruck auf.

»Pst«, machte Ercan und beugte sich zu Pio. »Wenn du Muslim bist, dann mußt du freigelassen werden.«

»Kein Sklave mehr? Ich?«

»Ja, Giaur. Dann wirst du freigelassen! Denn der Koran verbietet es, Rechtgläubige als Sklaven zu halten!«

Pio spürte einen leichten Schwindel. War das die Möglichkeit, der Weg, den er gesucht hatte? Wenn er frei wäre . . .

»Höre auf mich«, sagte Ercan Ibn Fahrettin, »du bist klug und geschickt. Anders als mir stehen dir alle Türen offen. Daß du einmal ein Christ warst, es zeichnet dich eher aus, als daß es dir schadet, vorausgesetzt, du schwörst deinem Irrglauben ab. Dann nimmt man dich in Ehren auf! Ich hoffe, du wirst zunächst noch bei mir im Stall bleiben. Werde erst älter, werde ein Mann! Und dann gehe zu den Janitscharen, der Garde des Sultans, du wirst es weit bringen, vielleicht bis zum Befehlshaber. Allah belohnt seine gläubigen Kinder!«

»Aber das kann ich nicht«, murmelte Pio. »Gott würde mich dafür strafen.« Er dachte aber an Saffet und dessen Unterweisungen, an Saffets Worte über den Glauben. Saffet hätte gewiß anders entschieden.

»Nun«, sagte Ercan, »überlege es dir gut. Ich weise dir einen einfachen, einen sicheren Weg, die Christin zu befreien. Alles andere ist aussichtslos. Du verwirkst dein Leben und verschlimmerst Bianca-Bellas Schicksal. Wenn du dagegen als Muslim eine glänzende Laufbahn einschlägst, dann könntest du sie zur Frau begehren.«

»Aber sie soll doch verkauft werden!«

»Nicht wenn dem Herrn sein Verlust ersetzt wird.«

»Wie sollte ich das!«

»Ich weiß, daß du die Schatzkarte hast. Der Sekretär, diese Kröte, den wir alle hier hassen, wollte sie dir entreißen. Niemand will, daß er den Schatz findet, wir wollen alle nicht, daß dieses Mädchen seine Frau wird. Deshalb stehen wir zu dir!«

»Aber will der Mönch Bianca-Bella denn heiraten? Nein, das ist zu phantastisch.«

Pio hatte den Eindruck, daß schwankende Lichter über die Mauern flackerten.

»Gewiß«, sagte Ercan. »Er will die Christin, das Mädchen!«

»Aber ... aber hat er nicht sein Auge auf Nuriha geworfen?«

»Das hat er, oder vielmehr, das hatte er. Jedoch: er sah wohl ein, daß diese Trauben zu hoch für ihn hängen. Unser Herr, Allah segne und erhalte sein Angesicht, er salbe seine Stirn mit Wohlgeruch, der Wesir, hat andere Pläne mit seinem Augenstern. Selbst um den Preis seines ganzen Vermögens würde er sie nie dieser Schlange geben. Das hat der Sekretär erkannt, zunächst mindestens. Jedenfalls hätte er es mit der Christin leichter. Sie ist nur eine Sklavin. Für sie braucht er bloß Geld. Und sie ist schön, wunderschön. Wenn Fra Latino Muslim wird ...«

»Wie – auch er? Wird er es denn?«

»Ich denke, daß er nicht zögern wird, wenn es ihm nützt. Er ist nicht wie du. Ihm gilt jeder Glaube gleich wenig. Noch ist er Christ, doch könnte er Pascha werden im Osmanischen Reich, oder könnte er einen anderen hohen Rang bekleiden, dann wirst du keinen sehen, der sich schneller vor Allahs Angesicht niederwirft, als diese Ratte. Wir verachten ihn! Möge Allah ihn zertreten!«

»Bianca-Bella – Fra Latinos Frau ...« murmelte Pio und konnte es nicht fassen.

»So wird es sein«, bekräftigte Ercan Ibn Fahrettin seine Rede.

Pio lehnte sich zurück und schloß die Augen. Bianca-Bella muß fort von hier, dachte er, jetzt muß sie schnell fort, koste es, was es wolle.

Da gellten Schreie: Tumult im Hof, in der Nacht. »Feuer! Feuer! Die Ställe!«

Von draußen schlug Rauch herein, drang durch die Tür. Das war nicht mehr der Qualm, der von den gelöschten Fackeln aufstieg. Das war Brand. Nun sah jeder die Glut.

26

Die Glut! Die Glut! Das Feuer! Die Stallsklaven sprangen auf, so wie sie sich niedergelegt hatten, notdürftig oder auch gar nicht bekleidet. Ercan scheuchte sie empor: »Die Pferde ... die Pferde ... Harun!«
Draußen war das Inferno.
Eine Seite des Stalls stand schon in Flammen: ein Fanal. Die Lohe schlug aus den kleinen Fenstern. Das Feuer wanderte über das Dach. Im trockenen Schilf fand es willige Nahrung. Es züngelte hinüber wie eine Schlange, fraß sich auf die andere Seite, hüllte das Gebäude gänzlich ein, war wie ein Ring, ein lodernder Reif, war wie ein Teppich über das Dach gebreitet, wälzte sich, quoll aus allen Öffnungen, fand Nahrung an den Balken, immer rascher, immer gieriger – betäubend das Prasseln, das Sausen.
Hell war alles erleuchtet, der Hof, die Gebäude, die Menagerie. Dunkel standen die Bäume des Parks neben dem Glutmeer. Ein Fest hätte es sein können für die Augen, wie des Serails geschmückte Rückenfront, die Balkone, die Säulchen, ja der ganze Harem gegenüber beleuchtet wurden, der im Licht flirrende Brückenübergang. Ein Fest für die Augen hätte es sein können, diese gewaltige Illumination, der rote Feuerschein, der da vielfältig über die Fassaden wellte, der in stets wechselnder Helligkeit und in grausamer Spielgier die Teile des Gebäudes der Reihe nach zum Aufglühen brachte! Noch schien für den Hauptbau des Palastes keine Gefahr zu bestehen, auch nicht für den Harem, der zwischen dem Serail und den Stallungen lag – aber wie bald konnte sich das bedrohlich ändern?
Rasch fanden sich viele Kräfte, um zu löschen. Aber man war all die Zeit vorher zu nachlässig gewesen. Niemand war geübt, keiner wußte, was er zu tun hatte. Da war mehr Durcheinander als Nutzen. Schreiende Gestalten jagten in

Panik herum und gestikulierten. Es war ein Tanz der flatternden Arme und Hände, der aufgelösten Haare. Die Diener der Küche und des Hauses, die Wachen, die Lanzenträger, die Bogenschützen, die Knechte und Mägde behinderten sich gegenseitig.

Am Badebecken und am Brunnen drängten sich schließlich die meisten zusammen. Mit allen möglichen Gefäßen versuchte man zu löschen: mit Amphoren, Krügen, Kupferkesseln. Man brüllte nach Ledereimern, um eine Kette zu bilden, andere brüllten zurück, daß die Lagerkammer verschlossen war. Der Schlüssel fand sich nicht, man mußte die Tür einschlagen. Damit verging kostbare Zeit, während der Lärm des brechenden Gebälks, das betäubende, prasselnde Niederfallen der brennenden Balken alles übertönte.

Endlich ergab sich doch eine Art Ordnung. Abdulhamid Ibn Helu selbst übertrug dem Oberaufseher Rifat die Bekämpfung des Brandes, Ercan Ibn Fahrettin und seinen Helfern oblag die Rettung der Pferde. Doch die Stallburschen waren längst am Werk, sie trieben die scheuenden, verängstigten Tiere hinaus ins Freie, wo sie wieder eingefangen und vor der Feuerhölle in Sicherheit gebracht werden mußten. Die Tiere galoppierten aufgescheucht zwischen die Leute, gefährdeten sie und waren doch selbst in großer Gefahr.

Die Burschen eilten aus und ein durch das Tor, zwischen die hinausdrängenden Pferde, ohne auf ihr eigenes Leben zu achten. Denn hätten sie es geschont, so wäre es später unter dem strafenden Schwert verlorengegangen. Auch Pio war mitten im Qualm, eingehüllt von Rauch. Die Flammen loderten aus den niederbrechenden Balken, sie schossen aus den mit Pech verschmierten Ritzen, sie züngelten über ihm in den Verstrebungen des Dachs. »Hinaus, hinaus!« brüllte er, löste Knoten, löste Ketten, schlug auf die Rücken, die Hälse, die Schenkel der Tiere, die in ihrem Schrecken den Flammen entgegenliefen, weit aufgerissen die Augen, hinein in die Blendung, in die Helle.

Die Hitze war mörderisch. Um Pio schrien die Verletzten, doch das ging fast unter im Höllenlärm. Der Feuerstrom verbreiterte sich schnell auf der Strohschütte. Erst waren es nur viele Bächlein gewesen, dann wurden sie zu Flüssen, die selbst Wind erzeugten, der fauchend anschwoll, sie mitriß – ein Hitzesturm. Eines der Pferde stieg auf die Hinterhand, es traf einen Mann am Kopf, dieser fiel zu Boden, andere eilten hinzu, man versuchte ihn aufzuheben, aber: die Pferde . . . die Pferde! Noch waren längst nicht alle gerettet. Draußen herrschte womöglich noch größere Verwirrung. Die Flammen näherten sich jetzt dem Harem und drohten auf ihn überzugreifen. Da und dort qualmte es bereits. Abdulhamid Ibn Helu mußte sich überwinden, ihn räumen zu lassen. Alle Frauen, alle Dienerinnen wurden herausgeführt, schnell, schnell. Nun standen sie in einer Gruppe zusammen, vor Rauch und Funkenflug geschützt durch Tücher, die man ihnen über die Köpfe geworfen hatte, umgeben von Eunuchen. Pio hätte jetzt unter ihnen Bianca-Bella sehen können, vom Flammenschein übergossen. Das Mädchen hatte die Geistesgegenwart besessen, in die Kleider zu schlüpfen. Der Brand mit seiner Urgewalt schreckte sie tief. Es war wie das Jüngste Gericht. Sie ahnte, daß Pio im Stall, in der Hölle war. Viel hatte sie über ihn durch Nuriha erfahren, ihretwegen war er nach Smyrna gekommen. Und mußte deshalb jetzt sein Leben aufs Spiel setzen. Sie brauchte Trost. Ihre Hand suchte Nuriha. Schulter an Schulter lehnten die beiden Mädchen.

Jetzt endlich hatte man die Ledereimer und bildete eine Reihe; sie wanderten am Griff von Hand zu Hand, vom Brunnen zum Stall. Eine zweite Reihe führte vom Badebekken zum Feuer. Aber man konnte sich nur noch darauf beschränken, ein Übergreifen der Flammen zu verhindern. Die Leute wichen immer wieder zurück, immer weiter zurück vor dem Inferno. Der Wesir gab seinen Stall verloren. Man hörte ihn stöhnen: »Harun, mein Harun!« Das wertvollste

Mobiliar, die Teppiche, Tische, Spiegel und Stühle wurden aus den Gebäuden geschafft.

Auf der Straße vor dem Serail sammelten sich Menschenmassen: Neugierige aus der Stadt, aus den umliegenden Herbergen. Einer stand unter ihnen, der kniff die Augen zu Schlitzen. All seine Nerven waren gespannt. Er bändigte einen großen Hund, der fieberte ebenso.

Der Harem war nun geräumt, ebenso die darunterliegenden Räume der Eunuchen und Wächter. Alle Leute befanden sich im Hof, waren beim Löschen oder sonst im Einsatz. Nur ein Mann fehlte. Man bemerkte es nicht.

Weithin war alles erleuchtet. Rot übergossen waren alle Gesichter, brennend die Haut, leuchtend die Körper. Der Schein flackerte über das ganze Serail. Dach und Balken stürzten herab. Das Feuer verbreitete sich schnell und immer schneller. Es hatte die gesamten Stallungen ergriffen, ungeheure Feuersäulen stiegen zum Himmel. Die Flammen schienen aus dem Stall zu fließen wie Lavaströme, nun ergriffen sie die Palisaden der Menagerie. Die Stämme und Pfosten begannen zu schmoren.

»Harun, mein Harun«, murmelte wieder Abdulhamid Ibn Helu. Sein Bart war selbst wie eine Flamme. Seine Blicke überflogen die Tiere, nirgends sah er sein Lieblingspferd. Aber er sah Ercan. Er brüllte ihm zu: »Wo ist Harun?« Der Stallmeister stob davon. »Wo ist Harun?« brüllte auch er. Den Ruf hörten einige, aber nur einer verstand seine ganze Bedeutung. Er verstand sie mit dem Herzen und mit seinem Kopf. Der Verschlag Haruns lag ganz hinten im Stall. Dieser Teil war nun schon fast ganz unzugänglich. Ein Flammenstrom loderte dazwischen, ein Flammenstrom, der sich an einem herabgefallenen Balken gebildet hatte, wie eine Grenze. Blitzschnell gingen Pios Gedanken. Harun wollte er retten, das herrliche Pferd! Er rannte vor. Er stand vor der Hölle im hochaufwirbelnden Qualm. Ercan Ibn Fahrettin kämpfte sich zu ihm durch, kam hinter ihn. Halb trieb er den Jungen, halb hielt er ihn zurück: Das Pferd mußte heraus, es mußte gerettet werden. Aber dann starb der Junge vielleicht. Von hinten kamen Geräusche. Man hörte es trotz des Prasselns und Flackerns. Harun scheute. Er schlug mit den Hufen gegen die Wände, dann sah man ihn nicht mehr, Flammen und Qualm verbargen den König der Pferde.

Pio bewegte sich vorwärts, schon war er in der Glut. Seine Haut spannte sich, drohte zu platzen, das Blut in den Adern siedete. Er kam nicht weiter, der Rauch peinigte ihn, brannte in seinen Augen, zerriß ihm fast die Lunge. Pio rang nach Luft, doch er mußte vorwärts. Er trat mit einem Fuß über den brennenden Balken. Unmöglich – er zuckte zurück. Noch konnte er wenden, noch war der Rückweg frei. Doch wenn er jetzt sprang, wenn er jetzt hinübersprang, dann war Harun vielleicht zu erreichen – aber dann war er mit ihm verloren.

»Zurück!« rief nun Ercan verzweifelt. Der Junge war ihm jetzt lieber als das Pferd, mochte daraus werden, was wollte. Neben ihm ging eine Feuerwand nieder, ein Teil des Strohdachs brach herab, verbreitete sich auf dem Boden, loderte hell und heiß und qualmend. Ercan mußte zurück: »Junge, Junge! Pio Ibn Aniello ... Pio ... Ibn ... Aniel .. lo ...«
Dann Stille.

Pio war nun allein, umgeben vom Feuer. Seine Poren platzten, die Ohren sausten, seine Augen waren geblendet, er konnte nicht vor und nicht zurück. Das war das Ende.

Da stand er vor ihm. Pio verstand nicht und sollte es auch später nie verstehen. Vor ihm tauchte ein Mann aus der grellen Wand, urplötzlich, wie aus dem Boden gewachsen, stand in dem Feuer und hatte eine Decke um sich geschlungen, eine nasse Decke. Er führte ein Pferd an der Trense, ein weißes Pferd, das hatte die Augen weit aufgerissen, und alle Angst dand darin. Harun! Auch über das Pferd war eine Decke geworfen. »Fort, fort«, rief der Mann und übergab Pio die Zügel. »Hier ... links heraus ... hier geht es noch.

Rasch! Und vergiß nicht: das Pferd bringt dir Freiheit, dir und dem Mädchen! Rette Harun, dann rettest du dich! Fordere deine Belohnung. Fordere Gerechtigkeit – im Namen Allahs!«

»Aber du . . .«, schrie Pio und faßte den Zügel.

Doch es war keine Zeit zu Gesprächen. Pio war wieder von Mut erfüllt, mit neuer Kraft zog er am Zügel, und seine Stärke übertrug sich auf Harun. Das Pferd wurde ruhig, es folgte. Als einen Augenblick lang ein Luftzug die Flammen niederdrückte, sprangen beide. Drüben wartete Ercan, er fing sie auf, er riß den Jungen mit sich am Arm, so kamen sie aus dem Feuer, der Knabe und der Schimmel.

27

Und so stand der Knabe vor dem Wesir: das weiße Roß am
Zügel. »Herr«, rief Pio noch zitternd und so erregt, daß ihm
die Worte erstarben:

»Herr, ich ...«

»Er setzte sein Leben ein«, berichtete Ercan, selbst an allen
Gliedern bebend.

Abdulhamid Ibn Helu schaute auf Pio. Er schaute auf das
Pferd. Er legte seine flachen Hände aneinander und führte
so seine Fingerspitzen vor sein Kinn. »Ich schulde dir
Dank«, murmelte er.

»Herr ...« Pio sank in die Knie, zu Häupten des Pferdes.
»Herr, ich bitte Euch, schenkt uns die Freiheit ... die Freiheit des Mädchens ... dann meine Freiheit. Ich werde Bianca-Bella di Lorenzo sicher nach Hause bringen.«

»Nein!« rief da schneidend die verhaßte Stimme. »Dies alles
ist nur ein abgekartetes Spiel.« Fra Latino trat neben den
Wesir. »Herr, Leuchte der Gerechtigkeit, ich klage ihn an.
Der Bursche selbst hat den Brand gelegt. Ich beobachtete
ihn dabei. Er warf die Fackel ins Stroh. Er tat es mit eben
dieser Absicht: Er wollte Harun aus den selbsterzeugten
Flammen retten, damit Ihr, in Eurer übergroßen Güte und
geleitet von Gerechtigkeit, ihm und der Dirne die Freiheit
schenkt. Es ist, wie ich sage: gerade daß er Harun rettete,
spricht für die Wahrheit meiner Worte. Alles war vorher
überlegt! So aber darf es nicht sein! Im Namen Gottes, im
Namen Allahs! Ich klage ihn an! Er verdient den Tod, nicht
die Freiheit!«

Abdulhamid Ibn Helu erstarrte. »Ergreift den Brandstifter«,
befahl er. Pio, noch immer auf den Knien, beteuerte seine
Unschuld. Doch: »Wenn du schuldig bist, wirst du es auf
dem Richtblock büßen«, schrie der Wesir. »Fluchwürdiger!
So vergiltst du mir meine Güte!«

»Vater, nein«, rief jetzt Nuriha. Sie löste sich von der Gruppe der Frauen und lief herbei. »Vater, Balsam meines Herzens, das ist nicht gerecht!«

»Beim Barte des Propheten . . .«, murmelte Abdulhamid Ibn Helu. »Zurück, Tochter! Du vergißt dich. Oder was weißt du?«

»Ich weiß nichts«, mußte Nuriha stammelnd gestehen. »Ich weiß nur mit meinem Herzen, daß Pio Ibn Aniello ein solches Verbrechen nie ausgeführt haben kann.«

»Schwärmerei«, rief Abdulhamid Ibn Helu ergrimmt. »Das ist doch kein Beweis. Ich bereue, daß ich dir und dem Ungläubigen erlaubte, gemeinsam zu reiten.«

»Unter das Beil mit ihm«, hetzte Fra Latino mit kalter Grausamkeit.

Wachen ergriffen Pio. Sie rissen ihn empor. Es war wie damals vor den Toren Ragusas, als er dem sterbenden Krieger helfen wollte. Auch das war ihm zum Unheil geworden. Abdulhamid Ibn Helu befahl den Eunuchen, Nuriha beiseite zu bringen. »Ich will nicht, daß sie sieht, was jetzt folgt«, rief er ihnen zu. Sie wurde in den zierlichen Pavillon geführt, von dem aus man in die Menagerie blicken konnte. Ein Stuhl wurde ihr gebracht. Vor den Stufen nahmen zwei Eunuchen Aufstellung zu ihrer Bewachung und um ihr den Blick auf die entsetzliche Szene zu verstellen, die jetzt kommen sollte. Hier saß sie aufgebracht und äußerst erregt, wagte es aber nicht, sich dem Willen ihres Vaters zu widersetzen. Sie fürchtete mit Recht, daß ihn dies noch mehr erzürnen würde. Nuriha überlegte, sie wartete, hoffte: Vernunft würde wiederkehren.

Es waren nun wieder mehr Diener verfügbar. Die Pferde befanden sich alle in Sicherheit. Der Stall selbst war zwar nicht zu retten, er brannte vollends hernieder, aber ein Übergreifen der Flammen auf die anderen Gebäude konnte verhindert werden. Alle starrten auf das Schauspiel. Dunkle Rauchwolken stiegen von den Stallungen empor, suchten ihren Weg in den Himmel und verdüsterten die Sterne. Einige Palisaden der Menagerie schwelten unbemerkt.

Abdulhamid Ibn Helu rang mit sich. Die erste, wilde Empörung wich ruhigerer Überlegung. Er zögerte mit der unwiderruflichen Entscheidung. Viele sahen Pio schon tot. Dicht war die Menge, die sich um diese Gruppe drängte.

»Man führe den Knaben ab«, befahl Abdulhamid Ibn Helu endlich. Da warf sich Ercan Ibn Fahrettin vor seinem Herrn nieder. Er umfaßte seine Füße: »Erhabenster!« rief er. »Leuchte aller Leuchten und barmherzigstes aller Herzen! Ich rufe Eure Barmherzigkeit nicht auf, obwohl ich weiß, daß ich nicht vergeblich rufen würde. Ich erinnere Euch an das Gebot des Propheten: Gerechtigkeit.«

»Machst du dich mit dem Verbrecher gemein, Ercan? Dann verwirkst auch du dein Leben«, sagte Abdulhamid Ibn Helu.

»So sei es«, erwiderte Ercan. »So sterbe ich um der Wahrheit willen. Dieser Knabe, Pio Ibn Aniello, ist unschuldig. Er kann den Brand nicht gelegt haben, denn ich selbst war an seinem Lager, als das Feuer ausbrach . . .«

»Er hatte Helfer . . .« zischte Fra Latino.

»Helfer . . . So? Ja, die mag es wohl geben«, rief Ercan. »Aber sagtet Ihr nicht selbst, Sekretär, daß Ihr Pio Ibn Aniello gesehen hättet, wie er das Feuer legte? Wie kann das sein, wenn er zur gleichen Zeit mit mir redete?«

»Was ich sagte, ist wahr«, erklärte Fra Latino. »Und dafür stehe ich ein. Es war der Knabe. Aus welchem Grunde er den Stallmeister behext hat und womit, vermag ich freilich nicht zu erklären.«

»Laßt mich sprechen!« rief Ercan. »Denn ich habe einen Verdacht, nein, eine Gewißheit. Jeder weiß, daß der Sekretär hier Pio Ibn Aniello haßt. Ich selbst war Zeuge, wie er ihn rücklings überfiel und so würgte, daß der Bub das Leben verloren hätte, wenn ich nicht dazwischengetreten wäre . . . Der Sekretär selbst legte das Feuer!«

»Du lügst!« brüllte Fra Latino.

»So, ich lüge? Hast du Pio Ibn Aniello nicht überfallen?
Hast du ihm nicht bei dieser Gelegenheit ein Medaillon ent-
rissen ... Und hast du ihm nicht Rache geschworen?«
»Du lügst!« schrie Fra Latino wieder. Unwillkürlich griff er
in den Stoff seines Gewandes vor der Brust. Abdulhamid Ibn
Helu bemerkte diese Bewegung: Ein scharfer Befehl an Ri-
fat und der Zugriff zweier Lanzenträger, schon reichten sie
Abdulhamid Ibn Helu das Medaillon.
»Das ist wirklich das Mädchen«, murmelte der Kaufmann.
Eine Stille der Erwartung lag über allem. Fra Latino schloß
kurz die Augen. Sollte er sich vor Abdulhamid Ibn Helu nie-
derwerfen? Nein, seine Kaltblütigkeit siegte. Einmal ...
eben ... war er unbedacht gewesen! Das nicht ein zweites
Mal! Denn das hätte Abdulhamid Ibn Helu doch für ein
Schuldbekenntnis gehalten.
»Diese Dinge haben nichts miteinander zu tun«, murmelte
der Mönch. Abdulhamid Ibn Helu sann nach. Über die
Redlichkeit seines Sekretärs hatte er sich nie Illusionen gemacht. Aber Fra Latino war nützlich. Ein Fall wie dieser,
wie heute, würde sich wohl nicht wiederholen. Er wog das
Medaillon in der Hand. »Was ist das für ein Mädchen, das
soviel Verwirrung stiftet?« sagte er. »Wie kostbar ist es?
Doch einen Beweis dafür, daß mein Sekretär den Brand gelegt hat, kann ich trotzdem nicht sehen. Auch die Erklärung
des Stallmeisters genügt nicht. Ich weiß, daß man den Christen Latino nicht liebt. Aber zu der Zeit, als der Brand ausbrach, war er bei mir, so wie Pio Ibn Aniello mit Ercan zusammen war. Ich diktierte dem Sekretär Briefe. Also sind
beide entlastet, der Knabe und mein Sekretär. Die Sachlage
verbietet es mir, einen der zwei zu strafen. Ich lege beide Be-
schuldigungen auf die zwei Schüsseln der Waage – und sie
heben sich gegenseitig auf. Auch sollen diejenigen, die sie
beschuldigten, straffrei bleiben. Ich halte die Erregung der
Stunde zugute.«
Fra Latino atmete erleichtert auf. Und doch war er nicht

zum Ziel gekommen. Mit Haß blickte er auf Pio. Ercan Ibn Fahrettin erhob sich. Er wollte auch Pio emporziehen, doch dieser verharrte auf den Knien und neigte sein Haupt nur noch tiefer.

»Herr! Meine Freiheit und die des Mädchens«, flüsterte er.

»Du sollst deine Freiheit haben«, entschied Abdulhamid Ibn Helu. »Du hast Harun gerettet und dein eigenes Leben nicht geschont. Ein Pferd gegen einen Sklaven, gegen deine Freiheit. Mehr gebe ich nicht! Das Mädchen bleibt! Geh schnell und danke mir nicht. Es könnte mich reuen, denn ich verliere dich ungern . . .«

Pio stand auf.

»Warte«, rief da Abdulhamid Ibn Helu. »Höre meinen Vorschlag. Bleibe als mein Diener, frei, wie viele andere Knechte, die in meinem Dienst stehen. Und empfange wie sie Lohn für deine Arbeit, Pio Ibn Aniello. Und wer weiß, wie weit du es bringen kannst.« In Gedanken, aber wie zur Bekräftigung seiner Worte ließ er das Medaillon am Kettchen in Pios Hand gleiten.

Der Stallmeister stellte sich hinter Pio und legte ihm die Hände auf die Schultern.

»Und wenn du dich zum Propheten bekennst . . .«, fuhr Abdulhamid Ibn Helu fort.

Aber er wurde unterbrochen.

Hinten erhob sich Lärm, der rasch anschwoll. Rufe, Schreie, Drohungen: »Da ist er! Er war es . . .«

Lanzenträger schleppten Nusa herbei, sie hatten ihm die Arme auf den Rücken gefesselt. Sie warfen ihn vor Abdulhamid Ibn Helu nieder und setzten ihm die Spitzen ihrer Waffen auf den Rücken. Der Stumme war völlig zusammengebrochen.

»Er war es«, erklärte Rifat. »Meine Leute griffen ihn hinter der Mauer auf, als er durch die Menge entschlüpfen wollte. Er hat den Brand gelegt und versuchte zu fliehen. Seht nur, wie rauchgeschwärzt er ist!«

270

»Endlich klärt sich das Bild. Allah sei Dank!« sagte der Wesir. »Nusa wollte sich wohl rächen für seine Pein!«

Pio schaute mit brennendem Mitgefühl auf den Unglücklichen. Da er stumm war, konnte er sich nicht einmal verteidigen. Aber seine Augen waren starr auf Fra Latino gerichtet. Pio ahnte einen Zusammenhang: Der Mönch hatte Nusa zur Untat angestiftet.

»Diese Münzen fanden wir in seiner Tasche«, erklärte Rifat. Er legte Abdulhamid Ibn Helu einige Goldstücke in die Hand.

»Venezianische Dukaten«, sagte dieser nach kurzer Betrachtung. Sein Blick ging langsam von Pio zu Fra Latino und von diesem zurück zu Pio.

Ja, so ist es, dachte Pio. Der Mönch hat Nusa mit venezianischem Geld bezahlt, damit er fliehen und Fra Latino ihn, Pio, beschuldigen konnte.

»Sein Leben ist verwirkt«, sagte der Kaufmann Ibn Helu, »es bedarf der Anklage wegen Brandstiftung nicht mehr. Er wollte ein zweites Mal fliehen, obwohl er gewarnt war.«

Nusa war nicht mehr zu retten. Er lag im Sand, ein Häuflein Elend in seiner letzten Stunde. Er gab keinen Laut von sich, nicht einmal ein Stöhnen. Seine armen Lippen bewegten sich in einem stummen Gebet.

»Er muß sterben«, bestimmte Abdulhamid Ibn Helu. Es klang nach dem Versuch, sich selbst zu rechtfertigen. »Ich habe keine andere Wahl. So wird er die Untat büßen, schuldig oder nicht. Er nimmt die Schuld mit sich aus der Welt, auf daß sie nicht ungesühnt bleibe. Denn ungesühnte Schuld treibt ihr Unwesen weiter. Sie ist wie eine Wolke, dunkel und schwer, die hierhin und dorthin schwebt und immer wieder Unwetter bringt.«

Stimmt das? dachte Pio. Wird hier nicht neue Schuld auf alte gehäuft, um sie zu überdecken? War der osmanische Kaufmann vielleicht doch nicht so gerecht? War er bestechlich? Benutzte er nicht einen Vorwand, um seinen Sekretär zu schonen? Ja, der Mönch war ihm wertvoll, der Kaufmann brauchte seine Dienste. Wenn Pio dies alles auch erst dunkel ahnte und noch keineswegs durchschaute, in diesem Moment entschied er sich dafür, nicht in Abdulhamid Ibn Helus Dienste zu treten, mochten die Aussichten auch noch so verlockend erscheinen.

»Rifat, führe ihn zum Henker«, befahl Abdulhamid Ibn Helu und wies dabei auf Nusa. Doch ehe man den Unglücklichen ergreifen konnte, ertönte ein Schreckensschrei, der alle vorherigen übertraf. Wo sich die Menagerie befand, sah es aus wie bei einem Erdrutsch: die beiden Eunuchen vor dem Pavillon, alle Menschen, die dort gestanden hatten, liefen brüllend und kreischend auseinander. Man verstand erst nicht, was sie riefen, doch dann wurde es plötzlich klar, als ein Strohhaufen in der Nähe des abgebrannten Stalls aufloderte und alles weithin erleuchtete . . .

Ein Teil der Palisaden hatte Feuer gefangen. Der Leopard war durch die Lücke geschlüpft und war nun frei. Da stand er, und kein Gitter schützte mehr vor ihm. Sein Schwanz zuckte, das Maul war geöffnet, er fauchte. Er war nicht nur gefährlich: er war die Gefahr selbst. Vor kurzem erst gefangen, hatte er sich noch nicht an das Gefängnis gewöhnt. Der Leopard war jung und kräftig, ein sehniges Tier. Und er war hungrig und gereizt, gereizt vom Käfig, gereizt vom Feuerschein, vom Qualm, vom scharfen Schweißgeruch der verängstigten Pferde. Die Raubkatze schüttelte ihr glattes Haupt. Sie bewegte sich vorwärts, setzte die Tatzen auf die Stufen, nichts konnte sie mehr hindern. Das Mädchen hatte sie im Auge, das auf dem Stuhl saß und langsam am Rücken emporrutschte. Nuriha, die Tochter des Wesirs, die Rose der Rosen, sein Augenstern. Kein Ausweichen blieb ihr, keine Flucht, denn hinter ihr erhob sich das Geländer des Pavillons.

Ein freier Raum lag zwischen dieser Gruppe: das Mädchen . . . das Tier . . . Und das Tier peitschte den Boden mit seinem Schweif. Da ging alles schnell. Nusa, dem Tode geweiht, sprang auf und rannte los, das Tier wandte sich um, sprang, der Körper schnellte empor und warf sich auf den Stummen, riß ihn zu Boden, lag über ihm, ein Knacken, der Sklave war tot.

»Bei Allah, er hat gesühnt«, murmelte Abdulhamid Ibn Helu. Alles schrie und drängte entsetzt zurück. Einige flohen, andere erstarrten. Eine Frau sank zu Boden: Nurihas Mutter. Der Leopard fauchte. Der Wesir riß dem nächststehenden Wächter die Lanze aus der Hand, holte aus, schleuderte, traf das Tier aber nicht ins Herz, er hatte es am Rücken gestreift. Es heulte auf, wandte sich halb zurück. Jetzt schleuderte Rifat eine zweite Lanze, doch diese ging knapp über den Leoparden hinweg und streifte das Mädchen am Fuß. Nuriha schrie auf, bückte sich, faßte nach der Wunde. Der Leopard mit seinen geschärften Sinnen spürte die Bewegung des Mädchens und die Bewegung im Rücken, er war zum Sprung auf Nuriha bereit . . . oder war die Bedrohung im Rücken stärker? Schützen spannten die Bögen. Der Vater rief: »Nicht! Ihr tötet mein Kind!« Der Leopard spürte die Todesgefahr. Der Vater sank in die Knie. »Allah!«

Da plötzlich: noch ein Tier . . . fast so groß wie der Leopard . . . oder einer der Löwen . . . nein, doch kleiner, ein kleiner Löwe . . . nein, eine Wildkatze . . . nein, ein Wolf . . .

»Volpino!« schrie Pio. Er brüllte es, jubelte: »Mein Hund!« Ein Kampf begann – wie ein Kampf aus der Sage. Der Leopard und der Hund. Der Hund griff den Leoparden an, der Leopard schleuderte den Hund zurück. Sie gingen auf Abstand, belauerten, umschlichen einander, duckten sich. Nuriha preßte sich gegen das Geländer. Der Leopard sprang, er verfehlte den Hund, denn Volpino war schnell. Jetzt sprang der Hund gegen das wilde Tier und verbiß sich im Hals. Der Leopard drehte sich. Er schleuderte den Hund, der fest an ihm hing, im Kreis . . .

Eine Hand faßte Pio von hinten. Eine andere legte sich ihm

auf den Mund. »Komm«, flüsterte der Mann. »Komm und frage nicht! Laß dir nichts anmerken, keine Überaschung. Schnell!«

Pio erkannte die Stimme. Und mit überscharfen Sinnen erkannte er auch, was sie ihm jetzt nicht sagte. Saffet Ibn Sanar... Saffet Ibn Sanar... sang es in ihm. Und: Bianca-Bella...

Durch die Menschenmenge zwängte er sich, folgte dem Freund an der Hand, halb geduckt, doch es achtete keiner auf sie, es schauten alle hinüber zum Kiosk. Dort kämpfte der Hund mit dem Leoparden und der Leopard mit dem Hund. Dort stand die Tochter des Herrn mit ausgebreiteten Armen, den Rücken an das Geländer gepreßt. Und sie starrte auf den Kampf, der über ihr Leben entschied – weit, weit aufgerissen die Augen.

So wurde Pio nicht aufgehalten und auch nicht Saffet. Hinter den herabgebrannten Mauern der Stallungen warteten zwei Pferde, verborgen von dichtem Gebüsch. Ein Mädchen hielt die Zügel. Die Tiere waren jetzt ruhig.

»Sitz auf«, befahl Saffet. Er selbst nahm das Mädchen vor sich auf den Sattel.

Pio zögerte. »Volpino, mein Freund...«, sagte er leise.

»Du kannst jetzt nichts für ihn tun«, drängte Saffet. »Du mußt dich entscheiden: was ist dir wichtiger...« Sein Blick wanderte zu Bianca-Bella. Die hellen Augen des Mädchens lagen auf Pio. Sie leuchteten selbst in der Dunkelheit. Da stieg er auf.

Die Hufe klangen, silberne Schläge. Doch das Geschrei im Hof, das Geschrei: es übertönte alles.

Der Ritt ging hinaus, ging schnell um Häuser. Das Serail lag ja am Rande der Stadt. Bald öffnete sich vor ihnen die Steppe. Und die Steppe war jetzt auch die Freiheit.

Sie galoppierten in der Nacht, Stunden, Stunden. Die schwarzen Haare flogen um Saffets Gesicht.

Jubel erfüllte Pio: Bianca-Bella, nun war sie frei! Und doch flossen auch Tränen: »Volpino... mein Treuer... mein Lieber...« Das Schreien gellte in seinen Ohren, er sah die entsetzten Leute, er sah den Hund unter dem Raubtier.

An einem Brunnen zügelte Saffet die Pferde. Der Platz lag einsam. Nur Hügel, Bäume, Dunkelheit. »Hier schlafen wir. Es ist nun genug«, sagte er. »Wir müssen den Tag abwarten.«

Pio widersprach: »Wir sind noch lange nicht außer Gefahr!«

»So ist es«, antwortete Saffet. Doch er sprang aus dem Sattel und ließ Bianca-Bella herabgleiten, fing sie auf. Da stieg auch Pio ab. Das Mädchen sank gleich zu Boden. Sie war übermüdet. Sie weinte vor Erschöpfung, und sie weinte vor Glück.

Saffet nahm den Pferden die Sättel ab, währenddessen sprach er zu Pio: »Sei zufrieden. Wir haben erreicht, was jetzt zu erreichen war. Ich sagte es dir in der Karawanserei. Wir hatten nur dieses eine Ziel. Es hieß: deine und Bianca-Bellas Freiheit. Nun, so ist es gekommen. Und morgen beginnt ein neuer Tag. So viel liegt noch vor uns, und ich habe nur diese eine Nacht, um alles gut zu überlegen. Denn morgen ändert sich die Richtung unserer Gedanken. Morgen beginnt ein neues Abenteuer.«

Pio nickte: »Das Abenteuer heißt Flucht bis nach Konstantinopel... oder nach Ragusa... oder nach Venedig... oder...«

»Oder, oder, oder! Habe Geduld«, sagte Saffet. »Es wird sich alles erweisen, und es wird nicht nur Flucht sein. Das Leben ist voller Wunder. Es mag ein noch so langer Weg vor uns liegen, wir mögen noch so viele Abenteuer zu bestehen haben – das soll uns jetzt nicht kümmern! Für heute wollen wir Gott danken.«

Pio nickte.

Saffet lachte leise. »Ich weiß noch etwas anderes«, sagte er. »Jetzt denkst du wieder an ferne Inseln und an vergrabene Schätze, an Seefahrten und andere Abenteuer.«

»Und darf ich das nicht?« fragte Pio trotzig.

»Tu, was du magst«, sagte Saffet. »Ich kann alles erwarten!«

»Aber jetzt . . .«, sagte Pio. »Abdulhamid Ibn Helu läßt uns bestimmt verfolgen, sobald man unser Verschwinden bemerkt!«

»Ja, sobald Nuriha gerettet ist, was ich hoffe«, murmelte Saffet.

»Ich hoffe es auch, aber werden wir es jemals erfahren?«

»Vielleicht – vielleicht auch nicht«, antwortete Saffet. »Jetzt schlafe und habe Vertrauen. Nichts brauchen wir nötiger.«

Pio spürte die Müdigkeit. Sie fiel über ihn wie ein schweres Tuch. Er rollte sich neben das Mädchen. Er suchte ihre Hand und fand sie. Sie erwiderte seinen Druck. Er lächelte, schon halb im Traum. Seine andere Hand lag auf dem Gras, dem Himmel geöffnet. So schliefen sie beide.

Als der neue Tag seine zögernde Helle zum Himmel schickte, schlich sich ein abgehetztes Tier näher, zu Tode erschöpft. Es war ihren Spuren gefolgt. Nun streckte es sich nieder und legte seine Schnauze in Pios offene Hand.

Der blutende Hund seufzte. Noch einmal, mit letzter Kraft, bewegte er seine Schwanzspitze.

Der Morgenstern strahlte.